데이비드 댐로쉬의
세계문학
읽기

KB079664

HOW TO READ WORLD LITERATURE (2nd edition)

Copyright © 2018 John Wiley & Sons Ltd

All rights reserved. Authorised translation from the English language edition
published by John Wiley & Sons Limited.
Responsibility for the accuracy of the translation rests solely with LP Publishing Co.
and is not the responsibility of John Wiley & Sons Limited.
No part of this book may be reproduced in any form without the written permission of
the original copyright holder, John Wiley & Sons Limited.

Korean translation copyright © 2022 LP Publishing Co.
This translation published under license with John Wiley & Sons, LTD through EYA(Eric Yang Agency).

이 책의 한국어판 저작권은 EYA(에릭양 에이전시)를 통한
John Wiley & Sons, LTD사와의 독점계약으로 도서출판 앨피가 소유합니다.
저작권법에 의하여 한국 내에서 보호를 받는 저작물이므로
무단전재 및 복제를 금합니다.

데이비드 댐로쉬의

세계문학 읽기

데이비드 댐로쉬 지음 ㅣ **김재욱** 옮김

HOW TO READ
WORLD LITERATURE

앨
로피

개정판을 내며

세계문학 연구는 새천년이 시작된 이래 급속도로 발전해 왔다. 이 책이 처음 출간된 2008년 직후부터 세계문학에 관한 새로운 강좌와 독자적인 프로그램들이 개설되고, 정교한 연구들이 다수 제출되어 독자적인 학문 분야로서 세계문학의 확장에 기여했다. 세계문학의 발전은 이민移民의 위기, 경제적 불평등, 지역적 · 국가적 소속감, 지역적 · 종교적 정체성 간의 갈등을 비롯해 지속하는 세계화의 긴장 속에서 세계문학 연구의 정치학에 관한 새로운 논쟁을 불러일으켰다. 이처럼 요동치는 시기에는 다양한 문화를 가로질러 읽는 생산적인 독법讀法을 찾고, 바다 넘어 더 넓은 세계와 자국 문화 또는 문화들에 대한 비판적인 참여를 강구하는 것이 그 어느 때보다 중요하다. 이 책으로 다시 돌아올 수 있게 되어 매우 기쁘다. 이 기회를 빌려 초판에서 간결하게 설명했던 바를 더 풍부하게 확장하여 다루되, 수세기에 걸쳐 전 세계를 가로질러 온 수많은 주목할 만한 작품들을 통해 제시된 오늘날 세계문학 연구와 관련된 주요 문제들을 역시나 다가가기 쉽게 소개하고자 한다.

구판의 절반 분량을 더한 신판을 준비하면서 새로운 작가를 더 다양하게 소개하고 기존 작가는 확대해 다루었다. 특히 여행과

제국을 다루었던 하나의 장章을 두 개의 장으로 확장했다. 〈멋진 신세계〉 장은 이탈리아 상인 마르코 폴로, 모로코 법학자 이븐 바투타, 불교 경전을 찾아 인도로 가는 중국 승려 현장 일행의 고된 여정을 그린 명나라 사람 오승은의 희극 소설 《서유기》에 대한 논의를 포함한다. 〈제국을 쓰기〉 장은 러디어드 키플링, 조셉 콘래드, 데렉 월컷 같은 기존 작가와 위대한 르네상스 시인 루이스 바스 드 카몽이스, 상하이 모더니스트 장아이링, 이스라엘의 풍자작가 에밀 하비비 등 새로 추가된 작가에 대한 확대된 논의를 특징으로 한다. 구술성Orality과 문자성Literacy의 문제는 호메로스, 베르길리우스, 마거릿 애트우드, 앨리스 오스왈드, 밥 말리에 관한 새롭거나 확대된 논의에서 강조되고, '이민'과 '중심-주변 관계'의 문제는 니콜라이 고골과 루쉰에서 호르헤 루이스 보르헤스와 클라리시 리스펙토르로, 그리고 월레 소잉카에서 살만 루슈디, 오르한 파묵, 줌파 라히리로 이르는 사례에서 상세히 다루어진다.

 나는 이 개정판에서 지난 7년간 하버드대에서 동료 스티븐 오웬Stephen Owen, 마틴 푸크너Martin Puchner와 개론 강좌를 공동 지도했던 계몽적인 경험, 그리고 베이징, 이스탄불, 하버드, 홍콩, 리스본에서 한 달씩 진행된 세계문학연구소the Institute for World Literature 학술대회에 참여한 교수진과 참가자들이 전 세계에서 가져온 새로운 관점을 활용했다. 세계문학 공부에서 세계로 나가는 것 이상 가는 방법은 없다. 이 제2판은 제1판과 마찬가지로 본문에서 논하는 많은 작품을 내게 소개해 주고 또 내가 다루는 모든 문제에 대한 새로운 통찰력을 준 과거와 현재 나의 학생들에게 헌정된다. 그런데 나 역시 그들의 학생이거늘 그들을 "나의" 학생이라고 간단히 말해도 되는 것일까?

나의 학생들에게

| 차례 |

4천 년 지구문학을 연결하기

1 _ 세계문학 안내서

데이비드 댐로쉬의 《세계문학 읽기》를 처음 읽은 것은 석사 재학 시절이었다. 당시에는 본 개정판이 출간되기 전이라 조금 더 얇은 구판을 읽었다. 마치 지상의 모든 문학을 사유하려는 듯한 이 책의 호연지기는 압권이었다. 세계 독자를 대상으로 한 가독성 있고 명료한 문체도 마음을 끌었다. 아마도 그때부터였지 싶다. 내게 세계문학이, 최대한 많은 것을 아우르는 학문을 의미하게 된 것은.

  그러나 이후로 읽은 세계문학 서적에서는 그런 '압도'의 감각을 다시금 경험하기가 쉽지 않았다. 그 책들은 댐로쉬처럼 넓은 세계를 다루고 있지도, 여러 독자에게 말을 걸고 있지도 않았기 때문이다. 이는 세계문학 관련 도서 대다수가 일반 독자를 대상으로 하는 '안내서'가 아닌 소수의 전문 독자를 대상으로 한 '이론서'라는 데에 기인했다. 다시 말해, 관련 도서 대부분이 다양한 세계문학 '작품'을 읽고 다수의 독자에게 그것을 효율적으로 읽어낼 방법을 소개하는 것이 아니라, 세계문학이라는 추상적 '개념' 자체에 치중하여 그것에 대한 심원한 이해에 도달할 그들만의 침잠을 거듭하고 있었다는 것이다. 이런 관심의 편중은 어쩐지 내게 본말전도처럼 여겨졌다. 세계문학이 대학원이라는 상아탑에서 산출된 관념의 소산이라고 믿어 오지 않았기 때문이다. 세계문학의 본질은 분명 다른 세계에 대한 일반 독자들의 적극적인 관심에서 촉발된 시장의 산물이라는 데에 있을 터였다. 실제로 학자들이 얼마나 많은 책을 읽건, 세계문학을 가장 많이 소비하는 계층은 일반 독자라는 것도 부정할 수 없는 사실이지 않은가. 그렇다면 소수의 전문가만이 향유할 이론서 이상으로, 세계문학 작품을 더 수월하게 만끽할 요령을 찾는 절대다수의 일반 독자를 위한 안내서 또한 많아져야 할 것이다. 이것이 세계문학사에서 아주 희소한 본 역서《세계문학 읽기》를 번역하게 된 계기다.

2 _ 오늘날 세계문학의 풍경

물론, 오늘날 "세계문학을 읽는 법how to read world literature"을 소개하는 이런 안내서들의 발간이 지지부진한 데에는 나름의 이유가 있다. 세계문학의 발전이, 문학사에서 이례적으로 '작품을 읽는 것' 자체에 대한 회의적인 성찰과 함께 이루어져 왔기 때문이다.[1] 20세기 말 급속한 세계화의 물결 속에 출범한 세계문학, 그것이 일으킨 가장 가시적인 변화는 단연 한 인간이 도저히 다 아우를 수 없을 만큼 기하급수적으로 불어난 텍스트의 산출량이었다. 이런 텍스

---

1   자명하게도, 세계문학 이전의 모든 문학이론은 텍스트에 대한 꼼꼼한 읽기를 그 대

트의 홍수는 학자들을 빠르게 탈진시켰고, 그들에게 150년 전 니체가 알렉산드리아 대도서관에 있는 모든 세계문학을 읽고자 하는 한 편집증적 독서가를 지목하여 내린 예언을 환기하기 시작했다. 즉, 그런 시도가 그를 영원한 허기에 고통받게 하고 종국에는 장님으로 만들고 말 것이라는 "비극의 수태The Birth of Tragedy"를.[2] 그렇게 학계에서는 텍스트에 대한 지나친 골몰을 경계하는, 역설적이면서 위반적인 새로운 독법의 모색이 이루어지게 되었다.

그런 일련의 흐름 속에서 돌풍을 일으킨 것이 세계문학 이론사의 비조鼻祖로 평가받는 프랑코 모레티의 '멀리서 읽기distant reading' 개념이었다. 이는 기존의 '꼼꼼히 읽기close reading' 개념과는 대별되는 것으로서, 문자 그대로 풍경을 멀리서 바라다보듯 산적한 책더미를 특정 패러다임을 통해 거시적으로 읽어 내려는 시도를 의미한다. 사실 이런 유형의 독서는 기존의 학자들 사이에서 그리 새롭다고 할 만한 것은 아니었으나,[3] 그럼에도 이것의 본격

본大本으로 삼아 왔고 그 사실을 의심조차 하지 않았다. 세계문학 직전에 유행했던 몇몇 이론만을 살펴보면, 신비평은 텍스트 내 의미의 중의성과 아이러니를 파헤쳤고, 해체주의는 그 의미의 끝없는 미끄러짐에 주목했다. 신역사주의는 텍스트의 주목받지 못하던 부분에 스며든 권력관계를 탐구했고, 포스트식민주의는 텍스트 내의 서구중심주의적 시각을 폭로했다. 김용규, 〈옮긴이 후기〉, 프랑코 모레티, 《멀리서 읽기》, 김용규 옮김, 현암사, 2021, 394면.

[2]   Friedrich Nietzsche, *The Birth of Tragedy and Other Writings*, Trans. Ronald Speirs, eds. Raymond Geuss and Ronald Speirs, Cambridge: Cambridge University Press, 1999, p. 88.

[3]   유물론적 관점에서 문화변동의 전반적인 흐름을 파악한 레이먼드 윌리엄스 Raymond Williams의 《키워드Keywords》나 설문조사로 얻은 계량화된 독자의 감상

적인 제창은 문학비평사적 측면에서 발본적이라고까지 할 만한
일대 사건이었다. 개별 작품 자체보다 그 작품들의 총화가 형성하
는 윤곽이 더 중요하다고 공식적으로 선언한 것이나 마찬가지였
으니 말이다. 실제로 오늘날 대학의 독서 풍토 또한 딱히 개별 텍
스트의 독해를 일 순위에 두는 것 같지는 않다. 외려 이제 그보다
중요한 것은 '대략적인 얼개 파악하는 법', '불필요한 부분 넘겨
읽는 법', 그리고 어느 에세이집 제목처럼 '읽지 않은 책에 대해
말하는 법' 같은 '읽지 않기'의 방법론이다.

3 _ 데이비드 댐로쉬

세계문학판에서 데이비드 댐로쉬의 경력이 이채롭게 다가오는
것은 이 때문이다. 댐로쉬는 문학사의 이런 경향에 반발하여 텍스
트의 면밀한 탐독에 대한 복고적인 강조의 태도를 견지해 온 인
물이기 때문이다. 댐로쉬는 근세 이래 정도의 차이만 있을 뿐 어
느 시대에나 한 인간이 다 읽을 수 없을 만큼 많은 작품이 쓰였고,
그러므로 텍스트의 증가가 독서의 태만으로 이어져선 안 된다고
역설한다. 에세이 〈세계문학이란 무엇인가?What Is World Literature?〉
는 그의 이런 논조를 여과 없이 보여 준다. 여기서 댐로쉬는 18세

을 기반으로 로맨스 장르의 특성을 분석한 제니스 래드웨이Janice Radway의 《로맨
스 읽기Reading the Romance》 등이 그 예다. 이재연·정유경, 〈국문학 내 문학사회
학과 멀리서 읽기―새로운 검열연구를 위한 길마중〉, 《대동문화연구》, 111, 2020,
298면.

기 영국에서 유행한 "역겨울 정도로 바보 같은" 독일 비극의 범람과 그로 인해 셰익스피어 같은 진정으로 위대한 작가들이 등한시될 결과에 대한 윌리엄 워즈워스의 불안을 이야기하며, 주지하듯 그 예지가 여지없이 빗나갔음을 강조한다. 물질적 자산의 풍요가 더 섬세한 감식력을 배양하는 원료가 되었기 때문이라는 것이다.[4] 이런 관점에서는 모레티적인 인식론적 '멀리서 읽기'가 아닌 다양한 작품을 최대한 많이, 미련할 정도로 진득하게 읽어 나가는 경험론적 '꼼꼼히 읽기'야말로 작품에 대한 더 고차원적인 통찰을 추동하는 최선의 방략이 된다.

댐로쉬의 그런 신조를 무엇보다 상징적으로 뒷받침하는 것은 그의 저작들이 천착해 온 주제의 광대한 범위다. 스스로를 한두 세기, 한두 지역만의 전문가로 지칭하는 여느 문학자와 달리, 무려 4,000년 지구문학의 종사자임을 자처하며[5] 시공을 자유롭게 넘나드는 댐로쉬의 독서 스펙트럼은 실로 경탄할 만하다. 2003년 《세계문학이란 무엇인가》를 필두로 본격 세계문학 관련 저서들을 쏟아내기 시작한 그는, 해당 저서에서 히브리 성서, 중세 벨기에 수녀들의 신비주의 문학, 아즈텍 시, 과테말라의 구비문학 같

4   David Damrosch and Wang Ning, "What Is World Literature?: David Damrosch in Conversation with Wang Ning", *Ariel* 42.1, 2011, pp. 172~173.

5   Spencer Lee Lenfield, "A World of Literature: David Damrosch's Literary Global Reach", *Harvard Magazine*, Aug 27 2019, https://complit.fas.harvard.edu/news/world-literature-david-damrosch%E2%80%99s-literary-global-reach.

은 세계의 생소한 문학들에 대한 남다른 식견을 드러냈고, 차기작 《파묻힌 책The Buried Book》(2007)에서는 기원전 1200년경 바빌로니아 중부에서 작곡된 《길가메시 서사시》와 그 반향의 맥락에서 탄생한 책들(《오디세이아》, 《성경》, 필립 로스Philip Roth의 "위대한 미국 소설들")을 탐구했다. 이외에도 산스크리트 극작가 칼리다사, 중국 지식인 후스, 인류학자 클로드 레비스트로스의 기행문 《슬픈 열대》에 관한 명석한 에세이들을 남겨 왔고, 최근의 베스트셀러 《80권의 책으로 세계일주하기Around the World in 80 Book》(2021)는 단테와 무라사키 시키부 같은 중세 작가들부터 오르한 파묵, 월레 소잉카, 올가 토카르추크Olga Tokarczuk 같은 노벨상을 수상한 현대 작가들까지의 작품을 집대성하여 다룬다.

저술 활동에 진심인 만큼이나 세계문학의 보급에도 앞장서고 있다. 댐로쉬 본인이 주도적으로 창립하여 현재 소장직을 역임하는 하버드 세계문학연구소는 매년 여름 세계 주요 도시를 돌며 각국의 학생과 연구자들이 모이는 세계문학세미나를 개최한다. 2007년부터는 동료 데이비드 파이크David Pike와 《롱맨 세계문학선집Longman Anthology of World Literature》의 공동 책임편집자가 되어 주기적으로 재판을 발행하는 중이다. 댐로쉬는 50여 개 국가를 두루 주유하며 세계문학을 강의했고, 세계문학 강사 30여 명의 강의 노하우를 취합한 저서 《세계문학 가르치기》를 편집하기도 했다. 와일리블랙웰 출판사의 인기 있는 문학개론서이자, 숙련된 일반 독자와 학부생을 대상으로 직접 집필한 본 역서 《세계문학 읽기》는 세계문학의 보급에 누구보다 진력해 온 댐로쉬의 그런 작업의 정화精華라고 할 것이다.

4 _ 이 책 《세계문학 읽기》

댐로쉬의 여느 책처럼《세계문학 읽기》도 논의되는 텍스트의 광대한 범위를 특색으로 한다. 고대 그리스 서사시나 볼테르의《캉디드》같은 서유럽 정전부터 수메르 시, 인도 희곡, 일본 인형극, 아랍 구전, 중세 이슬람 법학자의 여행기, 카리브해 시인 데렉 월콧의 운문소설《오메로스》같은 비교적 덜 알려진 비서구권 문화의 작품들까지, 70여 권에 이르는 이 책의 논의 도서 목록은 역사적으로나 지리적으로나 대단히 폭넓고 다양하다. 댐로쉬는 이 광활한 책의 풍경에서 길을 잃지 않을 일종의 나침반으로 적극적인 '참조'를 든다. 이것이 〈서론〉의 주제로, 새로운 작품을 읽을 때에는 항상 앞서 읽었던 작품과의 비교를 통해 접근할 것을 제언한다. 설령 그 두 작품이 서로 완전히 무관하게 보이는 상이한 문화권의 작품일지라도, 세계문학 작품들에는 그것이 생산된 문화의 경계를 넘어 서로 연결될 수 있는 초월적인 역능이 있음을 역설한다.

　　1장 〈"문학"이란 무엇인가?〉는 각기 다른 시대와 문화에서 문학의 의미와 개념을 논의한다. 서양에서 문학 개념은 18~19세기 동안 구전설화, 철학적 담론, 수사적 연설을 포함하는 등 꽤 광범위하게 유지되었지만, 20세기 초에 시, 희곡, 산문소설 등의 창작물로 제한되었고, 오늘날에는 다시 다양한 문헌을 포괄하며 확장되는 추세다. 예컨대 어떤 문학선집은 이제 플라톤의《변명》과 이슬람 경전 코란, 악기 연주에 맞추어 부르려고 쓴 중세 가곡을 수록하기도 한다(댐로쉬의 《롱맨 세계문학선집》이 그렇다). 시대마다 문학의 개념이 다른 만큼, 그 사회에서 작가가 담당하는 역할도 다르다. 사포, 워즈워스, 두보의 비교는 시대와 장소에 따라 "문학의 특성과 문학이 사회에서 수행하는 역할에 대한" 서로 다른 신념 패턴을 지녀 왔음을 보여 준다. 세 시인 모두 자전적 경험을 노래하지만, 사포의 시는 진실과 허구의 정교한 교직으로 표상되고, 워즈워스의 시는 진실을 가장한 허구이며, 두보의 시는 의심의 여지 없는 진실로 여겨진다. 댐로쉬는 이런 차이에 혼란을 느낄 때마다 잠시 독서를 멈추고 깊이 숙고하거나, 같은 작가·장소·시간의 다른 작품들을 읽어 볼 것을 권유한다.

2장 〈시간을 가로질러 읽기〉는 앞선 시대의 텍스트를 읽고 다시 써 온 방식의 역사를 탐구한다. 어떤 텍스트가 시대에 따라 다르게 수용되며 천변만화해 온 양상을 추적하는 것은 그 작품들을 둘러싼 특정 민족의 문화적 조건을 분명히 하는 데에 도움을 준다. 이를테면 《길가메시 서사시》와 그 영향 아래 탄생한 호메로스 서사시의 비교는 친구의 죽음으로 인한 영웅의 슬픔과 불멸 존재인 어머니들의 불안이란 모티프의 반복에서 노정되듯, 영생불사에 대한 고대 메소포타미아인과 그리스인들의 공통된 관심사를 드러낸다. 한편 호메로스 본인부터 베르길리우스, 단테, 제임스 조이스, 앨리스 오스왈드, 데렉 월컷까지 호메로스식 작가들의 서사시에서 '신과 인간의 관계'를 바라봐 온 관점의 변화 과정을 살펴보기도 하는데, 이는 호메로스 이후 신들이 갈수록 우리 인간의 세계에서 멀어져 왔음을 지구적 차원에서 드러내 보인다. 댐로쉬는 이런 유사점과 차이점 모두에 주목할 것을 강조하며, 이를 통해 세계문학을 읽을 때 흔히 범하게 되는 작품 간의 섣부른 동화同化와 이화異化를 방지해 나갈 것을 촉구한다.

3장 〈문화를 가로질러 읽기〉는 우리와 완전히 다른 문화권에서 쓰인 작품을 이해할 전략을 제공한다. 기본적인 방법은 장의 서두에서 밝히듯 주석이 풍부한 책을 고르는 것이고, 좀 더 심층적인 이해를 위한 독서는 우리에게 익숙한 문화권 작품과의 유비·대조를 통해 가능하다. 이때 이 두 작품 간의 비교는 "공통적인 분석 기준을 제공할 수 있는 제3의 용어나 관심사를 준거로 삼아야 한다". 댐로쉬는 이런 분석의 실례로 '죄의식'과 '보는 행위'의 모티프에 주목하여 소포클레스의 《오이디푸스 왕》과 칼리다사의 《샤쿤탈라》를 비교하고, 17세기 중산층계급의 부상이라는 맥락에서 몰리에르의 《서민 귀족》과 지카마쓰 몬자에몬의 《신쥬텐노아미지마》를 읽어 낸다. 니콜라이 고골과 루쉰의 〈광인일기〉에서는 급속히 쇠락해 가는 한때의 두 강대국 러시아와 중국에서 미쳐 가는 한 인간의 상像을 탐구하고, 제임스 조이스와 클라리시 리스펙토르의 작품에선 사랑의 주제와 셰익스피어의 패러디를 발견한다.

4장 〈번역으로 읽기〉는 세계문학에서 필수적인 번역의 문제를 다룬다. 이 장의 가장 흥미로운 지점은 단연 번역이 원문의 열화판이라는 오랜 고정관념을 뒤집으려 한다는 데에 있을 것이다. 글의 전반적인 논조는 번역의 고질적인 단점으로 지목되는 '문체'의 손실이 '의미'의 증가를 통해 만회될 수 있음을 언술하며, 더 나아가 훌륭한 번역은 원문에 영향을 주고(앙투안 갈랑이 그의 《천

일야화》 번역서에 추가한 알라딘과 알리바바 이야기가 아랍어 원전에
도 덧쓰여졌듯) 심지어 원문을 개선하기까지 한다고 대담하게 천
명한다(볼테르가 랄프 박사의 미완성 원고를 다듬어 《캉디드》로 완성
시켰듯). 또한, 그런 역자의 역량만큼이나 그것을 감식해 낼 수 있
는 독자의 안목이 중요하다고도 힘주어 말한다. 그렇기에 번역가
가 "그때와 지금, 이곳과 그곳, 다른 언어와 모국어 간의 간극을
고찰하고 그 간극을" 메꾸고자 내린 선택에 주의를 기울여야 한
다고 하며, 이를 위한 방법론으로 한 텍스트의 여러 번역을 비교
하여 읽을 것을 제안한다.

　세계문학을 적극적으로 실천하는 두 가지 방안을 꼽자면, 하
나는 앞에서 다뤘듯 '문학'을 번역하는 일일 것이고, 다른 하나는
바로 '세계'를 번역하는 일일 것이다. 그러므로 5장 〈멋진 신세계〉
는 낯선 땅을 탐험해 온 여행가들의 일지에 주목한다. 여기서 핵
심은 번역자가 한 언어를 다른 언어로 번역할 때 그 방식을 결정
해야 하듯(범박하게는 직역할지 의역할지), 여행자들도 한 문화를
번역할 때 여하한 해석학적인 결정을 바탕으로 그 작업에 착수해
왔음을 인지하는 것이다. 예를 들어 애프라 벤이 수리남을 잃어
버린 지상낙원으로 소개했다면, 볼테르는 이 땅을 그런 유럽인들
의 미망에 생지옥이 되어 버린 식민지의 표상으로 제시했다. 그런
가 하면 원나라의 도읍 킨사이는 폴로에 의해 "천상의 도시"가 되
기도 하고, 칼비노에 의해 "포스트제국주의 유럽의 이미지"가 되
기도 한다. 물론 여행자뿐 아니라 독자도 해석학적 결정에 기반하
여 특정 문화를 읽어 낼 수 있다. 과연 수리남은 낙원인가 지옥인

가, 킨사이는 천상의 도시인가 포스트제국주의 유럽의 이미지인가? 댐로쉬는 한 문화에 대한 이런 상반된 시각에서 오는 혼돈이 다른 세계에 대한 진정한 관심을 유발할 것을 의심치 않는다.

5장이 여행자가 낯선 이국땅을 모험하는 과정에 초점을 둔다면, 6장 〈제국을 쓰기〉는 외국인의 '침략'이 이루어진 후 변화된 모국의 풍경을 담아내는 원주민 작가들의 작품을 탐구한다. 장의 도입부 논의는, 그런 탈식민 작가들의 경우 어떤 언어로 글을 쓸 것인가의 문제부터가 치명적인 애로 사항으로 작용할 수 있음을 역설한다. 자국어로 글을 쓸 것인가, 아니면 그들의 나라가 강제 합병된 제국의 언어로 글을 쓸 것인가. 제국어인 영어로 글을 썼던 데렉 월컷은 세계적인 명성과 엄청난 부를 획득했지만, 크레올어를 모국어로 둔 카리브해 출신 작가로서 평생을 정체성 불안에 시달려야만 했다. 반면 포르투갈의 육화된 형상과도 같았던 시인 카몽이스는 자국어로 글을 씀으로써 포르투갈인들의 민족적 자긍심을 고취하고 거국적인 찬사를 받았지만, 그것이 가난한 나라 포르투갈에서 재부를 쌓게 해 주지는 못했고 끝내 포르투갈의 몰락과 함께 비극적으로 생을 마감하고 만다. 6장은 이외에도 제국의 학정에 맞선 탈식민주의 작가의 전략에 주목할 것을 촉구한다. 일례로 콘래드와 소잉카는 "로마제국 시대 영국"이나 "제2차 세계대전"의 주제를 언급하는 등 영국인의 우월주의 심부에 도사리는 식민지적 야만성을 묘파함으로써 그들이 참칭하는, 소위 문명인의 허울이 얼마나 공허한 것인지를 적나라하게 폭로했다. 댐로쉬는 이렇게 20세기 탈식민주의 세계문학에 구현된 유럽중심주의의 해체를 거론하며, 그것이 다음 장에서 다뤄질 21세기 트랜스내셔널리즘의 주제로 이어지고 있음을 은근하게 암시한다.

그러므로 7장 〈세계적 글쓰기〉에서는 국가 간의 경계가 흐릿해진 오늘날의 작가들이 세계의 독자에게 다가가고자 고안한 다양한 방식이 다뤄진다. 대표적으로 '탈지역화된' 글쓰기와 '글로컬적' 글쓰기가 있다. 전자는 특정 나라의 "관습, 장소, 인물, 사건에 대한 직접적인 참조 없이" 보편적인 주제에 집중하는 글쓰기로, 카프카나 보르헤스, 사무엘 베케트의 작품이 좋은 범례다. 그리고 후자는 "세계관과 문학적 참조에서 철저히 국제적이면서도 소재 선택에서 단호히 지역적인" 관점을 취하는 글쓰기로, 오르한 파묵의 소설에서 그 전범을 찾을 수 있다. 댐로쉬는 그 밖에도 키플링이나 살만 루슈디, 줌파 라히리, 무라카미 류, 크리스틴 브룩로즈 같은 현대 작가들의 소설에서 '모국'의 규정이 얼마나 어려워졌는지를 설명하며, 독자들에게 더 넓어진 오늘날의 글로벌 세계 속에서 자신의 위치를 재고해 볼 것을 촉구한다.

끝으로 에필로그 〈더 멀리 나아가기〉는 '더 많은 읽을거리'를 찾고 '더 심화된 독서'를 하기 위한 전략을 제공한다. '우리가 아끼는 작가가 좋아했던 작품 읽기', '그 작가가 살았던 시대의 다른 작품 읽기', '세계문학 강좌 및 학술서 참고하기', '세계문학 전집과 선집 이용하기' 등이 그것이다. 댐로쉬는 그중에서도 최상의 방법은 '외국어를 익히고 해외로 나가 현지인과 직접 교류하는 것'임을 역설하며, 독자의 적극적인 행동을 촉구하는 것으로 책을 마무리한다.

이상의 논의를 돌이켜 봤을 때, 물론 댐로쉬의 논지에 아쉬운 부분이 없는 것은 아니다. 우선 직전 에필로그의 조언은 완전히 영어권 독자만을 상정한 것으로, 국내 세계문학 강좌 및 학술서의 제반은 빈말로도 풍족하다 하기 어렵고 선집 역시 국내에서는 그 개념조차 낯선 용어다. 책 전체적으로도 이와 비슷한 맥락에서 오는 문제점이 적지 않다. 텍스트 전반에 걸쳐 소개되는 다양한 운율시나 4장 후반부에 제시된 여러 영어 방언이 그 예인데, 이런 운율시들의 리듬은 우리말로 음미될 수 없고, 영어 방언들의 고유한 맛 또한 한글로는 전달되지 않는다. 하물며 6장에서 댐로쉬가 많은 지면을 할애하여 야심 차게 소개한 월레 소잉카의 《죽음과 왕의 마부》나 에밀 하비비의 《비관낙관주의자 사이드의 비밀스러운 삶》 역시 고전이라는 평판이 무색하게 한국어로는 읽을 수 없는 형편이다.

그러나 그런 결핍들은 댐로쉬가 책의 말미에서 주장하듯, '외국어를 익히고 해외로 나가 현지인과 직접 교류하는 것'으로 모조리 해결되는 문제들이다. 물론 이것은 너무나 원론적인 해결책이고, 외국어를 익히는 데에 엄청난 수고로움이 동반된다는 것도 안다. 그러나 우리가 이미 이 글의 전반부에서 다뤘듯, 세계문학의 길에 왕도란 없다. 오직 절차탁마만이 세계문학을 가능하게 할 뿐이다.

이 점에서 다시 보면, 상술한 결핍들은 우리가 외국어를 익히고 해외로 나가 현지인들과 적극적으로 교류할 것을 교묘하게 그러나 상징적으로 부추기고 있는 것 같기도 하다. 그리고 이것은 기실 세계문학의 본령에 부합하는 메시지라고도 할 수 있다. 200년 전 괴테가 바이마르에서 세계문학을 처음 주창한 것도 사방 만국의 지식인들이 상호 교통하며 학제적 교류의 망을 구축하자는 취지에서였기 때문이다. 다시 말해 세계문학, 그 거대한 난제에 맞선 우리의 전략은 각자도생이 아닌 합종연횡이어야 할 것이다.

◆　◆　◆

마지막으로 역자 본인이 누구보다 이 전략에 충실하여 여러 귀인의 도움을 받아 책을 번역했음을 언명하는 것으로 글을 마무리하고자 한다. 먼저 불민한 제자를 계도해 주신 윤화영 교수님과 김용규 교수님께 감사드린다. 김용규 교수님은 역자가 적확한 번역어를 찾지 못해 머리를 쥐어뜯을 때마다 계몽적인 가르침을 내려 주시기도 했다. 캐나다 친구 조녀선 애덤스Jonathan Adams에게도 감사를 전한다. 그와 문답을 주고받을 때면 언제나 드넓은 세계를 내가 작업하던 부산의 조그마한 단칸방으로 옮겨 오는 듯한 느낌이었다. 이 책에 실린 많은 인용문의 원서를 우리말로 옮겨 준 앞선 번역자 분들께도 심심한 사의를 표한다. 나는 그 모든 번역을 주저함 없이 참조했고, 그럼으로써 제 역량을 넘어선 통찰에 닿을 수 있었다. 끝으로 이 책을 정성껏 편집해 준 앨피출판사 편집부와 내 삶의 지주인 가족에게 감사를 전한다.

2022년 10월

김재욱

서론

일러두기

원어 표기 본문에서 주요 인물(생몰연대)이나 도서, 영화 등의 원어명은 맨 처음, 주요하게 언급될 때 병기했다. 인명이나 지명은 외래어 표기용례를 따랐다. 단, 널리 알려진 이름이나 표기가 굳어진 명칭은 그대로 사용했다.

옮긴이 주 본문 하단의 각주는 모두 옮긴이의 것이다. 본문 중간에 들어가는 옮긴이 주는 〔 〕로 별도 표기했다.

원주 본문 속 [ ]는 원저자의 주이다.

도서 제목 본문에 나오는 도서 제목은 원저자가 사용한 언어의 원어를 번역 표기하는 것을 원칙으로 하되, 국내에 번역 출간된 도서는 가능한 한 그 제목을 따랐다.

4천 년 이상을 거슬러 올라가 오늘날 세계의 거의 모든 거주 지역까지 확장되는 세계문학은 독자에게 비할 바 없이 다양한 문학적 즐거움과 문화적 경험을 선사한다. 그러나 이 다양성은 그 자체로 특수한 문제를 제기한다. 독자가 본인이 속한 관습 내에서 보유한 문화적 자산만으로 다른 지역의 작품이나 작가에 접근하기는 쉽지 않기 때문이다. 발자크의 독자는 파리를 방문하지 않고도 그 도시에 대해 많은 것을 알고, 보들레르와 프루스트의 장면을 더 수월하게 시각화할 수 있다. 그러나 발자크의 독자가 아랍의 시를 완전히 이해하기는 어렵다. 그러려면 코란에 대한 해박한 지식이 있어야 하기 때문이다. 하나의 문화에 익숙해지는 데에도 상당한 시간이 걸리는데 세계의 수많은 문학 문화를 어떻게 다 다룰 수 있을까?

문학 전통은 종종 고도로 문화-특화적이다. 버나드 쇼와 톰 스토파드의 희곡은 일관되게 셰익스피어를 환기하고, 고대 일본과 중국 시에 대한 참조로 가득한 초기 일본의 《겐지 이야기源氏物語》는 이제 현대 일본 소설가들이 계속 참조하는 중이다. 문화는 각기 다른 문학적 참조를 통해 문학이 형성되고 이해되는 방식에 관한 특별한 가정을 발달시킨다. 작가의 가정과 가치를 알지 못한 채 외국 작품을 읽으면 그것을 자신이 이미 알고 있는 문학 형태의 얕은 버전으로 축소시킬 위험이 있다. 이는 마치 호메로스가 정말로 소설을 쓰고 싶어 했지만 인물의 성장을 제대로 다룰수 없었다고 하거나, 일본의 하이쿠가 17음 만에 기력을 소진하는 소네트 모방 양식에 불과하다고 하는 것과 같다. 번역된 외국 작품을 읽을 때에는 원래 형태로부터 멀어진 작품이 새로운 언어로 어떻게 새 삶을 살아가는지에 주의해야 하고, 이 과정은 손실과 이득을 동시에 수반할 수 있다.

이처럼 우리가 작품을 읽는 맥락은 그 자체로 문제를 제기한다. 비교문학자 프랑코 모레티Franco Moretti가 말했듯, 세계문학은 "대상object이 아닌 **질문problem**이다"ㅣ〈세계문학에 대한 추측들Conjectures on World Literature〉, 55ㅣ. 이 질문은 단순히 범위나 규모의 문제가 아닌 정치학과 경제학의 문제다. 오늘날의 글로벌 문화에서는 민족적 전통을 단일한 전 세계적 시스템의 일부로 사유하는 것도 가능할지 모르지만, 이 시스템은 뿌리 깊은 불평등을 특징으로 한다. 모레티는 이런 세계 시스템을 "하나이면서 불균등한 시스템"이라고 설명한다. 에밀리 앱터Emily Apter가 2013년 저서《세계문학에 맞서: 번역불가능성의 정치학에 관해Against World Literature: On the Politics of Untranslatability》에서 주장했듯, 문학이 국경을 자유롭게 넘나드는 경우는 거의 없다. 그것은 현대문학에서만 일어나는 일이고, 특히 초창기 문학을 살필 때에는 상호 간 연계가 거의 없이 분리된 지역적 시스템을, 즉 복수複數로서의 세계문학을 더 많이 사유해야 한다.

고전 작품이든 현대 작품이든 그 어느 것도 우리에게 제 발로 다가오거나 호메로스의 장밋빛 손가락을 가진 새벽으로 우리 앞에 떨어지지 않으며, 그들이나 우리의 문화적 짐에서 자유롭게 벗어날 준비를 하고 사이버 공간으로 날아오지도 않는다. 복잡하고 곧잘 문제시되는 제국 정복의 역사는 오늘날 자본과 무역의 불균형한 흐름과 더불어 자국에 유입되는 작품 선정에도 지대한 영향을 미쳐 왔다. 그리고 이 과정은 그 작품을 읽는 방식에도 영향을 미친다. 만일 훌륭히 번역되고 주의 깊게 읽힌다면, 이 위대한 문학작품들은 새로운 전망을 열고 의심의 여지 없는 가정에 도전하며 문화 간의 대화와 이해를 촉진할 것이다. 그러나 실제로는 먼 시대와 장소에서 온 작품이 진부한 방식으로 소개되고 읽혀져 독자의 문화적 자기만족과 세계에 대한 평면적인 시각만을 심화시키는 경우가 잦다.

비전문가 독자는 무엇을 해야 할까? 자국과 인접국에서 쓰인 좁은 문학의 테두리 안에 독서를 제한하지 않으려면 먼 시대와 장소에서 온 작품을 최대한 활용하는 방법을 개발해야 한다. 작가들은 언제나 국경을 넘어 동시대 및 과거 작가들과 대화해 왔고, 그런 연유로 민족적 전통을 이해하는 일도 더 넓은 세계 속에서 그 전통이 차지하는 위치에 주목하는 것을 의미한다. 이 책은 세계문학의 다양한 세계 속으로 진입하는 일련의 방식을 제공함으로써 이런 요구를 충족시키는 데에 주력한다. 각 장은 이국적 소재를 다룰 때 직면하는 주요 문제를 강조하고, 개인적으로 또는 강의실에서 세계문학 읽기의 유익한 접근법을 예시할 수 있는 주요 작품의 결합을 보여 준다.

세계의 수많은 문학작품을 다루며 직면하는 문제는 너무나 현실적이지만, 나는 세계문학 작품이 그것이 생산된 문화의 경계를 초월하는 비상한 능력을 갖는다는 확신 아래 이 책을 집필했다. 매우 탁월한 작품조차 너무 문화-연계적이라 그것이 쓰인 곳의 독자나 그 지역 전문가에게만 의미가 있을 수 있고, 그런 텍스트는 본국이나 본 지역 문화의 영역 안에 남는다. 그럼에도 많은 작품이 먼 시대와 장소에서 독자를 찾고 강렬한 즉각성으로 우리에게 말을 건다. 우리가 그 간단없는 이국성에 여러모로 어리둥절해하거나 애타거나 매료될 때에도 말이다.

기원전 2097년부터 2047년까지 남부 메소포타미아를 통치했던 세계 최초의 문학 후원자 우르 슐기 왕의 중정中庭만큼 오늘날 우리에게서 멀리 떨어진 문학문화는 없다. 그의 언어였던 수메르어는 지금껏 알려진 어떤 언어와도 무관하다. 이 언어는 호메로스로부터 1천 년 전 이미 사용이 중단되었고, 그 설형문자는 19세기 말까지 2천 년 동안 해독되지 못했다. 현대 학자들이 이 고대어를 공들여 해독한 결과, 이제 슐기 왕이 아들을 위해 지은 자장가의 매력에 감응하는 데에 어떤 전문 지식도 필요치 않다.

이리 오너라, 잠아, 이리 오너라, 잠아,
내 아들이 있는 곳으로 오너라,
내 아들이 있는 곳으로 빨리 오너라!
그 쉬지 않는 눈을 잠들게 하고,

그 말똥말똥한 눈에 너의 손을 덮고,

그 종알거리는 입이,

그의 잠을 쫓지 않도록 해 다오. |〈슐기 N Šulgi N〉, 12-18행 |[1]

이 고대 서정시는 문자 이상의 것을 읽어 낼 가능성을 제시한다. 단잠을 방해하는 종알거리는 입은 아이의 입일까, 아이가 조용히 잠들길 바라는 잠이 부족한 부모의 입일까?

문학작품은 그 시대와 장소를 멀리 벗어날 수도 있지만, 반대로 그 기원 문화의 가장 깊숙한 특성 안으로 접근할 특권을 제공할 수도 있다. 예술 작품은 단순히 문화를 반영하는 데에 그치지 않고 문화를 굴절시키며, 가장 "현실적인" 그림이나 이야기는 양식화된 선택적 표상이다. 그렇지만 문학의 만화경kaleidoscopes과 철면경convex mirrors을 통해서도 상당히 많은 것이 전달되고, 작품이 참조한 바와 그 예술가 및 관객이 공유한 가정을 많이 알수록 작품에 대한 이해는 크게 증가한다. 이는 음악과 시각예술의 경우도 마찬가지고, 다른 언어로 대폭 재부호화된 언어적 창조의 경우에는 더더욱 그러하다. 일본인과 영국인은 색상을 서로 다르게 인식하는 것이 아니라, 그 스펙트럼상의 서로 다른 지점을 따라 색상에 명칭을 부여하기 때문에 다르게 분류하는 것이다. 예술과 건축

---

[1] 수메르 시 번역은 박성식 옮김,《역사는 수메르에서 시작되었다》(가람기획, 2018)를 참조했고 원문에 맞게 수정했다.

양식에서도 해당 문화를 배울 수 있지만, 문자 기록을 통하면 헤아릴 수 없을 만큼 더 많은 것을 배울 수 있다.

예컨대 슐기 왕이 가수들에게 연주를 의뢰한 시를 더 읽다 보면 어느새 모든 수메르 신과 여신의 만신전萬神殿Pantheon 및 수많은 역사적·문학적 암시에 둘러싸인 자신을 발견하게 된다. 슐기의 시들은 그가 속했던 문화에 접근할 수 있는 중요한 방법을 제공하고, 그런 문화적 지식은 궁극적으로 그가 쓴 시를 이해하는 데에 도움을 준다. 4천 년 전 슐기 왕은 시를 과거로 접근하는 특권적 방식을 제공하는 것으로 이해했다. 그는 말했다. "나는 바보가 아니다."

하늘이 그 길에 인간을 세운 순간부터 습득한 지식에 관해 말하자면, 내가 과거의 찬미가들을, 고대의 오래된 찬미가들을 발견했을 때 나는 그것들이 거짓이라 선언한 바 없고 그 내용을 부정한 바도 없다. 나는 이 유물들을 보존해 왔고 결코 망각에 내버리지 않았다.

그는 가수들에게 이 오래된 시들을 연주 목록에 추가하라고 명했고, "그럼으로써 이 땅의 심장에 불을 지폈다"| 〈슐기 B Šulgi B〉, 270-80행 |.

슐기가 그의 문학적 재산을 늘린 이유는 미학적인 것만큼이나 정치적인 것이었다. 그는 인근 우루크의 전설적인 왕 길가메시에 대한 일련의 시를 의뢰했고, 초기 지역적 제국을 창시해 가는 과정에서 길가메시의 명성을 자신의 권위를 강화하는 데에 이용했다. 한 시詩에서 슐기 왕은 자신이 길가메시의 어머니인 암소의 여신 닌순에게 입양됐고, 따라서 위대한 전임자의 배다른 동생이 된다고 말한다. 후일 이 시들을 바탕으로 쓰였을 《길가메시 서사시》는 세계문학의 첫 번째 위대한 작품으로, 종종 우정과 모험, 불멸을 향한 탐색의 시대를 초월한 이야기로 읽혔다. 그럼에도 《길가메시 서사시》는 그 시대와 장소의 작품이고, 그 기원은 제국주의적 야망의 산물이었다. 19세기 중반에 이라크 아시리아의 수도 니네베의 폐허에서 그 점토서판書板이 출토되었을 때 이는 당시 프랑스, 러시아, 오스만제국과 제국주의적 경쟁 관계에 있던 영국에게 값진 발견물이 되었다.

세계문학은 작품 생산의 관점과 작품 유통의 관점, 두 가지 관점으로 사유해 볼 수 있다. 한 국가나 지역에서 글을 쓰다가 몇 년 만에, 혹은 수백 년 후 세계적인 작가가 되는 경우가 대부분이지만, 어떤 작가는 훨씬 넓은 맥락에서 작품을 창작한다. 비록 그 작가의 텍스트가 번역되거나 해외에서 읽히지 않더라도 그 작가는 이미 세계문학에 적극적으로 참여하고 있고, 그 작품에 대한 우리의 이해는 그 작가가 대화 중인 작가에 대한 우리의 지식에서 비롯된다.

'세계문학'이라는 용어를 처음 조명한 인물인 요한 볼프강 폰 괴테는 이 점에서 범세계주의적인 작가였다. 그는 다양한 고대 작가와 근대 유럽 작가로부터 도출한 발상과 전략을 자신의 작품에 불어넣었고, 페르시아 시와 산스크리트 극drama, 중국 소설에도 깊은 관심을 가졌다. 괴테는 1827년 1월 비서 요한 페터 에커만에게 다음과 같은 유명한 말을 남긴다. "시는 인류의 공동재산이며 나라와 시대를 막론하고 수백 명의 사람 속에서 생겨난 것이네. … 그래서 나는 다른 나라의 책들을 기꺼이 섭렵하고 누구에게나 그렇게 하도록 권하고 있는 게지. 민족문학이라는 것은 오늘날 별다른 의미가 없어. 이제 세계문학Weltliteratur의 시대가 눈앞에 왔으니 모두 이 시대를 앞당기도록 노력해야 하네"ㅣ에커만, 《괴테와의 대화 Conversations of Goethe》, 165-66 ㅣ. 괴테의 《파우스트Faust》와 《서동시집West-Eastern Divan》은 세계문학 작품으로 수태되었다고 할 수 있다.

동시에 괴테는 해외에서 자신의 작품이 읽히길 염원했다. 그는 프랑스어, 영어, 심지어 라틴어로 번역된 자신의 작품을 읽는 데에 큰 만족감을 느꼈고, 좁은 범위에서 활동하는 지역² 평론가들에게는 없을 수 있는 통찰이 종종 외국 평론가에게 있다고 느꼈다. 그의 바람대로 그의 '세계적인' 작품은 세계로 보급되어 수많은 독자를 만나고 그 충만한 의미에 도달했다. 그리고 이는 다른 많은 세계문학 걸작도 마찬가지로, 여기서 저자가 외국 문학에 깊이 관여했는지 아니면 해외 독자에게 자신의 작품이 도달하길 기대했는지의 여부는 중요하지 않다. 고대 아테네의 소포클레스나 중국 당나라의 두보杜甫도 외국 문학을 많이 알지 못했을 것이고(존재했을지라도), 자신의 작품이 다른 지역에서 다른 언어로 읽

---

2   당시 괴테가 살던 바이마르는 인구 7천여 명의 소도시였다.

힐 거라고 예상하지도 못했을 것이다. 그러나 시간이 흐르며 그들은 세계문학에서 중요한 존재가 되었다. 다음 장章들에서는 소포클레스도 두보도 그 존재조차 몰랐던 나라와 대륙에서 다양한 언어로 그들의 작품이 읽히도록 해 준 번역과 유통 과정에 대해 이야기할 것이다.

먼 시대나 장소에서 온 작품을 읽는 것은 장소적인 것the local과 초장소적인 것the general, 시간에 얽매임과 시간을 초월함, 익숙함과 낯섦 사이를 오가는 움직임을 수반한다. 세계를 바라보는 관점은 언제나 관찰자가 서 있는 곳에서의 관점이고, 우리는 필연적으로 과거에 읽은 경험을 통해 무엇을 읽을지를 여과한다. 하지만 단순히 이전의 기대를 새로운 작품에 투영하는 데에 그치지 않는다면, 작품의 고유한 특성은 우리에게 깊은 인상을 남겨 우리의 시야를 넓히고 우리가 이전에 알고 있던 것에 대한 새로운 이해를 가능하게 할 것이다.

세계문학의 순전한 범위는 벅차 보일지 모르지만, 이는 여느 민족적 전통 어디에서나 찾아볼 수 있는 특징이자 장애이다. 19세기 영국에서는 한 사람이 평생 읽을 수 있는 양보다 많은 소설이 씌어졌다. 얼마나 많은 책을 읽든지 간에 읽을 책은 언제나 있었고, 처음 읽은 책에 성공적으로 적응한 사람만이 독서를 지속해 나갔다. '모국의 전통을 가로질러 읽기'는 하나의 전통에서 우리가 이미 직면한 부분-전체 딜레마나 해석학적 순환의 더 선명한 버전을 수반한 채, 어디에서든 시작해 바깥으로 작업해 나가야 한다. 그래야 더 넓은 시야를 얻을 수 있다. 헨리 필딩, 제인 오스틴,

월터 스콧, 조지 엘리엇의 소설을 안다면, 찰스 디킨스가 무엇을 했는지를 더 잘 이해할 수 있다.

나아가, 고전 서사에 대한 감각은 오늘날 쓰인 책에 의해서도 형성된다. 우리가 A. S. 바이어트, 살만 루슈디, 피터 캐리의 눈으로 부분적으로 디킨스를 읽기 때문이다. 세 소설가 모두 영어로 글을 썼지만 각자 다른 대륙에서 디킨스를 읽으며 자랐고, 디킨스는 오랫동안 영어권 국가에서만 세계적인 작가였다. 디킨스를 괴테, 빅토르 위고, 니콜라이 고골, 표도르 도스토옙스키 같은 작가들과 연결지어 19세기 유럽 소설의 맥락에서 바라볼 때 우리의 이해는 더욱 확장된다. 여기서 멈춰선 안 된다. 서기 2세기에 씌어진 로마 아풀레이우스의 풍자적 서사 《메타모르포세스Metamorphoses》나 《황금 당나귀Asinus aureus》부터 《홍루몽紅樓夢》과 중국 명·청 왕조 시대의 다른 명작들을 타 지역 산문소설 전통과 유비할 수 있다면 유럽 소설 이면의 특별한 예술적 선택과 문화적 가정을 더 잘 이해할 수 있다.

이처럼 전 세계 소설에 광범위하게 익숙해지는 것도 디킨스나 중국의 노벨상 수상자 모옌莫言을 이해하는 데에 도움이 되겠지만, 기본적으로 처음 읽는 소설, 두 번째 읽는 소설, 열 번째, 백 번째 읽는 소설을 정확히 이해하지 못한다면 결코 그런 익숙함을 얻지 못할 것이다. 이런 해석학적 과정은 해외에서 수입되어 정착한 책을 비롯해 자국 전통 안에서 유통되는 작품을 읽으며 아동기 때부터 진행된다. 외국풍이 친숙하게 여겨지던 어린 시절에 《그림 형제 동화전집》이나 《천일야화》를 읽은 독자도 있을 것이다. 어른이 되어 이미 친숙해진 작품의 경계를 넘으려 하면 새로운 충격을 경험하겠지만, 처음 읽기를 시작할 때부터 경계를 넘는 능력을 발달시킨다면 어렵지 않게 익숙해질 수 있다.

이 책은 세계문학을 이해하고 즐기면서 읽기 위해 개발하고 다듬어야 할 일련의 기술을 중심으로 구성된다. 우리는 문학의 형성 방식과 문학을 읽는 방식, 문학의 사회적 배경과 효과 등 문학 자체가 무엇인지에 대한 가정을 포함해 서로 다른 문화에서 성립하는 서로 다른 문학적 가정을 인지할 필요가 있다. 이것이 1장의 주제로, 주로 서정시에서 그 예를 끌어온다. 2장은 '시간을 가로질러 읽기'의 문제를 다룬다. 주로 서양 서사시 전통을 예로 들어 오래된 작품의 독특한 방식과 세계관을 어떻게 받아들일지, 또 그 작품에서 영향을 받아 형성된 후기 전통에서 해당 작품을 어떻게 평가할지를 논한다. 3장은 앞의 두 장을 바탕으로 희곡과 소설에서 도출한 사례연구를 통해 '문화를 가로질러 읽기'의 문제로 눈을 돌린다.

4장은 세계문학 독자가 반드시 몇 번은 겪게 되는, 번역서를 읽을 때 발생하는 흥미로운 문제를 다룬다. 여기서는 원작 언어에 대한 직접적인 지식이 없더라도 역자의 선택과 편향을 비판적으로 인식하고 번역서를 읽는 것의 중요성을 역설할 것이다. 이런 비판적인 독서야말로 독자가 본인의 독서 경험을 최대한 활용하도록 돕고, 때로는 작품이 번역으로 이득을 얻는 방식을 발견하게 이끌 수도 있다.

앞선 4개 장이 독자가 외국 작품의 세계에 도달하는 방식에 중점을 둔다면, 나머지 3개 장은 문학작품 자체가 세계로 뻗어 나가는 방식을 논한다. 5장은 해외를 배경으로 한 작품을 살펴보고, 6장은 유럽 제국과 그 식민지 시대 이후의 반향이라는 맥락에서 쓰인 작품을 논한다. 7장은 오늘날 글로벌화하는 세계에서의 새로운 글쓰기 방식을 논한다. 끝으로 에필로그는 1차 문헌에서 비평, 그리고 오늘날 점점 더 많은 작품을 창조하는 뉴미디어까지 세계문학을 읽고 연구하는 데에서 더 멀리 나아가는 방법을 간단히 정리한다.

이 책은 개인적으로 읽어도 좋고 개론 강좌의 일부로 읽어도 좋다. 앞 장들에서 다루는 여러 장르의 문제는 장르에 기초한 강의 계획서에 적합해 보이지만, 각 장들이 제기하는 문제는 어느 장르의 작품에도 동일하게 적용될 수 있다. 고대에서 출발해 현대로 나아간다는 점에서 이 책에도 흐름은 있다. 이런 흐름은 세계문학 강좌의 일반적인 진행 과정을 반영하지만, 이 책의 초기 소재와 후기 소재는 여러 지점에서 대조를 이룬다. 연대순 제시는 강좌를 기획하거나 독서 계획을 세우는 한 가지 방법일 뿐이다. 책의 분량을 적정 수준으로 맞추고자 작품 대부분을 아주 간략히 다뤘고, 대개 그 작품들로 인해 불어난 광범위한 학술 자료도 함축적으로 참조했다. 이 책의 논의는 결코 전면적인 독서를 목표로 하지 않는다. 어디까지나 일반적인 문제의 예로, 그리고 해당 작품 및 그와 비교할 만한 다른 작품으로 확장된 독서를 위한 출입문으로 제시된다.

이 책의 목표는 세계문학의 놀라운 다양성을 보여 주는 것이므로 고대 그리스의 호메로스와 소포클레스부터 중세 인도의 칼리다사, 헤이안 시대 일본의 무라사키 시키부紫式部, 2006년 노벨문학상을 수상한 터키 소설가 오르한 파묵에 이르기까지 폭넓은 작가에 대한 논의를 담고 있다. 그럼에도 사례를 더 추가하고 싶은 유혹을 물리치려 애써야 했다. 각 장의 논의는 몇 편 혹은 몇 쌍의 주요 작품을 중심으로 이루어지며, 그 외에 몇 작품이 간략히 더 다뤄진다. 여기서 제시된 예들은 세계문학에서 제기된 문제를 조명하고, 작가들이 활용해 왔고 오늘날의 독자도 채택할 수 있는 주요 전략을 제안하는 데에 진력한다.

이 책은《길가메시 서사시》부터 볼테르의《캉디드》, 데렉 월컷의《오메로스》까지 세계문학 강좌에서 기본 교재가 된 많은 작품을 검토한다. 그러나 낯선 작품도 살펴볼 텐데, 논점에 대한 적절한 예를 제시하고 내가 특히 매력적이라고 생각하는 작가를 더 많은 독자에게 소개하고 싶어서다. 상당수의 작품에서 제시되는 일반적인 문제에 집중하다 보면 어느덧 세계문학에 대한 훌륭한 기반이 다져져, 지금까지 그 어떤 단일한 문학 풍경도 제공하지 못했던 풍부하고 다양한 선택지가 눈앞에 펼쳐질 것이다.

제임스 조이스는 아마도 지금껏 쓰인 가장 "세계적인" 텍스트일《피네건의 경야》에서 "이상적인 불면증에 시달리는"|120| 이상적인 독자를 상상한 적이 있다. 그 이상적인 불면증을 꿈꾸는 이상적인 독자가 되길 강요하는 광활한 작품 세계. 이보다 더 정확히 세계문학을 정의하는 말은 없을 것 같다.

'문학'이란 무엇인가?

세계문학을 읽을 때 만나는 첫 번째 도전 과제는, 문학 개념 자체가 수세기에 걸쳐 전 세계에서 다양한 의미로 사용되었다는 점이다. 가장 일반적으로 "문학"은 단순히 "문자로 쓰인 것"으로, 말 그대로 글이라면 모두 해당된다.

기침을 계속해서 병원을 찾으면 의사는 말한다. "폐결핵에 관한 최근 기록literature을 살펴볼게요." 이때의 '최근 기록'은 토마스 만의 《마의 산》이 아닌 진료 보고서를 의미한다. 더 예술적인 맥락에서도 많은 문화들이 가상 문학을 다른 고상한 글쓰기 양식과 뚜렷하게 구분하지 않는다. "순문학Belles-lettres"은 "아름다운 말"을 뜻하는 고대 이집트어 'medet nefret'를 적절히 번역한 용어로, 시, 이야기, 철학적 담론, 연설을 포함해 수사적으로 고조된 모든 구성 양식을 지칭할 수 있다. 고전적인 한자어 문文은 시와 예술적 산문을 지칭하지만, 패턴, 질서, 조화로운 디자인 등 훨씬 광범위한 의미를 가지고 있다. 유럽에서는 문학에 대한 오랜 관념을 "인문학"으로 투영하여 18세기 내내 이 문학 개념이 꽤 광범위하게 유지되다가 점차 시, 희곡, 산문소설 등의 창작물로 제한되었다. 이런 이해는 전 세계적 규범이 되어 오늘날 〔'문학'을 의미하는〕 중국어 원슈예wenxue, 일본어 분가쿠ぶんがく, 아랍어 아다브adab 같은 용어에도 동일한 의미가 부여된다.

이렇듯, 이 용어들이 실제로 적용되는 범위는 매우 광범위할 수 있지만 상당히 제한적일 수도 있다. 어떤 독자는 일부 시와 소설만 "진짜" 문학 범주에 포용하고, 할리퀸 로맨스나 스티븐 킹의 스릴러는 버지니아 울프나 단테의 작품과는 다른 범주의 인스턴트 문학으로 간주한다. 짤막한 광고음악인 시엠송도 형식상 분명 간결한 형태의 시에 해당하지만, 그 목적이 노래의 아름다움을 음미하게 하는 데에 있지 않기 때문에 문학으로 분류하지 않는다. 시엠송의 박자와 리듬은 순전히 특정 브랜드의 치약 구매를 부추기는 메시지를 소비자의 뇌리에 각인시키는 수단으로만 기능한다.

순문학적 측면에서도 문학은 다양한 폭으로 정의될 수 있다. 찰스 다윈 같은 위대한 과학 작가와 몽테뉴나 린위탕林語堂 같은 유려한 문장력을 지닌 수필가는 그들의 언어 및 작품 속 아이디어와 내러티브 구성에 주의를 기울이는 독자에게 많은 보상을 제공한다. 그래서 지그문트 프로이트는 정신분석학적 사례연구의 예술성을 인정받아 독일에서 가장 중요한 문학상인 괴테상을 수상하고 프루스트, 카프카, 버지니아 울프와 함께 문학 강좌에서도 가르쳐진다. 이제 문학선집은 여전히 책의 지면 대부분을 차지하는 시와 희곡, 산문소설과 더불어 종교 및 철학 문헌, 에세이, 자전적 이야기, 창의적인 논픽션도 선집에 싣는다. 문학은 "문자로 쓰인" 작품이라는 근원적 의미를 넘어 문맹 시인과 이야기꾼의 구술작까지 포함하도록 확장되어 왔다. 소설이 19세기 독자를 즐겁게 했듯 오늘날의 영화와 TV 시리즈는 시청자를 기쁘게 하고, "문학"은 영화부터 일본 만화manga, 시 관련 팟캐스트까지 청각적 · 시각적 내러티브 작품을 망라하여 고려될 수 있다.

이런 다양성을 감안해 우리는 다양한 기대를 갖고 다양한 작품을 읽을 준비를 할 필요가 있다. 아우슈비츠가 아예 존재하지 않았거나 프리모 레비Primo Levi가 그곳에 수감되지 않았다면 그의 홀로코스트 수감 생활을 바탕으로 한 회고록《이것이 인간인가 Se questo è un uomo》는 영향력을 발휘하지 못했을 것이다. 반면에 보카치오의《데카메론》을 읽은 독자에게는 14세기 피렌체에 실제로 흑사병이 창궐해 사람들이 도시에서 강제로 대피당하고 시골에 모여 앉아 야한 이야기를 주고받았는지의 여부는 그다지 중요하지 않다. 중요한 것은 그런 실재 세계와의 관련성과는 별개로 문학이 무엇을 **위한** 것인가 하는 질문이다. 세계의 많은 지역에서 초기 이론가와 실천가(시인)들은 시를 운율이나 은유의 측면에서뿐 아니라 특별히 내밀한 표현 방식으로 이해했다. 산스크리트 학자 셸던 폴록Sheldon Pollock에 따르면,

전근대 남아시아 사람들은 성스러운 베다Veda[1]와 후일 카비아

---

[1] 고대 인도 브라만교의 가장 중요한 성전으로, 신이 내려 준 경전(슈루티)으로 여겨진다. 베다는 크게 네 종류로 나뉘며 가장 오래된 베다인《리그베다Rigveda》에는 신을 향한 찬가가,《사마베다sāmaveda》에는 찬가의 영창법이,《야주르베다Yajurveda》에는 제사의 예법과 노래가,《아타르바베다Atharvaveda》에는 주법과 의술이 정리되어 있다.

Kavya[문자 그대로 "시인*kavi*의 작품"]²라고 불리게 되는 것을 구별할 때 매우 조심했는데, 현대적 의미에서의 "문학*litterature*"은 그것의 좋은 번역이다. … 베다는 우리에게 명령을 내리는 주인처럼 행동하고, 고대 지식과 전설*purana*은 우리에게 친구처럼 조언하며, 문학(카비야)은 연인처럼 우리를 유혹한다. | 폴록, 〈초기 남아시아*Early South Asia*〉, 803-5 |

반면 로마 시인 호라티우스는 문학이 공적인 가치를 지녀야 한다며, 《시학*Ars poetica*》에서 훌륭한 시는 감미로우면서도*dulce* 유익해야*utile* 한다는 유명한 말을 남겼다.

임마누엘 칸트는 《판단력비판*Kritik der Urteilskraft*》에서 예술의 사용가치를 낮게 보며 예술을 "목적 없는 합목적성*purposeful without purpose*"으로 정의했다 | 〈목적 없는 합목적성*zweckmäßig ohne Zweck*〉, 173 |. 칸트로부터 한 세기 후 세기말 유미파 시인들은 예술이 지니고 있을지 모를 사회적 · 종교적 · 이념적 목적이나 영향력이 아닌 "예술을 위한 예술*art for art's sake*"을 찬미했다. 그러나 문학의 허구적 특성에도 불구하고 문학이 단순히 여흥이나 미적 쾌락을 제공한다고만 여겨진 적은 거의 없다.

존 밀턴은 인류에게 신의 섭리를 정당화한다는 분명한 목표 아래 《실낙원*Paradise Lost*》을 썼는데 (《실낙원》, 1:26), 그가 묘사한 낙원 전

---

2   산스크리트어로 된 문학작품을 통틀어 이르는 말.

쟁 장면에는 영국의 내전을 경험하며 크게 변모된 그의 정치적 견해가 반영되었다. 바이런과 셸리는 《돈주앙Don Juan》과 《무질서의 가면극The Mask of Anarchy》 같은 작품에서 급진적인 정치관을 피력했고, 이는 20세기 마르크스주의 극작가 베르톨트 브레히트도 마찬가지였다. 심지어 예술이 도덕적 목적에 기여해야 한다는 입론을 거부한 것으로 유명한 오스카 와일드조차 얼마간은 예술가가 그들 사회의 도덕률(와일드의 경력을 파괴하고 동성애를 죄명으로 그를 감옥에 가둔 이성애적 관습을 포함한)을 지지해야 한다는 빅토리아 시대 가정假定에 대항할 목적으로 유미주의적 관점을 발달시켰다.

서유럽과 북미 바깥에서는 처음부터 정치적·종교적 글과 문학이 엄격히 분리되지 않았다. 신비주의 시가 페르시아의 수피교도와 인도의 바크티 시인들의 손에서 계속 쓰여졌고, 19세기와 20세기 내내 많은 식민지 사회에서 작가가 반식민 투쟁과 이후 탈식민 시대의 정치적 논쟁에 직접 참여해야 한다는 주장이 설득력을 얻었다. 20세기의 마르크스주의적·신역사주의적·탈식민주의적 접근법은 서양 전통에서 나온 칸트파 학자들의 문학의 목적 없음purposelessness 주장에 이의를 제기했고, 이는 비서구권 작가뿐 아니라 많은 서구권 작가의 정치적 의제로서 관심을 끌었다.

작가와 독자는 주어진 문학 전통 내에서 다양한 종류의 작문을 읽는 방법에 대한 공통의 기대치를 구축하고, 숙련된 독자들은 그것을 받아들이는 방법에 대한 공통된 감각으로 작품에 접근한다. 평론가는 대중적인 프랑스혁명 역사서를 읽고 "소설처럼 흥미진진하다"고 극찬할지도 모르지만, 우리는 여전히 책에 등장하는 모든 사건이 작가가 꾸며 낸 것이 아닌 작가가 읽은 출처 있는 기록에서 나온 것이기를 기대한다. 아르헨티나 작가 호르헤 루이스 보르헤스는 종종 냉철한 학술 보고서처럼 보이는 "픽션들*ficciones*'"을 쓴 것으로 유명하지만, 독자는 곧 있을 법하지 않거나 심지어 불가능한 사건들이 일어나고 있고 보르헤스의 "출처"가 완전히 날조된 그 자체로 허구*fiction*의 일부임을 깨닫게 된다. 마찬가지로 중립적인 입장에서 "역사소설"로 분류된 책을 읽을 때 우리는 그것이 실제 사건의 대략적인 개요는 따를 것이라 가정하지만, 작가는 역사적 인물과 사건을 창조한 인물과 장면으로 보완하는 데에 어느 정도 창의적 자유를 허락받는다.

작가들은 때로 장르-변형genre-bending 실험을 통해 한계를 초월하기도 하는데, 이때 오손 웰즈Orson Welles가 H. G. 웰스의 《우주 전쟁The War of the Worlds》을 각색한 방송을 듣고 일부 라디오 청취자가 화성인의 지구 침공 소식을 실제 뉴스 보도로 착각해 패닉에 빠졌던 것처럼 작품의 장르나 작가의 의도를 착각해 혼동이 일어날 수 있다.[3] 그러나 일반적으로 작품은 주어진 문화 안에서 그것이 채택하는 형태를 변형하거나 사실상 전복할 때라도 지적인 독자라면 이해할 것이라 예상되는 규칙 형식에 광범위하게 들어맞는다.

---

3   H. G. 웰스의 동명 소설을 원작으로 오손 웰즈가 감독·각본·제작한 라디오 드라마. 1938년 10월 30일, 핼러윈 특집으로 미국의 CBS 라디오방송을 통해 뉴스 속보 형식으로 발표되었다. 오손 웰즈가 외계인 침공을 전하는 아나운서 역을 실감 나게 연기하여 많은 청취자들이 극의 내용을 사실로 오인했다.

페트라르카와 셰익스피어의 팬이라면 소네트에 대한 이해를 바탕으로 윌리엄 워즈워스의 소네트에 접근할 수 있다(14행의 약강 5보격 정형시로서 일반적으로 "페트라르카 문체Petrarchan"와 "셰익스피어 문체Shakespearean"로 불리는 2개의 지배적인 압운押韻 형식으로 구성된다). 그리고 이런 배경지식을 바탕으로 워즈워스가 극적 효과를 위해 운율 체계에 변화를 줄 때 고전적인 페트라르카의 압운 형식을 얼마나 창조적으로 활용했는지, 또 거기서 얼마나 독특하게 일탈했는지를 감상할 수 있다.

다른 한편으로, 우리는 오래된 텍스트의 구체적인 문학적 배경은 잘 모르더라도 오래된 전통의 최신 버전에는 곧잘 적응한다. 세르반테스는 당시 스페인에서 유행하던 기사도적 사랑을 풍자하여《돈키호테Don Quixote》를 쓰기 시작했지만, 오늘날 그가 풍자한《갈리아의 아마디스Amadis of Gaul》나《순백의 기사 티랑Tirant lo Blanc》을 기억하는 독자는 거의 없다. 반대로,《프린세스 브라이드 The Princess Bride》나《몬티 파이튼의 성배Monty Python and the Holy Grail》 같은 책과 영화로 재작업된 포스트모던물을 언급하지 않더라도 현대판《아서 왕의 전설King Arthur》과 랜슬롯 이야기를 통해 많은 사람이 해당 장르를 알게 될 가능성도 적지 않다.

세계문학에서는 종종 모국의 전통이 취하는 것과 매우 다른 문학적 규범과 기대를 반영하는 작품을 만나곤 한다. 셰익스피어의 극과 무척 유사하다는 점이 가잘ghazal의 독특한 극(페르시아와 인도에서 수세기에 걸쳐 유행한 서정시 형식으로, 시인이 사랑과 갈망을 경험하고 그 슬픔을 냉소적인 운문으로 쏟아 내는 방식에 고유한 규칙과 가정이 있다.)을 이해하는 데에 큰 도움은 되지 않는다. 루이스 캐럴의 주인공 앨리스가 토끼굴에 떨어졌을 때처럼, 익숙하지 않은 규칙을 따르는 인물들로 가득 찬 낯선 경관에 서게 되면 나아갈 방향부터 잡아야 한다. 유혹적인 동시에 곤혹스러운(앨리스의 표현에 따르면 "갈수록 신기해지는curioser and curioser") 이 차이야말로 일상적인 문학적 현실과 다른 경이로운 땅wonderland을 창조하는 무언가이며, 창조적인 작가들이 그들을 둘러싼 세상에 행하는 변혁의 극치다.

텍스트의 세계

각 문화마다 개별적인 문학 장르와 관련된 다양한 규범을 넘어 문학의 특성과 문학이 사회에서 수행하는 역할에 대한 독특한 신념 패턴이 있다. 지난 수백 년간 전부는 아니지만 상당수의 서양문학은 현저하게 개인주의적이었다. 서양의 많은 현대소설이 사회 전체와 대립하는 주인공 혹은 여주인공의 개인적인 발전사에 중점을 두었다. 사회적 제약에서 탈출하는 조이스의 스티븐 디덜러스나, 반대로 그 제약에 비극적으로 갇히게 되는 플로베르의 보바리 부인이 그 예이다. 해럴드 블룸Harold Bloom이 《서구의 정전The Western Canon》에서 말했듯, 대다수 서양문학은 "개인적인 사고의 이미지"다|34|.

서양의 서정시는 1530년경 한 영국 가요집에 실린, 그러나 아마 그보다 훨씬 이전에 쓰였을 익명의 서정시처럼 오랫동안 개인적인 사고 혹은 큰 소리로 부르는 노래의 형태를 띠었다.

Western / Wind when / wilt thou / blow, /

The small / rain down / can rain? /

Christ, if / my love / were in / my arms, /

And I in / my bed / again! /   〔/는 옮긴이〕

서풍이여, 언제쯤 불어올 것인가,

　　보슬비는 언제쯤 내릴까?

주여, 내 사랑을 품을 수 있다면,

　　내가 다시 침상에 들 수 있다면!

| 가드너Gardner, 《뉴 옥스퍼드 북New Oxford Book》, 20 |

　　여기서 우리는 한 불행한 연인의 불평을 엿듣는 것 같지만, 실상 화자는 어느 누구도 아닌 바람에게 말을 걸고 있을 뿐이고 심지어 현장에는 그 바람도 없다. 흔히 〈서풍Western Wind〉(현대영어로 옮겨지지 않은 판본에서는 "Westron wynde")으로 알려진 이 시는 때로 〈애타게 봄을 기다리는 겨울의 연인The Lover in Winter Pineth for the Spring〉이라는 기술적descriptive 제목을 부여받아 중세 후기와 근대 초 영국의 계절적 리듬 속에 배치된다. 우리는 화자가 겨울 동안 집을 멀리 떠났다가(물건을 팔거나 도회지에서 일자리를 찾고자) 서풍이 여린 봄비를 몰고 올 즈음 농작물을 심으러 귀향하는 모습을 상상할 수 있다. 여기까지는 상상할 수 있지만 여행자가 실내에 있는지 바깥에 있는지, 도로를 따라 터덜터덜 걷고 있는지 여관 창문을 통해 바깥을 응시하고 있는지, 시끄럽게 떠들고 있는

지 단순히 공상 중인지는 알 도리가 없다. 심지어 화자의 성별조차 불확실하다. 〈서풍〉은 공연용 노래였으므로 누가 노래하느냐에 따라 연인의 성별이 달라질 것이다.

〈서풍〉의 근본적인 구술성은 인쇄된 형태에서도 엿볼 수 있다. 시의 운율은 4박자 행("서풍이여, 언제쯤 불어올 것인가Western wind, when wilt thou blow")과 3박자 행("보슬비는 언제쯤 내릴까?The small rain down, can rain?")의 갈마듦Alternate으로 드러난다. 이런 패턴은 발라드곡에서 흔히 사용되어 "발라드격ballad meter"으로 불린다. 하지만 실제 공연에서는 규칙적인 운율의 4분의 4박자로 설정되어 2마디 단위로 총 8박자를 구성할 것이다. 짧게 느껴지는 2행과 4행에서는 여덟 번째 박자에서 쉬게 하여 가수에게 숨 고를 시간을 주거나, 극적인 효과를 위해 주요 단어를 길게 늘여 부르게 할 것이다. 1530년 가요집은 후자를 선택하여 "불어올blow"이라는 한 음절에 마디 하나를 통째로 부여하는 동시에 마지막 행에서 여분의 박자를 이용해 에로틱한 여운을 주는 끝에서 두 번째 단어 "침대bed"(인용문은 "침상"으로 번역)를 길게 늘여 발음하게 함으로써 바람의 움직임을 표현하도록 했다.

상당수의 현대 대중음악에서도 비슷한 효과음을 들을 수 있다. 예를 들어, 밥 말리는 규칙적인 당김음과 배치되는 폭넓고 다양한 행을 설정한 것으로 유명하다. 그의 곡들은 대개 16박자 단위로 8박자 행씩 짝을 이뤄 구성됐는데, 말리는 정해진 리듬 안에서 단어를 끊임없이 줄이거나 늘여 극적 효과를 만들어 냈다. 말리는 그의 밴드 '더 웨일러스the Wailers'가 에코와 신음 소리를 깔아

주는 곡 〈400년400 Years〉에서 3음절부터 12음절까지 다양한 행을 노래한다.

400 years (400 years, 400 years, Wo-o-o-o) [4][4]

And / it's / the / same — / The / same (wo-o-o-o) / phil / o / so / **phy** [10]

I've / said / it's / four / hun / dred / years; / Look, / how / long [10]

(400 years, 400 years, wo-o-o-o, wo-o-o-o)

And / the / peo / ple (wo-o-o-o) / they / still / can't / **see**. [8]

Why / do / they / fight / a / gainst / the / poor / youth [9]

of / to / **day**? [3]

And / with / out / these / youths, / they / would / be / gone — [9]

All / gone / a / **stray** [4]   [/와 강조는 옮긴이]

400년(400년, 400년, 워-우-워-어),

여전히 똑같아(워-우-워-어), 같은 철학이지,

400년이라고 말했을걸, 이봐, 얼마라고 했지,

(400년, 400년, 워-우-워-어, 워-우-워-어),

그리고 사람들은(워-우-워-어) 아직도 보질 못해.

---

4   four / hun' / dred' / years.

그들이 가난한 젊은이들과 싸우는 이유가 뭘까

오늘?

이 젊은이들이 없다면 그들도 사라질 텐데,

모두 길을 잃을 텐데. | 말리, 〈400년〉 |

노래를 들어 보면 불규칙해 보이는 모든 행에 똑같이 8박자
가 주어지고, 〈서풍〉처럼 각 연Stanza의 2행과 4행의 각운이 일치하
는 것을 알 수 있다.[5] 말리는 적당히 늘여서 불러진 영국 가요집의
"바람blow"과 "침대"를 넘어 두 번째 연의 "오늘of today"과 "모두 길
을 잃을 텐데All gone astray"라는 구절에 여덟 개 박자를 통째로 부여
해 잊지 못할 울림을 선사한다. 소리와 의미의 연주에서 먼저 말
리가 특유의 청명한 테너음으로 4음절 8박자 곡 〈400년〉을 노래
하기 시작하고, 뒤따라 더 웨일러스가 부드럽게 가사를 반복하며
노예제의 긴 시간과 그 여파를 극적으로 구현한다.[6]

한편, 우리는 아르헨티나 시인 알레한드라 피자닉Alejandra
Pizarnik이 1965년에 쓴 비의적인 시 〈당신의 이름Nombrarte〉에서 운
율적으로나 주제적으로 매우 색다른 서정적 세계로 진입한다.

---

5   모두 "i" 발음으로 끝난다.

6   "소리와 의미의 연주play of sound and sense"란 "400년"("four / hun' / dred' / years")
     이라는 구절을 이루는 4개의 음절(소리)이 그 의미(문자 그대로 "400년")와 조화·병
     렬을 이루는 것을 의미한다. 즉, 말리는 "400년"이라는 구절을 4분의 4박자로 노래함
     으로써 숫자 4를 중심으로 한 압운을 형성한 것이다(노예제의 기간이 300년이었다면
     3분의 4박자로 노래함으로써 "소리와 의미의 연주"를 행할 수 있으리라). 그리고 이

No el poema de tu ausencia,

sólo un dibujo, una grieta en un muro,

algo en el viento, un sabor amargo.

| 피자닉, 《돌 고르기Extracting the Stone》, 98 |

당신의 부재에 대한 시가 아니라,

다만 스케치, 벽의 균열,

바람 속 무언가, 쓴맛.

피자닉의 시는 다방면에서 〈서풍〉이나 말리의 곡 〈400년〉과 근본적인 차이를 보인다. 피자닉의 시는 말리의 노래처럼 한 행에 정해진 박자나 음절 수가 없지만, 운율을 완전히 포기해 버림으로써 전통적인 서정시에서 더욱 멀어진다. 〈당신의 이름〉은 노래로 불리기보단 읽히도록 완성됐고, 그 효과는 언어적인 만큼이나 시각적이다. 깨진broken 관계를 연상케 하는 "벽의 균열"은 2, 3행의 둘로 나뉜broken 구절들을 통해 시각적인 메아리를 얻는다. 16세기 시인이라면 이것을 전혀 시로 인식하지 못했을 수도 있고, 실제로 〈당신의 이름〉도 초기 시인이 썼을 법한 "당신의 부재에 대한 시"가 아님을 언명하는 것으로 시작한다. 시는 어떤 행동도 해결책도

구절을 8박자까지 늘이고 더 웨일러스가 반복해 부르게 함으로써 400년 긴 시간의 느낌을 구현한다.

제시하지 않고 심지어 동사verb 하나 없다. 이곳에는 연인들을 재회시킬 따뜻한 봄바람 대신 무용하고 씁쓸한 뒷맛을 남기는 찬바람만 불 뿐이다.

이런 차이에도 불구하고, 〈당신의 이름〉은 중요한 지점에서 〈서풍〉과 닮았다. 밥 말리의 더 웨일러스가 말리의 가사를 반복하거나 신음 소리로 가사에 효과를 더하는 것 같은 일체의 사회적 배경 없는 혼자만의 상황을 보여 준다는 점에서 그러하다. 피자닉은 〈서풍〉의 작곡가처럼 부재 중인 연인에게 집착하는 화자를 제시한다. 우리는 그 화자의 머릿속에 있는 듯하다. 희미하게 암시된 바에 따르면 현장에는 누구도 보이질 않는다. 〈서풍〉에서처럼 화자는 실내에 있을 수도 있고 실외에 있을 수도 있다. 그녀 혹은 그는 벽과 바람을 생각 중일지도 모르고, 금이 간 벽을 바라보며 쌀쌀한 바람을 맞는 중일지도 모른다. 다시 한 번 초점이 화자의 내적 드라마에 맞춰져 있으므로 우리는 그것을 알 길이 없다.

이런 예들에 비춰 볼 때 우리는 (어쩌면 더 사회적인 대중음악 양식과 상반되는) 고전적인 서정시가 본질적으로 "개인적인 사고"를 보여 준다고 간주할 수도 있다. 그러나 서기 900년 이전에 쓰인 다음의 짧은 서정시에서 확인할 수 있듯, 초기 인도의 사랑 시로 눈을 돌리면 훨씬 더 사회적인 세계가 펼쳐진다.

누군들 화내지 않을까,
아랫입술 물려 온 사랑스러운 아내 모습에.
내 경고 무시하고 너는 벌이 앉은

연꽃 향을 맡았지, 이제 고통에 시달릴 거야.

| 잉갈스Ingalls, 《음성학Dhvanyāloka》, 102 |

처음 읽어 보면 이 시는 〈서풍〉과 〈당신의 이름〉에서 그리 멀리 떨어져 있지 않은 것처럼 보인다. 다시 한 번 누군가에게 이야기를 건네는 단일 화자의 목소리를 엿듣게 되고, 시에 등장하는 누군가는 입술을 다쳐 남편이 화를 낼까 봐 겁이 난 가까운 친구인 듯 보인다. 시는 프라크리트Prakrit("자연스러운") 방언으로 쓰였다. 일반적으로 이 언어는 정교하고 세련된 산스크리트어를 사용하던 상류층 남성이 아닌 여성이나 하인들이 구사하던 언어였다. 이런 언어 자체에 더해진 화자의 솔직함은 그 친구가 여성 친구임을 말해 준다. 이 장면은 화자의 다친 친구를 포함하도록 확대되지만 친구는 침묵을 지키고 있고, 장면이 설정된 장소는 다시 한 번 최소한만 암시된다. 대화는 만발한 연꽃으로 꾸며진 정원에서 일어나는 것일 수도 있지만, 화자가 친구의 부어오른 입술을 치료하는 실내에서 이루어지는 것일 수도 있다.

서양 시를 읽듯 이 시를 읽으면 부인의 정서 상태와 관련지어 시를 읽게 된다. 남편의 분노로 화자가 느끼는 고통을 강조하는 시의 결말에서 힌트를 얻을 수 있다. 그럼에도 시는 불충분해 보이고 만족감을 주지 못하며 '고통'이라는 단어의 등장도 느닷없어 보인다. 벌에 쏘이는 것은 잠깐 짜증 나는 정도에 그칠 일이고, 정상적인 배우자라면 그것에 분노보다는 연민을 느끼는 것이 마땅하다. 그렇다면 부인이 폭력적인 남편과 결혼했다고 상상해야 할까? 남편은 입술의 부기 때문에 더는 부인에게 키스를 하지 못하게 되었다고 역정을 내는 것일까? 에우리피데스부터 조이스 캐롤 오츠까지 학대를 일삼는 남편에 관한 서양문학의 전통은 유구하지만, 그 해설이 이 상황에도 적용될 가능성은 희박해 보인다. 친구는 남편을 비난하기는커녕 부어오른 화자의 입술을 보면 어떤 남편이건 분노할 것이라는 주장으로 이야기를 시작한다. 친구는 왜 더 협조적이지 못할까?

이 수수께끼는 다른 산스크리트 시를 읽다 보면 곧 풀린다. 많은 산스크리트 카비아나 서정시가 금기된 사랑이나 불륜에 관한 것이기 때문이다. 더욱이 인도 시인들은 종종 열정에 휩싸인 연인이 깨물거나 긁어서 생긴 숨길 수 없는 자국을 이야기하곤 한다. 따라서 카비아 시를 읽거나 듣는 사람은 시의 첫 번째 연에서 부인의 연인이 그녀가 숨길 수 없는 신체 부위를 부주의하게 깨문 것이라는 상황을 즉시 의식할 것이다. 이런 진실을 드러내는 실수에서 남편의 분노와 부인의 고통이 자연스럽게 발생하고 〔벌에 쏘인다는〕 고전적 모티프의 재치 있는 활용에서 시인의 솜씨가 드러난다.

이 정도는 산스크리트 사랑 시 모음집을 읽는 것만으로도 알아낼 수 있지만, 더 확실한 해설문을 활용할 수도 있다. 산스크리트 전통에 속한 학자–시인들이 쓴 시적 언어에 관한 정교한 논문들이 있기 때문이다. 앞의 시는 가장 위대한 산스크리트 정치시인 중 한 명인 아난다바르다나Anandavardhana(820~890)가 시적 암시의 예로 인용한 시다. 그리고 서기 1000년경 아난다바르다나의 추종자인 아비나바굽타Abhinavagupta는 그의 논문을 평하며 이 시에 대한 상세한 설명을 제공한다. 아비나바굽타의 해석인즉, 시가 강렬하게 사회적인 것으로 보인다는 것이다. 아비나바굽타는 시에 화자의 친구 외에 그 누구도 등장하지 않는다고 생각하지 않기 때문이다. 그리하여 처음에 사적인 대화로 보였던 것이 사회적 드라마로 탈바꿈한다.

> 스탠자stanza[4행 이상의 각운이 있는 시구]의 의미는 다음과 같다. 바람난 부인이 연인에게 입술을 물린다. 영리한 부인의 친구는 남편의 비난에서 그녀를 구하려고 남편이 근처에 있다는 것을 알면서도 짐짓 못 본 체하며 친구에게 말한다. "**이제 고통에 시달릴 거야.**" 이 말의 문자 그대로의 의미는 외도한 아내를 향한 것이다. 그러나 암시적인 의미는 남편을 향한 것으로, 그렇게 그녀에게 죄가 없음을 알린다 |103|.

아비나바굽타의 해석은 이 시를 우리가 서양 서정시에서 기대할 수 있는 1~2인 중심의 전개를 넘어선 시로 확장시킨다. 이 시점에서도 우리는 여전히 보카치오와 몰리에르에게서 발견되는 이중언어double dealing와의 유사점을 찾아내려고 할 수 있다. 이중언어란 바람난 여주인공들과 교활한 하인들의 언어로, 이들은 종종 각각의 청자에게 양 차원의 의미를 제시한다. 그러나 아비나바굽타는 그가 이해한 장면을 이제 막 설명하기 시작했을 뿐이다. 그는 "이웃들에 대한 암시도 있고, 그들은 부인이 남편에게 심한 폭행을 당한다는 이야기를 듣고 그녀의 간통을 의심할 수도 있다"
라고 덧붙인다. 이웃들도 이 자리에 있다고? 이웃들만이 아니다.
"남편의 또 다른 아내에 대한 암시도 있고, 이 또 다른 아내는 경
쟁자가 학대를 당한다는 사실과 그녀〔입술을 다친 부인〕의 간통[소식]
에 기뻐할 것이다. 이 암시는 **사랑스러운**dear('사랑스러운 부인')이
라는 단어에서 기인하고, 입술을 다친 부인이 '또 다른 부인'보다
더 매력적이라는 사실을 말해 준다." 아비나바굽타는 두 번째 부
인의 존재를 직감 혹은 창조함으로써 화자가 친구에게 "다른 부
인이 널 나쁜 사람이라 욕해도 수치스러워할 필요 없어. 언제나
당당히 밝게 빛나렴"이라고 말해 주는 중이라 확신한다.

　이제 정원은 제법 많은 사람들로 북적이지만 아직 소개할 이
가 남아 있다. 아비나바굽타는 심지어 사랑스러운 부인의 연인도
그 자리에 있다고 가정한다. "부인의 숨겨진 애인을 향한 암시도
있다. 〔화자는〕'오늘은 내가 당신이 사랑하는 이를, 또 비밀리에 당
신을 사랑해 주는 이를 구해 줬지만 다시는 이렇게 티가 나게 문 상
처를 남겨선 안 돼요'라고 경고하는 중이다." 끝으로 "화자 주변에
서 있는 눈치 빠른 이들에게 마치 '난 이렇게 숨겨'라고 [말하는 듯
한] 화자의 영리함에 대한 암시가 있다"│103│. 확실히 우리는 외로
운 연인이 봄을 기다리는 곳과는 매우 다른 시적 세계에 있다.

　영어 서정시와 산스크리트 시 사이의 이런 차이는 중요하지
만, 이는 정도의 차이일 뿐 동서양 간의 절대적이고 메울 수 없는
간극을 반영하는 것은 아니다. 한두 명 이상의 인물을 다루는 서
양 시도 간혹 있고, 모든 카비아가 아비나바굽타의 주장처럼 붐비

는 경관에 의존하는 것도 아니다. 심지어 이 시도 핵심적인 통찰은 질투심 많은 남편이 부르면 들릴 만한 거리에 있다는 것으로, 그런 통찰이 시의 근본적인 드라마를 드러낸다. 모든 구경꾼이 정원을 에워싼 채 귀를 쫑긋 세우고 있는지, 부인의 연인이 가까운 무화과나무 뒤에 숨어 있는지는 확실치 않다. 아비나바굽타가 "사랑스러운"이라는 단어를 덜 사랑받는 두 번째 부인이 근처에 있음을 암시하는 표현이라고까지 해석한다면, 그는 아마 영원한 학구적 유혹, 즉 시의 모든 단어에서 특별한 의미를 찾아내려는 욕구에 빠진 것일지도 모른다.

이런 충동은 이미 2천 년 전 랍비들의 《성경》 해석에서도 드러난다. 그들은 어떤 도저한 진리를 찾아 《성경》 속 모든 문법적 조사와 특이한 맞춤법에 파고들었다. 현대 옥스퍼드대와 예일대 교수들 역시 키츠의 표현법 중 아주 사소한 것조차 놀라운 의미로 펼쳐 내는 데에 능통하다. 일부다처제를 언급하려는 의도가 전혀 없어 보임에도 시인이 부인을 "사랑스럽다"고 한 것은, 질투심 많은 남편이 간통을 얼마나 염려하고 있는지를 강조하기 위해서다. 어쩌면 시인은 그저 행line을 채울 단어가 필요했는지도 모른다. 아비나바굽타의 해석을 얼마간 여과해서 받아들인다고 해도 그의 해석은 이 시에 사회적 세계가 서양의 숙련된 독자가 생각했던 것보다 훨씬 더 충만하게 존재한다는 것을 드러낸다. 이런 차이를 깨닫는 것은 자칫 일관되지 않거나 무의미해 보일 수 있는 요소를 이해할 수 있게 하고, 시를 전통 자원의 매혹적인 세공細工으로 감상할 수 있게 해 준다.

세계문학을 읽을 때에는 차이점과 유사점의 스펙트럼 안에서 양극에 위치한 이화異化와 동화同化의 위험성에 주의할 필요가 있다. 산스크리트 시를 순진무구하고 비논리적인 예술가나 서양인과는 완전히 다른 감수성을 지닌 사람들이 사는 신비로운 동양의 산물로 받아들인다면 시를 깊게 이해하지 못하는 것이다. 그렇게 이해하면 산스크리트 시를 매력적이지만 무의미한 것으로 여기게 되거나, 인도 독자만이 이해할 수 있는 사소한 문제를 지나치게 과장한다고 여길 수 있으며, 인도를 비롯해 올바른 사고관을 지닌 현대인이면 누구도 지지해서는 안 될 가부장적 규범을 강화하는 시라고 볼 수 있다.

마찬가지로 고대 시인과 청중도 **우리와 같은 사람이었기에** 고대 시인들이 아내 학대를 다룬 현대 시에서 찾아볼 수 있는 것과 동일한 원칙, 동일한 유형의 문화적 가정에 따라 시를 연주했을 것이라는 전제에도 주의해야 한다. 그러려면 그 전통을 충분히 학습하여 해당 전통의 '참조 패턴'과 '세계관, 텍스트, 독자에 대한 가정'을 총체적으로 이해해야 한다.

산스크리트 시를 읽으면서 외국 작품의 차이점을 수용하는 기초적인 방법을 배울 수 있다. 비논리적이거나 과장되거나 이상할 정도로 무미건조해 보이는 순간에 잠시 독서를 멈추고 실제로 무슨 일이 벌어지고 있는지 자문하는 것이다. 물론 그런 모든 순간이 극적인 통찰로 이어지는 것은 아니다. 혼동은 우리에게 부족한 전문적 지식으로만 해소될 수 있고, "호메로스도 가끔은 존다"는 알렉산더 포프의 유명한 말처럼 실제로 시인도 실수할 때가 있기 때문이다. 그럼에도 새로운 작품, 특히 먼 시간과 장소에서 온 작품을 대하는 바람직한 태도는 그것을 처음 읽을 때의 혼란스럽고 황당한 순간들이 작가의 독특한 방식과 가정을 꿰뚫어 볼 창窓이 될 수 있다고 간주하는 것이다. 남편의 분노를 놀랍도록 강조한 부분에서 잠시 멈추고 같은 전통에서 쓰인 다른 작품에서 유사한 순간을 찾다 보면 부인의 부은 입술에서 진짜 문제를 발견하게 된다. 그러면 시인이 보편적이라 할 만한 주제에 특별한 표현을 부여하고자 그 문화에서 활용할 수 있는 전통을 얼마나 아름답게 조율했는지를 확인할 수 있다.

작가의 역할

한 문학 텍스트가 다루는 세계를 문화마다 다르게 이해한다면, 애초에 텍스트가 만들어지는 방식에 대한 개념도 문화마다 달라질 것이다. 플라톤과 아리스토텔레스까지 거슬러 올라가는 서구 전통에서 문학은 시인이나 작가가 **만들어 내는**makes up 것이었고, 이런 가정은 서구의 용어인 "시poetry"("만들기making"를 뜻하는 그리스어 *poiesis*)와 "허구fiction"("만드는 것to make"을 뜻하는 라틴어 *fictio*) 속에 내포되어 있다. 이 개념은 작가의 빼어난 창의성에 대한 찬탄을 포함할 수도 있지만, 문학을 비현실, 허위, 노골적인 거짓말 쪽의 스펙트럼에 배치할 수도 있다. 이것이 플라톤이《국가》에서 그의 이상적 국가에서 시를 추방하고자 한 이유이자, 아리스토텔레스가 시를 역사적 기록보다 더 철학적이며 일상적인 사건에서 벗어나 더 높은 진리를 전달할 수 있는 것으로 찬양한 이유다.

여러 문화들은 문학을 독자의 물리적·도덕적 세계의 위나 아래에 있는 것이 아닌 현실에 깊이 내재된 것으로 간주해 왔다. 작가들은 무언가를 꾸며 내는 이가 아닌 주위에서 보이는 것을 관찰하고 성찰하는 이로 여겨진다. 스티븐 오웬은 중국 시의 전성기로 간주되는 당나라 왕조 시대(618~907) 시학을 논하며 이런 차이를 역설했다. 오웬은 저서《중국 전통 시와 시학: 세계의 징조 Traditional Chinese Poetry and Poetics: Omen of the World》에서 8세기 시인 두보의 시를 인용한다.

강가의 가는 풀 미풍에 흔들리고,
밤배 위 돛대는 혼자서 우뚝하네.
별빛 드리운 들판 한없이 넓고,
장강에 비친 달, 물결 따라 흘러가네.
문장에 기대어 이름 얻기 바라지 않았으나,
나이 들고 병들어 관직에서도 물러났네.
떠도는 내 처지 무엇을 닮았을까?
천지간에 한 마리 물새 신세일세. |12|[7]

---

7 두보의 시 번역은 https://m.blog.naver.com/moyangsung을 참조했고 원문에 맞게

산스크리트 시와 달리 두보의 서정시는 고독한 관찰자의 독백으로 제시되고, 이 점에서 많은 서양 시와 닮았다. 화자는 그를 둘러싼 자연계의 일부로서 질병, 노화, 정치적 후회 등 시인의 내적 드라마에 풍화되지 않은 풍광이 그의 사적인 고뇌와 추억에 상응하는 물리적 특성으로 상세히 제시된다. 오웬의 말처럼 두보의 시는 "그 강렬함과 직접성에서, 그리고 순간적으로 일어나는 경험의 표현에서 일반적인 일기와 다른 특별한 종류의 일기일 수 있다"|13|. 이런 관찰의 직접성에 조응하여 이 시의 독자들은 화자를 꾸며 낸 "허구적" 인물이 아닌 두보 자신으로 상정했을 것이다. 당나라 시인들은 개인적인 경험과 성찰을 독자에게 전달하는 것을 자신의 과업으로 이해했고, 시적 전통 자원을 통해 이를 예술적으로 조탁하고 여기에 영원한 가치를 부여했다.

반면에 서양 작가들은 그들을 에워싼 세계로부터 예술적 독립을 주장해 왔다. 서양 작가들은 자신의 작품이 선언문이 아님을 꾸준히 역설했고, 자기 작품에는 아무런 의미가 없다고 표명하기도 했다. 1926년 아치볼드 매클리시Archibald MacLeish가 "시는 의미할 것이 아니라 다만 존재해야 한다"고 했듯이 | 매클리시, 〈시학Ars Poetica〉, 847 |. 그로부터 350여 년 전 필립 시드니 경Sir Philip Sidney도 "시인은 단언하지 않으므로 거짓말쟁이가 아니다"라고 했다 | 시드니, 〈시의 옹호The Defense of Poesy〉, 517 |. 이에 반해 두보의 독자들은 시인이 자기 경험의

수정했다.

진실성을 단언하고 있다고 확신했다. 요컨대 두보가 정말로 말년에 한밤중 유배지에서 달빛으로 반짝이는 모래 위의 흔들리는 가는 풀과 한 마리 물새를 관찰하며 시를 썼으리라고 말이다. 시드니가 《변명Apology》에서 시인의 임무를 "꾸며 냄counterfeiting"이라고 했다면, 두보의 동시대인들은 두보를 극락과 지상, 풀, 물새, 시인을 매개하는 심오한 상응관계를 꿰뚫어 보는 이로 간주했다.

산스크리트 시처럼 중국 시도 서양 시와 종류의 차이가 아닌 정도의 차이를 보인다. 두보의 독자들은 시인이 단순히 눈에 띄는 것을 글로 옮기는 사람이 아님을 알았다. 고전 한시는 시인이 그 주변 세계의 요소들을 오랜 염원의 이미지, 은유, 역사적 참조를 활용해 매우 선별적으로 엮어 낸 정교한 조형물이었다. 마찬가지로 꾸며 냄과 기교에 천착했을지언정 매클리시처럼 자기가 쓴 작품에 인지적 의미가 없다고까지 주장한 서양 작가도 거의 없었다. 결국 매클리시의 경우도 역설적인 의미였다. 그의 시 역시 "시는 의미할 것이 아니라 다만 존재해야 한다"는 의미 있는 선언을 하기 때문이다.

서양 전통에도 두보처럼 자신의 경험을 술회하는 듯한 시인은 늘 있었다. 일찍이 기원전 7세기 그리스의 위대한 시인 사포는 사랑하는 여인이 멋진 청년과 시시덕대는 모습을 보고 느낀 바를 다음과 같이 소묘하듯 썼다.

내 보기에
저 사내는 신들과 닮은 장부일세,
그는 너의 가까이 맞은편에 앉아

너의 달콤한 목소리 들으며,

너의 매혹적인 웃음에

내 심장은 두근거렸지,

너를 잠깐 스치듯 바라보니

나는 말문이 막히고 내 혀는 굳고

가벼운 불꽃 나의 살갗 덮으며

내 눈은 앞 못 보고, 귓가에 윙윙 우는 소리 맴도네

땀이 온몸을 적시고

전율이 온몸을 타고 흐른다,

풀밭의 풀보다 파랗게 질려,

나는 죽은 사람이다,

내 보기에 그러하다. | 사포, 〈내 보기에To Me It Seems〉, 304-5 |[8]

여기서도 사포는 문자적literal 관찰을 기교로 가득한 은유와 뒤섞는다. 그녀는 질투심에 파랗게 질렸을지도 모르지만 그렇다고 풀보다 파랗게 질리지는 않았을 것이다. 또한 목소리를 잃었어도 물리적으로 혀가 굳은 것은 아니며, 몸이 달아오르는 것을 느끼고 귓가의 맥박이 뜨겁게 고동치는 소리를 듣지만 실제로 불길에 휩싸인 것은 아니다.

---

[8] 사포의 시 〈내 보기에〉 번역은 김남우 옮김, 《고대 그리스 서정시》(민음사, 2018)를 참조했고 원문에 맞게 수정했다.

독서의 방식

두보와 사포의 대비는 각자의 문화에서 시인이 각자의 사명을 추구하는 방식의 차이를 부분적으로 반영하지만, 이는 동시에 독서와 수용 방식의 차이이기도 하다. 스티븐 오웬은 중국과 서양의 시적 가정을 비교하면서 두보의 '한밤중' 장면과 윌리엄 워즈워스의 소네트 〈웨스트민스터 다리 위에서, 1802년 9월 3일Composed upon Westminster Bridge, September 3, 1802〉을 대조한다. 두보처럼 워즈워스도 야외 풍경을 관조한다.

> 지상에 이보다 아름다운 광경이 또 있을까.
> 그냥 지나치는 이는 바보이리,
> 이렇게 감동적인 장엄한 광경을.
> 이 도시는 의복처럼 걸치고 있구나,
> 아침의 아름다움을, 말없이, 벌거벗은 채,
> 배도 탑도 둥근 지붕도 극장도 사원도
> 들판과 하늘 향해 열려 있고,
> 매연 없는 대기 속에 다들 눈부시게 빛나는구나.

| 워즈워스, 《시선Selected Poems》, 1: 460 | [9]

---

9 워즈워스의 시 번역은 유종호 옮김,《무지개》(민음사, 1974)를 참조했고 원문에 맞게 수정했다.

〈웨스트민스터 다리 위에서〉라는 시 제목의 구체성에도 불구하고, 오웬은 "워즈워스가 이 장면을 실제로 보았는지 어렴풋이 기억해 냈는지 아니면 상상으로 그려 냈는지는 중요하지 않다"고 주장한다. "시의 단어들은 무한한 특수성을 지닌 역사적인 도시 런던을 대상으로 하는 것이 아니며 단어들은 다른 무언가, 즉 템스강의 떠다니는 배들의 수와는 전혀 무관한 어떤 의미로 우리를 인도한다. 그 의미는 규정하기 어렵고 영원히 완전함에 도달할 수 없다." 오웬은 시가 '고독한 상상력의 힘'이나 '자연 대 산업사회' 혹은 그 밖의 어떤 주제를 다뤄도 "그 텍스트가 잠재적 의미의 충만함을 가리키지, 1802년 9월 3일 런던의 새벽을 가리키지는 않는다"고 말한다| 오웬, 《중국 전통 시》, 13-14 |.

그렇다면 어째서 시를 1802년 9월 3일 런던의 풍경화로 읽을 **수 없는** 것일까? 워즈워스가 템스강에 떠다니는 배들의 수를 세어 보라고 우리를 초대한 것은 아니지만, 두보 역시 풀잎을 세어 보진 않았다. 워즈워스의 소네트 마지막 행들은 그가 기록 중인 순간의 유일성uniqueness을 고집스럽게 강조한다.

태양도 이보다 더 아름답게 담가 본 적 없으리,
아침의 눈부심 속에 골짜기와 바위와 등성이를.
이처럼 깊은 고요를 내 본 적도 느낀 적도 없나니,

가람은 나긋이 제 뜻대로 흐르고
아! 집들도 잠든 듯

저 강인한 심장도 잠자코 누워 있구나! |1: 460|

위 행들에서 워즈워스는 눈앞에 펼쳐진 장면을 공유하고자 독자를 초대한다. 확실히 그는 오랜 시간이 지난 후 과거의 인상을 기록했을 수도 있고, 그 장면을 완전히 가공해 냈을 수도 있다. 마찬가지로 두보도 '한밤중' 장면을 꿈에서 보았거나 목격한 다음 날에 썼을지도 모른다. 그런 차이는 시인의 습관만큼이나 독자의 가정과 관련이 있다.

이런 가정은 문화에 따라 다를 수 있을 뿐 아니라 한 문화 내에서도 시간이 흐르면서 뒤바뀔 수 있다. 19세기 독자들은 낭만주의 시인들의 운문에 시인들의 개인적인 경험이 밀접하게 반영됐다고 여겼다. 키츠가 "안락한 죽음과 반쯤 사랑에 빠졌던half in love with easeful Death" 1879년에 쓴 시 〈나이팅게일에게 부치는 노래Ode to a Nightingale〉는 폐결핵에 걸린 시인이 때 이른 죽음을 직감하고 그 비애를 표현한 것으로 이해되었다. 더 최근 독자들은 이 시의 기교(〈나이팅게일〉의 화자는 자신이 실제로 나이팅게일의 소리를 들었는지 아니면 "환상을 보거나 백일몽을 꾼 것인지" 확신하지 못한 채 시를 끝맺는다)를 강조하는 쪽을 선호하지만, 키츠의 동시대인들은 시인이 스러지는 황혼의 빛 속에서 황홀경에 빠져 영혼을 쏟아 노래하는 실제 나이팅게일의 지저귐 소리에 감동해 아름다움과 필멸을 투영했으리라는 걸 의심하지 않았다.

중국 시인들은 종종 사회적 행사를 위해 시를 썼는데, 이런 "기회시機會詩occasional verses"는 서양에서도 오랫동안 쓰였다. 바이런은 본인의 다양한 경험을 시와 시 제목에 기록하곤 했는데, 〈이 날에 나는 내 36년 일기에 종지부를 찍으리: 미솔롱기, 1824년 1월 22일On This Day I Complete My Thirty-Sixth Year: Missolonghi, Jan. 22, 1824〉이 그 예다. 이 시는 바이런이 그리스 독립을 위해 싸우러 갔던, 시의 부제에 명시된 미솔롱기에서 집필되었고, 그 사실을 독자가 인식하 느냐에 따라 파급력이 달라진다. 심지어 바이런이 중세 기사나 스페인 유혹자에 대해 썼을 때에도 이 "바이런적 영웅들"은 얇게 위장된 그 창조자의 형상이었다. 차일드 해럴드의 사색과 돈주앙의 성적 도피는 바이런의 일기 속 실제 기록처럼 보였고, 그런 방향성은 이 인물들을 다룬 시들[10]에 등장하는 수많은 반어적 방백으로 고조되었다.

반면, 20세기 거의 내내 문학비평가들은 문학작품을 신비평가 윌리엄 윔샛William Wimsatt이 "언어적 도상verbal icon"이라 명명한, 우리의 전기적 지식에서 독립된 자족적 인공물self-contained artifacts, 즉 작품의 의미를 전적으로 자체적으로 표현하는 인공물로 간주하는 것을 선호했다. 그러다가 1980년대 이래로 문학 연구는 문학작품을 본래의 사회적·정치적·전기적 콘텍스트로 환원하고자 힘써 왔다. 그런 '읽기'를 통해 문학 연구는 워즈워스의 소네트가 실제로 1802년 9월 3일에 쓰였는지 여부에서 다시 한 번 차이를 만들어 냈다.

---

10 《차일드 해럴드의 편력Childe Harold's Pilgrimage》(1812~1818), 《돈주앙Don Juan》 (1819~1824).

사실 이 소네트는 그날 쓰이지 않았을 것이다. 워즈워스가 웨스트민스터 다리에서 런던의 이른 아침을 목도하고 경탄했던 자리에는 그의 여동생 도로시도 함께 있었다. 그녀의 일기에 따르면, 그날은 1802년 7월 27일로, 시 제목에 명시된 날짜보다 6주나 앞선다.

> 여러 골칫거리와 재난을 겪은 후, 우리는 토요일 새벽 5시 반에서 6시 무렵에 런던을 떠났다. … 우리는 채링 크로스에서 도버로 가는 마차를 탔다. 아름다운 아침이었다. 무수한 조각배가 강가를 떠다니는 도시 세인트폴은 우리가 웨스트민스터 다리를 건널 때 가장 아름다운 광경을 연출했다. … 심지어 거기에는 자연 그 자체의 위대한 장관인 순수성 같은 것도 있었다.
>
> | (도로시) 워즈워스, 《일기Journals》, 194 |

이런 날짜 변경은 결국 소네트가 시인이 그가 묘사한 인상을 획득한 순간에 쓴 "기회시"가 아님을 암시한다. 워즈워스는 〈웨스트민스터〉를 7월에 처음 쓰고 나중에 그 날짜를 얼마간 늦춘 것이다. 7월 말에 워즈워스는 도버를 떠나 프랑스에 약 한 달간 머문다. 이 나라는 그가 프랑스혁명 초 격앙된 시기인 1791년부터 1792년까지 1년간 거주했던 곳이다. 이곳에서 그는 사회의 급진적 개조를 바란 혁명가들의 희망을 공유했고, 이후 나폴레옹 제국과 그 공포정치로 희망의 좌절을 경험하기도 했다. 워즈워스는 혁명기 프랑스에 머무르는 동안 프랑스 여인 아네트 발롱과 열렬한 사랑에 빠졌고, 가족의 독촉으로 모국에 돌아가기 전 그녀와의 사이에서 딸 캐롤라인을 낳는다. 1802년 7월 영국에서 약혼한 그는 아네트와의 관계를 정리하려고 다시 프랑스를 찾았다가 10년 전 갓난아이 시절에 헤어진 딸과 재회한다. 이 여행 동안 혁명의 과정, 아네트와의 실패한 로맨스, 딸과의 짧은 만남(두 사람은 덜 분명하게 다루어진다)에 대한 회한으로 가득 찬 소네트들을 쓴다. 한 예로, 칼레 해변을 배경으로 한 소네트 〈아름답고 고요하고 자유로운 저녁It Is a Beauteous Evening, Calm and Free〉에서 캐롤라인은 신원미상의 아이로 등장한다.

> 나와 함께 이곳을 거니는 사랑스러운 아이! 사랑스러운 소녀야!
> 엄숙한 생각에 무연無緣한 듯 보일지라도,
> 네 성품은 여전히 성스러우리.
> 너는 1년 내내 아브라함의 품속에 있고,
> 성전聖殿의 지성소至聖所에서 기도하고 있으니,
> 우리가 모르는 사이에도 하느님은 너와 함께 계시리라.
>
> | 워즈워스, 《시선》, 1: 444 |

전기적으로 읽으면, 이 시는 캐롤라인이 그 없이도 잘 지내고 있다는 것과 그가 딸을 찾지 않아도 조상인 아브라함이 1년 내내 딸을 보살펴 주리라는 시인의 양가적인 안도감을 드러낸다.

결혼을 앞두고 아네트를 찾기란 건 쉬운 일이 아니었을 것이다. 워즈워스는 적당히 휴식을 취한 후 떠날 준비를 마쳤다. 워즈

워스는 〈칼레 근처의 해변에서, 1802년 8월Composed by the Sea-Side, near Calais, August, 1802〉이라는 소네트에서 간절히 귀향을 생각한다. "나는 많은 두려움을 안고 / 사랑하는 조국 위해 진심 어린 한숨 쉬네, / 그녀[영국]를 사랑하지 않는 이들 사이에서 / 오래도록 머무르며" |2: 40|. 이 시의 자매편인 〈도버 근처 계곡에서, 귀국일에 Composed in the Valley near Dover, on the Day of Landing〉는 영국으로 돌아온 감정을 이렇게 묘사한다. "여기, 우리 모국의 토양에서, 우리는 다시 한 번 숨을 쉰다." 워즈워스는 프랑스에 두고 온 딸을 대신해 영국 소년들이 뛰노는 모습을 보며 자신을 위로한다. "건너편 목초지의 소년들, / 흰 소매 바람으로 뛰노는구나, / 백악의 바다 기슭에서 부서지는 파도 소리, / 모두 영국의 것이네." 젊은 시절 연인과 짧게 재회하고 고향에 돌아온 워즈워스는 이제 다른 여성, 즉 여동생 도로시와 "한 시간의 완벽한 행복"을 경험한다.

> 그대는 자유롭다,
> 나의 조국이여! 이것은 충분한 기쁨이요 자랑이어라
> 한 시간의 완벽한 행복, 다시 영국의
> 풀밭을 딛고 서서, 보고 듣는다,
> 사랑스러운 나의 동반자와 함께. |2: 43-4|

이렇게 보면 워즈워스의 시는 두보처럼 페르소나의 상상적 사고를 대변하는 것이 아니라, 시인의 개인적인 경험과 견해를 전달한다고 읽을 수 있다. 확실히 워즈워스는 그와 로맨틱한 관계에 있던 이들을 매우 완곡하게 언급하고 소네트에 날짜와 장소를 명기하면서도 아네트나 캐롤라인, 심지어 여동생의 이름조차 언급하지 않는다. 대신에 워즈워스는 그의 개인적인 드라마를 '영국의 평화와 자유' 대 '프랑스의 혼란과 폭정' 식으로 대조적으로 전개한다. 두보 역시 자기 불행의 주된 원인과 정치적 야망의 좌초, 황실에서의 추방을 대개 우회적으로 언급했다. 워즈워스가 아네트나 캐롤라인의 이름을 언급하지 않듯, 두보도 정치적 정적이나 황제의 이름을 결코 언급하지 않았다.

시인의 역할을 대하는 중국과 영국 전통의 근본적인 차이는 시적 관행만큼이나 독서 방식과도 관련이 있다. 시인들이 각기 다른 요구를 하고, 독자들도 각기 다른 독서 습관을 가정하기 때문에 그 결과물인 시도 꽤 다르게 읽히는 것이다. 두보의 시는 시인의 삶과 분리될 수 없는 반면에, 워즈워스의 소네트를 시인의 삶과 연결지어 읽는 것은 시인이 이따금 힌트는 줘도 결코 공개적으로 청하지 않는 독서를 선택하는 것이다. 워즈워스가 캐롤라인과 도로시 대신에 "사랑스러운 아이dear child", "사랑스러운 동반자dear companion"라고 하는 것은 불분명한 반쪽짜리 고백일 수도 있지만, 독자에게 의도적으로 자기 삶에 대한 제한된 관점을 제공하는 것일 수도 있다. 독자는 워즈워스가 자기중심적 자기과시라고 평했을 과도한 개인적 디테일에 주의를 분산시켜선 안 된다. 워즈워스는 정체성을 열어 둠으로써 소네트가 독자에게 더욱 강하게 공명되길 바랐고, 그 결과 우리는 우리가 사랑하는 사람, 자녀, 동반자의 얼굴을 시인의 인물에 대입할 수 있다.

그러므로 〈웨스트민스터〉의 날짜 변경은 자전적 기만 행위와는 다르다. 워즈워스는 시를 그 시적 분위기에 적절한 시기, 즉 여행을 시작하는 불안정한 시기보다는 안도감을 주는 귀환의 시기에 배치하려고 날짜를 조정한 것이다. 워즈워스는 자전적 소네트에 본인 삶의 진실을 쌓아 갈 때에도 시인을 허구제작자maker of fictions로 보는 서양 전통에 맞게 그것을 전환한 것이다.

두보의 작품 중 가장 유명한 것은 〈가을의 흥취秋興Autumn Meditations〉라는 종합적인 제목으로 알려진 일련의 서정시다. 이 시들에는 워즈워스의 소네트에 실릴 법한 행들이 포함되어 있다. "산성 마을에 고요히 아침햇살 비추는데 / 오늘도 강루에서 푸른 산빛 바라보네. / … 고국에서 평화롭게 살던 그때가 그립구나"ㅣ그 레이엄Graham,《당나라 후기 시들Poems of the Late T'ang》, 53ㅣ. 두보와 워즈워스는 이러한 관찰에서 긴밀하게 하나로 수렴될 수 있지만, 둘의 방식은 극명하게 다르다. 워즈워스는 〈웨스터민스터〉를 여름에서 가을로 전치轉置함으로써 시적 목적을 달성했으나, 중국 전통에서는 이런 시기 전환을 상상하기 어려웠다. 두보에게는 한여름에 가을의 사건을 쓰거나 여름에 한 체험을 가을에 배치하는 것은 있을 수 없는 일이었다. 혹여 그런 전치를 시도했다 해도 시적 모순이 발생했을 확률이 큰데, 중국 시는 변동하는 계절에 밀접하게 곡조를 맞춰야 했기 때문이다. 꽃, 계절적 활동, 그 밖의 많은 것들이 바뀌어야 했다. 계절을 바꾸더라도 여름 시 분위기가 가을 배경에서 부조화를 이룬 듯 보였을 것이므로, 여름 장면을 가을 사건으로 간단히 바꾸기는 어려웠다.

소설이란 무엇인가?

개별 작품의 수준을 넘어 장르 간의 관계는 각 문화의 문학 생태계에 따라 다르게 나타난다. 예컨대 서양 독자는 오래전부터 시와 산문을 명확히 구별된 글쓰기 양식으로 생각하는 데에 익숙하여 "산문적인prosaic"이라는 용어와 "시적인poetic"이라는 용어를 대개 상극으로 파악한다. 19세기 후반 들어 다양한 작가들이 이런 구별에 반기를 들고 더 자의식적으로 시적인 산문을 쓰고 "산문시prose poems"까지 선보였다. 그러나 이런 실험은 예외적인 일로, 서양 독자가 산문에 공공연히 시를 뒤섞는 문화의 작품을 읽으려면 어느정도 적응이 필요하다.

《겐지 이야기》는 위대한 산문소설 중 하나로, 서기 1000년경 무라사키 시키부라는 필명의 일본 궁녀가 집필했다. 그녀는 총 54첩으로 구성된 이야기에 800여 편의 시를 실었는데, 서양 독자들은 이런 혼합물을 어떻게 읽어야 하는지 한 번도 학습해 본 적이 없었다. 1920년대 《겐지 이야기》를 처음 영어로 번역한 아서 웨일리Arthur Waley는 시 대부분을 전면 폐기하고 폐기하지 않은 서정시는 산문으로 번역했다. 그렇게 웨일리는 유럽 소설 혹은 어른을 위한 일종의 지적인 동화에 더 가까워 보이는《겐지 이야기》를 만들어 냈다. 웨일리의 접근법은 그가 번역서 속표지에 실은 17세기 프랑스 작가 샤를 페로Charles Perrault의 경구에서 잘 드러난다. 웨일리는 심지어 샤를 페로의 신데렐라 이야기 구절을 프랑스어 그대로 인용하기까지 한다. *Est-ce vous, mon prince? lui dit-elle. Vous*

vous êtes bienfait attendre!(그녀가 말했다. "당신인가요, 나의 왕자님? 얼마나 기다렸는지 몰라요!"). 비일본적 단순명쾌함으로 표현된 여주인공의 자제력을 강조하는 이 행에서 무라사키의 "빛나는 왕자님" 겐지(光 源氏하카루 겐지, "Shining Prince" Genji) 위로 신데렐라의 잘생긴 왕자님이 겹쳐진다.

원전에 수록된 수백 편의 시를 없앤 웨일리의 선택은 이 작품의 전통적인 수용에 극적으로 배치된다. 일본에서는 무라사키의 시를 이 작품의 핵심으로 여기기 때문이다. 일찍이 12세기의 위대한 시인 후지와라노 슌지에藤原俊成는 시인 지망생이면 모두 《겐지 이야기》를 필독해야 한다고 했다 | 타일러Tyler, 〈서론Introduction〉, xiii | . 일본 사람들도 제멋대로 뻗어 나가는 이야기 전체보다는 특히 사랑받는 시들 중심의 발췌문을 읽는다. 일본 문단에 형성된 이런 시적 가치의 우위는 산문가로서 무라사키의 집필에도 심대한 영향을 미쳤다. 그녀의 이야기는 시적인 순간을 중심으로 구성되었고, 인물의 성장이나 시작-중간-끝이 분명한 플롯 같은 서양 소설의 요체에는 상대적으로 덜 집중했다. 《겐지 이야기》 주인공인 겐지와 그의 어린 신부 무라사키(저자의 필명에서 따온)는 책의 3분의 2지점에서 죽음을 맞고, 다음 세대 인물들의 이야기가 이어진다. 소설은 제54첩에서 잠정적인 중단점에 도달하지만, 그 방식은 서양 소설 독자의 예상과 전혀 다르다. 어쩌면 무라사키는 하루 분량의 이야기를 더 이어 갈 생각이었는지도 모른다. 그렇더라도 클라이맥스적인 "소설적" 결말이 그녀의 계획에서 필수적인 부분이었던 것 같지는 않다.

또한 무라사키는 캐릭터들을 소설적이기보다는 시적으로 그려 낸다. 캐릭터들은 보통 이름으로 불리지 않고, 그들이 쓰거나 인용한 시 구절에서 여러 개의 별명으로 번갈아 불린다. 예를 들어, 이름으로 전혀 적절하지 않은 **무라사키**紫는 보랏빛 꽃〔등꽃〕을 피우는 식물로, 겐지의 연애와 관련된 일단의 시에서 등나무와 함께 사용된다. 실제로 "무라사키"는 겐지의 첫사랑인 후지츠보藤壺의 별명으로 처음 사용되고, 이후 이야기의 주인공인 무라사키 조카의 별명으로 옮겨진다. 웨일리 이후 대다수 서양 번역가들은 등장인물의 이름을 고정해 번역했지만, 원작에서 이름이 고정된 이는 낮은 계급의 부차적인 인물들뿐이다. "빛나는 겐지"는 가장 많이 언급되는 별명이다. **겐지**源氏라는 단어 자체는 (미나모토源) "성姓을 가진 자"라는 의미의, 천황인 겐지의 아버지가 사생아인 그에게 내린 사성賜姓의 하나이다. 요약하자면, 겐지는 황가로부터 존재는 인정받았으나 추방당한 자식인 여러 겐지 중 **한 명**에 불과하다. 무라사키는 주요 인물들의 유대감, 갈망, 경쟁심, 몽상 등 시적인 순간들이 생생히 펼쳐지는 내러티브에서 세대를 거듭해 나타나는 반복 패턴을 거듭 재생하여 보편적인 특성으로 제시한다.

무라사키가 쓰고 일대 변혁을 일으킨 이 장르는 **모노가타리**物語라고 불렸고, 오늘날 이 용어는 주로 "로맨스"나 "이야기tale"로 번역된다. 대개 귀신, 악령, 기상천외한 사건으로 가득한 이 긴 서사적 산문은 일반적으로 다소 먼 과거를 배경으로 삼았고, 장르 계층구조의 최상위에 있는 시뿐만 아니라 역사서와도 경쟁해야 했다. 더욱이 일본의 시적 · 역사적 작품들은 중국 작품의 높은 위상에 가려지기 일쑤였다. 동아시아에서 중세 유럽의 라틴어 같은 위상을 자랑했던 중국어 한자는 주로 상류계급 남성이 사용한 반면, 여성은 문학적 능력을 개발하는 것은 고사하고 한자를 익힐 기회조차 얻지 못했다. 토착어 모노가타리는 여성 독자와 여성 작가 사이에서 유행했고, 18세기 프랑스 소설이나 오늘날의 "칙릿chick lit"[11]처럼 대개 의심스러운 도덕적 가치를 지닌 가벼운 오락물로 여겨졌다.

이런 맥락을 아는 것은 중요하지만 이를 알아내는 데에 특별한 연구가 필요한 것은 아니다. 무라사키가 이야기 속에 작품에 대한 명시적인 변호를 붙였기 때문이다. 제25첩에서 우리는 겐지의 집 여인들이 장마철에 그림이 들어간 패관소설romances을 읽으며 즐거운 한때를 보낸다는 것을 알게 된다. 겐지는 그가 후견하는 여성이자 수많은 패관소설을 숙독하는 "가장 열렬한 독자"인 다마카즈라玉鬘의 방 옆을 우연히 지나가다 이런 소설의 가치를 두고 그녀와 미묘한 설전을 벌이게 된다. 무라사키는 도입부부터 이 장면을 모노가타리의 가치를 주장하는 데에 활용하는 동시에 그녀가 물려받은 장르의 한계를 비판하는 기회로도 삼는다. 다마카즈라에 대해 우리가 들은 바는 이러하다.

---

11 2, 30대 미혼 여성의 일과 사랑을 주제로 한 소설 장르. "젊은 여성"을 의미하는 영어 속어 "chick"과 문학을 의미하는 "literature"의 줄임말인 "lit"의 합성어다.

그녀는 온종일 그림과 소설에 빠져 산다. 문학적 소양을 갖춘 젊은 시녀도 여럿 있다. 그녀는 소설에서 온갖 흥미롭고 충격적인 일들(그 사건들이 진실인지는 확신하지 못했다)을 접했지만, 그 중 자신이 겪은 일만큼 기구한 것은 없다고 생각했다. |무라사키, 《겐지 이야기》, 190 |[12]

여기서 무라사키는 이 장르 내 전임자들(대부분 남성)의 작품과 대조되는 그녀만의 이야기와 새로운 사실주의 권리를 암묵적으로 주장한다.

그러나 이야기 속 겐지는 여성이 훌륭한 작가가 될 수 있는지는 고사하고 훌륭한 독자가 될 수 있는지부터 의심한다. 다마카즈라의 방을 둘러보며,

겐지는 그림과 소설이 어지럽게 널려 있는 것을 보고 말했다. "이것 참 곤란하군요. 여자들은 귀찮아하지도 않고 남에게 속기 위해 태어난 것 같아요. 이 많은 옛날이야기 중 진실을 말하는 것은 몇 안 되는데, 그런 줄 알면서도 이런 시시한 이야기에 넋을 놓고 속아 넘어가서 더운 장마철에 축축해진 머리카락이 흐트러지는 줄도 모르고 베껴 적는군요."

---

[12]　무라사키 시키부의 《겐지 이야기》 번역은 김난주 옮김, 《겐지 이야기》(한길사, 2007)를 참조했고 원문에 맞게 수정했다.

그럼에도 그는 이런 주제넘은 '상냥한' 성차별적 판단을 내리고 머지않아 "이 모든 거짓말 속에서 현실적인 감정과 그럴듯한 일련의 사건을 찾은 것을 인정"한다고 덧붙인다. 그는 직접 소설을 읽지는 않을 것이나 "가끔 딸아이가 시녀에게 읽게 하는 이야기를 옆에서 들으며 세상에 참 이야기를 잘하는 사람이 많다고 생각한다." 그리고 다시 한 번 태도를 바꿔 이런 칭찬을 즉각 이야기의 사실성에 대한 새로운 공격으로 폄하한다. "아마 이런 이야기는 교묘하게 거짓말을 잘하는 사람의 솜씨로 이루어진 것이라는 생각이 드는데, 그렇지 않습니까?" 다마카즈라는 벼루를 밀어내며(그녀도 이야기를 쓰기 시작한 것일까?) 대답한다. "그렇군요. 거짓말에 익숙한 사람은 그렇게 생각하겠지요" |190|.

추파가 오가는 긴 토론이 이어지면서 진실을 제공하는 소설의 거짓과 겐지의 기만적인 마음[13]의 유혹이 아이러니하게 균형을 이룬다. 이 장면은 겐지가 "소설처럼 실제 삶도 그런 것 같아요. 사람들은 저마다 주의 주장을 달리하지요" |191| 라고 말하는 것으로 끝을 맺고, 그는 딸이 소설을 가까이하는 것까지 허락하게 된다. 결국 겐지는 "[딸에게] 적합해 보이는 소설을 고르는 데에 많은 시간을 할애했고"(이 과정을 즐겼다는 데에는 의심의 여지가 없다) "그것을 베끼거나 그림으로 그리게 했다" |192|. 이 한 장면은

---

13   "겐지의 바람 같은 마음." 《겐지 이야기》 제3첩 〈매미 허물空蟬〉에서 사용된 표현을 원용.

무라사키가 글을 쓰고 비판했던 문학적 환경에 대해 소설의 기술技術을 다룬 논문에서 학습할 수 있는 것만큼이나 많은 사실을 알려 준다.

◆ ◆ ◆

워즈워스, 두보, 사포, 무라사키를 함께 읽으면 이 작가들이 사회적·정서적 혼란을 성찰적인 예술 작품으로 변모시킨 독특한 방식을 탐구할 수 있다. 각각의 다른 전통들은 사회로부터의 독립과 내부 통합으로 이어지는 유동적 척도에 따라 작가들을 다른 장소에 배치하고, 기존 전통 내 작가들은 그들의 문화권이라는 스펙트럼의 다양한 지점에서 발견되어 근본적으로 보편적인 문제(정치적 격변, 사랑의 상실)를 그들이 살았던 환경의 요소들(강, 조각배, 새, 햇빛, 달빛)과 결부해 독특하게 표현한다.

심지어 첫 번째 독서에서도 우리는 그런 공통점 상당수를 이해하고 인식된 차이에 흥미로워할 수 있다. 읽고 또 읽으며 각 작가가 이룩한 작업의 특수성을 더 깊이 파고드는 것이 우리의 과제이다. 구체적으로 말해, 어떤 문화가 아리스토텔레스나 아비나바굽타 같은 비평가 겸 정치시인을 배출했을 때 문학예술에 대한 공식 성명에 동참하는 것이, 그리고 무라사키 시키부 같은 성찰적 작가가 자기 자리를 구축해 나가는 여정에 동참하는 것이 우리가 할 일이다.

그런 명확한 지침이 없더라도 그 전통에 속한 작품을 골고루 읽어 해당 좌표(작가의 개성 있는 양식, 은유, 방식들)에 대한 감각을 얻을 수 있다. 당나라 시를 한두 편만 읽는 것보다는 스무 편, 서른 편을 읽고 시작하는 게 훨씬 낫다. 예를 들어 두보를 더 확실히 파악하려면 동시대 시인인 이백李白, 왕유王維, 한유韓愈와 비교·대조해 보면 된다. 그렇다고 방향성 획득과 전통에 대한 지적 이해를 위해 수백, 수천 편의 시를 읽을 필요는 없다. 우리의 이해는 더 많은 독서로 다듬어지고 깊어질 수 있지만, 가장 중요한 첫 단계는 초기의 평평한 그림이 3차원으로 펼쳐지는 발판을 해당 전통에서 확보하는 일이다. 그렇게 되면 거울을 통과해 새로운 문학 세계로 진입할 수 있다. 이것이야말로 세계문학을 만날 때 얻을 수 있는 첫 번째이자 가장 큰 즐거움이다.

2

시간을 가로질러 읽기

문학의 원천인 고전은 과거로부터 우리에게 다가온다. 그래서 하나의 민족적 전통 안에서도 시간을 가로질러 읽는 기술을 개발할 필요가 있다. 영문학과 학생들이 《베오울프Beowulf》에서 낯설고 먼 세계관을 조우하게 되고, 《캔터베리 이야기The Canterbury Tales》에서 복잡하게 얽힌 기묘한 단어를 접하게 되는 것이 그 예다. 실제로 앵글로색슨 시인이 천 년 전 《베오울프》를 쓸 당시만 해도 영어라는 언어 자체가 존재하지 않았고, 《캔터베리 이야기》에서 초서Geoffrey Chaucer의 순례자들이 구사하는 중세 영어는 이제 쓰이지 않는다. 하틀리L. P. Hartley가 1953년 소설 《중개인The Go-Between》에서 기술했듯, "과거는 외국이고 그곳에서 사람들은 다르게 살아간다"|3|.

하틀리의 소설은 불과 50여 년 전, 제1차 세계대전의 분수령이 이루어지기 직전의 기간을 배경으로 한다. 과거의 이국성은 현대 유럽을 넘어 세계에서 가장 오래된 문학문화를 바라볼 때 더욱 커진다. 문학의 역사는 초기 수메르 시와 고대 이집트의 피라미드 문자까지 거슬러 올라가고, 오늘날 우리가 서양의 것으로 생각하는 문학 전통은 약 2,800년 전에 쓰인 호메로스 서사시에서부터 구체화되기 시작했다. 오늘날 호메로스는 심지어 그의 모국에서도 완전히 생소한데, 그리스 시인 요르기오스 세페리스George Seferis는 〈외국 시에 관하여Upon a Foreign Verse〉에서 이렇게 썼다.

> 오디세우스의 그림자가 짠 바다 물결에 충혈된 눈으로 몇 번이
> 고 내 앞에 나타난다.
> 따뜻한 난로에서 피어오르는 연기와 문 앞에서 그를 기다리는
> 늙은 개를 다시 한 번 보고 싶다는 난숙한 갈망으로부터.
> 흰 수염 사이로 3천 년 전 우리말을 속삭이는 한 명의 거인.|46-7|

세페리스에게 오디세우스는 그의 문화의 기억 이미지다. "그
는 기억으로 배의 돛이 부풀어 오르고 영혼이 방향타가 되었을
때 느끼는 가혹한 고통에 대해, … 그리고 더는 산 자와의 대화만
으로 충분하지 않을 때 죽은 자와의 대화를 통해 얼마나 기묘하
게 힘을 얻게 되는지 내게 말해 준다"|48|.

20세기의 후임자에게도 외국인으로 보일 만큼 아주 오래전
사람인 오디세우스는 "상냥하고 조곤조곤하게" 말하며, 세페리스
도 "마치 아버지 같았다"고 회상한다. 이 위대한 서사시의 영웅은
시간상 가까운 곳에도 먼 곳에도 있다. 시는 오디세우스가 세페리
스에게 영원한 선물인 바다 경치를 증여하는 것으로 끝난다. "그
는 말한다. … 선수船首의 인어상을 감식할 줄 알았던 그의 손이,'

---

1   오디세우스는 배의 이물에 인어상을 설치한 덕에 사이렌의 위험을 피했다.

겨울 한가운데 고요한 푸른 바다를 내게 보여 주던 그의 모습이 여전히 아른거린다"|48|.

고대의 많은 위대한 작품처럼 《오디세이아Odysseia》는 극도로 이국적인 동시에 이상할 정도로 친숙하다. '시간을 가로질러 읽기'에서 우리는 이 두 가지 인상을 계속 살려 둘 필요가 있는데, 우리 자신을 고고학적 세부 사항에 너무 깊숙이 침잠시키거나 《오디세이아》를 현대소설로 오인해 우리 세계와 완전히 동화시켜서는 안 되며, 이 작품에 오늘날 우리가 영화나 TV에서 기대하는 바와 동일한 쾌락을 기대해서도 안 된다는 뜻이다.

그러나 이것이 호메로스 서사시가 소설이나 미니시리즈와 전적으로 무관하다는 뜻은 아니다. 현대 유럽 소설과 미국 소설을 발전시킨 18, 19세기 작가들은 대개 고전 공부에 심취했고, 확장된 이야기를 들려주는 그들의 방식 또한 상당 부분 호메로스와 베르길리우스, 그리고 그들의 서사시를 계승한 작가들에게서 왔다. 이후 많은 TV 각본이 19세기 사실주의의 주제와 기법을 TV라는 새로운 매체가 지닌 가능성에 적용했다. 그렇게 오디세우스는 2000년도에 코엔 형제가 연출한 영화 〈오 형제여 어디 있는가?O Brother, Where Art Thou?〉에서 조지 클루니가 훌륭히 연기한 대공황 시대 달변가 사기꾼 율리시스 에베레트 맥길로 재탄생했다.

시간을 가로질러 읽기의 매력 중 하나는 전임 작가들을 이해하고 그들에게 응답한 작가들의 작품을 통해 세기를 가로지르는 상황, 인물, 주제, 이미지의 전개 과정을 추적할 기회를 얻게 된다는 점이다. 이번 장에서는 이야기와 은유가 수세기에 걸쳐 진화하고 다양하지만 서로 광범위하게 연결된 언어가 발달해 가는 시간의 흐름 속에서 우리가 직면할 수 있는 연속성과 변화의 유형을 탐구한다. 우선 서양 서사시 전통의 발전을 그 태동기부터 추적하고, 구술 전통과 문자성의 상호작용, 그리고 변화하는 신과 지하세계의 표상을 살펴볼 것이다. 그리고 방향을 바꿔, 현재에서 깊숙한 과거로 시적 모티프를 역추적하는 것으로 마무리하려 한다. 삶은 항상 앞으로 나아가지만 문학의 시간은 가역적이다. 세계문학 독자로서 우리는 양방향의 시간여행에 능숙해져야 한다.

구비문학에서 문학까지

1장에서 언급했듯 오늘날 우리는 문학을 작가가 **쓴**writes 무언가로 생각하는 데에 익숙하지만, 초창기에 쓰인written 작품은 대개 구두로 창작되고 전승된 노래나 이야기 형태였다. 구술작은 순수하게 글로 쓰인 작품과는 다르게 작용하는 경우가 많다. 시인들은 철필이나 펜으로 글을 쓰기 시작한 후에도 종종 오래된 구술 기법을 새로운 창작법에 적용했고, 따라서 그들 작품의 핵심 요소는 구술 기법의 연장선이나 창조적 변형으로 이해될 수 있다. 서사시는 특히 정교한 구술 기법의 활용을 보여 주는데, 그중 많은 기법이 시인이 낭송 중인 이야기의 시구詩句를 빠르게 구성하고 문맹의 공연자가 긴 이야기를 기억하는 것을 돕기 위해 개발되었다.

　흔히 "구비문학口碑文學orature"이라 불리는 구술작은 현대에 이

르러서도 세계의 많은 지역에서 이어졌다. 세페리스의 시에서 오디세우스는 화자에게 "겨울이 닥쳐오고 삭풍이 몰아치던 순간 그 물망에 기대 / 눈물 흘리며 에로토크리스토(17세기 크레타섬에서 쓰인 어느 용감한 기사와 아레토우사 공주를 향한 그의 사랑을 다룬 서사시)의 노래를 낭송하곤 했던 / 그의 어린 시절 늙은 뱃사공들을" 환기한다| 세페리스, 〈외국 시에 관하여〉, 47 |. 서아프리카에서도 1250년경 말리 제국을 창건한 전설적인 손 하라, 순디아타의 영웅 서사시 낭송 공연이 이어지고 있다. 이런 서사시적 소재는 수세기 동안 다시 이야기되고 재작업되어 왔지만, 현대 버전은 더 최근의 발전을 반영할 수 있다. 1968년에 녹음된 한 공연에서 시인 파 디지 시소코Fa Digi Sisòkò는 지역 민속학자에게 초청받은 일을 운문에 포함시켰다. 시인의 조수가 그 말의 진실성을 보증한다.

신은 왕이요!

권력을 쥔 이라네…　　　　　　　　　　　　(진실이다)

만사 마간이 나를 찾아와,　　　　　　　　(이것도 진실이다)

서신을 건네주었지,

라디오 채널 말리에 출현하라 했네,　　(실제 그 일이 일어났다!)

파 콜리[2] 찬미가를 부르라 했네　　　　(정말로 일어난 일이다!)

| 존슨Johnson, 《서사시Epic》, 84 |

2　　Fa-Koli. 말리 제국의 전설적인 사령관으로, 순디아타의 충복이었다.

서사시라는 가장 오래된 시적 작문 양식은 현대 라디오 매체에서 새로운 삶을 맞는다.

문맹 시인들이 최초로 작곡한 호메로스식 서사시는 시의 본성을 철저히 구술적인 것으로 묘사했고, 이를 전문 "음유시인들 rhapsodes"(곡을 짜깁기해 엮는 사람들)이 주로 연회에서 관객을 상대로 공연했다. 《오디세이아》의 긴 구연口演oral performance 장면에는 파에아키아섬의 궁정악사인 눈먼 음유시인 데모도코스가 포함된다. 파에아키아는 오디세우스가 트로이에서 고향으로 항해하던 중 난파당해 표착한 장소다. 제9권에서 데모도코스에게 트로이전쟁의 일화를 노래하게 한 오디세우스는 그의 기술을 상찬하며 공연 장면을 따뜻하게 풀어낸다.

얼마나 아름다운가, 그 목소리 신과 같은
가인歌人의 노래를 듣는 것은.
생명의 면류관이라 부르리,
깊은 기쁨이 왕궁을 지배하는 것보다 바람직한 일은 없으니.
연회 참가자들은 집 안에 나란히 앉아
가인의 목소리에 매료되고, 그들 앞
식탁에는 빵과 고기 가득하고, 술 따르는 이는 희석용 동이에서
술을 퍼 와 술잔에 따르고 있네.
내 보기에 삶의 최고 선물은 이것이 아닐까 하이.

| 호메로스, 《오디세이아》, 페이글스Fagles 옮김, 211 |[3]

오디세우스는 트로이를 떠난 뒤로 겪은 위험천만한 모험을 교묘하게 개작해 삶의 행운을 되찾는다. 연민에 휩싸인 파에아키아 왕은 그 답례로 줄 수 있는 최상의 것을 오디세우스에게 선물한다. 그를 편히 집으로 데려다줄, 금은보화로 가득한 배이다.

흥미롭게도, 호메로스풍 시인들은 데모도코스의 노래와 오디세우스의 모험담 사이에 어떤 차이점도 표시할 필요가 없다고 느꼈다. 오디세우스가 고상한 운문이 아닌 단순한 산문으로 말하는 듯 보임에도 불구하고, 두 사람의 노래와 이야기 모두 우아한 6보격hexameters[4]으로 제시되기 때문이었다. 오디세우스는 교활하고 설득력 있는 이야기꾼이지만 리라 연주에 탁월한 시인도 아니거니와, 데모도코스처럼 "한창때의 소년들과 일사불란한 스텝으로 발을 구르는 / 숙련된 무도자들을 거느린 채" 공연을 하지도 않는다 | 200=8.97-8 | . 그러나 공연에서는 오디세우스와 데모도코스의 차이를 쉽게 표시할 수 있었다. 음유시인은 데모도코스 장면을 연기할

---

3 호메로스의 《오디세이아》 번역은 천병희 옮김, 《오뒷세이아》(도서출판 숲, 2015)를 참조했고 원문에 맞게 수정했다.

4 인용한 오디세우스의 운문이 그 예시다. ① what a / fine thing / it is / to lis / ten to such / a bard / ② as we / have here / — the man / sings like / a god. / ③ The crown / of life, / I'd say. / There's no / thing bet / ter / ④ than when / deep joy / holds sway / throughout / the realm / ⑤ and banqueters / up and / down the / palace / sit in / ranks, / ⑥ enthralled / to hear / the bard, / and before / them all, / the tables / ⑦ heaped with / bread and / meats, and / drawing / wine from a / mixing bowl / ⑧ the steward / makes / his rounds / and keeps / the winecups / flowing. / ⑨ This, / to my mind, / is the best / that life / can offer. / — 단, 예시의 2, 4, 9행이 5음보인 데에서 드러나듯 페이글스의 번역은 《오디세이아》를 다소 불규칙적인 6보격 서사시로 제시한다.

때 무대 뒤 사인이 없더라도 데모도코스의 고조된 서정성을 전달하고 다른 캐릭터들의 "평범한" 화법과는 다른 차이를 표현하고자 더 감미로운 목소리와 색다른 멜로디를 활용했을 수 있다. 그 결과, 시인은 노래의 정조를 유지하면서도 텍스트상에서는 차츰 사라지고 있던 데모도코스와 오디세우스의 차이를 멋진 구연으로 구체화할 수 있었다.

오랫동안 사람들은 호메로스(또는 전통적으로 그 이름으로 알려진 시인 혹은 시인들)가 《일리아드Iliad》와 《오디세이아》를 글로 썼을 거라고 추측해 왔다. 누구라도 각기 12,000행에 달하는 이 작품들의 방대한 전문을 암기할 수 있을 거라 상상할 수 없었기 때문이다. 그러나 1930년대에 고전주의자 밀만 패리Milman Parry는 유고슬라비아의 문맹 시인들이 수천 행에 달하는 서사시를 짓고 노래하며, 때로는 호메로스풍 서사시에서도 볼 수 있는 구술 기법을 활용한다는 사실을 발견했다. 더구나 유고슬라비아 시인들은 서사시를 한 구절 한 구절 암기하지 않았다. 그저 시에 등장하는 소재들을 기반으로 자유롭게 즉흥적으로 노래하며 흐름에 따라 행을 채워 나갔다. 그들은 여러 배경에 적용할 수 있는 범용적인 장면을 사용했고, 행을 채우는 데에 필요한 박자 수에 맞춰 사용할 수 있는 다양한 길이의 보관 문구stock phrases와 관용표현을 활용했다. 그리고 장면이나 장면 일부가 서로 내포될 수 있는 "고리 구성ring composition"을 포함한 반복 패턴을 확립함으로써 낭송자가 이야기를 더 잘 기억할 수 있게 했다.

패리가 분석한 호메로스 훨씬 전 시대의 문학 기법 대다수는 고대 메소포타미아에서 사용된 것이었다. 문자로 쓰인 최초의 시는 기원전 3200년경 설형문자를 발명한 수메르인이 지은 것이다. 이 수메르 시는 매우 구술적이고, 첫인상은 과하게 느껴질 수 있으나 크게 소리 내어 읽으면 주술적 효과를 일으키는 반복을 활용한다.

> 지난밤은 여왕인 나처럼 밝게 빛났고,
>
> 지난밤은 하늘의 여왕인 나처럼 밝게 빛났고,
>
> 밝게 빛났고, 춤을 추었고,
>
> 다가오는 밤의 찬란함 속에서 찬미가를 속삭였고,
>
> 그는 나를 만났고, 그는 나를 만났고,
>
> 지배자 쿨리 안나Kuli-Anna[5]는 나를 만났고,
>
> 왕은 그의 손으로 나의 손을 잡고,
>
> 우슘갈란나는 나를 껴안았네.

| 프리처드Pritchard, 《고대 근동 문헌Ancient Near Eastern Texts》, 639-40 |

호메로스 서사시에서처럼 신의 명칭epithets은 운율의 요구에 따라 다양해진다. 여왕의 부군은 시인이 행을 채우는 데에 필요한 음절이 4음절인지, 5음절인지, 6음절인지에 따라 시 속에서 각각 쿨리 안나, 우슘갈란나, 아마우슘갈란나로 불린다.

수메르인들은 그들과는 다른 아카드어를 구사하는 사람들에

---

5 수메르 바드티바라의 양치기 신 두무지Dumuzi를 말한다.

의해 점차 남부 메소포타미아에 세워진 국가들로 흡수되었다. 수메르인이 다시 그들의 고유한 문학작품을 쓰게 되었을 때 그 작업은 대개 오래된 수메르 노래를 고쳐 쓰는 것이었다. 후기 수메르 시인들이 글쓰기 문화에 푹 빠졌던 만큼, 그들은 자신의 작품을 큰 소리로 낭송하고 들려주려는 목적만큼이나 텍스트 형식으로 읽히고 연구하게 하려는 목적도 컸을 것이다.

고대 메소포타미아의 가장 위대한 서사시인 《길가메시 서사시》는 수메르어로 된 초기 연작곡聯作曲부터 시작해 기원전 1600년경에 쓰인 아카드어 서사시, 기원전 1200년경 필경사 씬 리키 운니니Sin-leqe-uninni가 쓴 것으로 추정되는 확장된 최종판까지 다단계로 진화해 왔다. 첫 번째 판본은 열렬한 모험 이야기로, "모든 왕을 압도하는Shutur eli sharri"이라는 첫 문장으로 유명하다. 서사시는 횃불 밝힌 바빌론 연회장에서 읊기에 적절한 규칙적 행들로 독보적인 영웅의 기량을 찬양한다.

Shutur eli sharri shanu'du bel gati

kardu lili Uruk rimu mutakpu

모든 왕을 압도하는 거대한 풍모의 영웅,
용감한 우루크의 아들, 사나운 들소! | 조지George, 《길가메시》, 2 |[6]

---

6 《길가메시 서사시》 번역은 김산해 옮김, 《최초의 신화 길가메쉬 서사시》(휴머니스

서사시의 후기 판본도 이 행들을 유지하고 있지만, 씬 리키 운니니는 새로운 도입부를 도입하여 길가메시를 고대 지식을 희구하는 지성인으로 그려 낸다. 첫 행은 *Sha nagba imuru*로, "심연을 본 사람"을 의미한다. 마치 사나운 들소 같은 길가메시의 영웅적인 행적을 듣기에 앞서, 우리는 그가 먼 길을 떠나 대홍수 이전의 이야기를 가져왔음을 알게 된다. 그는 오디세우스처럼 단순히 가져온 이야기를 다시 들려주는 수준을 넘어, "그 모든 노고의 결과물을 석주石柱에 새겨" 도시 내벽에 매장한다. 우리는 이 귀중한 기록물을 찾고 그 이야기를 읽도록 초대된다.

삼나무 상자를 찾아,

청동의 자물쇠를 풀어라!

비밀의 뚜껑을 열고,

청금석靑金石 토판을 꺼내어,

길가메시의 노고를, 그가 걸은 모든 길을 읽어라. |1-2|

이 고도로 문학적인 판본에서 세계문학의 첫 번째 위대한 영웅은 세계문학의 첫 번째 위대한 **저자**author가 된다.

씬 리키 운니니의 판본 내내 오래된 구술적 장치와 전형-장

트, 2020); 김종환 옮김, 《길가메시 서사시》(지만지, 2017); 공경희 옮김, 《길가메시 서사시》(현대지성, 2021)를 참조했고 원문에 맞게 수정했다.

면type-scenes이 새로운 문학적 효과로 사용된다. 가령 길가메시는 삼나무 숲의 괴물 산지기와 맞서고자 황야로 뛰어들며 세 번 꿈을 꾸고, 꿈은 갈수록 불길해진다. 이런 반복은 고조되는 긴장감을 제공할 뿐 아니라 시인에게 길가메시와 그의 충실한 친구 엔키두의 관계를 발전시킬 기회를 주고, 엔키두는 점점 더 이해하기 어려운 꿈 해석을 내놓는다. 길가메시는 눈사태, 사나운 황소, 화산에 압도되는 꿈을 꾸지만, 엔키두는 이런 악몽이 악마와의 싸움에서 수월한 승리를 암시한다고 강변한다. 기억장치로서 더는 불필요해진 이 반복적 악몽은 한 가지 정치적 · 심리적 논점을 제공한다. 엔키두는 오만한 고집불통 폭군의 친구이자 조언자로서 신중히 간언해야 할 위치임에도 왕이 듣고 싶어 하는 말만 해 주었고, 그렇게 일행은 점차 판단력이 약화되는 모습을 보이며 엔키두의 때 이른 죽음으로 귀착될 사건들로 행진하게 된다.

서사시 전통이 발달해 가면서 그 기법과 특성은 점점 더 완벽하게 문학적이 된다. 호메로스 서사시를 공연한 음유시인은 즉흥시의 대가였던 반면, 위대한 로마 시인 베르길리우스는 그 행들 위에 오래도록 머무는 호사를 누리며 단어 하나하나의 선정과 배치를 숙고하여 원하는 대로 초안을 수정했다. 《일리아드》는 한 가인이 *Mēnin aeide, thea, Pēlēïadeō Akhillēos* ("노래하소서, 여신이여, 펠레우스의 아들 아킬레우스의 분노를")라고 외치며 음악의 여신에게 자신을 통해 노래해 달라고 요청하는 것으로 시작되고, 《오디세이아》도 *Andra moi ennepe, Mousa* ("들려주소서, 무사 여신이여, 그 사내에 관한 노래를")라는 유사한 간청으로 시작된다. 반면 베르길리우스의 《아이네이스Aeneis》는 《일리아드》의 전쟁 주제와 "우여곡절을 겪는 사내"에 대한 《오디세이아》의 초점을 결합하면서도 *Arma virumque cano*, 즉 "무기들과 한 전사를 나는 노래하노라"라는 자신의 시적 위력을 대담하게 역설하는 선언으로 시작한다. 자의식이 높았던 예술가 베르길리우스는 임종을 앞두고 친구들에게 《아이네이스》 원고를 불태워 달라 부탁한 것으로 유명한데, 자신이 계획한 최종 교열을 거치기 전 상태로 작품이 유포되는 것을 원치 않았기 때문이다. 다행히 베르길리우스의 친구들이 그의 요청을 묵살한 덕에 역사상 가장 위대한 시 중 하나가 세상에 공개되었다.

베르길리우스의 서사시는 구술적 목적부터 새로운 활용에까지 적용된 호메로스식 기법을 다수 보여 준다. 형용어구epithets가 음악적으로 변조되고, 보관 전쟁 장면[7]이 주제적 효과에 맞춰 다양하게 연출되며, 고리 구성 등의 기법이 시적으로 활용된다. 호메로스식 고리 구성이 문맹 시인이 서사의 큰 줄기를 놓치지 않게 도왔다면, 베르길리우스는 균형, 형식적 질서, 운명의 느낌을 전달하고자 고리 구성을 활용했다. 그는 고리 구성을 단 1행으로까지 압축할 수 있었고, 이는 《아이네이스》 6권에서 〔트로이 용사〕 아이네이아스와 그의 동료 아카테스가 지하 세계 어둠 속으로 들어가는 장면에서 증명된다.

7　보관 장면stock scenes: 그전에 이미 사용되어 새로 집필하지 않고도 활용 가능한 장면.

Ibant obscuri sola sub nocte per umbras("그들은 어둡고 외로운 밤의 그림자를 통과해 갔다", 268행). 여기서 기본 장면basic scene은 첫 번째 단어와 마지막 2개 단어로 설정되고, 그 자체로 완전한 문장이 될 수 있다. *Ibant ... per umbras*("그들은 ⋯ 그림자를 통과해 갔다"). 이 틀 속에 *obscuri*("어두운")와 *sub nocte*("밤중에")라는 서로를 비추는 두 개의 제한적 구문이 설정된다. 그리고 이 이중 틀 속에 중심 단어로 *sola*("외로운")가 자리한다. 외로운 이들은 아이네이아스와 아카테스이지만, *sola*는 여성 형용사로 "밤"을 수식한다. 베르길리우스는 아이네이아스가 느끼거나 투영하는 감정을 밤에 부여하고, 완벽한 예술적 기교로 *sola*를 행의 중심에 두어 주변 문구로 감싼다. 마치 아이네이아스가 그림자 속에서 완전히 가려지듯이. 동시에 *obscuri*("어두운, 침침한")—"밤"에 적절한 형용어구—가 두 사내를 수식하게 한다.

오디세우스처럼 아이네이아스도 난파로 고생한 후 연민 어린 청자에게 자신의 이야기를 다시 들려주는데 그 상대는 카르타고의 디도 여왕으로, 아이네이아스는 새로운 운명의 고향인 이탈리아로 떠나기 전 여왕과 비극적인 사랑을 나눈다. 다시 한 번 오디세우스처럼, 아이네이아스도 디도에게 자기 이야기를 들려주기 직전에 트로이전쟁 이야기를 접하게 된다. 다만 서사시 전통의 문학성이 발전한 증거로, 베르길리우스는 아이네이아스가 음유시인이 부르는 본인의 이야기를 듣지 못하게 한다. 대신에 아이네이아스는 사원 벽에 자기 이야기가 벽화 형태로 부조되어 있는 것을 보게 된다. 아이네이아스는 자신의 과거를 섬세하게 묘사한 벽화를 놀라운 눈으로 응시하며 눈물 젖은 목소리로 아카테스에게 말한다.

> "아카테스여,
> 이 지상에 우리의 슬픈 이야기로
> 가득 차지 않은 장소가 아직 있을까요?
> 보시오, 여기 프리아모스〔트로이의 마지막 왕〕가 있소. 먼 곳에서도
> 위대한 무용武勇은 영예를 얻고,
> 세상사와 우리의 삶은
> 심금을 울려 사람들을 눈물짓게 하는구려."

| 베르길리우스, 《아이네이스》, 피츠제럴드Fitzgerald 옮김, 20 = 1. 601-7 |[8]

베르길리우스는 자신의 영웅들이 문자가 존재하지 않았던 세계에 살았음을 인지했고, 그래서 벽화는 문학작품을 대신하여 영웅들을 사색에 잠기게 하는 최상의 소재가 되었다. 시인은 인용문과 같은 단락(624~27행)에서 벽화에 가상으로 글을 쓰는 순간까지 집어넣는다. 바로 트로이의 어린 왕자 트로일로스가 전차 위에서 치명상을 입는 순간이다.

그는 뒤로 자빠졌음에도,

---

[8] 베르길리우스의 《아이네이스》 번역은 천병희 옮김, 《아이네이스》(도서출판 숲, 2007)를 참조했고 원문에 맞게 수정했다.

전차에 매달려 있었네,

여전히 고삐를 쥔 채, 땅바닥에 머리가 질질 끌리며,

그의 창끝은 먼지 속에 S자를 그리고 있었지.

로버트 피츠제럴드가 번역한 "먼지 속에 S자를 그리고 있었지"(scribbling S's in the dust)는 라틴어 원전 *versa pulvis inscribitur hasta*[9]에서 탄식하며 내는 s음을 멋지게 포착해 낸다.

문학적 가치는 후기 서사시 전통에 점점 더 스며든다. 결과적으로 시적 서사시는 방대한 산문소설로 대체되었고, 현대소설의 부상은 인쇄 및 문해율의 증가와 밀접한 관련이 있으므로 누구도 소설을 외워서 낭송하진 않을 것이라고 예상되었다. 그럼에도 빅토리아 시대 사람들은 종종 소설을 큰 소리로 함께 낭독했고, 산문소설은 구술성을 완전히 잃지 않으며 지속적으로 발전해 갔다.

가장 많이 "쓰인written" 현대소설 중 하나는 제임스 조이스의 《율리시스Ulysses》로, 조이스는 베르길리우스조차 넌더리를 낼 만한 열의로 여러 편의 원고를 작업했다. 작가 지망생 스티븐 디덜러스의 장서들(여동생들이 생계를 위해 팔아 버렸음을 알게 되는)부터 《율리시스》의 오디세우스인 레오포드 블룸이 팔았던 신문사 광고지들, 블룸의 아내 몰리가 읽는 가벼운 외설물, 그리고 그 행

---

9 "창끝은 먼지 속에 금을 긋고 있었지." 모든 라틴어 단어에서 s음이 사용되는 것을 확인할 수 있다.

위action가 등장인물들 모르게 《율리시스》의 구조를 이루는 《오디세이아》까지 갖가지 '쓰인' 텍스트가 《율리시스》의 지면을 채운다. "*Epi oinopa ponton.*[10] 아, 디덜러스, 그리스어로 읽어!" 스티븐의 적대적인 친구 벅 멀리건이 소리친다. "내 말해 두겠는데, 자네는 원서로 읽어야 해"ㅣ조이스, 《율리시스》, 4-5ㅣ.[11]

　수십 개의 텍스트와 수백 개의 참조로 가득한 《율리시스》는 또한 온갖 종류의 구비문학으로 충일하다. 더블린을 방문한 영국인이 수집 중인 아일랜드 만담과 민담, 오디세우스를 연상시키는 선원과 블룸이 술집에서 나눈 대화, 몰리 블룸이 연인 블레이지스 보일런의 관리 아래 계획한 리사이틀 투어차 연습 중인 모차르트 오페라 《돈 조반니의 아리아》가 그것이다. 책의 상당 부분이 등장인물들이 주고받는 일화와 가십으로 구성된다. 1922년 조이스는 소설가 주나 반스Djuna Barnes에게 이렇게 말했다. "거기에는 모두 들어 있어요. 대단한 수다꾼들도. 그들이 재잘재잘 지껄이다 잊어버리고 마는 이야기들도"ㅣ엘먼Ellmann, 《제임스 조이스》, 538ㅣ. 그리고 대륙으로 자진 망명하고 수십 년 뒤 늘그막에 친구에게 보낸 편지에서는 다음과 같이 적는다. "저는 매일 여러 방식으로 더블린의 거리와 해안을 걸으며 '사람들의 목소리를 듣고 있습니다'"ㅣ717ㅣ.

　호메로스 전통의 구술성은 카리브해 시인 데렉 월컷Derek

---

[10] "포도주 빛 바다를 향해."

[11] 조이스의 《율리시스》 번역은 김종건 옮김, 《율리시스》(어문학사, 2016); 김성숙 옮김, 《율리시스》(동서문화동판, 2016)를 참조했고 원문에 맞게 수정했다.

Walcott의 운문소설 《오메로스Omeros》에서 강하게 드러난다. 소설의 등장인물인 아쉴Achille과 헥터Hector는 월컷의 고향 세인트루시아 섬에 사는 까막눈이 어부로, 아름다운 헬렌Helen의 환심을 사고자 경쟁하는 관계다. 세인트루시아의 캐릭터 중 호메로스를 들어 본 이는 아무도 없지만, 작중인물 월컷은 호메로스를 자신의 뮤즈로 언급한다. "오, 고둥의 신음 소리, 오늘을 열어라, 오메로스! / 나 어린 시절, 내가 아침볕의 입에서 / 조심스럽게 뱉어 낸 한 마디 명사noun였을 때, / 그대 역시 그러했듯이"|12|.[12]

월컷의 호메로스는 구술성("고둥의 신음 소리")의 인물이자 월컷이 동네 이발소에서 아버지가 머리를 자르는 동안 바라보곤 했던 《세계의 위대한 고전》 전집의 저자이다|71|. 베르길리우스가 호메로스 전통을 트로이의 벽화 형태로 소개했다면, 월컷은 예술적 비유를 더 발전시켜 호메로스의 흉상胸像을 제시한다. 이 흉상은 그리스인 조각가이자 또 다른 작중인물인 안티고네Antigone의 미국 작업실에 있고, 그녀는 "호메로스"를 현대 그리스어로 "오메로스"라고 부른다는 사실을 월컷에게 알려 준 사람이다. 소설 속 인물로 등장하는 월컷은 다시 한 번 그 이름을 읊조리며 자신만의 구술적 용어로 번역한다.

---

12 데렉 월컷의 《오메로스》 번역은 노저영 옮김, 《오메로스》(고려원, 1993)를 참조했고 원문에 맞게 수정했다.

나는 말했지, "오메로스",

오ㅇ는 고둥 껍데기의 주문invocation이고, 메르mer는
앤틸리스 방언으로 어머니요 바다,
오스os는 회색 뼈이고, 레이스 달린 해변에

철썩이는 목깃collar을 부서뜨려 흩날릴 때의 흰 파도다.
오메로스는 가랑잎 바스락거리는 소리, 썰물 때
동굴의 입에서 메아리치는 파도 소리다.

그 이름이 입속을 맴돈다. | 월컷, 《오메로스》, 14 |

호메로스는 생명을 불어넣는 구술성을 상징하지만, 때로 자
의식적으로 쓰인 텍스트를 권장하기도 하며 자신만의 작문 과정
에 주의를 기울일 것을 요한다. 월컷은 호메로스의 흉상을 생각
하면서 동시에 그와 관계를 끊고 미국을 떠나려는 연인으로 인해
어려움을 겪는 중이다. 월컷이 쓰다듬은 안티고네의 팔은 대리석
흉상보다 차갑게 느껴지고, 그녀의 말은 그가 아닌 그리스를 향한
갈망을 표현한다. "미국은 지겨워, 이제 그리스로 돌아갈 때가 됐
어. / 섬들이 그리워." 월컷은 말한다. "나는 쓰고, 그것은 되돌아온
다, / 그녀가 검은 머릿결을 휘날리며 홱 돌아서듯" | 14 | . 글쓰기는
그에게 안티고네의 호메로스 흉상, 그녀의 작별 인사, "우리의 앤
틸리스 방언" 모두를 소중히 보관할 수 있는 궁극의 매체가 된다.

영국 시인 앨리스 오스왈드Alice Oswald의 매혹적인《일리아드》
각색《회상록: 일리아드의 발굴Memorial: An Excavation of the Illiad》(2011)
도 구술성에 관해 유사한 강조점을 드러낸다. 서문에서 오스왈드
는 이렇게 쓴다. "《일리아드》는 기도하는vocative 시다. 어쩌면 (애도
처럼) 기원하는invocative 시일지도 모른다"|ix|. 그녀는 자신의 번역
을 "일종의 구술적 묘지"로 제시하며 "트로이전쟁의 후유증을 통
해 사람들의 이름과 삶을 글쓰기의 도움 없이 기억하려는 시도"
라고 설명한다. 오스왈드의 운문은 구두점이 없고 대화체로 짜여
있으며, 이름을 남긴 200명의 그리스, 트로이 양측 병사의 죽음에
대한 간결한 설명에 집중하고자 시의 행위 대부분을 삭제했다. 이
비문碑文 혹은 애도는 호메로스식 직유와 교대로 나타나고, 이 직
유는 대개 두 번씩 제시되어 메아리 효과를 일으킨다.

> 40척의 배를 지휘하는 유보이아의 엘페노르ELPHENOR
> 차이코돈Chalcodon의 아들 어머니는 알려진 바 없다
> 에케폴루스Echepolus의 시체를 회수하다 사망
> 전쟁 9년째 되던 해 몸을 구부린 순간
> 방패 사이로 드러난 살을 아게노르Agenor에게 찔렸다
> 그는 긴 머리를 등 뒤로 늘어뜨린 사내였다
> 마치 나뭇잎처럼
> 때로 그들은 초록색 불꽃을 밝히고
> 땅의 기운을 먹고

때로 스스로를 덮어 버린다[13]

마치 나뭇잎처럼

때로 그들은 초록색 불꽃을 밝히고

땅의 기운을 먹고

때로 스스로를 덮어 버린다 | 오스왈드, 《회상록》, 10-11 |

월컷처럼 오스왈드도 현대 영국 시에 새로운 활기를 불어넣고자 구술성의 심연에 의지한다. 그녀는 호메로스의 정연한 6보격을 모방하는 대신에 현대 자유시의 리듬을 탄주한다. 그녀의 시는 사실상 인쇄된 페이지 위에서 읽히도록 지어졌고, 따라서 언어적 효과만이 아니라 시각적 효과를 위해서도 여백을 전략적으로 활용한다. 인용한 짧은 행 "마치 나뭇잎…"에서처럼 말이다. 하나의 직유 뒤에 여백이 펼쳐지면, 우리는 그곳에 그 표현이 일종의 고요하고 보이지 않는 메아리를 만들어 낸다고 예상한다 | 52 |. 《회상록》은 2행에서 8행으로 된 일련의 짧은 직유로 끝을 맺는데, 각 직유는 개별 페이지로 나뉘어 있다. 그중 첫 번째 직유는 leaves의 의미("나뭇잎foliage"과 "책장冊張page")에 대한 말장난으로 시작된다. "나뭇잎leaves[14]의 역사를 쓸 수 있는 나뭇잎처럼 / 바람은 그들의 유령을 땅으로 날려 버린다" | 70 |. 마지막 직유는 고요한 영적 세

---

13 snuff out. 주로 촛불을 손바닥으로 덮어서 *끄다*.

14 책장을 상기시킨다.

계의 환영을 불러일으킨다|81|.

> 신이 별을 던질 때처럼
> 모두가 별똥별을 보기 위해
> 하늘을 올려다보지만
> 이미 지나간 후다

오스왈드의 강렬하고 감동적인 호메로스의 "발굴"은 철두철미하게 계산된 텍스트로서 수사적인 동시에 고요한 침묵을 암시한다. 그러나 서문에서도 밝혔듯이 그녀의 기법은 "결코 안정적이지 않았지만 항상 새로운 청자에 맞춰 스스로를 적응시키던 구비시가oral poetry의 정신을 관통해, 그 언어가 쓰여진 언어와 달리 여전히 살아 움직이는 듯하다"|xi|.

인간과 신성

서양 서사시 전통의 놀라운 유연성은 인도의 《마하바라타Mahabharata》[15]

---

15 바라타Bharata 왕의 피를 계승한 카우라바족Kauravas과 기원전 인도 북서부에 있었다고 전해지는 그들의 나라 쿠루Kuru 왕국의 이야기다. 《마하바라타》는 《일리아드》처럼 단순한 장편 영웅 서사시를 넘어 10만 개의 시구 속에 수많은 감동적인 이야기와 철학적 이치가 담긴 종교적·도덕적 가르침을 담아낸다. 그렇기에 인도에서 《마하바라타》는 모든 것을 포용하는 사회의 백과사전으로 여겨지며, 인도인은

나 《라마야나Ramayana》[16]처럼 시간이 흐르며 변화하는 상황에 대한 적응력을 스스로 입증한다. 호메로스 서사시의 활력은 후기 서양 시인이면 가급적 활용하지 않을 법한 요소에서조차 역력히 드러난다. 언제든 세상에 극적인 갈등을 일으킬 기세로 치열하게 다투는 강력한 신과 여신들의 수라장 올림포스를 포함한 고전 세계의 다신교가 그 예다. 일신교의 도래는 상상 가능한 다양한 천국의 활동을 제한했지만, 그럼에도 밀턴은 《실낙원》에서 사탄이나 가브리엘 같은 타락한 혹은 충실한 천사를 활용해 고대 신과 여신들이 수행했던 다양한 임무를 완수했고, 하늘에서 전쟁을 벌이면서 지상의 일에도 개입할 수 있었다. 그러나 계몽주의 시대 이래로 현대소설은 매우 세속적인 형태로 진화하여, 20세기 초 이론

《마하바라타》를 읽는 것을 경건한 일로 간주한다. 《마하바라타》의 다원성은 개인 저작이 아닌 수세기에 걸쳐 구전되고 수많은 사람의 손을 거쳐 완성된 집단 구성물이라는 데에 기인한다. 《마하바라타》 최종 판본의 저자로 알려진 성자 브야사Vyasa의 그 이름에는 '편집자'란 뜻도 담겨 있다. 또 산스크리트로 '마하Maha'가 '완전무결', '바라타Bharata'가 '가족' 또는 '부족'이란 뜻을 갖는다는 점을 감안하면, 《마하바라타》는 '전 인류의 이야기'로 풀이될 수 있다.

16 '라마의 유람기'를 뜻하는 《라마야나》는 인도문학사에서 최초의 시로 일컬어지는 대서사시다. 이야기의 기본 줄기는 악마 라바나Ravana에게 납치된 아내 시타Sita를 구출하려는 영웅 라마의 모험에 있지만, 그 외에도 그가 일생 동안 겪은 수많은 다채로운 사건이 그려진다. 《라마야나》는 흔히 현자 발미키Valmiki가 썼다고 전해지지만 그가 작품을 혼자서 창작했을 가능성은 희박하다. 《라마야나》를 이루는 각각의 편篇이 라마를 완전히 상이한 두 존재로 묘사하고 있기 때문이다. 가령 1편과 7편은 라마를 세상의 보호자인 비슈누 신의 화현化現으로 제시하는데, 2편부터 6편까지는 그를 평범한 사람으로 제시한다. 여기서 라마는 인간의 미덕을 보여 주지만 인간으로서 단점도 내비치며 충성, 사랑, 우애, 헌신, 정절 등 인간이라면 반드시 지켜야 할 다양한 덕목(다르마)을 설파한다.

가 죄르지 루카치Georg Lukács에 이르러 "신이 떠나 버린 시대의 서사시"로까지 정의된다. 루카치, 《이론Theory》, 20 |. 서사시 전통은 오랜 시간 준거틀이 되어 준 천상 질서의 붕괴를 어떻게 극복할 수 있었을까?

루카치의 표현은 신이 정말로 죽었다는 것이 아니다. 그저 세속의 현장을 떠났다는 것이고, 실제로 고대 전통은 우리가 호메로스 이후를 바라보는 즉시 이미 인간의 일상에서 점점 멀어지는 신들의 모습을 보여 준다. 호메로스의 세계에서 신들은 끊임없이 호출되고 궁극적으로 행위를 통제한다. 《일리아드》에서 제우스가 트로이 성벽 앞에서 벌어진 마지막 전투 중 적들의 운명을 재는 저울을 들고 하늘에서 나타나 트로이의 패배를 선포했듯이 말이다. 서사시 도입부에서는 아가멤논 왕에게 매력적인 포로를 빼앗기고 명예를 박탈당한 아킬레우스가 해안가를 따라 걸으며 어머니 테티스에게 기도를 올리고 도움을 청한다. 바다의 정령인 테티스는 해저 보금자리에서 아들의 말을 듣는다. 그리고 모성애가 북받쳐 아킬레우스 앞에 나타나 곁에 앉아 머리를 쓰다듬으며 무슨 일인지 묻는다. 호메로스의 신들은 인간과 떨어져 살지만 그 거리를 즉시 연결하고 아킬레우스 같은 자녀를 낳는 것을 포함해서 인간과 직접적인 육체적 상호작용을 할 수 있다. 아들을 돕기로 한 테티스는 신들의 왕인 제우스에게 호소하려 하늘과 지상의 접경인 "험준한 올림포스의 가장 높은 봉우리"로 향한다. 그곳에서 테티스는 고전적인 애원의 몸짓으로 왼손은 제우스의 무릎을 부여잡아 자리를 뜨지 못하게 하고 오른손은 그의 턱을 끌어당겨 호소하는 자신의 눈을 바라보게 한다.

《길가메시 서사시》에도 거의 유사한 장면이 등장하지만 중요한 차이가 있다. 길가메시는 저 멀리 삼나무 숲에 있는 괴물 홈바바와 싸우러 가는 위험한 여정을 계획하며 어머니 닌순(테티스 같은 하급 신)에게 태양신 샤마시의 원조를 탄원해 달라고 요청한다. 그러나 이 서사시에서는 영웅의 어머니가 태양신을 만나러 성산聖山으로 여행하진 않는다. 그 대신에 집 지붕의 평평한 곳으로 올라가 '인간' 여사제처럼 기도를 올린다.

> 그녀는 계단을 올라 지붕에 가서
> 샤마시를 위한 향로를 설치했다.
> 그녀는 향을 사르고 양팔을 들어 태양신에게 호소했다.
> "신이시여, 무슨 연고로 제 아들 길가메시에게 그런 들뜬 마음을 심어 놓으셨나요?
> 이제 당신이 그를 감화하셔서
> 그는 홈바바의 거처까지 먼 길을 갈 것입니다.
> 그는 한 번도 경험해 본 적 없는 싸움을 치를 것이고,
> 한 번도 가 본 적 없는 길을 달릴 것입니다. | 조지, 《길가메시》, 24 |

닌순은 샤마시에게 길가메시가 홈바바를 물리치도록 13가지 강력한 바람을 보내 달라고 요청한다. 서사시는 샤마시의 직접적인 회답을 기록하지는 않지만, 다시 한 번 인간의 기도 조건을 반영해 결전에서 13가지 바람이 길가메시 편便으로 불어와 괴물을

무력화시키고 길가메시와 엔키두가 훔바바를 사로잡을 수 있게
한다.

《길가메시》와 《일리아드》는 하늘과의 접촉을 다르게 묘사하지만, 비슷한 목적으로 여신의 호소를 이용한다. 아들의 안위에 대한 닌순의 불안감은 아들 아킬레우스의 요청을 받은 테티스가 표출한 두려움과 병렬을 이룬다. 이는 《일리아드》 1권의 도입부에서부터 발생한다.

> 테티스가 눈물을 흘리며 그에게 대답했다. "아아,
> 내 아들아, 이런 고통을 겪게 하려고 내가 너를 길렀단 말이냐?
> 네 명이 그토록 짧을진대, 너는 마땅히 고통과
> 눈물 없이 함선들 옆에 앉아 있었어야 할 것이다.
> 이제 너는 명도 짧은 데다 또 누구보다 불행하구나.
> 이런 비참한 운명을 맞게 하려고 내가 나의 황궁에서 너를 낳았
> 더란 말이냐." | 호메로스, 《일리아드》, 70 | [17]

두 서사시에서 필멸의 삶이 주는 허무함은 불멸자인 어머니들의 수심으로 극대화된다. 두 영웅은 당장의 죽음은 면하지만 그들의 궁극적인 필멸성이 이야기 전체에 그림자를 드리운다. 서사

---

[17] 호메로스의 《일리아드》 번역은 천병희 옮김, 《일리아스》(도서출판 숲, 2015)를 참조했고 원문에 맞게 수정했다.

시에서 영웅의 필멸성은 영웅의 사랑하는 친구에게 전가되고, 친구는 서사시 행위의 틀 속에서 비극적으로 죽는다. 이 점에서 엔키두는 아킬레우스의 절친한 친구이자 연인인 파트로클로스의 직계 조상이다.

이런 유사점은 우연의 결과가 아닐 것이다. 《길가메시 서사시》는 근동 전역에 널리 퍼졌고, 그 점토판의 일부가 팔레스타인 메기도와 현재의 터키 땅에서 발견됐다. 이 장소들에서 서사시는 히타이트어로 번역되었는데, 이 언어는 트로이계 그리스인들의 인접국 사람들의 언어였다. 웨스트M. L. West가 《헬리콘 동쪽The East Face of Helicon》에서 주장했듯, 시인-가수들poet-singers은 호메로스 서사시가 막 정교화되던 시기에 시리아와 키프로스에서 《길가메시》를 공연하고 있었을 가능성이 크다.

수세기에 걸쳐 고대 지중해 세계 곳곳에서 집약적인 문화 교류가 이루어졌고, 이는 페르시아와 근동 전통의 영향을 많이 받은 그리스 예술에서 역력히 드러난다. 글쓰기writing 자체는 시리아인과 가나안인 집단의 초기 서셈어 알파벳을 개조해 사용하던 페니키아 상인들에 의해 그리스에 도달했다. 초기 그리스 시인들은 문맹이었고, 호메로스의 어떤 구절도 《길가메시》의 내용을 직접적으로 번역한 것은 아니지만, 2개 국어를 구사하는 일부 그리스 시인이 《길가메시》 공연을 듣고 그들만의 목적에 적용할 만한 주제를 발견했을 가능성은 얼마든지 있다. 그런 구술적 전파 방식을 통해 아킬레우스와 쉬이 잠들지 못하는 그의 친구 오디세우스는 그들의 위대한 서사시적 전임자인 길가메시와 뚜렷한 가족 유사성을 갖게 됐다.

　다른 세상사처럼 문학 전통도 선형적인 방식으로 진화하며 꽃처럼 유기적으로 만개하지 않을 수 있고, 전진과 회귀를 거듭하며 불규칙적으로 발전할 수도 있다. 《길가메시 서사시》는 《일리아드》보다 몇 세기 앞선 기원전 1200년경 그 최종 형태에 도달했음에도 불구하고, 신과 인간의 상호작용에 대해 호메로스 서사시가 보여 주는 것보다 더 거리감 있는 "현대적" 이해를 보여 준다. 《길가메시》에서처럼 오늘날에도 우리는 향을 피우고 신이나 힌두교의 성스러운 시바와 칼리[18]에게 기도하지만, 더는 지상의 영웅이 신성한 어머니를 제우스에게 보내어 신의 무릎을 부여잡고 강제로 그녀의 눈을 바라보게 할 수 있으리라 생각하지 않는다. 《길가메시 서사시》 최종판의 저자인 씬 리키 운니니는 이 점에서 그로부터 수백 년 뒤에 살았던 문맹 시인 호메로스보다 우리와 더 가깝다. 그는 천 년 문학문화의 계승자로, 그의 청중은 천상의 신과 관련된 순간에조차 일정 수준의 세속적인 사실주의를 기대하게 되었다.

18　힌두교 최고신 중 한 명인 시바는 창조·유지·파괴로 대표되는 삼위일체 사상에서 파괴를 관장한다. 칼리는 시바의 여러 아내 중 한 명으로, 남편과 마찬가지로 파괴를 관장하는 신이다. 피를 좋아하는 시바와 칼리는 정통 힌두교에서 크게 환영받지 못했지만 오늘날에는 인도에서 가장 큰 인기를 누리고 있다.

지하 세계 꿈

신들은 점차 세속의 무대를 떠났지만, 수많은 후기 작품에서 여전히 다시 등장할 때를 기다리고 있다. 시인들은 그들의 영웅이 직접 하늘에 오를 능력이 있다는 사실은 의심할지언정 언젠가 땅으로 내려오리란 사실은 망각하지 않았다. 지하 세계underworld로의 하강은 서사시 전통 초기부터 중요한 순간이 되었다. 그것이 이야기와 영웅을 과거와 매개하고 더러는 예언〔행위〕를 위한 배경을 제공하는 방식이었기 때문이다. 이미 고대 시인들은 다른 두 가지 선택지를 탐구한 바 있다. 하나는 그들의 영웅을 물리적인 지하 세계에 직접 입장하게 하는 것이고, 다른 하나는 영웅에게 꿈이나 환상 같은 더 간접적인 접근 수단을 제공하는 것이었다.

기원전 2000년경에 쓰인 길가메시와 엔키두에 관한 초기 수메르 연작시에서 엔키두는 갈라진 땅의 틈새로 떨어진 공을 되찾으려 지하 세계에 내려갔다가 시체 분장을 유지하지 못해 지하 세계 영혼들에게 붙잡힌다. 800년 후의 서사시〔씬 리키 운니니의 최종판〕는 이런 문자 그대로의 하강을 재현하지 않는다. 그 대신에 엔키두는 질투심 많은 여신 이슈타르가 그에게 사형을 선고한 순간 사람들이 빵 대신에 진흙을 먹고 맥주 대신 흙탕물을 마시는 "먼지의 집"에서 그를 기다리는 악몽에 시달리게 된다. 이런 환영은, 살아 있는 인간은 꿈의 환영을 통해서만 사후 세계 지식을 획득할 수 있다는 씬 리키 운니니 시대 청중의 기대에 부응한 것이었다. 요컨대 잃어버린 공을 되찾고자 땅의 틈새를 통과해 지하 세계로 들어가는 것이 더는 그럴듯해 보이지 않게 되었다는 뜻이다. 엔키두가 죽자 길가메시는 고대 홍수의 유일무이한 생존자이자 오랫동안 소식을 듣지 못한 조상인 우트나피쉬팀이 가진 영생불사의 비밀을 찾아 나선다. 길가메시의 도정은 어두운 동굴을 통과하는 행군을 포함하고, 아직껏 누구도 산 채로 건넌 적이 없는 죽음의 바다 횡단으로 이어진다. 다만, 그의 경우에는 지하 세계로의 하강이 지하가 아닌 지상에서의 죽음에 가까운 경험으로 순화馴化된다.

《오디세이아》 11권에서 오디세우스는 흔히 "지하 세계로의 하강underworld descent; *nekuia*"이라 일컬어지는 장면에서 망자와 직접적으로 조우한다. 그럼에도 그는 길가메시처럼 정확히 어느 곳에도 내려가지 않고 먼 지역으로 가서 망자의 영혼을, 특히 그의 어머니의 영혼을 소환한다. 11권 한가운데서 이루어지는 두 사람의 감동적인 대화에서 어머니는 그의 아내가 이타카에서 여전히 그를 충실히 기다리고 있음을 확신시켜 주고, 오디세우스는 어머니를 끌어안으려 한다.

> 나는 세 번이나 달려가 마음이 시키는 대로 어머니를 붙잡으려
>   했지만,
> 세 번이나 어머니는 그림자처럼, 꿈처럼
> 내 손가락 사이로 날아가 버리셨고, 그때마다
> 가슴이 슬픔으로 미어졌다. | 호메로스, 《오디세이아》, 256 |

반면 《아이네이스》에서 아이네이아스는 고전적인 지하 세계에 물리적으로 내려가고, 이것은 다시 시 한가운데서 일어난다|제6권|. 그 후 그는 레테강을 건너 복된 자들의 영혼이 운유雲遊하는 엘리시온 들판에 다다르고, 지하 세계 왕 하데스의 광활하고 을씨년스러운 도시로 진입한다. 그곳에서 아이네이아스는 탄탈로스 같은 자들에게 내려지는 치밀한 형벌을 목격하고, 세상을 떠난 아버지 안키세스를 만나러 가 미래 모험에 대한 예언과 대략적인 로마 역사를 듣게 된다. 오디세우스가 어머니를 껴안으려 했듯, 아이네이아스도 안키세스를 껴안으려 한다.

세 번이나 거기서 그는
아버지의 목을 끌어안으려 했으나
세 번이나 환영은 그의 두 손에서 헛되이 빠져나갔다,
가벼운 바람결처럼, 날개 달린 꿈처럼.|베르길리우스, 《아이네이스》, 184|

베르길리우스는 이 중요한 호메로스의 장면을 대담하게 각색하여 《오디세이아》와 유사하게 서사시 중심부에 배치시키고, 독자가 지하 세계를 물리적 현실로 시각화할 만큼 정교하고 사실적인 묘사를 펼쳐 보인다. "소용돌이치며 / 끓어오르는 거대한 심연이 / 진흙과 모래를 / 모조리 코키토스강에 토해 낸다"|170|. 아이네이아스의 여정은 꿈속이 아닌 서사시의 행위 속에서 이루어지는 것이기 때문에 직접적인 지하 세계 모험에서 일어나는 일반적인 이동 패턴을 역전시킨다. 그럼에도 이 역전은 다른 구술적 관

용표현처럼 지하 세계로의 하강도 베르길리우스 시대에 이르러 '보관 장면'이 되었음과 동시에, 본격적인 서사시가 갖춰야 할 요건이자 시인이 문학적 잠재성을 위해 이용할 수 있는 요소가 되었음을 암시한다. 오디세우스가 어머니에게 앞으로 자기 이야기가 어떻게 전개될지 들었다면, 안키세스는 아이네이아스에게 베르길리우스 시대까지 로마의 통사를 들려준다. 오디세우스의 지하 세계 하강에 대한 베르길리우스의 개작은 오래된 자료로 그가 할 수 있는 화려한 기교의 과시로서, 그의 장면은 냉혹한 현실과 정교한 문학적 비유 사이 어딘가를 맴돈다.

베르길리우스의 독자들은 그가 신뢰할 만한 지옥의 로드맵을 제시하고 있는지의 여부를 따질 것 없이 '불신을 유보'[19]하고 시에 몰두함으로써 시인의 예술성을 온전히 만끽할 수 있었다. 비교하자면, 《오디세이아》의 병렬 장면은 그 용어는 덜 구체적이지만 호메로스의 관객이라면 충분히 가능하다고 믿을 만한 유령의 소환을 보여 준다. 《성경》에서 사울 왕이 자신의 미래를 알고자 엔돌의 마녀를 소환하듯이 말이다 | 사무엘상Samuel 28장 1절 |.[20] 베르길리우스의 장면은 《성경》이나 호메로스의 에피소드보다 더 사실적이고 순전히 문학적인 방식으로 그려진다. 시인이 바라는 것은 우리

---

19   suspension of disbelief. 비현실적인 것의 현실불가능성을 인지하면서도 수용하는 것.

20   호메로스 서사시의 구성 시기는 기원전 8,9세기로 전해지고, 〈사무엘상〉의 집필 시기 역시 이스라엘 단일 왕국 분열 직후인 기원전 931~721년으로 추정된다. 반면 《아이네이스》의 집필 시기는 기원전 30년경으로, 두 작품과 수백 년의 차이가 있다.

가 그의 지하 세계를 풍부한 문학적·역사적 참조의 배경으로 상상하는 것이지 그곳이 정말 그럴 거라고 믿는 것이 아니기 때문이다. 안키세스의 그림자가 아들의 두 손에서 volucrique simillima somno("날개 달린 꿈처럼") 빠져나갈 때 그의 소멸은 모든 하강의 꿈같은 속성을 반영한다. 심지어 신용할 만한 꿈도 아니다. 아이네이아스는 참된 꿈의 발원지인 "뿔의 문"을 통해서가 아니라 거짓된 꿈을 선사하는 "상아문"을 통해 지상으로 돌아온다.

후기 서사시 작가들은 환영에 의한 하강 가능성을 계속해서 활용했다. 단테의 《신곡La Commedia di Dante Alighieri》(1320)은 한때의 꿈 이야기이자 저승과 유체 이탈 경험에 대한 문자 그대로의 설명으로 보인다. 단테는 지옥 장면에 강렬한 물질성과 깊은 심리적 사실주의를 부여해 우리의 불신 유무와는 상관없이 우리가 그로부터 위안을 구하는 것을 거부한다. 결국 진정한 믿음의 실패가 가장 먼저 영혼을 지옥으로 불러들이는 것이다.

그럼에도 베르길리우스의 지하 세계보다 한결 일관되게 현실적인 단테의 지옥은 이야기의 행위로부터 신이 더 멀리 떨어져 있음을 보여 준다. 신은 결코 지옥에 등장하지 않는데, 작중인물 단테가 신이 버린 세상을 여행하고 있기 때문이 아니라 반대로 이곳이 신을 버리기로 한 자들의 왕국이기 때문이다. 신은 정교한 시적 정의poetic justice[21]로 지하 세계를 조직하고, 각각의 형벌을 그

---

21   시나 소설 속 권선징악과 인과응보 사상. 17세기 영국의 문학비평가 토머스 라이머

죄에 적합하게 만들어 죄인의 도착된 개인적 성향을 충족시킨다. 베르길리우스의 서사시에서 아이네이아스는 지하 세계 여행의 클라이맥스에서 아버지 안키세스를 만나고, 단테의 《신곡》에서는 베르길리우스 자신이 아버지상이 되어 단테를 안내해 지옥을 통과한다.

현대의 서사시 전통 계승자들은 자신의 인물을 고전적 · 기독교적 지하 세계에 들어가는 인물로 평범하게 소개하지 않을 테지만, 그럼에도 여전히 서사시적 하강을 꿈이나 환상의 형태로 제시하곤 한다. 조이스의 《율리시스》에서 레오포드 블룸은 죽은 아들 루디가 베르길리우스의 엘리시온 들판의 소리 없는 상^像에서 망자의 그림자 사이를 헤매는 환상에 거듭 사로잡힌다. "소리 없이 영혼은 지금까지 살아온 돌고 도는 수많은 세대의 층을 넘어 부동^{浮動}한다. 회색의 황혼이 언제나 내리는 그곳의 기류는 광막한 회록색 목장 위에 결코 내려앉지 않으면서 그 어스름과 사철 이슬 같은 별들을 흩뿌린다" |조이스, 《율리시스》, 338|. 블룸이 이런 몽상에 빠져 있을 때에도 젊은 스티븐 디덜러스는 근처에 앉아 오디세우스와 자신을 비교한다. "자네는 과거와 그 환영을 이야기했네." 스티븐이 친구에게 말한다. "왜 그런 것들을 생각하는가? 내가 그들을 레테강을 건너 인생으로 되돌아오게 한다면 불쌍한 망령들

Thomas Rymer가 처음 사용한 용어로, 극의 마지막에 캐릭터의 선행과 악행에 비례해 상벌이 내려지는 것을 가리킨다.

은 기꺼이 나의 부름에 떼지어 오지 않겠는가? 누가 그걸 상상하겠나?"|339|. 여기서 오디세우스의 망령 소환은 자신의 젊은 시절 더블린을 강렬한 소설로 재탄생시키겠다는 작가 지망생 스티븐 디덜러스의 꿈이 되고, 오디세우스와 그의 어머니가 나눈 대화는 스티븐이 어머니가 푸르죽죽한 담즙을 그릇에 뚝뚝 떨어뜨리며 임종하던 순간을 고통스럽게 회상하는 것으로 대체된다.

현대 캐릭터들이 여전히 꿈속에서 고전적인 지하 세계를 엿볼 수 있다면, 그들은 집 근처에서 지옥의 왕국을 경험할 수도 있을 것이다. 많은 20세기 소설이 지상의 지옥을 묘사하고자 확장된 지하 세계 참조 패턴을 활용했다. 《율리시스》의 긴 챕터 〈키르케 Circe〉는 더블린의 홍등가인 "나이트 타운"을 배경으로 한다. 이곳에서 지옥의 환영은 스티븐과 블룸, 그리고 싸구려 사창가에서 일하는 매춘부들이 나누는 현실적인 잡담의 편린들 사이에 뒤섞여 있다.

비슷한 패턴은 아프리카계 미국 시인 아미리 바라카 Amiri Baraka의 1965년 작품에서도 찾을 수 있다. 그의 시적 소설 《단테의 지옥 조직 The System of Dante's Hell》은 단테의 지옥과 뉴저지 뉴어크 Newark의 게토 지구[22]를 중첩시킨다. 바라카의 책은 불쾌한 현실을 적나라하게 묘파하는 사실주의로 가득하지만, 그의 장면은 짧고

---

22 중세 이후 유럽 각 지역에서 유대인을 강제 격리하려고 설정한 장소로, 오늘날에는 흔히 외국 출신 이민자, 특정 인종, 빈민이 모여 사는 곳을 지칭한다.

날카롭게 터지는 운문이 회오리치듯 전달되는 환각적 특성도 있다. 가령 〈예언자들The Diviners〉이라는 장은 단테가 지옥에서 예언자들의 목을 뒤로 비틀어 기형화하는 상징적인 형벌을 선택한 데에 정초한다.

> 집시들은 나보다 먼저 여기 살았어. 머리가 뒤로 꺾였고, 뜰로 뻗었지, 줄기들. 갈색 차고, 원뿔 모자, 초록새 수트. 나룩풀 수트. 마당까지 15피트, 망가진 양변기에서 더 가까웠지. 허리케인의 해, 흑사병의 해, 죽은 동물들의 해. …

> 절대로 시간을 알 수 없지. 누군가는 빛을 가리고 저기 서 있어. 누군가는 머리가 쪼개져 있고. 누군가는 웨이벌리가를 걸어 내려가지. 누군가는 자신이 이용당했다는 걸 깨닫는다.

> 진정한 비극이야. 난 지옥에서 기형인간이 될 거야.

> | 바라카, 《단테의 지옥》, 49-52 |

그로부터 25년 후 데렉 월컷은 《오메로스》에서 베르길리우스와 단테의 꿈 이야기를 각색한 바라카의 양극성을 역전시켜 지상의 장면과 훨씬 더 긍정적인 베르길리우스 지하 세계의 혼합물을 창조한다. 작중인물 월컷은 그가 태어난 세인트루시아의 캐스트리스 마을로 돌아와 어렸을 때 살던 집이 인쇄소가 된 것(상징적으로 그리고 실제로도)을 목격한다. 그리고 오디세우스가 자신과 아

내 페넬로페를 위해 손수 제작한 것으로 유명한 옮길 수 없는 침대[23]가 아닌, 어머니의 침대가 인쇄소의 "접이식 간이침대"로 대체된 걸 보게 된다|월컷, 《오메로스》, 67|. 불현듯 월컷의 눈앞에 "필름처럼 투명한" 유령이 나타나 기계를 "완전히 관통해" 지나간다|68|. 그는 월컷이 한 살 때인 1931년에 사망한 아버지 워릭이다. 워릭은 재능 있는 아마추어 시인이자 화가였고, 월컷은 오래된 자화상에서 아버지를 본 적이 있다. 유령의 투명한 손에는 책이 쥐여 있다|68|.

> "이 연푸른 공책에서 내가 쓴 시를 찾았더구나." —
> 아버지가 미소 지었다 —"내가 네 삶의 방향을 정한 것처럼
> 보일 것이다. 네 사명은 내 사명과 섞이는 순간부터
>
> 내 것을 거부하기도 하고 명예롭게 하기도 할 것이다.
> 네가 나보다 나이를 두 배는 더 먹었으니, 누가 아들이고
> 누가 아비더냐?"
> "아버지" — 나는 침을 삼켰다 — "그들은 한목소리입니다."

워릭은 영국인 아버지가 그의 생가이자 셰익스피어의 생가인 워릭셔Warwickshire란 도시명을 따서 자신의 이름을 지어 줬음을 아들에게 (그리고 독자에게) 상기시키며 호메로스와 단테의 가계도

---

[23] 뿌리가 깊게 박힌 올리브 나무 자체를 깎아서 만든 침대.

에 암묵적으로 새로운 이름을 추가한다. 그 후 아버지와 아들은 항구로 향하고, 여기서 워릭은 아들의 서사시적 탐색의 특별한 성격을 언명한다.

《아이네이스》에서 아이네이아스의 아버지 유령은 아들의 운명을 알려 주며 지상에 돌아가 반드시 그 운명을 추구하라고 당부한다. "로마의 아들이여, 명심하라, 권위로써 / 여러 민족을 다스리고 평화를 법제화하며 / 패배한 자에게 관대하고 / 교만한 자는 전쟁으로 분쇄해야 할 것이다" | 베르길리우스, 《아이네이스》, 190 | . 워릭 월컷은 베르길리우스를 역전시켜 아들의 사명이 제국의 지배자가 아닌 피치자들의 시인이 되는 것임을 단언한다. 그의 예술은 예술 그 자체가 될 것이고, 자신을 위한 예술이 아닌 그가 다루는 이들을 위한 예술이 될 것이다. 워릭의 그림자는 아들에게 노예나 다름없는 상태였던, 무거운 석탄 바구니를 수출용 증기선에 끝없이 실어 나르던 여인들에 대한 어린 시절 기억을 들려준다. "수백의 무거운 양동이가 / 하얀 토피 모자를 쓴 두 검수원의 펜 긋는 소리와 함께 헤아려졌지. / 지옥 같은 무연탄 언덕을 오르던 그녀들의 끝없는 반복은 / 일찍부터 네게 지옥을 보여 준 것이란다" | 월컷, 《오메로스》, 74 | . 워릭은 아들이 아버지의 기억으로 소환된 노동하는 여인들을 숙고하는 동안 예언자적 명령을 내린다 | 75 | .

너의 짐 앞에 무릎을 꿇어라. 네 비칠대는 다리의 균형을 잡고
그들이 시간 맞춰 석탄 사다리를 기어 올라가듯 걸어가거라,
조상들의 노래에 맞춰 발밤발밤 맨발을 떼어 놓으며.

워릭은 단테의 3운구법韻句法을 환기하는 3행 스탠자를 쓰면서 아들에게 그[데렉 월컷]의 시적 영감을 처음 제공해 준 것은 (음악의 신 뮤즈가 아닌) 이 노동하는 여인들이었음을 일깨운다.

쉴 새 없이 움직이던 한 쌍의 발이
너의 첫 가락을 이뤄 냈으니. 보아라, 사람들이 오르고 있다. 그
  리고 아무도
그들을 모른다. 그들은 제 몫으로 구리동전이나 받을 뿐.

너는 할머니 집에서 어린 시절부터
그들을 보며 그들의 힘과 아름다움에 감격했으니,
네가 이제 할 일은 그들의 발에 목소리를 주는 것이다. |75-6|

호메로스를 여성화하기

《오메로스》는 호메로스 전통을 가져다 개작한 여러 중요한 사례 중 하나에 불과하다. 더 최근에는 캐나다 작가 마거릿 애트우드 Margaret Atwood가 《오디세이아》를 어둡고 아이러니컬하게 다시 쓴 《페넬로피아드The Penelopiad》에서 여성 노예들에게 목소리를 부여했다. 이 책의 짧은 두 번째 장 〈코러스 라인: 줄넘기 노래The Chorus Line: A Rope-Jumping Rhyme〉의 도입부에서 제시된 일련의 노래에서 여인들의 발은 행진하는 대신에 허공에 매달린다. 오디세우스는 페

넬로페의 구혼자들을 처단한 후, 구혼자들과 놀아나며 주인을 괴롭힌 죄를 물어 시녀들을 처형하라고 아들 텔레마코스에게 명한다. 처형당할 운명에 처한 시녀들은 이렇게 노래한다.

> 우리는 시녀들
> 당신이 죽여 버린 여자들
> 당신이 저버린 여자들
> 맨발을 움찔거리며
> 허공에서 춤추었네
> 너무너무 억울했네
> …
> 당신은 즐거워하고
> 손을 들어올리며
> 떨어져내리는 우리를 구경하셨지
> 우리는 허공에서 춤추었네
> 당신이 저버린 여자들
> 당신이 죽여 버린 여자들 | 애트우드, 《페넬로피아드》, 5-6 | [24]

월컷처럼 애트우드도 서양문학의 절대다수인 백인 남성 전

---

24 마거릿 애트우드의 《페넬로피아드》 번역은 김진준 옮김, 《페넬로피아드》(문학동네, 2005)를 참조했고 원문에 맞게 수정했다.

통의 표준 문어체 영어에 반발해 호메로스식 구술성을 되살려 낸다. 그녀는 식민지 크레올 방언을 강조하는 대신에 광범위한 구술적 장르와 형식에 의지한다. 시녀들의 노래는 구두점 없는 동요로 제시된다. 애트우드는 이 시에 '코러스 라인A Chorus Line'이라는 유명한 1975년 브로드웨이 극(1985년 영화화된)의 제목을 붙였다. 이 연극은 17명의 댄서가 텅 빈 무대에서 공연 오디션을 치르며 자신의 인생 역정을 이야기하는 줄거리다. 애트우드가 이 제목을 사용한 것과 시의 부제 〈줄넘기 노래〉가 만들어 내는 역설은 문제의 코러스 라인[25] 또는 줄이 텔레마코스가 시녀들을 발이 땅에 닿지 않도록 높이 매달아 죽일 때 사용한 선박용 밧줄이라는 사실을 인지할 때 비로소 명징해진다. "여인들의 머리는 줄줄이 엮여 있었고 / 처참하고 끔찍한 죽음을 맞도록 / 목에 올가미가 씌워져 있었다 / … 발을 버둥대는 것도 잠시뿐, 오래가진 못했다"|호메로스, 《오디세이아》, 453-4|.

페넬로페가 직접 내레이션을 하는 장들 사이사이에 시녀들의 조소 어린 구슬픈 노래가 배치되고, 페넬로페 역시 망자로서 지하 세계에 살아가며 자신의 과거와 남편을 냉랭하게 바라본다. 그녀는 오디세우스의 지하 세계 하강이 전해지는 바가 전부가 아닐 거라 말한다. "어떤 이는 오디세우스가 영혼의 말을 듣고자 망자들의 땅에 갔다고 했다. 또 어떤 이는 그게 아니라 박쥐가 우글거

---

25 주연배우와 코러스의 구역을 획정하는 하얀색 줄.

리는 캄캄한 동굴에서 밤을 보낸 것뿐이라고 했다"|애트우드, 《페넬로피아드》, 91|. 책 전반에 걸쳐 구술 전통은 죄르지 루카치의 원환圓環적인 서사시적 총체성이 아니라, 포스트모던적 단편성과 가단성可鍛性, 불확실성을 암시한다. 페넬로페의 영혼은 "수백 년, 어쩌면 수천 년간(우리〔지하 세계 주민들〕에게는 시간이라는 것이 존재하지 않으므로 세월을 가늠하기가 쉽지 않다)"|17| 마법사와 주술사들에 의해 주기적으로 소환되었고, 이제 그녀는 한밤중에 방을 환히 밝히는 "빛나는 구체"(백열전구)에 큰 흥미를 느낀다|18|.[26]

　시간의 흐름은 페넬로페가 일평생 피하려 했던 남편의 모험과 성격에 대한 지난한 질문을 던지게 한다.

> 물론 나도 그이의 교활함, 약삭빠름, 간사함, 그의 … 뭐랄까 … 파렴치함을 어렴풋이 짐작은 하고 있었지만 일부러 모른 체했다. 입을 꾹 다물었다. 아니, 오히려 입만 열면 소리 높여 그이를 칭찬했다. 그이를 반박하지도 않았고, 난처한 질문을 던지지도 않았고, 깊이 캐지도 않았다. 그 시절의 나는 해피엔딩을 원했다. |3|

　시녀들도 오디세우스의 성격과 자신들을 살해하라는 명령을 내린 본의를 묻는다. 그들은 책 끝부분에서 오디세우스를 조롱하

26　고대로부터 20세기에 이르렀음을 암시.

며 불러낸다. "이봐요! '아무도아니개Mr Nobody 씨'!"[27] 아무개 씨! 속임수의 대가씨! 도둑과 거짓말쟁이들의 손자, 손재간의 천재씨 … 왜 우리를 죽였나요? 우리가 당신에게 무슨 죽을죄를 지었나요? 당신은 한 번도 대답하지 않았어요"|191-3|. 《페넬로피아드》는 결코 명확한 답을 제시하지 않지만 본질적인 질문을 중심에 놓는다.

애트우드는 가부장적 질서와 그 존속을 도운 서사시적 내러티브에 강력한 페미니스트적 비판을 가할 때에도 여성들 간의 경쟁심과 적개심에 주목한다. 시녀들은 페넬로페가 구혼자들을 감시하게 한 일에 분개한다. 이는 그녀들의 파멸적인 연애의 원인이 페넬로페에게 있음을 보여 준다. 페넬로페 역시 부정행위를 교묘히 피해 온 듯 보여도, 사실 그 계급적 지위 덕분에 어떤 결과에서도 보호받을 수 있었다. 마치 가부장제가 오디세우스에게 여러 여인과 자유롭게 성관계를 맺을 수 있는 이중 잣대를 허용하듯이 말이다. 페넬로페도 자기보다 아름다운 사촌 헬레네를 "걸어다니는 독약poison on legs"이라 비꼬아 부르며 그녀와 오랜 앙숙 관계임을 스스로 입증한다|79|.

애트우드는 자신의 서사시적 이야기에 로맨스 소설이나 칙릿Chick Lit에 주로 등장하는 형제자매간의 경쟁담도 집어넣는다. 헬레네가 페넬로페와 오디세우스를 아주 잘 어울리는 한 쌍이라고 거만하게 말하는 장면이 그것이다. "'페넬로페와 오디세우스는 그

---

27   오디세우스가 외눈박이 괴물 폴리페모스에게 자신을 소개한 이름.

야말로 천생연분인걸. 둘 다 다리가 짜리몽땅하잖아.' 짐짓 명랑한 말투였는데, 그녀는 잔인한 말일수록 명랑하게 내뱉는 여자였다"|33|. 헬레네의 심술궂음은 페넬로페 직속 시녀들의 반응에서도 잘 드러난다. "시녀들이 킥킥거렸다. 비참하기 짝이 없었다. 내 다리가 그렇게 짧다고 생각한 적은 없었는데, 더욱이 헬레네가 내 다리를 눈여겨보았다니 전혀 뜻밖이었다. 헬레네는 원래부터 남의 신체적 장단점을 평가할 때 한 가지도 놓치지 않았다|34|. 페넬로페는 세작 임무를 맡긴 12명의 시녀를 파견하기 훨씬 전부터 이미 헬레네의 조롱에 고통받고 있었다. 어쩌면 페넬로페는 시녀들을 위험에 빠뜨리는 결과를 크게 개의치 않았던 것이 아닐까?

　베르길리우스부터 단테, 바라카, 월컷, 애트우드, 그 외 작가들까지 고대 서사시 전통은 여러 세기에 걸쳐 대양별로 변해 왔고, 오늘날에도 퇴색되지 않은 위력으로 말을 건넨다.

장미꽃 봉오리 모으기

지금까지 아득한 과거부터 현재까지의 연속성과 변화를 추적해왔다. 이는 문학사가 나아간 방식이란 점에서 추구할 만한 합리적 방향이다. 그러나 독자 입장에서는 이미지나 장면의 출처를 좇아 시간을 거슬러 올라가는 것도 유용할 수 있다. 현대 작가의 글을 읽으면서 전 시대 작가가 쓴 참조문에 감동할 수도 있고, 편집자의 각주를 보고 인용문이나 고전 캐릭터와의 유사성에 주목할 수도 있다. 때로는 다시쓰기rewriting와 차용borrowing의 연쇄가 현대 작품의 기저를 이루기도 하고, 그로 인해 희미하게 빛나는 과거의 심연에서 이미지가 취하는 여러 색조를 관찰하다가 별안간 시간의 하단부로 곤두박질칠 수도 있다.

그림 1의 전경에 제시된 참조를 들여다보며 시간을 거슬러 읽는 과정을 설명할 수 있다. 그림은 영국 예술가 톰 필립스Tom Phillips가 단테의 〈지옥〉을 현대적으로 번역한 것이다. 이 포스트모던한 지옥의 환영에서 풍경을 교란하는 죽은 영혼은 불타는 책들이다. 이 책들에 담긴 인용구는 작가 혹은 독자를 지옥으로 인도할 도덕적 흠을 암시한다. 전경에서 유난히 눈에 띄는 것은, 중세 기독교의 영생 추구 열망에 정면으로 도전하는 두 인용구다. 왼쪽에는 로마 시인 호라티우스의 고명한 경구 "오늘을 잡아라. 내일이라는 말은 최소한만 믿어라*Carpe diem, quam minimum credulapostero*"가 있다. 그 옆에는 르네상스 시인 로버트 헤릭Robert Herrick의 서정시 〈처녀들이여, 시간을 아낌없이 쓰기를To the Virgins, to Make Much of Time〉의 첫 행이 있다.

할 수 있는 동안, 장미꽃 봉오리를 모으기를
옛 시간은 계속 날아가 버리고
오늘 웃음 짓는 이 꽃이
내일은 시들어 버릴지니.

하늘의 빛나는 램프, 태양도

| **그림 1** | 톰 필립스, 단테의 〈지옥〉 제10곡 삽화, 1983. © 2017 Artists Rights Society (ARS), New York/
DACS, London. Reproduced with permission.

더 높이 오를수록

그만큼 더 빨리 그의 달림은 끝날 것이고

황혼에 더 가까워지리니.

젊음의 피가 한결 더웠던

첫 시절이 가장 좋고

그것이 사라지면 더 나빠지고 가장 나쁜

시절이 잇따르리니.

그러니 수줍어 말고 시간을 활용하라,

그리고 할 수 있는 동안 결혼하기를,

청춘을 한번 잃으면

영원히 기다려야 할지니.

| 퀄러 코치Quiller-Couch, 《옥스퍼드 북Oxford Book》, 266-7 |

헤릭에서 출발하면 시간을 거슬러 장미꽃 봉오리를 모으는 이미지를 추적할 수 있다. 시의 첫 행을 그가 태어나기 몇 해 전인 1585년 사망한 프랑스 시인 피에르 롱사르Pierre Ronsard의 유명한 소네트 마지막 행에서 따왔기 때문이다. 사랑하는 "헬레네Hélène"에게 보낸 롱사르의 소네트 중 하나는 이러하다.

Quand vous serez bien vieille, au soir, à la chandelle,

　Assise auprès du feu, dévidant et filant,

Direz, chantant mes vers, en vous émerveillant :

Ronsard me célébrait du temps que j'étais belle.

Lors, vous n'aurez servante oyant telle nouvelle,

Déjà sous le labeur à demi sommeillant,

Qui au bruit de mon nom ne s'aille réveillant,

Bénissant votre nom de louange immortelle.

Je serai sous la terre et fantôme sans os :

Par les ombres myrteux je prendrai mon repos :

Vous serez au foyer une vieille accroupie,

Regrettant mon amour et votre fier dédain.

Vivez, si m'en croyez, n'attendez à demain :

Cueillez dès aujourd'hui les roses de la vie.

| 롱사르, 《전집Oeuvres complètes》, 1: 340 |

그대 늙어 저녁 촛불 아래,

불가에 앉아 실 풀고 감을 때,

나의 노래 읊으며 감탄하듯 말하리라,

"롱사르는 내 아름다운 시절 날 찬미했었지."

이때 바느질에 지쳐 반쯤 잠든 그대의 시녀들도,

이 소식 듣고,

불멸의 찬사로 그대 이름 축복한

나의 이름 소리에 깨어나지 않는 자 없으리라.

이미 나는 황천에 내려 뼈 없는 망혼 되어,

도금양[28] 그늘 아래 몸을 쉴 때,

그대는 난롯가에 쭈그린 노파 되어,

나의 사랑과 이를 뿌리친 그대의 교만을 뉘우치리다.

진정 그대에게 말하노니, 오늘을 사시오, 내일을 기다리지 말고,

모으시오, 이날부터 인생의 장미꽃을.[29]

롱사르의 서정시는 특정한 여성, 아마도 불같은 사랑에 빠지는 것을 수치로 여기는 기혼 여성(궁정 연애 전통에 머무는)을 향한 고뇌에 찬 애원이다. 반면에 헤릭의 유희적인 시는 롱사르의 가사 중 씁쓸한 부분을 소거한다. 그는 사랑하는 사람이 아닌 한 무리의 처녀에게 말을 걸고 결혼을 종용한다. 이 전적으로 행복한 시나리오는 "슬기로운 자들은 기름이 담긴 등잔과 함께 참여해야 할 결혼식을 놓치지 않는다"는, 슬기로운 처녀들과 미련한 처녀들에 대한 그리스도의 우화를 이어 간다.

반대로 롱사르의 시는 고대 로마의 에피쿠로스적(쾌락주의적) 전통에 준거하고, 톰 필립스 역시 단테 삽화에서 에피쿠로스의 책을 결국 지옥으로 가는 책들 사이에 적절히 포함시킨다. 롱사르의 시에서 마지막 2행은 호라티우스의 경구 "오늘을 잡아라. 내일이

---

28 사랑의 여신 비너스를 상징하는 신목神木. 그리스 신화에서 연인들이 도금양으로 이루어진 샹젤리제 숲에서 사랑을 나눈다.

29 롱사르의 시 번역은 권희창 옮김,《연애시집》(신아출판사, 1998); 손주경 옮김,《롱사르》(고려대학교 출판부, 2007)를 참조했고 원문에 맞게 수정했다.

라는 말은 최소한만 믿어라"의 느슨한 번역으로, **카르페 디엠**Carpe diem의 농경적인 함의를 살려 낸다. 이 구절은 흔히 "오늘을 잡아라"(*seize* the day)로 번역되지만, 마치 오늘이 수확일인 것처럼 "낮 동안 모두 모아라"(*gather* in the day)로 번역하는 편이 더 나을 수 있다.[30] 롱사르는 호라티우스와 동시대인이자 기원전 19년 36세를 일기로 사망한 시인 티불루스Tibullus의 시를 활용하기도 한다. 시간의 덧없음은 티불루스의 주요 주제였고, 죽어 가던 시인은 연인 델리아를 향해 자신이 죽은 후에도 계속 충실해 달라고 요청한다.

> 그럼에도 나는 언제나 그대가 순결하고 단정하길 기도하겠소,
> 등불이 켜지고, 그대 옆에 앉은 나이 든 벗이
> 실톳대 감으며 이야기 시작하면,
> 고개 숙이고 바느질하던 소녀들 모두
> 졸음 참지 못하고 하던 일 멈추겠지.
> 그때 내가 아무도 모르게 불현듯 나타나겠소.
> 하늘에서 내려온 내 모습 당신에게 보이기를.
> 그러면 헝클어진 머리, 맨발 그대로
> 내게 달려와 주오, 오 델리아.
> 기도하리다. 빛나는 여명의 장밋빛 말馬들(아침 노을)이 나르는
> 찬란한 샛별이 나의 눈을 축복해 주길. | 티불루스, 《애가Elegies》, 211 |

---

30 '폭력을 써서 장악하다'라는 뜻의 seize와 '수확하다'의 gather in의 대비.

여기서 롱사르는 수확물을 모으는 호라티우스의 이미지와 장밋빛 새벽이라는 호메로스의 이미지를 결합시킨다. 델리아라는 여인은 육군 장교와 결혼한 것으로 보이는데, 남편이 전쟁터에 나가 있을 때 티불루스와 바람을 피웠다. 죽어 가던 시인에게는 그녀의 애도가 그리 길지 않을 거라고 염려할 만한 이유가 충분하다. 또다른 연인이 금세 그 자리를 대신할지도 모른다. 그럼에도 티불루스의 어조는 친근하고 애정으로 가득하다. 시인은 델리아가 늙어 가는 모습을 절대 상상하지 않는다. 그녀의 벗 혹은 동반자만이 늙은 여인으로 제시된다. 반면 롱사르는 보답 없는 사랑을 자처하고, 사랑스러운 소녀와 노파를 결합해 놀라운 효과를 자아낸다.

장미꽃 봉오리 모으기 주제에서 롱사르가 활용한 것으로 보이는 또 하나의 색다른 출처는 《성경》 경전으로, 지혜서Wisdom of Solomon라고 알려진 출처 불명의 문헌이다. 이 책은 티불루스와 호라티우스의 동시대인으로, 그리스어를 사용한 알렉산드리아 거주 유대인이 집필했다. 엄격한 도덕주의자인 저자는 이집트에서 목격한 쾌락주의자들의 모습을 못마땅한 눈길로 그려 낸다.

그들은 그릇된 사고로 저들끼리 말한다.
우리 삶이 짧고 슬프다고.
인생의 끝에 다다르면 묘약도 없고
우리가 알기로 저승에서 돌아온 자도 없다고.
…
자, 그러니 앞에 있는 좋은 것들을 즐기고

젊을 때처럼 이 세상 것들을 실컷 쓰자

값비싼 포도주와 향료로 한껏 취하고,

봄철의 꽃 한 송이도 놓치지 말자.

장미가 시들기 전에 그 봉오리로 화관을 만들어 쓰자.

| 지혜서 2: 1, 6-8 |[31]

이 《성경》 저자는 로마 시인들에게서 보이는 쾌락주의에 격분하고, 개인적 부도덕만이 아니라 그것이 초래하는 사회적 결과에도 우려를 표한다. 그에 따르면, 이들은 과부와 고아를 억압하고 덫을 놓고 의인을 기다릴 것인데 "의인이 그들을 성가시게 하는 자이자 그들이 하는 일을 반대하는 자이기 때문이다"| 2: 12 |. 이런 시인에게 삶의 덧없음은 세계에 대한 진지한 성찰과 윤리적 행위의 촉매가 되어야 한다. 그는 경건한 사람이 내세의 삶만을 생각한다는 명제를 부정한다. "하느님께서는 죽음을 만들지 않으셨고 산 자의 죽음을 달가워하지 않으신다. / … 하느님께서는 만물을 존재하라고 창조하셨으니"| 1: 13-14 |. 죽음을 낭만적인 욕망의 대상으로 간주하는 자는 불의한 자다. "악인들은 행실과 말로 죽음을 호출하고 / 죽음을 친구로 여겨 그것을 열망하며 / 죽음과 계약을 맺는다. / 그들은 죽음에 속한 자들이 되어 마땅하다"| 1: 18 |.

봄철의 꽃처럼 사랑받는 연인의 이미지는 《성경》에서도 긍정

---

31 《성경》 번역은 https://maria.catholic.or.kr/bible을 참조하여 원문에 맞게 수정했다.

적으로 나타난다. 〈아가雅歌Song of Songs서〉에서 젊은 여인은 "저는 사론의 수선화이고, 골짜기의 백합화랍니다"라며 노래하고, 연인에게 '일어나 와 주길to arise and come with her' 재촉한다. "이제 겨울도 지나고 장마도 걷혔네요. / 땅에는 꽃이 모습을 드러내고 노래의 계절이 다가왔어요. / 우리 땅에선 멧비둘기 소리가 들려온답니다"| 아가 2: 1, 11-12 |.[32] 랍비들은 이런 구절을 무종교적 쾌락주의가 아닌, 신의 사랑과 이스라엘에 대한 우화로 받아들여 《성경》에 포함시켰다. 교부들도 랍비들의 관점을 수용하여 아가를 그리스도와 교회의 사랑에 대한 우화로 재해석했다. 그리고 단테는 이 종교적으로 굴절된 에로틱한 상징주의를 지옥이 아닌 천국에서 천사들이 천상의 장미 형태로 하느님을 감싸는 데에 활용한다.

톰 필립스의 지옥에 등장하는 광대한 책의 풍경은 아득한 과거로 거슬러 올라가지만, 자의식 강한 현대 예술가인 필립스의 삽화는 장미꽃 봉오리를 단테의 시대에서 우리 시대로 가져온다. 그가 단테의 지옥에 헤릭을 배치한 것은 고의적인 시대착오를 수반한다. 헤릭이 단테보다 300년 후에 살았던 인물이기 때문이다. 이는 문학이 시대를 뛰어넘어 도달하는 방식을 보여 주는 훌륭한 이미지다. 필립스의 펼쳐진 책들의 풍경을 멀리까지 들여다보면, 현재에 더 가까워질 수 있다.

---

32 오기誤記로 추정. 〈아가서〉에서 연인에게 "일어나 자신에게 와 주길" 부탁하는 이는 여인이 아닌 그녀의 연인이다.

그림 속에서 활자를 인식할 수 있는, 가장 멀리 놓인 두 권의 책은 고대 유물론 철학자-시인 루크레티우스Lucretius의 책과 그 지면에 단순히 "로즈버드Rosebud"(장미꽃 봉오리)라고만 적힌 책이다. 필립스의 작품이 언어예술뿐만 아니라 시각예술의 참조로도 충만하다는 점을 고려하면 이 반쯤 숨겨진 책은 오손 웰즈의 고전 영화 〈시민 케인Citizen Kane〉에서 주인공이 마지막에 남긴 수수께끼 같은 말을 환기한다. 이 영화의 마지막 장면은 찰스 포스터 케인 (오손 웰즈 분)의 구독자들이 믿듯, 그리고 티불루스부터 헤릭까지 모든 전통이 우리가 그렇게 가정하도록 유도하듯, "로즈버드"가 떠나간 연인의 이름이 아님을 현시한다. 그것은 케인이 어린 시절에 탄 썰매 브랜드명으로, 웰즈는 이를 잃어버린 유년기의 순수성을 나타내는 시적 이미지로 활용한다.

이처럼 헤릭과 롱사르부터 고대의 출처들까지 거슬러 읽으면 후대 시인들이 어떤 자원들을 활용했는지에 대한 감각이 생기고, "고대 세계"가 얼마나 다양했는지를 확인하게 된다. 《성경》 저자들과 로마 작가들은 단 한 세기 만에 카르페 디엠이라는 모티프를 급진적으로 다양하게 활용하며 제각기 다른 인상의 장미꽃 봉오리를 모았다. 셰익스피어의 말처럼 어떤 이름으로 불리든 장미는 향기롭지만 그만큼 풍부한 역사를 가진 꽃도 없다. 필립스의 삽화 속 "로즈버드"라는 구절이 적힌 책과 포개져 놓인 책이 제시하는 글귀도 "풍요로운 꽃의 시간Les Très Riches Heures de Fleur"이다. 모을 수 있을 만큼 모아서 원하는 대로 활용하는 시인과 시각예술가들은 장미를 시간의 덧없음이라는 영원한 이미지로 창조하고 재창조한다.

3

문화를 가로질러 읽기

세계문학을 읽는 것은 우리 고유의 문화 경계를 넘어 우리의 문학적 · 문화적 지평을 확장시킬 기회를 제공한다. 그러나 이런 자극을 주는 것과 별개로 외국 작품을 읽는 것은 심각한 문제를 야기할 수 있다. 작가는 우리가 들어 본 적도 없는 왕조와 신을 이미 익숙한 존재로 상정하고 글을 쓸 수도 있고, 작품이 우리가 접한 적도 없는 과거의 작가들과 대화를 나눌 수도 있으며, 작품 형태 자체가 낯설고 가늠하기 어려울 수도 있다. 훌륭한 편집자의 소개 글이 작품의 역사적 · 문학적 맥락을 명확히 설명하고, 각주는 낯선 이름과 사실을 해설할 수 있지만, 작품의 생소함에 질려 독서를 연기하거나 무심결에 친숙한 것으로 받아들여 이미 아는 것에 피상적으로 동화시켜 버림으로써 텍스트의 표면에만 머물게 될 위험도 여전히 존재한다.

우리는 필연적으로 과거에 읽은 작품, 모국 전통의 작품이거나 이미 접한 다른 외국 작품을 통해 형성한 기대치와 독서 기술로 새로운 작품에 접근한다. 그 수많은 사전 지식을 없앨 수도 없고, 오히려 새로운 지식을 쌓는 발판으로 생산적으로 활용할 필요가 있다. 이번 장章은 새로운 소재를 비교comparative 관점에서 효과적으로 읽는 방법을 논할 것이다. 익숙하지 않은 작품을 이해하는 데에 도움을 줄 유사점과 차이점을 탐구하고, 동시에 익숙한 소재는 새로운 방식으로 조명해 볼 것이다.

효과적인 논의를 위해선 작품을 비교할 때 공통적인 분석 기준을 제공할 수 있는 제3의 용어나 관심사를 준거로 삼아야 한다. 의미 있는 비교 기반 없이 비교하다간 서로 관련 없는 작품들 속에서 길을 잃을 가능성이 크다. 그 완전한 다양성에 당황한 나머지, 보르헤스의 단편 〈틀뢴, 우르바르, 오르비스 테르티우스Tlön, Uqbar, Orbis Tertius〉에서 문학비평가들이 선호하는 무작위 연계성을 구현하는 쪽으로 축소될 수도 있다. 소설에서 틀뢴Tlön[1]의 비평가들은 모든 문학작품이 숨겨진 통일성을 표현한다고 믿고 《도덕경》과 《천일야화》 같은 "완전히 상이한 두 작품을 한 작가의 것으로 규정한 뒤 그 흥미롭기 그지없는 **문필가**homme de lettres의 심리를 성실하게 측정하려 한다ㅣ7ㅣ.

다행히 우리는 서로 관련 없는 문화의 작품을 읽으며 임의의 자유연상에 의존하지 않아도 된다. 멀리 떨어져 있었던 작가들이 같은 문학적 참조와 시적 기법을 공유했을 가능성은 희박하지만, 그럼에도 상이한 문화의 작품들을 비교할 방법은 다양하다. 이번 장은 희곡과 단편소설의 사례를 통해 '장르', '인물과 플롯', '주제와 이미지', '문학적 패턴 혹은 사회적 배경의 유사성'을 수반하는

---

1 소설 속에서 보르헤스가 백과사전에서 발견하는 가상 행성. 언어와 철학, 문학 등 비밀 집단이 대를 이어 구축한 이 환상의 세계가 점차 견고해지며 현실을 대체한다.

비교 방식을 논할 것이다. 이런 유사성은 공통기반common basis을 제공하여 우리가 이질적인 문화적 전통에서 종종 마주치는 심원한 차이를 가늠할 수 있게 도와줄 것이다.

고전극: 그리스와 인도

다른 문화의 작품을 비교하는 데에 필요한 기본적 토대는 문학 장르가 제공한다. 문학 장르는 작품을 구성하고 그에 대한 독자의 기대치를 형성하는 역할을 한다. 어떤 장르는 하나의 전통에서만 발견되지만, 어떤 장르는 세계 여러 지역에서 확인된다. 서양의 전통 서사시를 다룬 앞 장의 논의도 인도, 페르시아, 북아프리카 서사시 등 문화를 가로질러 확장될 수 있다. 더 널리 퍼져 있었던 희곡 장르는 더 다양한 시대와 더 다양한 문화에서 발견된다.

세계의 희곡 전통은 매우 다양하지만 이 전통은 모두 무대 공연으로 구현될 가능성, 즉 인물과 행위의 구현, 소품과 배경의 활용, 음악과 춤과 조명의 결합 등을 집합적으로 탐구한다. 이 전반적인 범위 내에서 특정 전통이 어떤 요소를 강조하고 작가들이 그것을 어떻게 활용하는지 들여다보면 그 문화에 대해 많은 것을 배울 수 있다. 반대로 한 문화의 전반적인 극적 규범을 이해하는 것은 극작가가 당대의 지배적인 규범에서 탈출하는 것을 포함해 특정 연극의 기능 방식을 이해하는 중요한 출발점을 제공한다.

먼저 두 편의 세계 명작 희곡인 소포클레스의 《오이디푸스 왕

Oidipus Tyrannos》과 인도 시인 칼리다사의 《샤쿤탈라Shakuntala》를 살펴볼 것이다. 소포클레스와 칼리다사 모두 각자의 전통에서 뿌리가 되는 작가로서 그 위상은 비슷하지만 그리스 희곡과 인도 희곡 간에 추적 가능한 연관성은 거의 없다. 물론 헬레니즘 시대의 왕들이 기원전 마지막 세기에 북인도를 통치하고, 이 시기 그리스 극장의 잔해가 현재의 아프가니스탄 땅에서 발굴된 역사가 있지만, 이런 접촉은 서기 4세기나 5세기 칼리다사 시대로부터 아득히 먼 과거의 일이다. 더욱이 고대 인도의 산스크리트 희곡은 인도 서사시와 서정시 전통의 소재를 바탕으로 수세기에 걸쳐 독자적인 방식으로 발전했다. 즉, 칼리다사는 소포클레스를 들어 본 적도 없었을 것이다. 그러나 이 모든 무관련성에도 불구하고 《샤쿤탈라》와 《오이디푸스》는 기본적인 주제부터 시작해 다방면에서 비교해 볼 만하다.

소포클레스의 극은 지식에 대한 드라마다. 오이디푸스는 테베를 황폐하게 만든 역병과 병충해에 직면하여 어떤 범죄나 과실이 신들로 하여금 테베를 이런 방식으로 징벌케 한 것인지 밝혀내고자 한다. 그는 비장한 각오로 단서를 제공할 증인 찾기에 나서고 진실을 규명하고자 애쓴다. 초기에 신탁은 신들이 테베의 선왕 라이오스를 시해하고도 계속 그 도시에 머무는 정체불명의 살인자를 축출하라고 한 것으로 드러난다. 이에 오이디푸스는 범죄의 진상을 규명하고 그게 누가 됐건 살인자를 추방하겠다고 맹세한다. 오이디푸스가 깨닫지 못하는 것은 자신이 문제의 살인자라는 것이다. 일부 극작가라면 결론을 위해 이 진실의 폭로를 아껴

두었을지 모르지만, 소포클레스는 눈먼 예언자 테이레시아스의 언명으로 오이디푸스를 충격에 빠뜨림으로써 이를 극의 초반부로 가져온다. "당신이 이 나라를 오염시키고 있소 / … 당신이 왕을 살해한 이란 말이오 / 찾고 있는 그분의 살인자가 바로 당신이란 말외다" | 소포클레스, 《오이디푸스 왕》, 101 | . 설상가상으로 오이디푸스가 알지 못하는 사실이 또 있으니, 바로 살해된 왕 라이오스가 아들에게 살해될 것이라는 예언을 피하려고 갓난아기였을 때 자신의 아들, 즉 오이디푸스를 유기했다는 것이다. 본인도 모르게 이 예언을 실현한 오이디푸스는 테베의 왕이 되고 라이오스의 미망인이자 자신의 친모인 이오카스테와 결혼한다.

희곡의 균형은 이 끔찍하고 믿을 수 없는 소식의 진실을 입증하거나 반증하려는 오이디푸스의 노력에 중심을 둔다. 희곡은 오이디푸스와 그 주변 인물이 그들이 처한 상황과 고군분투하는 모습에 초점을 맞추고, 이를 부인하거나 수용하는 전략 속에서 그들의 기질이 드러난다. 먼 과거의 행위가 거침없이 밝혀지면서 극 전체가 한 장소에서, 하루 만에, 효과적으로 즉시卽時 이루어진다. 오랫동안 잊혀지거나 억압된 사건들은 비극적인 반전과 인식의 절정에 이르러 영웅을 행운의 꼭대기에서 절망과 수치의 구렁텅이로 추락시킨다. 등장인물과 관객을 매개하는 테베의 합창단은 춤추고 노래하며 감동적인 애가哀歌를 공연한다.

칼리다사의 《샤쿤탈라》도 어느 위대한 왕이 망각한 과거의 어느 시점에 행한 과오를 청산하려는 분투를 담고 있다. 소포클레스처럼 칼리다사도 서사시 전통에 전해 내려오는 사건을 극화하는데, 인도의 서사시 《마하바라타》가 그것이다.[2] 어느 날 숲에서 사냥 중이던 두샨타 왕은 한 암자에서 부모 없이 선인仙人의 손에서 길러진 눈부시게 아름다운 여인 샤쿤탈라를 보게 된다. 두샨타는 첫눈에 샤쿤탈라에게 반하고, 그녀도 풍채 출중한 왕을 보자마자 사랑에 빠진다. 두 사람은 비밀 결혼식과 함께 첫날밤을 치르고, 두샨타는 샤쿤탈라에게 반지를 정표로 준다. 그리고 곧 그녀를 왕비로 책봉하기 위해 사람을 보내겠다고 약속한 후 궁전으로 돌아간다. 샤쿤탈라를 새 왕비로 들이려면 강력한 지지 세력을 거느린 기존 왕비를 밀어내야 하는 만큼 두샨타도 얼마간 상황을 정리할 시간이 필요한 듯 보인다.

　　그러나 두샨타가 샤쿤탈라를 궁전으로 데려오기 전 다혈질의 성자 두르바사스로 인해 문제가 발생한다. 샤쿤탈라의 소홀한 영접이 그를 격분케 한 것이다(그녀는 정인 생각에 마음이 딴 곳에 가 있었다). 두르바사스는 그 부주의의 대가로 두샨타 왕이 그녀를 알았던 사실 자체를 망각하게 될 것이라 선언한다. 샤쿤탈라의 지인들이 저주를 풀어 달라고 간청하자, 성자는 조금 누그러져 두샨타가 정표로 준 반지를 보면 기억을 되찾을 거라고 말한다. 그런데 두샨타의 왕궁으로 향하던 샤쿤탈라가 강에서 목욕하던 중 반

2　칼리다사는 《마하바라타》 첫 번째 장의 두샨타와 샤쿤탈라 에피소드를 극화해 《샤쿤탈라》를 만들었다. 원작과 다른 점은 두샨타의 행실이다. 《마하바라타》에서 두샨타 왕은 《샤쿤탈라》의 두샨타와 대조적으로 샤쿤탈라에게 육체적 욕망을 채운 후 9년 동안 그녀를 부르지 않고 아들과 함께 왕궁으로 찾아온 샤쿤탈라를 화냥년이라 비난하는 사랑의 배신자로 제시된다.

지가 그만 손가락에서 빠져 사라져 버리고 만다. 샤쿤탈라가 두샨타 앞에 나타나자 왕은 그녀와 결혼 약속은커녕 만난 기억도 없다고 말한다. 숲에서 며칠을 함께 보내다 임신까지 한 샤쿤탈라는 두샨타의 기억을 되돌리기 위해 그녀가 할 수 있는 일이 아무것도 없다는 사실에 망연자실한다. 샤쿤탈라의 수양 가족도 그녀의 이야기를 의심하고 그녀와 의절한다. 이때 불현듯 천상의 힘이 샤쿤탈라를 히말라야의 천계로 데려가고, 그녀는 그곳에서 아들을 낳고 기르기 시작한다.

그런데 한 어부가 우연히 샤쿤탈라가 잃어버린 반지를 발견하고, 왕 앞에 끌려와 반지를 얻게 된 경위를 해명하면서 상황이 반전된다. 두샨타는 반지를 보자마자 모든 것을 기억해 내고 샤쿤탈라를 찾으려 하지만 신들이 데려간 샤쿤탈라의 행방을 찾을 길이 없다. 몇 년 후 최고신 인드라[3]가 두샨타에게 악마의 군대를 물리치라는 임무를 하달하고 나서야 이 문제는 해결된다. 두샨타가 임무를 완수하자, 인드라는 그 보상으로 샤쿤탈라가 사는 히말라야의 봉우리로 두샨타를 날려 보내 준다. 그렇게 두샨타와 샤쿤탈라는 재회의 기쁨을 나누고, 두샨타는 후계자[4]가 될 아들과 처음

---

[3] 고대 브라만교의 최고신으로, 인도에 침입해 원주민들을 정복한 아리아인의 수호신 이기도 하다. 오른손의 금강저金剛杵(바즈라)로 번개를 다루고, 왼손의 지팡이(안쿠샤)로 코끼리 군단을 부리는 강력한 군신으로, 인드라의 압도적인 힘은 브라만교가 힌두교로 대체되는 과정에서 비슈누와 시바에게 옮아 간다.

[4] 바라타 대왕.《마하바라타》에 등장하는 카우라바 왕족의 시조로 전해진다.

으로 만난다. 극은 행복한 가족이 집으로 향하는 인드라의 전차에 올라타면서 끝을 맺는다.

그 양식상 비극보다는 희극에 가까운 《샤쿤탈라》는 《오이디푸스 왕》만큼이나 심리학적인 드라마다. 오이디푸스처럼 두샨타도 의식에 떠오르지 않는 기억으로 괴로워하고, 세상에서 가장 아름다운 여인을 만나 결혼하고 며칠 만에 그녀를 잊어버렸다는 믿을 수 없는 이야기를 이해하려고 애쓴다. 궁전으로 돌아온 두샨타는 샤쿤탈라가 나타나기 전, 다시 말해 기억상실 상태에서 아내 중 한 명이 부르는 저버림에 관한 노래를 듣고 압도된 자신을 발견한다. 그는 자문한다. "그 노랫말이 어찌 이다지도 강렬한 욕망을 일으키는가? 사랑하는 사람과 헤어진 일도 없거늘." 두샨타는 혼란스러운 마음을 노래로 옮긴다.

아름다운 걸 보거나
달콤한 말 들을 때면,
행복에 겨울 때라 해도
마음이 꿈틀거리나니.
아마도 전생에서의 사랑이
마음 깊숙한 곳에 여실히 남아,
저도 모르게
떠올려 버리고 마는 것이리라. | 칼리다사, 《샤쿤탈라》, 134 |[5]

무의식적 욕망의 작용을 설명하고자 오이디푸스 이야기를 인용한 프로이트의 설명처럼, 두샨타도 무의식의 표면 바로 아래에 남아 있는 기억으로 괴로워한다. 7막의 해피엔딩에 앞서 당혹, 혼란, 비통으로 가득한 3개의 막이 제시된다. 4막에서 암자에 있는 샤쿤탈라와 지인들은 두샨타에게서 어떤 연통도 오지 않는 것에 크게 실망한다. 결국 샤쿤탈라의 양아버지 칸바가 딸을 궁전에 보내기로 하는데, 그는 딸을 잃는 슬픔과 딸이 궁전에서 어떤 대접을 받을지 불길한 예감을 느낀다. 5막에서 샤쿤탈라와 지인들은 두샨타가 태연하게 결혼을 거부하는 것에 충격을 받는다. 당황한 "고행자" 왕은 샤쿤탈라의 보호자들에게 이렇게 말한다. "아무리 거듭 생각해 봐도 저 부인과 혼인한 게 기억나질 않소이다. 아이를 가진 것이 한눈에 보이는 저 여인이 나와 관계를 맺었는지 이토록 의심스러운 마당에 내 어찌 그녀를 받아들일 수 있겠소?"|139|. 샤쿤탈라는 이처럼 신의 없는 사내와 한때나마 사랑에 빠졌다는 사실에 수치심과 후회에 휩싸인다. 연극의 마지막 장이 시작되기 전까지 그녀는 칸바의 암자라는 신성한 장소에서 불경한 성행위를 한 혐의로 규탄되고, 오이디푸스처럼 사회에서 추방되는 비극적 상황에 갇힌다.

이미지 패턴으로 볼 때, 두 연극 모두 인물과 플롯의 유사성

---

5 칼리다사의 《샤쿤탈라》 번역은 박경숙 옮김, 《샤꾼딸라》(지식산업사, 2002)를 참조했고 원문에 맞게 수정했다.

을 강화한다. 희곡은 매우 시각적인 매체로서, 소포클레스와 칼리다사 역시 이후의 사색적인 극작가들처럼 희곡 매체의 특징을 자신만의 고유한 주제 안에 담아낸다. 두 연극 모두 등장인물들은 그들이 볼 수 있는 것과 볼 수 없는 것에 대해 이야기를 나눈다. 오이디푸스와 눈먼 예언자 테이레시아스는 둘 중 누가 더 눈이 멀었는가를 놓고 비난을 주고받고, 오이디푸스는 예언자의 질타에 담긴 끔찍한 진실을 깨닫고는 울부짖는다. "극도로 두렵다 / 늙은 예언자가 앞을 볼 수 있다니"|소포클레스, 《오이디푸스 왕》, 120|. 오이디푸스는 지식을 향한 자신의 탐색을 끊임없이 시각적인 용어로 표현한다. "이 목자를 볼 수 있다면." 사자使者의 "얼굴이 밝은 것을 보니 … 그가 가져온 소식도 밝을지도"|89, 121|. 시각은 통찰의 전형이 되고, 극의 종당에서 오이디푸스는 자기 눈에 소름 끼치는 분풀이를 한다.

《샤쿤탈라》에서도 시각은 통찰을 낳는다. 연극 내내 등장인물들은 다른 이가 무엇을 하는지 면밀히 관찰하고, 때로는 보는 행위 자체를 언급하기도 한다. 두샨타가 인드라의 전차를 타고 하늘을 날 때 이 경험은 특수효과가 아닌 왕과 전차를 모는 이가 그들 아래 보이는 절경에 대해 나누는 이야기를 통해 관객에게 전달된다. 3막에서 두샨타는 샤쿤탈라에 대해 더 많이 알고 싶은 마음에 그녀의 발자국을 쫓으며 사랑에 빠진 셜록처럼 시각적 증거를 분석한다.

저 흰 모래 위에 보이는,

뒤꿈치가 푹 패인

새로 난 발자국은

풍만한 엉덩이 때문 아닌가.

나뭇가지 사이로 지켜보련다. | 칼리다사, 《샤쿤탈라》, 112 |

이후에도 그는 자신이 볼 수 있는 것(그러나 관객은 볼 수 없는 것)을 묘사한다. 한 예로, 샤쿤탈라의 두 친구가 상사병에 시달리는 그녀를 열사병에 걸린 것으로 착각하고 그녀의 가슴에 연꽃 연고를 발라 주는 장면이 있다. 두샨타는 그 광경을 보고 환희한다. "내 눈이 광명을 찾았도다!" | 112 | .

두샨타는 샤쿤탈라와 첫 대화를 나눈 후 그녀의 눈과 입, 몸짓을 관찰하며 얻은 단서를 바탕으로 그녀가 자신을 연모하고 있다고 추측한다. 그는 반추한다. "내 앞에서 그 처자는 시선을 떨궜지. 웃는 얼굴을 숨기고 싶었던 게야. … 헤어지면서 다소곳이나마 감정을 보여 주었지." 두샨타는 자신이 얻은 증거들을 곰곰이 생각하며 노래로 옮긴다.

"꾸샤kuśa 풀포기에

발을 찔렸어."

괜스레 외치며 몇 발짝

걷더니 딱 멈춰 서 버렸지.

나무껍질 옷이 가지에

걸리지도 않았건만,

풀어내는 시늉 하며,

수줍게 힐끗 나를 보았지. |107|

오이디푸스처럼 두샨타도 자신이 모든 것을 보고 모든 것을 알고 있다고 자부한다. 하지만 기억상실의 주술에 걸려 샤쿤탈라를 거부한 후 그 역시 자신의 비극적 과오를 깨닫는 고통을 겪어야만 한다. 이 깨달음은 어부가 가져온 정표 반지를 본 순간 촉발되는데, 이 순간은 인식과 반전의 결합 순간이다. 두 요소는 아리스토텔레스가 《시학》에서 찬미했던 한 쌍으로, 그는 《오이디푸스 왕》에서 이것이 기능하는 방식을 극적 기교의 극치로 지목했다.

비극적 결함 또는 운명?

《오이디푸스 왕》과 《샤쿤탈라》는 수많은 신과 여신이 인간사에 개입한다고 믿었던 고대 다신교 사회의 산물이다. 《오이디푸스 왕》과 《샤쿤탈라》를 함께 읽는 것은 소포클레스와 칼리다사가 오늘날의 대다수 극작가들과 얼마나 다른 가정假定 아래 작업했는지를 이해하는 데에 도움을 준다. 르네상스 시대부터 서양의 극작가들은 개인의 성격과 판단에 주의를 기울였고, 고대 그리스 비극은 주인공을 파멸시키는 비극적 결함의 측면(고대 그리스적 가치보다 후기 기독교적 가치에 더 부합하는)에서 독해되었다.

인물보다 플롯을 중시한 아리스토텔레스는 《시학》에서 진정한 비극의 영웅은 선하고 위대한 자이며, 악인의 몰락은 비극이 아니라 좋은 결말이라고 주장했다. 자부심은 영웅의 능력 정도를 반영했고, 오이디푸스는 도시국가를 통치하고 수수께끼를 해결하며 운명을 통제하는 자기 능력에 자부심이 있었다. 연극의 종막에 이르러 이 자부심은 겸손함으로 치환되지만, 그럼에도 소포클레스는 한결같이 심지어 집중적으로 인간사 과정에서 절대적인 운명이 수행하는 역할을 현시하는 데에 진력한다. 유년기의 오이디푸스는 수십 년 후 그를 파멸시킬 저주를 깨뜨려야 할 책임이 전혀 없었다. 하지만 성인이 된 오이디푸스는 신들이 그에게 내린 운명을 피할 수 있을 것이라고 판단하는 과오를 저지르고, 희곡은 수사搜査 작업을 통해 궁지에서 벗어날 수 있을 거라는 오이디푸스의 확신을 가차 없이 짓밟는다. 소포클레스는 아테네인들이 자신들의 운명을 명령하는 수단으로 이성(또는 제왕적 권력)에 점점 더 의존하고 있음을 은연중에 질책하며, 가장 위대한 영웅조차 신들의 의지로 몰락할 수 있음을 보여 준다.

개인의 능력보다 운명에 역점을 두는 소포클레스는 후기의 대다수 서양 극작가보다 칼리다사에 더 가깝다. 샤쿤탈라에게 가해진 저주는 도덕적 흠보다는 성자 두르바사스의 불같은 성미와 더 관련이 있고, 이 저주는 두르바사스가 숲에서 급격한 분노에 사로잡힐 당시 근처 어디에도 없었던 두샨타 왕에게까지 균등한 고통을 가져다준다. 기억상실의 저주는 두샨타가 애초에 무엇인지도 모르는 문제를 해결하려 하는 것을 방해한다. 사실 두샨타와 샤쿤탈라가 사랑에 빠지는 것부터가 본디 선택의 여지가 없는 일

이었다. 첫눈에 반하는 사랑은 서구 낭만주의 전통에서도 흔한 주제이지만 칼리다사는 이 주제를 한결 극적으로 연출한다. 두샨타가 샤쿤탈라를 눈에 담기도 전에 사랑의 감정을 느끼는 게 그것이다. 그는 샤쿤탈라가 사는 숲의 협곡에 왔을 뿐이지만 어떤 암시적인 근육의 떨림을 느낀다. "참으로 고적한 암자로다, / 그런데 내 팔은 어찌 이리도 떨리는고 … / 불길한 사랑의 조짐을 느끼는 것인가, / 하지만 숙명은 피할 수 없는 법"| 칼리다사, 《샤쿤탈라》, 93 | .

오이디푸스와 두샨타는 모범적인 통치자들로, 불시에 운명에 사로잡힌다. 각각의 희곡은 이 인물들이 곤경을 헤쳐 나가는 방식을 관찰하는 데에 중점을 둔다. 두 통치자 모두 각자의 운명을 받아들여야만 하고 이를 회피하려는 시도는 상황을 더 악화시킬 뿐이다. 사랑에 빠진 두샨타는 이 사랑을 주변인들에게 숨기고 비밀리에 새 결혼식을 올린 뒤 궁으로 돌아가 상황을 정리하고 샤쿤탈라를 부르려 한다. 만일 두샨타가 기존 부인들과의 관계 및 정치적 동맹에 어떤 타격을 입더라도 샤쿤탈라와의 관계를 공식적으로 인정했다면, 그녀가 숲에 홀로 남겨져 두샨타를 그리워하며 야위어 갈 일은 없었고 저주 문제가 부상할 일도 없었을 것이다. 나중에 기억상실증에 걸린 두샨타는 샤쿤탈라에게 깊이 매료되면서도 그녀를 신부로 맞이하길 거부하는데, 그녀가 다른 남자의 정부임이 틀림없다고 생각했기 때문이다. 오이디푸스가 왕의 살해자를 찾으려는 선의의 노력으로 상황을 악화시키듯, 두샨타의 윤리적 대응도 실제로는 문제를 더욱 복잡하게 만들 뿐이다.

오이디푸스처럼 두샨타와 샤쿤탈라는 자기가 처한 상황에 대한 대처에서 자신의 진가를 보여 준다. 남편과 가족 모두에게 거부당한 샤쿤탈라는 계속 결백을 주장하지만, 왕의 거처에 후안무치한 세객처럼 머무는 것은 거부한다. 망명 중에도 아들을 키우면서 결코 절망에 빠지지 않고 끝내 행복한 결말을 쟁취한다. 두샨타는 샤쿤탈라를 거부한 자신의 과오를 깨닫고 국왕의 의무를 계속 수행하면서도 수년간 그녀를 애도하며 자신의 행위를 속죄한다. (그의 지인의 말처럼) 그것이 전적으로 두샨타의 잘못만은 아닌데도 말이다.

마찬가지로 오이디푸스도 운명의 도전에 훌륭히 대처한다. 그의 아내이자 친모인 이오카스테는 먼저 진실을 향한 오이디푸스의 탐색을 방해하고 진실을 더는 부정할 수 없게 되자 자살 충동에 굴복한다. 반면 오이디푸스는 예언자 테이레시아스가 타락해 처남 크레온과 결탁했을 것이라는 초기의 편집증적 주장에서 벗어나 진실이 곧 자신의 파멸임을 깨달아 가면서도 고집스럽게 진실을 추구한다. 그는 자신의 눈을 찌를지언정 자살은 거부하며, 이미 오래전부터 자신이 눈뜬 봉사였음을 자인하고 운명이 이끄는 대로 향할 준비를 한다. 여러 가지 점에서 오이디푸스는 자신의 결함으로 몰락한 셰익스피어의 리어 왕이나 모차르트의 돈 조반니보다는 두샨타를 닮았다.

인물과 플롯

《오이디푸스 왕》과 《샤쿤탈라》는 다양한 층위에서 매력적인 유사점을 보이지만, 두 희곡의 차이점은 그 유사점만큼이나 흥미롭고 작가의 방식과 관객의 기대에서 중요한 분기를 드러낸다. 이 차이점은 인물 캐스팅에서부터 드러난다. 일반적인 그리스 희곡처럼 《오이디푸스 왕》도 배역의 수가 한정되어 있다. 대부분의 장면에서 오이디푸스는 오직 한 사람과 대화를 나눈다. 부인, 처남, 그리고 단 한 장면에만 출연하는 예언자 테이레시아스, 신부, 두 명의 전령, 목동 등. 코러스를 제외하고 한 번에 3명 이상의 연사가 무대에 서는 일은 거의 없고, 소포클레스 이전에는 2명의 연사가 통례였던 점을 고려하면 그는 이미 세 번째 배우를 도입하여 배역의 수를 늘렸다. 고대 그리스 배우들은 복면을 사용했기 때문에 복면만 갈아 쓰면 간단히 역할을 전환할 수 있었다. 코러스단은 언제나 일인칭 시점에서 이구동성unison으로 말했고, 코러스 음악은 단 한 명의 악사만으로도 연주될 수 있었다.

칼리다사의 무대는 훨씬 많은 인물로 붐빈다. 《오이디푸스 왕》은 대사가 주어진 인물이 총 8명인 반면에, 《샤쿤탈라》는 무대 밖에서 목소리를 내는 가지각색의 영혼을 제외하고도 최소 44명의 인물에게 대사가 주어진다. 샤쿤탈라와 두샨타는 시종일관 친구, 일가친척, 궁정인들에게 둘러싸여 있고, 이는 1장에서 논한 인도 서정시가 그리는 밀집된 다중사회와 일치한다. 외딴 숲의 암자를 배경으로 하는 장면에조차 《오이디푸스 왕》 전반에 걸쳐 테베의 중심지에 등장하는 인물 수보다 많은 이의 연사가 등장한다. 칼리다사의 수많은 배역은 그리스 희곡의 배역들과 달리 극의 삽화적 구성episodic plot을 형성하는 데에 훨씬 적극적으로 참여하고 시간, 장소, 행위에서 특유의 조화를 보인다. 샤쿤탈라의 행위는 숲의 암자에서 왕의 궁전으로 옮겨 가고, 희곡을 구성하는 7개 막은 몇 년에 걸쳐 있다. 샤쿤탈라가 두샨타를 만나 혼인하고 아들을 낳아 소년이 될 때까지 키울 만큼 희곡이 묘사하는 시간은 길다. 종막에서 이 씩씩한 소년은 장난감 대신에 새끼 사자와 놀고 있다.

산스크리트 희곡 특유의 더 많은 배역, 더 긴 기간이 반드시 《오이디푸스》의 것보다 큰 역할을 한다는 것을 의미하지는 않는다. 《오이디푸스》는 숨겨진 죄와 억눌린 저주의 발견에 중심을 둔 지식의 드라마이고, 《샤쿤탈라》는 감수성과 서정적인 성찰의 드라마다. 물론 서정성은 소포클레스에도 내포되어 있고 유절가곡 찬가strophic hymns〔가사의 각 절이 같은 선율로 이루어진 가곡〕와 율동으로 이루어진 코러스로 구현되지만, 칼리다사에서는 주요 인물조차 간단없이 노래에 끼어들고 시적 몽상을 위해 휴지pause를 갖는다. 심지어 위대한 두샨타 왕도 행위자인 동시에 명상적 시인이다. 그의 대사 중 상당수가 평서문 형태이지만, 일상적인 용어로 상황을 복기하는 노래가 뒤따른다.

나무 옷이 그 몸에 걸맞지는 않지만, 그렇다고 저 처자를 꾸며 주지 못하는 건 아니군…

호수의 연꽃, 이끼에 싸여도 새초롬함 가려지지 않듯,

얼룩점 검다 하나 교교한 달빛 한결 돋보이게 해 주듯,

나무 옷 입었으되 저 처자는 더욱 고와

아리따운 그 모습 꾸며 주지 못할 것 없노라.

| 칼리다사, 《샤쿤탈라》, 95 |

이런 서정적 강조에 조응하여 《샤쿤탈라》에서는 주요 행위가 무대 밖에 배치된다. 1막에서 샤쿤탈라와 두샨타는 사랑의 설렘을 느끼고, 2막에서 두샨타는 이 새로운 열정을 유심히 사색해 보지만 행위를 취하지는 않는다. 3막에서 연인들은 서로에게 푹 빠졌다는 것을 인정하지만 두샨타 왕이 암자의 사당에 제사를 지내러 불려가는 바람에 입맞춤할 기회조차 얻지 못한다. 두 사람의 결혼식과 첫날밤, 그리고 두샨타의 떠남은 막幕들 사이에서 일어난다. 4막이 시작됨과 동시에 두샨타는 이미 궁전에 돌아온 상태이고, 샤쿤탈라는 임신한 채 정인을 그리워하며 고혹적으로 야위어 간다. 이후 왕과 잊혀진 신부의 가슴 아린 대면은 무대 바깥이 아닌 위에서 다뤄지지만, 두샨타가 반지를 보고 모든 기억을 되찾는 결정적인 인식 장면은 직접적으로 상연되지 않는다. 우리는 사후事後에 두 단역의 짧은 대화를 통해 그 사실을 알게 될 뿐이다.

칼리다사의 플롯은 일련의 팬터마임, 춤, 노래의 틀 역할을 하고, 경험에 대한 인물의 반응을 섬세하게 펼쳐 낸다. 시의 본질은 반복, 함축, 어감, 암시에서 발견되는 것으로 여겨졌기 때문에 칼리다사는 극적인 사건보다 감정 표현의 강조를 선호했다. 이는 같

은 서사시 전통에서 비롯된, 전투로 꽉 찬 행위를 무대에 올리는 인도의 대중적인 그림자 인형극과 대조된다. 극적인 요소를 과소 평가한 것은 서양 희곡과의 중요한 차이를 드러내지만, 그럼에도 여기서 칼리다사는 다시 한 번 후기 서양 극작가들보다는 소포클 레스와 가까워진다. 소포클레스 역시 오이디푸스의 부모와 관련 된 저주, 이오카스테의 자결, 오이디푸스의 자해 같은 극 종반의 결정적인 행위 등 플롯의 주요 사건을 무대 밖에 배치했다. 그리 고 《샤쿤탈라》가 그랬듯이, 이 결정적 사건들은 단역들에 의해 간 접적으로 묘사된다. 그럼에도 《오이디푸스 왕》의 묘사는 피비린 내 나는 디테일로 충일하다. "피 흘리는 눈알이 / 수염을 흥건하게 적셨어요, 핏방울이 드문드문 떨어지는 게 아니라, / 검은 피의 소 나기가 우박처럼 쏟아져 내렸죠" | 소포클레스, 《오이디푸스 왕》, 143 | . 실연實演 보다 더 생생한 설명은 극작가에게 무대에서 선보이기 적절하지 않다는 이유로 상연 금지된 충격적인 장면의 이미지를 제시할 수 단을 제공했다. 반면에 《샤쿤탈라》에서 제시되는 무대 밖 사건에 대한 간략한 설명에는 이런 극적인 효과가 전혀 없다.

후기 유럽 희곡은 더 "혐오스러운" 소재를 무대에 올리기 시 작했다. 《리어 왕King Lear》 3막 7장에서 콘월 공작은 글로스터의 눈알을 잡아 뽑으며 잔인한 언행일치를 보인다. "빠져라 눈깔아!" | 셰익스피어, 《희곡 전집Plays》, 16 | . 우리는 오셀로가 "우선 이 촛불을 끄고 그 후 생명의 불을 끄리" | 235 | 라고 말하며 데스데모나를 목 졸라 죽이는 것을 보고, 《햄릿》에서는 무대 위에서 벌어지는 일련의 칼 부림과 독살로 핏빛 절정에 도달하는 모습을 본다. 현대 영화나

TV의 성적 과시 및 폭력성은 언급할 필요도 없이, 셰익스피어를 읽으면서 자랐다면 소포클레스나 칼리다스의 작품을 읽을 때 기대치를 조정할 필요가 있다. 이들이 전달하는 상이한 리듬과 문학성의 공간으로, 즉 극적인 행위의 세계가 아닌 암시적인 간접성의 세계로 진입하게 될 것이기 때문이다.

중산층의 삶을 보여 주는 장면

우리의 소포클레스와 칼리다사 연구는 인물과 플롯의 유사성에 중심을 두었지만, 사회적 삶의 표현 측면에서 두 작품을 비교하는 것도 명쾌한 이해를 돕는다. 아주 오래된 문화적 형성(물)은《오이디푸스》와《샤쿤탈라》의 군주제 및 다신교 사례처럼 예술 작품의 배경으로 기능할 수 있지만, 작가는 사회적 관계의 변화나 새로운 정치적 질서 같은 새로운 현상을 고려할 수도 있다.

그런 격변 중 하나가 봉건귀족이 지배하던 세계 여러 지역에서 상업적 중산층이 발흥한 것이다. 17~18세기에 세계의 다양한 지역에서 상인계급이 자신들을 새로운 세력으로 주장하고 나섰고, 19세기에 이르러서는 귀족계급을 과감히 밀어내게 된다. 작가들은 이 전환을 첫 단계부터 다루기 시작했고, 따라서 작품들을 통해 저마다의 형태로 이 과정을 겪고 있는 문화들을 비교해 볼 수 있게 되었다.

대표적인 예로, 프랑스의 위대한 극작가 몰리에르Moliere의

《서민 귀족Le Bourgeois gentilhomme》(1673)과 동시대 일본의 가장 위대한 극작가 지카마쓰 몬자에몬近松 門左衛門의 《신쥬⁶텐노아미지마心中天網島》(1721)를 들 수 있다. 두 극작가는 거의 동시대에 살았고, 지카마쓰가 20세가 되던 1673년에 몰리에르가 51세를 일기로 사망했다. 프랑스와 일본의 연극 전통은 서로 완전히 별개로 근본적인 차이가 있지만, 두 극작가 모두 주변에서 싹트기 시작한 새로운 사회질서를 숙고했다. 이 공통된 관심사는 두 작가의 연극 사이에 중요한 분기만큼이나 매혹적인 수렴을 낳는다.

몰리에르의 제목은 역설을 의도한 것으로, 당시 중산층 상인은 귀족이 될 수 없었다. 젠틸옴므gentilhomme라는 용어는 중세 시대에 확장된 노빌리티nobility[귀족] 범위 내에서 태어난 이를 가리키는 신조어였다. 몰리에르의 주르댕 씨는 돈 많은 포목상의 아들에 불과하지만, 아버지에게 상속받은 재산으로 상위 계급으로 신분 상승을 할 수 있으리라는 망상에 젖어 있다. 그는 본인의 미천한 출신에 자격지심을 느끼고, 부친이 상인이 아닌 일종의 옷감 감정가였다고 아부하는 하인의 말에 크게 기뻐한다.

주르댕 씨 내 아버지가 상인이었다고 말하는 바보들도 있다니까.

코비엘 상인이라뇨! 어처구니없는 중상모략입니다! 절대로 그

---

6   연인의 동반자살. 에도시대에 성행한 풍속으로, 사무라이 사회에서 주군이 죽으면 그를 따르던 미소년들이 함께 자결했던 데에서 출발하여 이성 간의 사랑에서도 유행하게 되었다.

런 분이 아니셨어요! 그저 박애정신과 봉사정신이 투철하
셨을 뿐이죠. 여기저기 옷감을 고르러 다니신 건 순전히 옷
감에 정통하셨기 때문이고 집에 가져온 옷감은 다 친구들
에게 나눠 주셨어요. 보수는 약간 받으셨겠지만요.

| 몰리에르, 《서민 귀족》, 50 |[7]

그러나 주르댕 씨는 귀족이 되려면 출신 말고도 교육, 교양,
귀족적 취향이 필요하다는 것을 알고 있다. 그런 이유로 무용 선
생, 음악 선생, 펜싱 코치, 심지어 철학자까지 고용하여 진정한 귀
족이라면 필히 향유해야 할 모든 문화적 이기를 주입받는다. 연극
은 음악 선생과 무용 선생이 나와 그들이 받는 후한 수업료가 주
르댕을 가르치는 굴욕감을 보상할 수 있는지를 두고 논쟁을 벌이
는 장면으로 막을 연다. 무용 선생은 그처럼 교양 없는 의뢰인을
가르치는 걸 수치스러워하지만, 음악 선생은 "그를 칭찬하면 돈으
로 되돌아오기에" 이를 기꺼이 감수한다 [4].

이런 거래와 교환의 세계에서 주르댕은 고급스러운 취향을
구매하는 데에만 만족하지 않는다. 자신의 딸이 귀족과 결혼하길
고집하고, 본인 역시 프랑스 귀족들의 악명 높던 성적 방종sexual
license을 누리고자 한다. 주르댕 씨에게는 자신과 같은 평민 출신의

---

7   몰리에르의 《서민 귀족》 번역은 정연복 옮김, 《상상병 환자》(창비, 2017); 이상우 옮
      김, 《부르주아 귀족》(지만지, 2010)을 참조했고 원문에 맞게 수정했다.

아내가 있지만, 본인 말에 의하면 도리멘 백작 부인을 마음 깊이 사랑하고 있다. 까마득히 높은 신분의 여인이라 대화 한 번 나눠 본 적 없지만. 주르댕 씨는 도랑테Dorante 백작과 교우하는데, 이 이름은 "황금빛의" 혹은 "반짝이는" 정도로 번역될 수 있다. 물론 '반짝인다고 다 금은 아니다'. 방탕한 도랑테는 상인들에게 진 빚을 갚고 도리멘 백작 부인과의 로맨스를 진전시키려고 끊임없이 주르댕의 돈을 쥐어짠다. 그는 부유한 도리멘Dorimène("금을 불러오는 사람")과 결혼해 부를 쌓으려 하고, 주르댕을 위하는 척하지만 실제로는 주르댕의 재산을 자신의 것인 양 백작 부인에게 선물한다.

지구 반대편의 지카마쓰도 《신쥬텐노아미지마》에서 유사한 사회적 긴장을 탐구했다. 주인공 지헤이治兵衛는 종이 장수로, 극을 해설해 주는 변사辯士[8]가 공인하듯 "정직하게 종이를 판매하고, 그의 지류 가게는 입지 좋고 유서 깊어 손님이 굵은 빗방울처럼 몰려든다"|지카마쓰, 《신쥬》, 403|. 지헤이도 주르댕처럼 같은 계급의 여성과 결혼했지만, 자기보다 높은 계급의 여인 코하루小春와 사랑에 빠진다. 그녀는 사무라이와 여타 귀족을 고객으로 둔 고급 유녀遊女이다. 코하루도 지헤이를 사랑하게 되고, 지헤이는 그녀를 유곽에서 구해 주고 싶지만 코하루의 몸값은 그의 재력으로는 턱도 없는 금액이다. 반면 그의 연적인 부유한 상인 타헤이太兵衛는

---

8   다른 말로 '다유太夫'. 노能 · 가부키歌舞伎 · 조루리淨瑠璃 극에서 음곡에 맞춰 장면의 정경, 이야기 배경, 등장인물의 대사를 표현한다.

코하루를 쟁취하는 데에 필요한 것은 오직 돈뿐이라고 확신한다. "돈만 있으면 쉽게 이길 수 있어. 돈으로 있는 힘껏 밀어붙이면 내가 어디까지 정복할 수 있을지 아무도 모를걸?" 타헤이는 마침내 상업이 오래된 사회적 관계를 갈음하게 됐다고 믿는다. "고객은 고객일 뿐이야. 사무라이가 됐건 정인町人townsman[9]이 됐건 말이야. 허리춤에 검을 찼냐 안 찼냐 그 차이뿐이지"|392|.

프랑스에서처럼 일본에서도 의복은 사회적 지위를 나타내는 강력한 지표였고, 몰리에르와 지카마쓰 모두 새로운 의복을 착용함으로써 상위 계급자의 사회적 역할을 소화해 내려는 인물을 그려 낸다. 주르댕은 재단사가 귀족들 사이에서 유행하는 최신 예복이라며 속여 판 몸에 맞지도 않는 사치스러운 옷에 집착하고, 깃털과 꽃잎으로 우스꽝스럽게 몸을 치장했다가 부인과 하녀가 폭소를 터뜨리자 당황한다. 《신쥬텐노아미지마》에서도 지헤이가 코하루에게 자유를 선물하려고 유곽을 찾는 장면에서, 유곽 여주인에게 깊은 인상을 주려고 한껏 차려입은 지헤이와 우연히 마주친 장인이 신랄하게 꾸짖는다. "존경하는 우리 사위님. 비단 외투며 칼까지 찬 모습이 참으로 유쾌하구먼그래! 무사 나리들께서는 돈을 이렇게 쓰시는구먼! 자네가 종이 장수인 건 참말이지 아무도 모르겠어"|441|.

---

9   에도시대의 도시 거주 상공업자. 이 시대 초기에 등장해 부를 쌓아 사회적 영향력을 키우고, 정町(도회지)에 살았으므로 '정인'이라 불렸다. 근대 초 유럽의 부르주아 계층에 비교될 수 있다.

두 희곡 모두 의복 착용 행위를 연극 형태로 묘사하는 대사를 포함한다. 몰리에르의 주르댕 씨는 딸이 진심으로 사랑하는 연인 클레옹테가 귀족이 아니라는 이유로 두 사람의 결혼을 허락하지 않지만, 클레옹테의 똑똑한 하인 코비엘이 "일전에 본 연극에서 얻은 아이디어"를 제시하며 문제를 해결한다. 코비엘은 클레옹테에게 터키 왕자 옷을 입히고, 주르댕은 외국 귀족을 사위로 맞게 되었다며 크게 기뻐한다. 변장한 클레옹테는 주르댕에게 "마마무치Mamamouchi"(아마도 오스만제국의 군사 계급인 "마멜루크Mameluke"에서 유래한)라는 가짜 작위를 수여한다. 이후 클레옹테는 화려한 보석이 주렁주렁 달린 터키 의상을 주르댕에게 입히고, 딸은 아버지의 모습에 화들짝 놀라 소리친다. "아버지도 참! 왜 그런 옷을 입으셨어요? 무슨 연극이라도 하시나요?" | 59 | .

훨씬 더 심각한 분위기의 《신쥬텐노아미지마》에서는 지헤이와 코하루가 그들의 사랑이 결코 자유로울 수 없다는 것을 깨닫고 자살을 고민한다. 그런 충동적인 행위를 막으려는 지헤이의 형 마고에몬孫右衛門은 사무라이 옷을 입고 손님인 척 코하루를 찾는다. 그리고 그녀가 생명을 포기하려 하는 것을 만류하며, 가상의 상위 계급자의 권위를 이용해 말에 무게를 더한다. 복장을 갖추자 마고에몬 역시 배우가 된 것 같다. 그는 하소연한다. "내 꼴을 좀 보시게. 마치 축제의 가면무도회 참가자나 미치광이처럼 옷을 입지 않았나! 내 생전 처음으로 칼을 차 보고 시대극 배우처럼 혼잣말을 중얼댔다네" | 지카마쓰, 《신쥬》, 401 | .

두 연극 모두에서 전통적 사회규범은 새로운 역할 아래에서

스스로를 주장한다. 평민인 타헤이는 사무라이와 평민 모두 같은 고객일 뿐이라고 주장하지만, 고귀해 보이는 사무라이와 마주치자 경외하며 유곽에서 줄행랑친다. 실제로는 사무라이 변장을 한 지헤이의 형이었는데 말이다|393|.

주르댕 씨는 옷이 귀족을 만든다고 믿지만 옷으로 누구도 속이지 못한다. 포목상 선친에게서 상위 계급자의 옷이 어떠해야 하는지 분별할 안목을 물려받지 못했기 때문이다. 지헤이와 주르댕은 저마다 사랑을 찾지만 아내들이 협조를 거부하며 연애가 급격히 제약된다. 지헤이의 부인 오산おさん은 이모에게서 "남편의 방종은 언제나 부인의 무심함에서 비롯"되며 "무슨 일이 일어나고 있는지 집중하고 과감하게 자기주장을 하는 게 좋다"는 조언을 듣는다|405|. 오산은 지헤이에게 반발하고, 코하루에게 호소하는 편지를 보내어 연인들이 바라는 소박한 유대의 꿈을 깨뜨린다. 그러나 연극이 진행되면서 오산은 남편과 코하루의 유대를 더 깊이 이해하고, 두 사람에 대한 연대의 표시로 자기 옷을 저당 잡혀 남편이 코하루의 자유를 살 돈을 모으는 데에 보탠다. 그 후 지헤이는 자기 옷 중에서 가장 좋은 옷을 입고 몸값을 지불하러 가지만, 세 남녀의 유대나 연대 따위에는 관심도 없는 장인과 마주치고 만다. 연인들은 이 참을 수 없는 상황에서 벗어날 유일한 방법으로 자살을 택한다.

몰리에르의 희극에서 사회규범은 주인공의 희망에 길항하지만 훨씬 더 긍정적으로 주장된다. 이것은 도리멘 백작 부인과 잘될 기회가 전혀 없었던 주르댕 씨에게조차 행복한 결과를 선사한다. 주

르댕의 아내는 주르댕이 도리멘 백작 부인과 도랑테를 위해 마련한 저녁 만찬을 파탄 내며 남편에게 "난 내 권리를 지키겠어요. 모든 부인이 내 편에 서겠지요."라고 선언한다|몰리에르, 《서민 귀족》, 49|. 지헤이의 부인처럼 그녀도 연적과 직접 대면한다. "부인, 멀쩡한 가정에 불화를 일으키고, 제 남편이 당신과 사랑에 빠졌다고 믿도록 내버려 두는 것은 당신 같이 교양 있는 숙녀 분껜 어울리지 않는 일이에요"|48|. 이런 추궁에는 도리멘 백작 부인도 놀랄 수밖에 없다. 그날 처음으로 주르댕을 만났을뿐더러, 주르댕을 도랑테를 만날 장소를 제공해 주는 이로만 알고 있었기 때문이다. 도리멘 백작 부인은 "신분 차이가 큰 결혼은 항상 말썽을 일으킨다"|41|고 한 주르댕 부인처럼 계급 간의 경계를 넘는 행위를 더는 용인하지 않는다.

몰리에르와 지카마쓰는 불안정한 사회적 정체성의 세계에서 삶에 대한 강렬한 은유로 자신의 직업을 활용하여, 증가하는 계층 이동의 동요를 탐구했다. 그럼에도 두 극작가의 차이는 상당하다. 광범위한 문화적 부동성不同性 때문이기도 하지만, 두 극작가가 각자의 삶에서 내린 개인적인 선택의 결과 때문이기도 하다. 몰리에르는 그가 극에서 풍자하던 그 상인계급 출신이었다. 그의 아버지는 부유한 가구상으로, 자신과 가족을 한미한 지위로나마 궁정 사회의 일원으로 격상시키고자 귀족 고객과의 인맥 쌓기에 주력했다. 《서민 귀족》 초연에서 몰리에르가 직접 연기한 포목상의 아들 주르댕 못지않은 열망으로 말이다. 자신의 뿌리를 활용하면서도 그것과 거리를 뒀던 몰리에르는 루이 14세의 궁정에서 공연하고자 이 소극笑劇farce을 썼다. 심각한 계급 격변의 긴장이 희곡에 동력을 부여하면서도 우스꽝스러운 시선으로 조명되는 것은 그 때문이다.

반면《신쥬텐노아미지마》는 애달픈 비극으로, 지카마쓰가 평민의 삶에 관해 쓴 수십 편의 연극 중 하나다. 극 전반에 걸쳐 중산층 인물들이 내비치는 감정의 깊이와 고통의 감도가 몰리에르의 극이나 당대 유럽문학에 등장하는 부르주아 캐릭터들에게서는 거의 엿볼 수 없는 수준이다. 지카마쓰 인물들의 통렬한 감수성은 배우를 통해 구현되는 것이 아니라는 점이 특히 인상적인데, 이는《신쥬텐노아미지마》가 인형극이기 때문이다 | 그림 21 |.

지카마쓰는 그의 세기에 가장 위대한 인형극의 대가로 자리매김함으로써 몰리에르와 상반되는 사회적 방향으로 나아갔다. 부유한 사무라이 계층의 가정에서 태어난 그는 젊은 시절 공가公家[10]에서 일하다 사직한다. 그리고 수도인 교토를 떠나 점점 증가하는 평민계급 상인들의 중심지인 오사카로 이주해 다채로운 사건과 흥겨운 행위로 가득한 대중오락 양식인 인형극에 몰두하게 된다. 지카마쓰는 인형극을 놀랍도록 우아하고 강렬한 예술 양식으로 발전시키는 데에 일조했다. 그는 극에서 인형들이 엄숙한 인형술사들에 의해 생명을 부여받는 동안, 변사가 인간의 모든 감정적 특색을 인형들에게 부과해 인간의 덧없는 기쁨과 끝없는 슬픔을 묘사하게 했다.

---

10   조정에 출사하는 귀족 집안.

| **그림 2** | 분라쿠 인형극 공연 장면. 대체로 세 명의 인형술사가 각자 하나의 인형을 조종하고, 그중 두 명은 복면을 쓰고 수석 인형술사만 얼굴을 보인다. Reproduced with permission of Pacific Press Service/ Alamy Stock Photo.

지혜이가 격자창을 통해 손님을 접대하는 코하루를 바라보는 동안 "그의 마음은 그녀를 손짓하여 부르고 그의 영혼은 그녀에게로 날아간다." 그러나 변사에 따르면 "지혜이의 몸은 곧 매미 허물처럼 격자에 들러붙고, 그는 조바심에 흐느낀다"[지카마쓰, 《신쥬》, 396]. 지혜이가 동반자살 약속을 이행하려고 유곽에서 코하루를 탈출시키는 순간부터 문을 여는 아주 사소한 행위조차 아비규환의 긴장감을 주는 장면이 된다.

그녀는 좌불안석이다. 하지만 섣불리 문을 열면 누군가가 그 소리를 들을 것이다. 문을 열자 끼익 하는 소리가 두 사람의 귀와

심장에서 천둥처럼 울린다. 문밖에서 지헤이가 내미는 손의 떨림은 곧 마음의 떨림이다. 문이 아주 조금씩 열린다. 한 치†, 두 치, 세 치… 이제 한 치만 더 열리면 지옥의 고문이 목전이지만, 지옥보다 두려운 것은 귀문鬼門을 지키는 도깨비의 눈이다. |418|

마침내 그들은 탈출하고 변사는 그들이 선택한 죽음의 장소로 이동하는 과정을 애절하게 노래한다. "서리는 새벽빛에 녹고, 인간의 나약함을 보여 주는 이 표징보다 더 빨리 연인들은 스스로 녹겠지. 침소에서 그가 그녀를 부드럽게 안았던 밤, 아직 남아 있는 그 향기는 어떻게 될까?" |418|.

지카마쓰의 세계는 150년 뒤 헨리크 입센과 안톤 체호프가 등장하기 전까지 유럽 무대에서 볼 수 없었던 생생한 일상의 세부 사항으로 가득 차 극도로 현실적이다. 코하루를 향한 지헤이의 애착에 격노한 장인은 딸을 친정으로 끌고 가 버리고, 오산은 자녀들과 떨어지는 슬픔을 토하며("불쌍한 내 새끼들! 태어나서 어미와 하룻밤도 떨어져 본 적 없는데.") 너무나 일상적인 부탁을 함으로써 남편에 대한 깊은 유대를 보인다. "아이들 아침 먹이기 전에 강장제 주는 것 잊지 마세요. 마음이 너무 아프네요!" |414|.

이런 사실주의 속에 희곡은 시적이고 심지어 종교적이기까지 한 상징성을 담아낸다. 종막에서 이 불운한 연인들은 '오나리'("부처가 되다") 등의 이름이 붙은 일련의 다리를 건넌다. 서양문학에서 종교적 가치는 혼배성사 쪽에 있을 것이라고 예상되지만, 지카마쓰는 극의 마지막에서 남녀 주인공이 영적 깨달음으로 나아가는

것을 보여 준다. 자살 직전에 두 사람은 머리를 깎고 마치 수도승과 비구니처럼 속세를 단념하지만, 그럼에도 미래에 함께 다시 태어나길 고대한다. 코하루는 말한다. "무엇을 한탄하겠나요? 이 세상에서는 맺어지지 못했지만, 다음 세상, 또 다음 세상에서도 우리는 부부로 끝까지 함께할 텐데요." 코하루는 이런 기대를 종교적 실천의 중핵으로 삼는다. "연꽃 송이에서 우리가 다시 태어나길 바라며─蓮托生 여름마다─夏[11] 대자대비의 관음경을 필사했지요" |420 |.

지카마쓰는 이런 심오한 시적 · 철학적 요소를 희곡에 불어넣음으로써 거칠고 소란스러운 인형극의 세계와 그가 자라 온 세련된 귀족사회의 예술을 잇는 그만의 가교를 놓았다. 몰리에르도 지카마쓰처럼 더 단순하고 대중적인 드라마 형식으로의 혁신을 꾀함으로써 명성을 얻었다. 그전까지 소극이란 대개 익살로 구성되고 형형색색의 가면을 쓴 배우들(인간인형이라 부를 만한)이 전형적인 인물stock character을 연기하며 폭넓은 해학을 펼치는 장르였다. 지카마쓰가 대중오락의 세계에 귀족적 감수성을 가져왔다면, 몰리에르는 적나라한 사실주의를 가져다가 귀족 세계를 묘사한 것이다. 몰리에르는 궁중용 희곡을 썼지만, 그의 궁중 묘사에는 아첨의 기색이 없다. 도리멘 부인은 냉소주의자이고, 도랑테는 거짓말을 일삼는 영악한 아첨꾼이다. 그들의 결혼 생활이 끝없는 불륜

---

11 음력 4월 16일 혹은 5월 16일부터 3개월간의 기간. 이 시기에 에도시대 승려들은 하안거夏安居에 들었고, 불자들은 경문을 사경寫經했다.

과 악성 부채의 반복이 될 것임은 자명해 보인다. 극의 끝에서 행복해질 운명의 주인공들은 솔직담백한 클레옹테와 주르댕의 활기차고 사랑스러운 딸 뤼실(초연에서 몰리에르의 어린 아내[12]가 연기한)이다. 미래는 주르댕이 그토록 합류하길 바랐던 귀족사회의 것이 아닌 두 사람의 것이다.

몰리에르와 지카마쓰의 비교, 그리고 소포클레스와 칼리다사의 비교는 주제, 이미지, 인물, 플롯 혹은 더 광범위한 사회적·문화적 관심사의 측면에서 먼 전통의 작품들을 가져다 비교할 수 있는 다양한 층위를 보여 준다. 한번 생산적인 비교가 확립되면 그것은 추구해야 할 더 많은 방법을 제시한다. 이 연극들에 대한 더 면밀한 탐독은 새로운 층위의 차이점과 유사점을 드러낼 수 있고, 여러 세계의 희곡과 그 밖의 장르를 더 읽을수록 시간의 흐름에 따라 새로운 병치가 펼쳐질 것이다.

가령 샤쿤탈라와 두샨타는 감각의 증거에 반하는 끌림을 이해하고자 고군분투한다는 점에서 셰익스피어의 《열두 번째 밤 Twelfth Night》의 비올라와 올시노 공작에 비유될 수 있다.[13] 유사점은 소설에서도 찾아볼 수 있다. 우리는 소포클레스의 오이디푸스가 토머스 핀천의 소설 《제49호 품목의 경매 The Crying of Lot 49》(숨겨진 파멸 패턴에 지대한 주의를 쏟은 책)에서 젊은 여성 에디파 마

---

12   아르망드 베자르Armande Bejart. 몰리에르보다 스무 살 연하였다.

13   올시노는 남장한 비올라에게 미묘한 감정의 끌림을 느낀다.

스로 아이러니컬하게 재창조된 것을 발견하게 된다. 사랑이 자살로 귀결된다는 점에서 귀스타브 플로베르의 보바리 부인과 레프톨스토이의 안나 카레니나는 지혜이, 코하루와 비교될 수 있고, 이들의 자살은 상이한 방식으로 현대 세계의 갈등과 제약에 저항하는 유구한 정열의 행사를 표상한다. 또한 우리는 이 희곡들의 출판된 대본을 무대와 스크린 위 그것의 상이한 현현manifestations과 비교해 볼 수도 있다. 희곡은 새로운 번역뿐 아니라 새로운 연출로도 새로운 삶을 영위하기 때문이다. 우리는《오이디푸스 왕》을 무대에 올릴 때마다 오이디푸스의 새로운 면모를 볼 수 있고, 코하루와 지혜이가 연꽃잎에서 환생할 때마다 새로운 가능성을 발견할 수 있다.

주변부 읽기

꽤 최근까지 작가들은 같은 민족권이나 지역권 작가의 작품만 배타적으로 읽어 왔다. 그러므로 이 장에서 다뤄지는 교차문화적cross-cultural 유사점들은 독자적으로 생성된 작품들 사이에서 오늘날에야 관찰할 수 있는 것들로, 작가들 간에 이루어진 대화의 결과가 아니다. 그러나 지난 2세기 동안 작가들은 이질적인 문화적 배경을 지닌 작품에서 많은 영감을 받아 왔다. 특히 유럽과 북미 작가들은 식민지 무역로로 전해진 아시아 고전 작품을 활용하기 시작했는데, 이때 피식민지 세계의 당대 작가들보다는 고대의 지혜로 보이는 작품에 더 관심을 가졌다. 19세기 초 괴테는《샤쿤탈라》의 첫 장면을《파우스트》프롤로그의 모델로 삼았다. 위대한 시인 하피즈Hafiz[14]를 읽기 위해 페르시아어를 공부하며 그에 대한 화답으로《서동시집》(1818)을 썼다. 헨리 데이비드 소로도《바가바드기타Bhagavad Gītā》[15]에 심취했다.

반면 식민지국에서는 작가 지망생들이 고전 유럽 작가들뿐 아니라 최근 유럽 작가들, 특히 지배국 작가들의 작품에 자연스럽게 노출되었다. 이 식민지 작가들은 다른 지역에서 성장하더라도 결국 광범위한 문화적 망網으로 그들을 매개하는 제국의 교육과 출판 체계의 일부가 되었다. 이 주제는 6장에서 다룰 것이다. 20세기까지 세계적 연결망이 증가하면서 점점 더 많은 작가들이 낡은 식민지 무역로를 뛰어넘어 다른 문화권의 글을 읽고 응답할 수 있게 되었다. 이제 우리는 예술적 영감을 찾아 문화적 경계를 가로질러 독서한 두 명의 위대한 작가, 중국의 루쉰과 브라질의 클라리시 리스펙토르를 살펴볼 것이다.

---

14 14세기에 활동한 이란의 시인. '하피즈'란 코란을 모두 외운 사람에게 붙여 주는 무슬림의 호칭으로, 그의 본명은 전해지지 않는다. 하피즈의 초기 시는 미모의 여인을 향한 것이 대다수이지만, 후기 시는 주로 고향과 스승을 향한 그리움을 노래한다. 일생 동안 약 500수의 가잘(짧은 서정시)을 지었고, 42편의 루바이야트(페르시아의 4행시)와 몇 편의 카시다(애도시)를 남겼다.

15 힌두교에서 가장 사랑받는 대중적인 경전. 비슈누 신의 화현인 크리슈나와 위대한 영혼의 소유자 아르주나가 주고받는 문답으로 구성되어 있다. '생명과 영혼은 하나'라는 범아일여梵我一如 사상을 최고신인 크리슈나에게 일심으로 기도하면 구원받을 수 있다는 이해하기 쉬운 교리를 문답으로 풀어낸다.

루쉰鲁迅의 경우, 근대 중국 소설의 시초로 알려진 그의 대표작 〈광인일기狂人日記〉에 영감을 준 작가는 러시아 소설가 니콜라이 고골이었다. 1881년 중국 남동부에서 태어난 루쉰은 15세에 오랫동안 지병을 앓던 아버지를 여읜다. 그는 아버지의 죽음을 중국 전통 교육을 받은 의사들의 오진과 엉터리 약 탓으로 보고 서구식 의료 교육을 받아 중국인들을 치료하기로 결심한다. 대학 졸업 후에는 일본으로 건너가 일본어를 공부하고 1904년부터 의학 공부를 시작한다. 그는 2년 후 한 생물학 교수가 수업이 끝날 무렵 러일전쟁(1904~1905) 사진을 보여 준 것을 계기로 전공을 바꾸게 된다. 사진은 만주 일본군이 러시아 쪽 첩보원 활동을 한 것으로 의심되는 중국인을 참수하는 순간과 그 모습을 가만히 지켜보는 중국인 군중을 담고 있었다. 주위 일본인 학생들의 박수갈채에 충격을 받은 루쉰은 의학을 단념하기로 한다. 루쉰은 첫 번째 소설집《납함吶喊》의 서문에서 이렇게 쓴다.

우매한 국민은 체격이 아무리 건장하고 우람한들 총알받이나 구경꾼이 될 뿐이었다. 병으로 죽어 가는 이가 많다 해도 그런 것쯤은 불행이라 할 수 없다. 우리가 첫 번째로 해야 할 일은 저들의 정신을 뜯어고치는 일이었다. 당시 나는 정신을 뜯어고치려면 당연히 문예가 최선이라고 여겼다. | 루쉰, 〈서문〉, 17 | [16]

---

16   루쉰의 단편 번역은 김시준 옮김,《루쉰 소설 전집》(을유문화사, 2008); 공상철 · 서광

루쉰에게 문학적 성공으로 가는 길을 쉽지 않았다. 처음에는 일본, 다음에는 중국으로 돌아와 작가로서 입지를 굳히기까지 그는 수십 년의 시간을 들여야 했다. 황제 지배체제 쇠퇴기에 중국은 내부 갈등과 외세 침략으로 허물어져 갔고, 작가들 역시 금전적으로나 독자와의 관계 및 사회적 역할 면에서 힘든 시기를 보냈다. 중국은 오랫동안 "중화제국中華帝國"임을 자임했지만, 서양 제국주의 열강 및 1868년 메이지유신으로 근대화에 성공해 아시아의 주도적인 강국이 된 일본과의 관계에서 이제 중국은 주변부로 추락했다. 작가가 되기로 한 루쉰은 동시대 개혁가들이 일소해야 한다고 느낀 유교 전통을 구축하는 데에는 무관심했고, 주로 일본어나 독일어 번역으로 읽던 세계문학 작품에 눈을 돌렸다. 러시아 작가들도 그에게 특별한 인상을 남겼다. 러시아 역시 일본과 서유럽 제국주의에 맞서 분투 중이었기 때문이다. 러시아 지식인들이 19세기 내내 완고한 러시아 제정 체제를 개혁 또는 대체하여 현대 세계에서도 생존 가능한 새로운 사회를 건설하고자 분전 중이었음에도.

루쉰의 완성도 높은 첫 작품 〈광인일기〉에 영감을 준 것은 그가 일본어 번역으로 읽은 니콜라이 고골의 동명 소설 《광인일기 Zapiski sumasshedshevo》(1835년 출판)였다. 1918년 루쉰은 남동생과 몇몇 친구가 중국의 사회적 · 정치적 · 문화적 근대화를 촉진하고자 창

덕 옮김,《루쉰 전집 2: 외침, 방황》(그린비, 2010)을 참조했고 원문에 맞게 수정했다.

간한 최신 문예지 《신청년新青年》에 〈광인일기〉를 기고했다. 루쉰 등의 목표는 서양식 단편소설과 같은 새로운 문학 형식을 도입하고, 엘리트 문학 작문에 전통적으로 사용되던 양식화된 한문 대신 민중의 일상언어를 격상시키는 것이었다. 루쉰은 거의 일상언어로 〈광인일기〉를 썼고, 근대 중국의 병폐에 대한 촌철살인 분석이자 높은 문학적 가치를 지닌 파급력 있는 작품이 일상언어로 쓰일 수 있다는 사실은 커다란 공명을 일으켰다.

루쉰은 고골이 상당히 다른 문화적 맥락에서 온 그의 동류라고 느꼈다. 고골은 신비주의적 성향의 러시아정교회 신자로, 독재적인 차르가 신에게 통치권을 부여받았다고 굳게 믿는 제국주의 국가 러시아에서 글을 썼다. 루쉰은 합리주의자이자 좌파였음에도 고골에게서 국혼國魂의 상태를 진심으로 염려하는 동료 풍자가의 모습을 발견했고, 그 수수께끼 같은 이야기들이 하나같이 문학적·사회적 규범에 도전하고 있음을 포착했다. 고골의 광인 악센티 이바노비치 포프리신은 로맨스와 직업적 좌절로 미쳐 가는 인물이다. 그는 장래성 없는 사무직 관리로, 사내에서 주로 독재자 같은 상사의 깃펜을 깎으며 시간을 보내는 것으로 보인다. 포프리신은 상사의 어여쁜 딸 소피에게 홀딱 반하지만, 그녀는 그의 존재를 거의 의식하지 못하고 젊고 멋진 시종무관 제플로프와 열애 중이다. 정신이 나가 버린 포프리신은 소피의 애견 멧쥐와 이웃집 강아지가 나누는 대화를 엿듣기 시작하고, 강아지들이 주고받은 이제 막 싹트기 시작한 소피의 사랑에 관한 가십성 편지를 발견한다. 그때부터 일기는 점점 엉망이 되어 가고, 일자 난에는 "30월 86일"

같은 날짜가 기입된다. 종국에 포프리신은 이 절망적 상황에서 벗어날 비책을 발견하는데, 스페인의 왕위 계승 위기에 관한 신문 기사를 읽고는 자신이 스페인의 진짜 왕이라고 여기는 것이다.

포프리신이 스페인을 선택한 데에는 분명한 논리가 있다. 심지어 포프리신조차도 자신을 강대국의 왕으로 상상할 만큼 미치지는 않았다는 것이다. 그가 상사의 책장에 줄줄이 꽂혀 있는 프랑스어 · 독일어 서적에 압도되었던 것은 그 책들이 선진적인 서유럽 국가들의 문화적 힘의 표상으로 다가왔기 때문이었다. 한계적 상황에서 벗어날 방법을 찾던 그의 마음은 유럽의 반대편 주변부로 넘어가, 1500년대 시글로 데 오로Siglo de Oro("황금시대") 이후 오랫동안 쇠락해 있던 과거의 강대국 스페인에 가 닿는다. 그러나 포프리신의 주변인들은 그의 말을 믿지 않고, 결국 그는 정신병원에 갇혀 그의 신민들이 왕을 이토록 냉대한다는 사실에 황망해한다. 포프리신은 마지막 단락에서 어머니(어쩌면 모국인 러시아 그 자체)와 광활한 러시아 풍경의 환영에 사로잡혀 이렇게 절규한다. "엄마, 불쌍한 아들을 살려 주세요! … 엄마! 병든 아들을 가엾게 여겨 주세요! … 알제리 총독의 코밑에 혹이 있다는 걸 아세요?"| 고골, 〈일기〉, 300 |.[17]

루쉰은 고골 이야기의 일부를 면밀히 따랐고, 광인의 마지막 외침 "아이들을 구하라"가 이에 포함된다| 루쉰, 〈광인일기〉, 31 |. 또, 포

---

17 니콜라이 고골의 〈광인일기〉 번역은 조주관 옮김, 《뻬쩨르부르그 이야기》(민음사,

프리신의 강아지들과의 대화는 루쉰의 광인이 이웃집 개가 왜 자기를 쳐다보는지 의아해하고 그 개가 자신을 상대로 음모를 꾸미고 있다고 생각하는 것으로 반향한다 | 22, 27 | . 그러면서도 루쉰은 이야기를 고골과는 다른 방향, 즉 지리학에서 역사학 방향으로 전환시킨다. 그의 광인은 서유럽 문헌은 전혀 의식하지 않고 중국의 전통 작품에 깊은 관심을 보인다. 그는 "20년 전 구쥬古久 선생의 낡아빠진 출납 장부를 한번 발로 밟은 적이 있는데" 그 후로 마을 사람들은 물론이고 친형님까지도 자신을 헤치려 든다고 믿고 있다 | 22 | . 광인은 마을 사람들이 자신을 산 채로 잡아먹을 작정이라 확신하고, 그가 뒤적이는 고서도 그의 두려움을 강화시킨다.

만사는 연구를 해 보아야만 명백해지는 법이다. 사람이 사람을 잡아먹는다는 사실이 예로부터 다반사로 있어 왔음은 나도 익히 알고 있다. 물론 분명하게 알지는 못한다. 역사책을 훑어보니 책에는 연대도 없고, 비뚤비뚤하게 "인의도덕"이란 몇 자만 쓰여 있었다. 아무래도 잠이 오지 않아 한밤중까지 자세히 들여다보았다. 그러자 글자들 사이로 웬 글자들이 드러났다. 책에 빼곡히 적혀 있는 그 글자는 "식인"이 아닌가! | 24 |

고골이 러시아와 서유럽의 관계에 관심을 가졌다면, 루쉰의

2002)를 참조했고 원문에 맞게 수정했다.

이야기는 과거의 압박에서 자유로워지려는 근대 중국의 투쟁에 초점을 맞춘다. 즉, 주변부적 상황에 지리적으로가 아닌 시간적으로 주목한다.

고골의 이야기를 활용할 때에도 루쉰은 이야기에 독특한 현대적 전환을 가한다. 포프리신의 일기는 너무도 엉망진창이라 그가 정말로 스페인의 왕이라거나, 강아지 멧쥐와 피델이 서로 가십성 편지를 쓴다고 생각하기 어렵다. 고골은 이런 신경쇠약적이면서도 사실적인 묘사를 통해 사회적 풍자를 구축한다. 반면에 루쉰은 고골로부터 70여 년 후에 글을 썼고, 19세기 사실주의 규범을 복잡하게 만든 모더니스트 작가에 속했다. 〈광인일기〉는 작가가 의학 공부 중에 배운 근대 의학 용어가 뒤섞인 진지한 고전 중국어 서문으로 시작된다. 하지만 자세히 읽어 보면 서문은 객관적인 "피해망상증"[21] 사례연구의 정확성을 뒤흔들 만큼 황당무계하여 "의학 연구 자료로 유용할 법하다"[21]. 화자는 광인의 일기를 발견한 사실을 독자에게 말해 주는 것으로 이야기를 시작한다.

모군某君 형제. 이름은 밝힐 수 없지만 둘은 모두 옛날 내 중학 시절 좋은 친구들이었다. 하지만 벌써 수년간이나 떨어져 있는 사이 점차 소식마저 끊기고 말았다. 그런데 며칠 전의 일이다. 우연히 형제 중 한 명이 큰 병에 걸렸다는 소식을 듣게 되었다. 그래서 고향으로 돌아가는 길에 그곳을 들러 찾아보기로 했다. 결국 한 사람밖에 만나 보지 못했는데 그가 말하길 병을 앓았던 이는 동생이라는 것이었다. 노고를 마다하지 않고 멀리서 만나

러 와 주어 고맙기는 하지만, 동생은 벌써 병이 완치돼 집을 떠났고 모지某地에서 임관을 기다리는 중이라고 했다. 그는 파안대소하며 동생이 당시에 쓴 일기 두 권을 내보였다. |21|

이 모든 상황은 자연스러워 보인다. 그런데 루쉰은 왜 광인에 앞서 그의 형을 소개했고, 왜 그들의 이름을 밝힐 수 없다고 하는 것일까? 여기서 핵심 구절은 "결국 한 사람밖에 만나 보지 못했는데 **그가 말하길** 병을 앓았던 이는 동생이라는 것이었다."일 것이다. 화자는 누가 형이고 누가 동생인지 알기는 하는 것일까? 화자가 형제를 본 지도 수년이 지났고, 그가 만난 이는 동생이 광증을 앓았지만 완치되어 (듣자 하니 그 어렵다는 과거에 입격해) 지금은 임관을 기다리는 중이라고 한다. 말도 안 되지 않는가? 익명의 형이 동생의 일기를 건네면서 보인 파안대소의 의미는 무엇일까? 광인이 정말로 제정신인 형을 만나고 있다고 확신할 수 있는가?

화자가 광인을 만나고 있는 거라면 형은 어떻게 됐을까? 이 질문을 유념하고 일기를 읽으면 곧 오싹한 가능성의 증거를 찾게 된다. 광인이 형이 자신을 죽이고 자신의 고기를 먹으려 하는 음모의 주동자라 확신하고 있다는 것이다. 실제로 광인은 형이 이미 누이동생을 죽였다고 믿고 있고, 책 말미에는 이런 이야기가 나온다. "젓가락을 집으니 다시 형님 생각이 났다. 누이동생에게 무슨 일이 일어난 건지 이제야 알겠구나. … 누이동생은 형에게 먹혔을 것이다"|30|. 일기의 마지막 두 번째 단락에서 광인은 다음은 자기 차례가 될 것이라 예상한다. "나도 모르는 새 누이동생의 살점

을 먹지 않았다고 어찌 장담할 수 있겠는가. 이제 나의 차례다…" |31|. 일기는 유명한 마지막 단락으로 끝맺는다. "사람을 먹어 보지 않은 아이가 혹 아직도 있을까? 아이들을 구하라 …"|31|. 어쩌면 광인은 이런 절망적인 글을 쓴 후 정신을 되찾아 과거에 입격하고, 멀쩡하고 정직한 시민이 되었을지도 모른다. 물론 그가 형이 자기를 죽이고 먹을 것을 확신하고 선제공격했을 가능성도 똑같이 남아 있다. 제정신인 화자는 이성이 자신을 재천명하는 과학의 세계에 살고 있다고 생각하지만, 화자 본인도 광인의 식탁에 후식으로 오르기 일보 직전일지 모른다.

중국에서 루쉰의 이야기는 대개 사회개혁에 대한 분명한 호소이자 19세기 위대한 사회적 사실주의 전통의 작품으로 읽혀 왔지만, 방금 논의된 가능성은 마르셀 프루스트의 《잃어버린 시간을 찾아서》(1914), 프란츠 카프카의 《변신》(1915), 제임스 조이스의 《젊은 예술가의 초상》(1916), 아쿠타가와 류노스케芥川 龍之介의 〈덤불 속藪の中〉(1922) 같은 동시대 세계 여러 곳에서 쓰인 다양한 모더니즘적 내러티브를 환기한다. 이 작품들의 특징은 그 설명이 지나치게 모호하거나 신뢰할 수 없어 내러티브의 결을 거슬러 읽어 그것을 변별해야 한다는 것이다. 이 작가들 중 누구도 언급한 이야기들을 쓸 때 서로의 작품을 알지 못했겠지만, 모두 도스토옙스키의 《지하로부터의 수기》 같은 원형적 모더니즘proto-modernism에 정초하고 있었다. 문화를 가로질러 읽으면서 우리는 분리된 동시에 연결된 루쉰과 그의 위대한 모더니스트 동료들이 시간과 공간의 좌표를 재설정하는 다양한 방식을 사유해 볼 수 있다.

리우에서 다시 읽기

시간이 흐르면서 모더니스트들도 차례로 고전적인 작가가 되었고, 그들 자체로 근간이 되는 작가로서 다시 읽히기 적합해졌다. 교차문화적 다시 읽기의 주목할 만한 예는 위대한 브라질 작가 클라리시 리스펙토르Clarice Lispector에서 찾을 수 있다. 그녀는 버지니아 울프, 제임스 조이스, 프란츠 카프카의 작품에 오랫동안 심취했다. 1920년 우크라이나에서 태어난 리스펙토르는 아직 갓난아이였을 때 부모의 품에 안겨 포그롬pogroms〔19세기부터 20세기 초까지 우크라이나와 남부 러시아에서 벌어진 유대인 집단학살〕을 피해 브라질 북부로 이주한다. 리스펙토르는 23세에 쓴 첫 번째 소설《야생의 심장 가까이Perto do Coração Selvagem》(1943)로 명성을 얻는데, 브라질 문학에서 이제껏 볼 수 없었던 강렬한 내적독백을 구사하는 이 작품의 제목은 조이스의《젊은 예술가의 초상》속 구절에서 따온 것이었다. 그녀는 선배 모더니스트들의 글을 활용하면서도 그들의 주제에 날카로운 물질적 전환을 가한다. 카프카의 주인공 그레고르 잠자가 갑충으로 변하는 곳에서, 리스펙토르의〈다섯 번째 이야기A quinta história〉속 화자는 매일 밤 부엌을 침범하는 바퀴벌레 군단이 그녀가 놓아 둔 독을 먹고 작은 조각상으로 변하는 것을 상상한다. 1964년 소설《G.H.에 따른 수난A paixão segundo G.H.》에서는 여주인공이 실제로 바퀴벌레를 먹는다.

리스펙토르의 1960년 단편집《가족의 유대Laços de Familia》는 조이스의《더블린 사람들》의 리스펙토르 버전으로 볼 수 있다. 책에서 조이스의 제목 속 도시 더블린은 리스펙토르의 단편들 속 가사 공간에서 흔히 볼 수 있는 가족으로 치환된다. 책의 중심 이야기인 〈생일 축하해요Feliz Aniversário〉는 조이스와 그의 주요 대화 상대 중 한 명인 셰익스피어를 동시에 다시 쓴다. 〈생일 축하해요〉와 《더블린 사람들》의 마지막 긴 이야기 〈죽은 이들The Dead〉 모두 나이 든 여인이나 한 쌍의 여인이 주재하는 기념적인 가족 모임을 특징으로 한다. 〈죽은 이들〉의 여성가장matriarch 케이트 모르칸 이모와 줄리아 모르칸 이모의 89번째 생일이 리스펙토르의 이야기에서 기념된다. 두 이야기 모두 파티라는 틀 안에서 대인관계와 사회적 긴장을 펼쳐 내는데, 한 남성이 연로한 친척 또는 친척들에게 경의를 표하는 축사를 해야 한다. 그러나 리스펙토르의 조모는 케이트 이모와 줄리아 이모처럼 다정한 노인이 아니다. 그녀는 7명의 자녀와 그 배우자들이 모두 경박하고 나약하고 방종하고 진정한 기쁨이나 진취성을 얻을 수 없는 자들이라고 생각하는 음울한 존재다. 그녀가 예외로 두는 이는 단 한 명뿐인데, 어린 손자 호드리구다. "조그맣고 단호한 얼굴에 남자답고도 흐트러진 모습의 호드리구는 그녀 가슴의 살이 되는 유일한 사람이다"ㅣ리스펙토르, 〈생일 축하해요〉, 157ㅣ.[18] 리스펙토르의 할머니는 깜짝 놀라면 바닥에 침을 뱉으며 경멸감을 표한다. 이모들을 찬양하는 조이스의 주인공 가브리엘 콘로이의 따뜻한 축사와는 대조적으로, 노인의 아들 주제는 어머

---

18   리스펙토르의 〈생일 축하해요〉 번역은 배수아 옮김, 《달걀과 닭》(봄날의 책, 2019)

니의 다음 생일에 다시 만나길 기원한다는 형식적인 건배사만 할 뿐이다. 이것은 양날의 소망으로, 그와 형제자매들이 어머니가 돌아가시길 학수고대하고 있다는 것과 그들 중 일부는 여하간 앞으로 1년간은 서로 만나지 않아도 되어 기뻐한다는 것을 말해 준다.

조이스의 이야기는 파티가 끝나고 가브리엘과 부인 그레타가 호텔로 돌아오면서 끝난다. 로맨틱한 밤을 기대하던 가브리엘은 파티에서 들은 노래가 그가 그 존재조차 몰랐던 그레타의 첫사랑이자 수년 전 폐병으로 죽은 그녀 인생의 진정한 사랑이었던 소년 마이클 퓨리를 떠올리게 했다는 것을 깨닫고 아연실색한다. 숨겨진 사랑은 〈생일 축해해요〉에서도 중심에 놓여 있지만 결코 노골적으로 드러나지 않는다. 파티가 한창인 와중에 어린 호드리구의 모친 코르델리아는 시어머니의 반응에 기이할 정도의 불안감을 보이며 시어머니에게서 "너는 알아야 한다. 너는 알아야 한다. 삶이 짧다는 것을. 삶이 짧다는 것을"[161] 이라는 말을 듣고자 하는 헛된 희망을 품는다. 하지만 소용없는 일이다.

공포에 질려 얼어붙은 코르델리아의 눈길이 노인을 응시했다. 하지만 노인은 두 번 다시 반복하지 않았다. 노인의 손자 호드리구가 망연자실한 채 서 있는 절망에 빠진 죄 많은 어머니 코르델리아의 손을 잡아끄는 동안, 그녀는 다시 한 번 노인을 뒤돌아

을 참조했고 원문에 맞게 수정했다.

보며 가슴 찢어지게 비통한 충동에 사로잡힌 한 여인에게 최후의 기회를 붙잡아야 한다고, 그리고 살아가야 한다고, 단 한 번만이라도 더 암시해 주길 간청했다. |161|

《율리시스》에서 조이스의 주인공 스티븐 디덜러스는 햄릿이 되고픈 인물이고, 〈생일 축하해요〉에서 리스펙토르는 《리어 왕》을 다시 쓰며 세대는 물론 성별까지 뒤집는다. 이제 나이 든 가부장이 요구하는 달콤한 말을 하길 거부하는 이는 딸 코르델리아가 아니다. 대신 여성가장이 며느리의 요구에도 침묵을 지킨다.

그런데 리스펙토르의 코르델리아는 왜 그렇게 죄책감에 시달리고 혼란스러워하며 절박한 것일까? 우리가 많은 말을 들은 것은 아니지만 루쉰의 〈광인일기〉에서처럼 여기서도 끼워 맞춰 볼 단서는 있다. "장남 종가가 죽었으므로" 생일 축사를 하는 이는 노인의 차남 주제다|153|. 종가는 코르델리아의 남편이었다. 우리는 그가 죽은 지 얼마나 오래되었는지도 모르고, 두 사람의 결혼 생활이 어떠했는지도 모른다. 하지만 노인이 그녀에게 술잔을 건네길 주저하는 식구들에게 욕지거리를 퍼부을 때 어쩌면 그녀는 그녀가 인지하는 것보다 더 많은 진실을 이야기하고 있는지도 모른다. "지옥에나 떨어져라, 계집애 같은 오쟁이 진 남편 놈들, 창녀들!"|159|. 어쩌면 식구 중 유일하게 "남자다운" 후드리고는 종가의 아들이 아닐지도 모르고, 죄 많은 코르델리아는 가슴 찢어지게 비통한 충동에 사로잡혀 후드리고의 친부나 어쩌면 새로운 연인과 함께 달아나 생애 마지막 기회를 붙잡고 살아갈 것을 구상 중

인지도 모른다.

클라리시 리스펙토르는 리우데자네이루에서의 여성의 삶에 대한 전례 없는 묘사로 칭송받지만, 첫 소설을 발간한 직후인 1944년 외국에 파견된 외교관 남편을 따라 브라질을 떠났다. 그녀는 《가족의 유대》에 실린 13편의 이야기를 쓰는 동안 유럽과 미국에 거주했고, 1959년 결혼 생활을 정리한 후 리우에 정착한다. 《가족의 유대》 브라질판은 출판사의 소개글로 시작되는데, 십 수년만에 브라질 문학계로 복귀한 작가를 축하하며 "브라질의 짧은 역사"가 될 "13가지 멋진 순간"을 선사하는 이야기들을 상찬하는 내용이다(*treze grandes momentos ... pela história curta no Brasil*)|5|. '브라질의 13가지 순간', 이 앞에 우리는 '생생한 국제적 분위기가 더해진'이라는 구절을 추가할 수 있을 것이다.

◆　◆　◆

교차문화적 읽기는 오늘날 문학에서 점점 더 보편화되고 있고, 심지어 다양한 현대소설에서 직접적인 주제로 발견된다. 새천년의 출발과 더불어 세 대륙에서 쓰인 세 소설의 예가 이를 확인해 줄 수 있다.

호주 소설가 조앤 런던Joan London의 《길가메시Gilgamesh》(2001)에서 여주인공 이디스는 호주 시골에 사는 젊은 여성으로, 그녀의 집을 방문한 사촌의 친구이자 중동 고고학자와의 짧은 교제 끝에 임신한다. 《길가메시 서사시》를 읽고 영감에 찬 그녀는 길가메시

를 찾아 메소포타미아로 여행을 떠난다. 이야기는 제2차 세계대전(고대 서사시 속 홍수 대재앙의 현대적 등가물)을 앞둔 1930년대를 배경으로 하고, 이디스의 여정은 길가메시의 불멸을 향한 탐색을 환기한다. 무라카미 하루키村上春樹의《해변의 카프카海辺のカフカ》(2002년 초판 발행)에서 15세 카프카(본명은 전해지지 않는)는 〈해변의 카프카〉라는 J-pop 가요를 듣고 작가에게 경의를 표하고자 그 이름을 자신에게 부여한다.

인도계 미국인 작가 줌파 라히리Jhumpa Lahiri의《동명인The Namesake》(2003)[19]에서 주인공의 아버지는 인도행 열차에서 고골의 단편 모음집을 읽고 있다가 기차가 탈선해 죽을 뻔한 순간, 고골의 책에서 찢겨 나간 페이지를 흔든 덕에 구조요원에게 발견될 수 있었다. 몇 년 후 미국에 정착한 그는 생명을 구해 준 작가에게 감사하는 의미로 아들의 이름을 고골Gogol Ganguli이라 짓는다. 자신의 이름에 대한 애증과 인도계 미국인 정체성의 불확실함에 시달리던 고골 강굴리는 결국 부모 및 그의 유산(이름과 혈통)과의 잠정적인 화해에 도달한다. 소설 마지막에 이르러 그는 마침내 그와 이름이 같은 작가의 이야기를 읽기 시작한다.

문화를 가로질러 읽기가 전혀 다른 배경과 의도를 지닌 작품을 균질화시키는 것을 의미해서는 안 된다. 앞서 논한 모든 사례에서 차이점은 유사점만큼이나 중요하다. 심지어 작가들이 직접

---

19 《이름 뒤에 숨은 사랑》(박상미 옮김, 마음산책, 2004)으로 국내 출간됐다.

영감의 원천에 경의를 표할 때조차도 그들은 자신들이 그 주제와 기법을 매우 다른 문화적·역사적 상황에 맞게 조정해서 사용하고 있음을 예리하게 인식한다. 작가들은 모국에서 그들에게 주어진 가능성을 넓혀야 할 필요성을 느낄 때 그들이 속한 국가적·지역적 전통에서 벗어나 아주 먼 곳에까지 다다른다. 클라리시 리스펙토르나 무라카미 하루키만큼 루쉰도 대표적인 국민작가가 되려면 전 세계가 필요할지 모른다.

4

번역으로 읽기

대부분의 문학작품은 번역으로 세계에 유통된다. 아랍어, 영어, 스페인어 같은 범세계적 언어조차 세계의 소수 독자만 사용한다. 글로벌 언어로서 영어의 힘은 스티븐 킹과 조앤 롤링 같은 인기 작가가 수십 개 언어로 번역되는 속도에서 알 수 있고, 번역의 중요성은 덜 광범위하게 구사되는 언어로 쓰여진 작품에서 훨씬 두드러진다. 번역이 없었다면 소설가 오르한 파묵은 모국인 터키 밖에서는 알려지지 않았을 것이다. 번역 덕분에 울림을 주는 그의 소설 '눈Kar'은 멕시코시티 공항에서 '니에베Nieve'라는 제목으로 진열되고, '슈니Schnee'라는 제목으로 베를린 서점에서 팔리며, '스노우Snow'라는 제목으로 아마존닷컴에서 주문될 수 있다. 번역은 파묵이 2006년 노벨문학상을 수상할 길을 열어 주었다. 세계문학 강좌에서 그를 포함한 수많은 작가가 대개 번역으로 읽힌다.

그러나 오랫동안 번역의 평판은 좋지 못했다. 어떻게 번역이 소설가의 뉘앙스나 시인의 섬세한 언어음악을 전달할 수 있겠는가. "트라두토레 트라디토레Traduttore traditore〔번역자는 반역자다〕"라는 오랜 격언은 그 자체의 번역불가능성으로 은밀히 요점을 흘린다. 이 격언의 영어 의역 "To translate is to betray"〔번역하는 것은 배신하는 것이다〕가 전반적인 의미는 전달할지 몰라도 이탈리아 원문의 간결하면서 함축적인 유희성은 살려 내지 못하는 것이 그 예다.

이 속담은 번역의 한계에 관한 고전적 논의인 스페인 철학자 호세 오르테가 이 가세트José Ortega y Gasset의 에세이 〈번역의 비참과 영광La Miseria y el esplendor de la traducción〉(1973) 거의 첫 부분에서 인용된다. 그의 제목은 발자크의 소설《창녀의 영광과 비참 Splendeurs et misères des courtisanes》을 환기한다는 점에서 번역과 매춘을 암묵적으로 매개하는 한편, 비참을 영광보다 앞자리에 놓음으로써 발자크의 것과 날카로운 차이를 만든다. 하지만 동시에 오르테가 이 가세트는 발자크의 제목을 번역함으로써 정확히 창조적으로 활용하고, 이 에세이를 파리에서 열린 한 회담의 해설본으로 제시한다. 짐작컨대 본래 프랑스어로 된 것을 재기발랄한 스페인어로 번역해서 말이다. 실제로 그의 주제도 번역이 불가능한 만큼 꼭 필요하다는 것으로, 인류 문화의 최상위 상태를 위한 이상가적 노력의 표상이라 할 만하다.

이 주제는 "번역불가능성"에 관한 더 최근 논의들, 특히 철학자 바르바라 카생Barbara Cassin이 편집한《유럽 철학 용어집Vocabulaire européen philosophique》(2014년 '번역불가능한 용어 사전: 철학적 어휘 Dictionary of Untranslatables: A Philosophical Lexicon'라는 제목으로 영문 번안된)에서도 갱신되어 왔다. 책에서 카생과 기고자들은 유럽 언어의 광활한 범위를 가로질러 수많은 철학 용어를 추적하며, 용어가 새로운 언어의 새로운 문맥으로 들어갈 때 그 의미가 변형되는 방식을 보여 준다. 그러나 오르테가와 카생에게 의미의 변형은 번역이 불가능하다는 것이 아닌 열려 있는 과정임을 의미한다. "번역불가능

성"은 의미가 새로운 언어학적·개념적 맥락에서 끊임없이 진화하고 변화함에 따라 번역·재번역하려는 끈질긴 충동을 나타내기 때문이다. 카생은 한 인터뷰에서 번역불가능성 개념을 다음과 같이 명쾌하게 자가번역self-translating 했다. "저는 그것을 *ce qu'on ne cesse pas de (ne pas) traduire*라고 불러요. 즉, '번역되(지 않)길 멈추지 않는 것'이죠." | 발코비츠Walkowitz, 〈번역불가능성의 번역Translating the Untranslatable〉 | .

개별 용어마다 이미 이런 문제를 제기하고 있다면 우리의 도전은 전체 텍스트, 특히 복잡한 문학작품과 마주쳤을 때 더욱 험난해질 것이다. 심지어 카생 그룹이 다룬 유럽문학 번역서가 아닌 서양의 것과 매우 상이한 문화적 맥락에서 온 작품이라면 더더욱 그러하리라. 문화적·언어적 차이의 문제는 다양한 형태를 취하고 그 해결책도 여러가지다. 이번 장은 번역의 잠재성과 위험성을 논하고 번역 작품을 읽을 때 유의할 사항을 개관할 것이다. 번역가가 내린 선택에 주의를 기울이면 그 결과를 더 잘 이해하고 번역가의 편향을 바로잡을 수 있다. 훌륭한 번역 작품이 충분히 이해되면서 읽힐 때 그것은 원작의 광범위한 변형이자 문화 교류의 구체적 발현, 더 나아가 한 나라에서 세계로 나아가는 작품 일대기의 새로운 단계가 된다.

모방, 의역, 직역

번역은 언어학적 프로젝트인 동시에 문화적 프로젝트로, 신중한 번역가라면 번역할 텍스트에서 제기되는 양 차원의 문제에 모두 맞서야 한다. 번역은 원문의 구술적 형태에 얼마나 가깝게 유지되어야 할까? 시의 운율과 압운 구조는 재현되어야 할까, 수정되어야 할까, 아예 폐기되어야 할까? 전근대 작품은 현대적인 느낌이 들게 번역되어야 할까, 고풍스러운 느낌이 들게 번역되어야 할까? 등장인물의 이름이 원어로 특정한 의미가 있다면 이름은 번역되어야 할까, 그대로 유지되어야 할까?

볼테르Voltaire의 1759년 소설 《캉디드Candide》의 첫 영어 번역자는 책 제목과 주인공 이름을 **캔디드**Candid라고 번역했다. 영어권 독자가 프랑스어 원제 마지막에 붙은 "e"에 당황하여 이름의 요점을 놓칠 것을 우려한 것으로 보인다.[1] 이름이 그대로 유지된다면 각주로 그 의미를 설명해야 할까?

오르한 파묵Orhan Pamuk의 소설 《검은 책Kara Kitap》에서 실종된 여주인공의 이름은 뤼야Rüya로, 터키어로 "꿈"을 뜻한다. 각주를 달고 싶지 않았던 번역가 모린 프릴리Maureen Freely는 설명용 구절을 추가해 서술자가 "터키어로 꿈을 뜻하는 뤼야"[8]라고 말하게 한다. 의미를 전달하고자 약간의 부자연스러운 개입을 감수한 것이다. 파묵처럼 한 문단에 이를 만큼 긴 문장을 사용하는 작가의 경우, 영어 번역본에서도 그 길이가 유지되어야 할까, 더 읽기 편한 단위로 나뉘어야 할까? 더 일반적인 질문으로, 번역본은 번역

---

1 프랑스어 "캉디드candide"와 영어 "캔디드candid" 모두 "솔직한"을 뜻한다.

본으로 느껴지지 않을 만큼 부드럽게 술술 읽혀야 할까, 원전의 이국성을 존중해 독특한 언어적 특징을 보존해야 할까?

번역은 엄격한 문자주의부터 자유로운 번안·의역에 이르기까지 폭넓은 스펙트럼을 갖고 있다. 일찍이 1680년 시인 존 드라이든John Dryden은 직접 번역한 《오비디우스의 서한Ovid's Epistles》 서문에서 이 문제를 논한 바 있다. 그는 문자주의의 극한을 "직역metaphrase"이라고 설명했다. 그에 의하면, 직역이란 낱말 대 낱말word-for-word의 번역으로, 시의 본래 운율과 압운 구조를 유지하는 것을 포함해 원문의 각 단어나 구를 가능한 한 가장 가까운 등가물로 기계적으로 대체하는 일이다. 드라이든은 직역을 견디지 못했고, "비굴한" 번역 방식이라고까지 했다.

> 자구 모방자Verbal Copyer는 즉시 난관에 봉착해 그 이상 풀어 나갈 수 없게 된다. 그는 작가의 생각과 어휘를 동시에 고려해야 하고 다른 언어에서 각각의 상응물을 찾아야 한다. 그 밖에도 운율의 범위에 제한받고 압운의 노예로 전락해 버린다. 마치 다리에 족쇄를 차고 줄 위에서 춤추는 것과 같다. 조심하면 추락은 면하겠지만 우아한 춤사위는 기대할 수 없다. 한껏 멋을 부려 봤자 바보 같을 뿐이다. | 드라이든, 39 |[2]

---

2 존 드라이든의 《오비디우스의 서한》 번역은 이재성 옮김, 《번역이론》(동인, 2009)을

실제로 드라이든 시대 번역가들은 이런 족쇄를 끊고 자유로운 번역을 하고자 했다. 드라이든은 이런 번역을 "모방imitations" 번역이라 불렀는데, 이는 원작을 새로운 언어를 통한 새로운 창조의 출발점으로 활용하는 것이다. 이 경우 번역자는 "마치 원작자가 우리 시대, 우리나라에 살았으면 그랬을 거라 예측되는 방식으로 글을 쓰고자"|40| 한다. 잘된 자유로운 번역은 그 자체로 무결성을 이루고 독자의 문학적 취향에 부응해 성공을 거둘 수 있다. 가령 알렉산더 포프Alexander Pope는 호메로스 서사시의 6보격 무운시를 우아한 5박자 2행 연구로 번역함으로써 많은 이에게 호평받는《일리아드》,《오디세이아》번역본을 창조해 냈는데, 그 양식은 그와 당대 영국인들이 서술시narrative poetry³에서 즐겨 활용하던 것이었다.⁴

그런 자유로운 번안은 외국 작품이 여러 세계 독자에게 도달하는 데에 도움을 줄 수 있지만, 드라이든은 그 결과물이 진정으로 원작을 충실히 다뤘다고는 보지 않았다. "작가의 사상을 알고자 하는 탐구심 있는 사람이라면 기대한 만큼 실망할 것이기 때

참조했고 원문에 맞게 수정했다.

3   서사시와 발라드 등 운문이 아닌 이야기가 중심이 되는 시 형식. 영국의 대표적인 서술시로는《아서 왕의 전설》이 있다.

4   실제로 알렉산더 포프는 1715년부터 1726년까지《일리아드》,《오디세이아》를 영어로 번역 출간하여 큰돈을 번 것으로 유명하다. 이전까지 영국 작가들이 대개 후원자의 지원을 받아 글을 썼던 것을 감안하면, 포프는 독립적으로 돈을 번 최초의 전업 작가라고 할 수 있다.

문이다. 선물을 받았는데 받은 이가 그 빚을 갚아야 한다고 여긴다면 그것은 선물이 아니다"|40|. 여기서 "빚"(미흡한 점)에 대한 드라이든의 견해는 문학적일 뿐 아니라 도덕적인 것으로, 그는 번역자가 원문에 대한 책임을 갖고 그 힘과 의미를 전달하고자 노력해야 한다고 부연한다. 이를 위해 드라이든은 직역과 모방의 중도로서 "의역paraphrase"이라 불리는 번역을 역설한다. 이는 원문에 속박되지도 그렇다고 소홀하지도 않으면서 충실성과 자유의 실용적 균형을 추구하는 번역이다.

드라이든의 세 가지 번역 방식은 오늘날에도 여전히 찾아볼 수 있고 각각의 용도가 다르다. 사용설명서 정도라면 이제는 컴퓨터 프로그램만으로도 적절한 직역이 가능하고, '낱말 대 낱말' 번역은 종종 원어에 대한 기본 지식이 있는 독자를 위한 독서 보조 자료로 학습용 원전 텍스트가 같이 붙어 있다. 자유로운 모방은 단편적이거나 모호한 원문에 새 생명을 불어넣어 각주나 괄호, 줄임표가 가득한 지면에 거부감을 느끼는 일반 독자들까지 끌어들인다. 드라이든은 고대 그리스 시인 핀다로스에 대해 이렇게 썼다. "일반적으로 그는 난해한 작가로 알려졌고 … 독자를 어찌할 도리가 없게 만들곤 한다. 그렇게 격정적이고 통제가 안 되는 시인의 글은 문자 그대로 번역할 수 없다. 그의 천재성은 족쇄로 결박해 두기엔 너무도 강해 **삼손**처럼 그걸 끊어 버린다"|40|.

언어학적 어려움과 별개로, 번역가는 직접적인 느낌을 회복하고자 오래된 작품을 자유로이 번안하기도 한다. 영국 시인 크리스토퍼 로그Christopher Logue는 밀턴, 나폴레옹, "모래 언덕에 쿵 떨어진 헬리콥터" 등 시대착오적 참조로 가득한 《일리아드》를 창조했고, 여기서 "쿵whumphing" 소리는 "헬리콥터"가 기술적으로 그런 것만큼이나 언어학적으로 대담한 시대착오적 표현이다. 로그는 50년에 걸쳐 여러 대목을 발간했으나 끝내 자신만의 버전을 다 완성하지 못한 채 2011년에 사망했다. 2015년에 출간된 시인의 사후 전집 《전쟁 음악War Music》은 무려 300페이지가 넘는다.

잔존하는 《길가메시 서사시》 점토판들의 여백에서 드러나듯, 작품의 불완전성은 오히려 그 영향력을 향상시킬 수도 있다. 필멸성이란 주제가 이제 호메로스의 영웅에서 그 현대 번역가와 번역서 자체로까지 확장되고 있듯이 말이다. 로그의 시에서 어느 순간 아킬레우스의 친구들은 "기타를 치며 길가메시를 노래하는 / 아킬레우스를 발견하는데"|216| 이는 이중의 시대착오로, 아킬레우스가 현대 악기를 연주하며 고대의 전임자를, 즉 막역한 친구 엔키두의 때아닌 죽음으로 비탄에 잠긴 영웅을 노래하기 때문이다. 《전쟁 음악》의 영국판과 미국판은 표지 디자인이 각각 다르지만 두 권 모두 무장 헬리콥터 사진을 실어 시의 현대적 느낌을 강조한다. 미국판 표지는 사진을 "미 해군 상병 숀 허송Shawn Hussong"이 찍었음을 명기하고, "미 국방부DoD의 시각 정보를 활용했지만 이것이 DoD의 승인을 의미하거나 구성하지는 않는다"고 덧붙인다. 이 같은 법적 책임의 부인은 호메로스 번역서 중 최초일 것이다.

로그의 번역본에는 '호메로스의 〈일리아드〉 해석An Account of Homer's Iliad'이라는 부제가 붙었지만, 그는 '행 대 행line-for-line' 번역보다 자유로운 번안이 호메로스를 더 정확히 다룰 거라고 판단했다. "쿵 떨어진 헬리콥터"라는 묘사에서 엿보이듯, 로그는 현대적 참조를 통해 호메로스에게 시적으로 새로운 삶을 부여하려 했다. 로그는《파리 리뷰The Paris Review》와의 인터뷰에서, 리치먼드 라티모어Richmond Lattimore나 로버트 페이글스Robert Fagles 같은 학자들이 생산한 충실한 번역을 신랄하게 비판한다. 그분들은 "평생 호메로스를 읽어 왔을지 모르지만, 운문이 무엇인지 가르치는 데엔 실패했어요. 그분들은 운문을 쓰지 않아요. 무운시 산문을 쓰고, … 어렵게 나불대지만 꼼꼼히 보지 않죠"(로그와 구피Logue and Guppy, 〈시의 예술Art of Poetry〉). 로그는 이런 번역서를 수업 교재로 채택하는 교수들에 대해서도 퉁명스럽다. "교수들은 그런 걸 참 좋아해요. 번역 경찰관이 따로 없죠. 왠지 알아요? 호메로스를 계속 손에 쥐고 있어야 하거든요."

　　로그는 대담한 신조어를 활용하여 이전 번역본에서는 엿볼 수 없는 직설성으로 호메로스 영웅들의 별칭을 의역해 독자들의 정신을 번쩍 들게 한다. "과학자 헤파이스토스, 불의 군주"|로그. 《전쟁 음악》. 43|, 아니면 더 생생하게, "섹스광 아가멤논!"|24|. 번안판 전반에 걸쳐 로그는 호메로스의 장중한 3음보 6보격에 상응하는 영어의 약강 5보격 기반 자유변주곡으로 영어 시풍을 확장하는 데에 주력한다. 로그의 버전에서는 종종 밀턴과 셰익스피어의 메아리가 들리기도 하지만(때로는 노골적인 인용구가 발견되기도 한다), 약강 5보격 행의 흐름을 깨는 쪽으로 위대한 전임자들보다 훨씬 더 성큼 나아간다. 그 결과, 다음 4행 스탠자에서 완벽하게 짜인 두 약강 5보격 행이 언쟁을 벌이는 그리스인들의 단속적

인 대사의 틀을 형성한다.

Then Pan / dar's "True!" / was mixed / with some / one's "Shame…" /
"Shame…" / merged / with "Ans / wer him…" / and "Stand…" /
With "Hea / ven sent…" / and "…let / her go." /
Their voi / ces risi / ng through / the still, / sweet air /[5]　　〔/는 옮긴이〕

판다로스의 말 "정말일세!"는 누군가의 "수치스럽네…"와 뒤섞인다.
"수치스럽네…"는 "대답해 보게…", "일어나시게…"와 어우러지고,
"하늘이 내린…"과 "그녀를 놓아주게…"와 어우러진다.
그들의 목소리가 적막하고 달콤한 공기를 뚫고 오른다. |52|

때로 로그는 약강 5보격의 한 행이 될 수 있는 구절을 여러 행
으로 나누기도 한다. 성전의 유골함에 아로새겨진 두 비문碑文이
그러하다.

5　① then / PAN / dar's / "TRUE!" / was / MIXED / with / SOME / one's / "SHAME…"
② "SHAME…" / MERGED / with / "ANS / wer / HIM…" / and / "STAND…" ③ with
/ "HEA / ven / SENT…" / and / "…LET / her / GO." ④ their / VOI / ces / RISI / ng /
THROUGH / the / STILL, / sweet / AIR(소문자는 약음절이고, 대문자는 강음절이다)."
— 2행은 5음보를 구성하지만 정확한 약강의 리듬을 이루지 못하고(강/강/약강/약
강/약강), 3행은 5보격이 아닌 4보격tetrameter이다. 반면 1, 4행은 완벽한 약강 5보격
으로, 2·3행을 감싸고 있다. 아울러 "단속적인 대사"는 길게 이어지지 못하는 영웅
들의 언어를 말하는 것이지만, 동시에 리듬을 형성하지 못하고 끊어지는 2행의 단어
들을 암시하기도 한다.

One said: /

  I AM / THE EARTH /

The o / ther:

  VOID. /   〔/는 옮긴이〕

누군가 말했다

내가 곧 세상이다

다른 이가 말했다

빈 공간이도다. |275|

하나의 3행 스탠자는 하이쿠와 같은 효과를 주고 두 개의 4음절 행이 하나의 약강 5보격 행의 틀을 형성한다.

〔1〕Dust 〔2〕light. 〔3〕Far 〔4〕off

A wo / man with / an in / fant on / her back /

〔1〕Is 〔2〕pic 〔3〕king 〔4〕fruit.   〔/는 옮긴이〕

먼지가 자욱한 빛. 아득한 저편에서

갓난아이를 등에 업은 여인이

과일을 딴다. |154|

《전쟁 음악》 전반에 걸쳐 로그는 호메로스를 찬양하는 동시에 그와 맞서는 노래를 부르며 제1차 세계대전부터 1990년대 유고슬라비아를 해체시킨 냉전까지 20세기 전체의 폭력사를 환기하는 증오와 유혈의 이야기를 현대적으로 묘사한다.

> 언젠가 관광객으로서 친구들과 나는
> 담배를 피우며
> 분수대 있는 광장을 오가는
> 스코페 마을 사람들을 보고 있었다.
> 그들의 소곤거림이 들리지 않는 발코니에서
> 석양녘, 지진이 사람들과 도시를
> 뒤엎기 직전에 |52|

《일리아드》를 직유하는 이 소리 없는 상像에서 로그는 월컷이 《오메로스》에서 그랬듯 시에 직접 출현한다. 그는 안전하게 분리된 관찰자로서 도덕적으로 손상된 자신의 입장을 제시하며, 고백시의 멜로드라마와 나르시시즘적 자아도취를 모두 피하는 역설적인 차분함으로 임박한 폭력의 장면을 냉정하게 묘사한다.

현대의 폭력이라는 맥락에서 《일리아드》를 번안한 시인은 로그만이 아니다. 번역 이론가 수잔 바스넷Susan Bassnett은 아일랜드 시인 마이클 롱리Michael Longley가 쓴 〈휴전Ceasefire〉이라는 소네트의 흥미로운 사례를 논한 바 있다. 이 시는 1994년 아일랜드공화국군이 영국군 및 개신교 아일랜드군과 수년간 무력 충돌을 벌인 후 휴전을 수락한 것을 기념해 발표되었다. 롱리의 소네트는 《일리아드》 제24권을 200행으로 압축한 것으로, 패배한 헥토르의 아버지 프리아모스 왕이 승리한 아킬레우스에게 아들의 시신을 찾으러 가는 내용이다. 소네트는 각운을 맞춘 2행 연구로 끝나고, 바스넷이 말하듯,

> 여전히 충격을 줄 힘이 있으며 북아일랜드에서 수십 년간 지속되어 온 폭력의 종말이라는 맥락에서 읽힘으로써 그런 힘을 얻는다. 언어는 프리아모스 왕의 목소리로 발화된다. "나는 무릎 꿇고 해야 할 일을 한다. / 내 아들을 죽인 아킬레우스의 손에 입 맞추며"(I get down on my knees and do what must be done. / And kiss Achilles' hand, the killer of my son).[6]

| 바스넷, 〈번역가의 인물Figure of the Translator〉, 311-12 |

2장에서 논한 앨리스 오스왈드의 《회상록》처럼, 롱리와 로그의 《일리아드》 번안판은 번역자들이 호메로스 원전의 정수로 간주한 요소들을 증류해 버렸음에도 그 자체만으로 영향력 있는 현대 작품이다. 이런 "해석"과 "발굴"은 원전으로 진입하는 유용한 출발점이 될 수 있으나, 이 책들이 고전 텍스트가 다루는 바에 대한 더 충만한 번역을 제공하는 직역을 대체하기란 어렵다. 오늘날의 문학 번역 대다수는 드라이든이 "의역"이라고 칭한 '중간 단계'에 위치하며, 축어적 문자주의나 전면적인 번안에 의존하지 않고

---

6 두 행 모두 "ʌn" 발음으로 끝난다.

원문의 힘과 의미를 전달하는 데에 진력한다. 이런 융통성 있으면서도 충실한 번역의 중간 단계에서 번역가들은 많은 선택권을 갖게 되고, 이 장의 뒷부분에서는 그런 선택권들을 개관하고 독자로서 그것에 접근할 방법을 논할 것이다.

번역본 비교하기

한 작가의 여러 번역서를 가져와 나란히 놓고 보면 번역자들의 선택이 언어학적인 동시에 사회적이라는 것을 단번에 알게 된다. 복수의 번역서를 통째로 읽기 어렵다면, 짧은 구절들만 비교해 봐도 각 번역자가 내린 다양한 선택을 확인할 수 있다. 한 번역과 다른 번역의 대조 패턴을 깨닫기 시작하면 번역자들의 문학적·문화적 가치와 독자의 기대에 대한 이해가 명쾌해진다. 예를 들어, 《캉디드》의 구절을 살펴보자. 지난 250년간 꾸준히 영어로 재번역된 볼테르의 이 풍자적 걸작은 영국해협과 대서양을 가로질러, 그리고 시간의 흐름에 따라 번역이 발달해 온 과정을 들여다볼 창을 제공한다.

　흥미롭게도, 볼테르는 처음부터 《캉디드》를 번역본으로 발표했다. 그는 이 종교적·성적 추문 스토리를 자신의 이름으로 출판하지 않고, 책의 속표지에 *Candide, ou l'optimisme Traduit de l'Allemand de Mr. le Docteur RALPH*(《캉디드》, 랄프 박사가 독일어로 쓴 글을 번역)라고 적어 넣었다. 당시로서는 이례적으로 속표지에 출판사나 발행지發行地를 일절 언급하지 않은 덕에 《캉디드》는 추적되거나 금서 조치를 당하지 않을 수 있었다. 1759년 출간된 《캉디드》는 즉각적인 성공을 거두었고 빠르게 영어로 번역되어 수개월 만에 런던에서 《캔디드: 혹은 만사형통. 드 볼테르 씀Candid: or, All for the Best. By M. de Voltaire》으로 출판되었다. 그해 말, 이 영어 작품이 볼테르의 이름으로 위조된 게 아니냐는 의혹이 불거지자, 아마도 그에 대한 대답으로 제2판은 한결 명시적으로 언명한다.

캔디드

혹은

만사형통.

드 볼테르가

프랑스어로 쓴 것을 번역.

제2판,

세심히 수정되고 교정됨.

그렇게 번역에 대한 가상 이야기는 현실이 되었고, 볼테르는 원저자로서 이름을 날리게 된다.

아마 볼테르는 이런 식으로 본인의 이름이 노출되는 것을 즐기지 않았을 것이다. 이미 오래전 풍자글을 썼다는 이유로 바스티유 감옥에 수감되고 프랑스에서 추방된 전적이 있었기 때문이다. 당대 작가들은 자기 작품이 외국에서 출판되는 것을 마음대로 어쩌지 못했다. 볼테르의 이름이 지닌 시장가치를 활용해 이

윤을 내고 싶었던 런던 출판사는 그로 인해 작가가 모국에서 겪게 될 고초는 개의치 않았다. 그럼에도 볼테르는 의연했고 1761년 개정판을 발간하며 번역의 자유가 지닌 장점을 유쾌하게 활용해 다음과 같은 부제를 추가했다. *Avec les additions qu'on a trouvées dans le poche du docteur, lorsqu'il mourût à Minden, l'an de grâce 1759*("1759년 랄프 박사가 민덴에서 사망했을 당시 그의 주머니에서 발견된 부록을 추가함"). 이런 식으로 볼테르는 개정된 "번역"이 원본보다 개선되었음을 시사했다. 볼테르가 썼듯이 가상 작가(여전히 격렬하게 진행 중인 오스트리아 7년전쟁 격전지에서 전사한)의 주머니에서 발견된 미출간 자료로 이야기를 보완했다고 말이다. 발터 벤야민Walter Benjamin은 〈번역자의 과제〉에서 "번역의 문제는 생전이 아닌 사후에 발생한다"고 썼다ㅣ벤야민, 〈과제〉, 71ㅣ. 어쩌면 볼테르도 이에 동의했을지 모른다.《캉디드》도 "랄프 박사"가 죽고 난 후에야 새 삶을 살게 되었으니 말이다.

《캉디드》가 전개하는 사후의 삶은 다음 사례에서 확인할 수 있다. 먼저 아름다운 퀴네공드는 한 번에 두 명의 연인을 만나게 되는 상황에 처한다. 포르투갈 대종교재판장과 부유한 유대인 고리대금업자 이사샤르가 그들이다. 이사샤르는 퀴네공드와의 만남에 종교재판장이 대동하는 것을 마지못해 수락하지만, 퀴네공드의 어린 시절 연인인 캉디드가 그 자리에 나타나자 불같이 화를 낸다.

Cet Issachar était le plus colérique Hébreu qu'on eût vu dans Israël, depuis la captivité en Babylone. "Quoi! dit-il, chienne de galiléenne, ce 'est pas assez de monsieur l'inquisiteur? Il faut que ce coquin partage aussi avec moi?" | 볼테르, 《캉디드 혹은 낙관주의》, 180 |

1759년 번역본은 이 공박을 아래와 같이 번역한다.

This said Issachar was the most choleric Hebrew that had been ever seen in Israel since the captivity of Babylon. What! said he, thou b—h of a Galilean, was not the inquisitor enough for thee? Must this rascal also come in for a share with me?"

이사샤르는 바빌론유수[7] 이래 이스라엘에서 본 적 없는 가장 강퍅진 히브리인이었다고 한다. 그가 말했다. 뭐야! 너 이 갈릴리의 '암—년', 종교재판장으로는 충분하지 않단 말이냐? 이 악동 놈과도 내게 올 몫을 나누라는 거냐?" | 볼테르, 《캔디드》, 익명 번역, 1759, 29 |[8]

번역자는 모욕적인 프랑스어 표현 chienne(암컷 개)를 "bitch"(암

---

7   기원전 6세기에 두 차례에 걸쳐 신바빌로니아에 정복된 유대인들이 바빌론으로 끌려간 사건.

8   볼테르의 《캉디드》 번역은 이봉지 옮김, 《캉디드 혹은 낙관주의》(열린책들, 2009); 이병애 옮김, 《미크로메가스. 캉디드 혹은 낙관주의》(문학동네, 2010); 권혁 옮김, 《캉디드 또는 낙관주의》(돋을새김. 2021); 이형식 옮김, 《쟈디그. 캉디드》(펭귄클래식코리아, 2011); 최복현 옮김, 《낙천주의자 캉디드》(아테네, 2003); 김미선 옮김, 《캉디드》(을유문화사, 1994); 윤미기 옮김, 《캉디드: 순진한 녀석》(한울, 1991); 현성환 옮김, 《캉디드》(아로파, 2016); 염기용 옮김, 《깡디드》(범우사, 1973)를 참조했고 원

캐넌)로 정확하게 번역하지만, 점잖은 18세기 풍으로 해독에 어려움을 겪지 않을 선에서 대시(—)를 활용해 저속한 문자를 가린다. 이 번역은 당대 영불해협 양안의 일반적인 어법을 반영하는 필치로 볼테르의 전반적인 문체를 잘 전달한다.

이제 연대 미상의 빅토리아 시대 번역본으로 시선을 돌리면, 이 번역본이 1759년 번역본을 최소한만 갱신했으나 한 가지 주목할 만한 예외로 "암—년"의 표독함을 중화한 것을 보게 된다.

> This Issachar was the most choleric Hebrew that had been seen in Israel since the captivity in Babylon. "What," said he, "you dog of a Galilean, is it not enough to share with Monsieur the inquisitor? but must this varlet also share with me?"

> 이사샤르는 바빌론유수 이래 이스라엘에서 보았던 가장 강팔진 히브리인이었다. 그가 말했다. "뭐야, 너 이 갈릴리의 개자식, 종교재판장님과 〔나를〕 동시에 누리는 것으로는 충분하지 않단 말이냐? 이 무뢰배와도 내 몫을 나누라는 거냐?"

> | 볼테르, 《캉디드》, 익명 번역, 빅토리아 시대, 133 |

이사샤르의 욕설은 최근 번역본 두 편에서 전면적으로 드러

문에 맞게 수정했다.

나는데, 이 번역본들은 대시로 곤란한 부분을 가리지 않고 1759년 번역본의 언어를 그대로 복원한다.

This Issachar was the most choleric Hebrew seen in Israel since the Babylonian captivity.

– What's this, says he, you bitch of a Christian, you're not satisfied with the Grand Inquisitor? Do I have to share you with this rascal, too?

이사샤르는 바빌론 유수 이래 이스라엘에서 본 가장 강팔진 히브리인이었다.

– 그는 말한다. 뭐가 어째, 너 이 예수쟁이 암캐년, 대종교 재판장으로는 만족하지 못한단 말이냐? 이 악동 놈과도 널 나눠 쓰란 것이냐? | 볼테르, 《캉디드》, 애덤스Adams 옮김, 19 |

This Issachar was the most hot tempered Hebrew seen in Israel since the Babylonian captivity.

"What!" he said. "You Christian bitch, you are not satisfied with the Inquisitor? I have to share you with this scoundrel too?"

이사샤르는 바빌론유수 이래 이스라엘에서 본 가장 성마른 히브리인이었다.

그가 말했다. "뭐! 이 예수쟁이 암캐년아! 종교재판장으로

는 만족하지 못한단 말이냐? 이 악한과도[9] 널 나눠 써야 한단 말
이야?" | 볼테르, 《캉디드》, 고든Gordon 옮김, 288 |

각각의 번역은 볼테르의 생기 넘치는 언어에 대한 자신만의
접근법을 보여 준다. 애덤스는 어휘("강팔진")와 표현("너 이 예수쟁
이 암캐년"), 심지어 구두점(인용부호 없음)에서도 특정한 시대색을
유지하는 한편, 고든은 대체로 속도감 있는 현대적 느낌을 지향한
다("성마른", "이 예수쟁이 암캐년아"). 하지만 두 번역가 모두 시대
와 얽힌 용어 하나만은 변경하기로 하는데, 이사샤르가 퀴네공드
를 호명하는 용어 "갈릴리인Galilean"이 그것이다. 앞선 두 번역가와
달리, 애덤스와 고든은 이를 "예수쟁이Christian"로 번역한다. 이런
변화의 배경은 무엇일까?
　　볼테르 시대에 "갈릴리인"은 예수를 추종하는 하층계급 대다
수를 일컫는 유대인의 욕설로 간주되었다. 갈릴리인들은 가난한
양치기와 어부들이었고, 도회의 예루살렘인들에게 천대받기 일쑤
였다. 《옥스퍼드 영어사전》에 인용된 1686년 신학 논문에 따르면,

9　"Rascal", "Varlet", "Scoundrel" 셋 다 악한을 의미하는 고어古語다. 먼저, "Varlet"은 이
　　중 가장 오래된 표현으로, 근대에는 거의 사용되지 않는다(본 번역도 이 점을 유념해
　　18세기부터 사용된 오래된 국어 표현 "무뢰배"를 채택했다). "Rascal"과 "Scoundrel"도
　　"Varlet"보다는 현대적이지만 전근대 문법에 더 어울릴 낯선 표현인 것은 마찬가지다.
　　오늘날 "Rascal"은 "말썽꾸러기, 개구쟁이"의 뜻을 갖고 주로 아이들을 대상으로 사용
　　된다. 다시 말해, 과거에는 "악한"이란 의미로 사용되었을지 모르나 오늘날 "Rascal"
　　은 모욕으로서 파괴력이 거의 없다. 끝으로 "Scoundrel"은 구제할 길 없는 극악무도
　　한 자를 지칭할 때 적합하고, 오늘날에도 드물게 사용된다.

"유대인이 누군가를 갈릴리인이라 불렀을 때 그는 곧 하찮은 사람을 의미했다." 애덤스와 고든은 오늘날 누구도 "갈릴리인"을 "하층계급 기독교인"의 동의어로 파악하지 못할 것을 깨닫고, 계급에 기초한 욕설을 포기하고 대신에 종교적 갈등을 명확히 한 것이다. 어쩌면 그들은 "갈릴리인"이라는 단어를 유지하고 이를 설명하는 각주를 달거나, "시골 촌뜨기" 혹은 "백인 쓰레기" 같은 설명 구절을 추가해야 했을지도 모른다. 이로써 그들은 단순함을 유지하고 대화를 빠르게 진행시키는 쪽을 택했는데, 필시 이사샤르의 나머지 언행에서 그의 태도가 충분히 드러난다고 여겼을 것이다.

여기서 분명히 하나의 어감이 소실되었지만, 이 경우 결정적 변화는 언어의 횡단 과정이 아닌 시간의 흐름에서 발생했다. 오늘날의 프랑스 독자도 갈릴리인에 대한 이사샤르의 모욕적인 발언에서 요점을 놓칠 것이다. 오늘날 *chienne de galiléenne*[갈릴리의 암캐]는 근본적으로 이해할 수 없는 표현이지만, 원어판은 작가의 단어를 고스란히 보존할 것이고, 번역의 더 큰 자유는 현대 영어권 독자에게 볼테르의 의미를 이해하는 데에 원문 독자가 얻는 것보다 더 실질적인 이점을 제공한다.

번역서를 비교하여 각 번역 간의 중요한 차이 패턴을 밝혀낼 수 있다면 두세 권의 번역서를 이용하는 것도 원작을 더 잘 이해하는 데에 도움을 줄 수 있다. 원어를 읽을 수 없다 해도 여러 번역서를 활용해 한 권의 번역서가 단독으로 제공할 수 있는 것보다 심도 깊은 원전 이해로 가는 길을 삼각측량 할 수 있다. 이는 《캉디드》 영역본들의 상이한 구절을 살펴보는 것으로 확인할 수 있는데, 이번에는 프랑스어에 기대지 않을 것이다. 책의 초반부에서 캉디드와 퀴네공드를 도와준 노파는 11장에서 자신의 이야기를 들려준다. 1759년 번역서는 다음과 같다.

> 내 눈이 늘 이렇게 짓물렀던 건 아니에요. 코도 이렇게 턱에 닿을 정도로 늘어지지 않았고요. 원래 하녀 신분도 아니었지요. 나는 교황 우르바누스 10세와 팔레스트리나 공주의 딸입니다. 열네 살까지 나는 아주 호화로운 성에서 자랐지요. … 그때부터 이미 남성들의 가슴에 불을 지피기 시작했죠. 내 목도 조금씩 모양을 갖춰 갔어요. 그렇게 아름다운 목이라니! 희고 반듯한 것이 메디치가 비너스상의 목처럼 완벽한 형태였죠. … 시녀들도 내 옷을 갈아입혀 주며 앞으로 보나 뒤로 보나 늘 황홀해했어요. 신사들이 그 역할을 대신했으면 얼마나 좋아했을까요! | 익명 번역, 1759, 34-5 |

이 번역본만 보면 이 글이 볼테르의 원문을 얼마나 정확히 번역했는지 알 길이 없다. 글은 전반적으로 잘 읽히지만, 노파가 자신의 목이 점점 모양을 갖춰 가는 것을 강조하는 대목에서 의문을 가질 수도 있다. 사춘기가 되면 정말로 목이 "모양을 갖추게" 될까? 메디치가의 비너스상은 정말 아름다운 목으로 유명할까?

18세기 번역가들은 대개 저임금을 받고 빠르게 번역했기에 그 결과물이 다소 부실할 수도 있다. 빅토리아 시대 번역본을 보면 1759년 번역본의 첫 줄에서 누락된 요소가 드러난다.

내 눈이 처음부터 이렇게 흐릿하고 언저리가 붉었던 건 아니에요. 코가 이렇게 턱에 닿을 정도로 늘어지지도 않았고요. 항상 하녀 일만 해 온 것도 아니랍니다. 나는 왕과 팔레스트리나 공주의 딸입니다. 나는 열네 살까지 아주 호화로운 성에서 자랐어요. … 나는 모든 사람의 마음을 사로잡기 시작했죠. 목도 형태를 갖추게 됐어요. 얼마나 아름다운 목이었는지! 희고 단단한 것이 메디치가 비너스상의 목과 똑같은 모양이었어요. … 하녀들도 내 옷을 갈아입혀 줄 때마다 나를 보며 황홀해했죠. 그럴 수만 있다면 남자들이 모두 내 하녀 노릇을 하려고 했을 거예요.

| 익명 번역, 빅토리아, 136 |

"흐릿하고 언저리가 붉었던Bleared, and bordered with scarlet"은 "짓물렀던sore"보다 풍성한 표현으로 볼테르의 생기 있는 스타일에 더 잘 어울린다. 굳이 프랑스어 원문을 찾아보지 않아도 우리는 1759년 번역가가 무심코 노파의 눈에 대한 묘사를 압축했거나 식자공이 문구를 빠뜨렸다는 식으로 유추해 볼 수 있다. 여기서 빅토리아 시대 번역본은 유용하지만, 여인의 아름다운 목에 관해서는 불확실함만 배가시킬 뿐이다. 이제 목은 '반듯하다erect'가 아닌 '단단하다firm'라고 묘사된다. "얼마나 아름다운 목이었는지! 희고 단단한 것이 메디치가 비너스상의 목과 똑같은 모양이었어요"| 136 |. 언제부터 목이 단단해지는 데에 주목하게 되었을까? 왜 이 아름다운 목은 여인이 옷을 벗을 때만 드러나는 것일까? 이 번역자는 1759년 번역본을 수정할 필요성을 느낀 듯하지만, 우리는 아직 만

족할 만한 결과에 도달하지 못했다.

빅토리아 시대 번역자는 새로운 불확실성까지 야기한다. 난데없이 화자의 아버지를 교황에서 왕으로 대체한 것이다. 여기서 모호한 새 "왕"보다 실명이 사용된 기존 번역의 교황 우르바누스 10세를 선호하는 생생한 구상성具象性에 대한 볼테르의 원칙이 드러난다. 빅토리아 시대 사람들이 성 문제뿐 아니라 종교 문제에도 신중했던 것을 고려하면, 번역자가 독자에게 음탕한 교황을 소개하는 일을 피하려 했다 해도 놀랄 일은 아니다. 이런 짐작은 두 권의 최근 번역서 중 어느 쪽을 봐도 확인할 수 있다. 두 권 모두 팔레스트리나 공주와 그녀의 연인인 교황 우르바누스 10세를 재결합시키기 때문이다. 교황의 이름을 그대로 유지하는 것은 검열의 압박에 대한 볼테르 나름의 절충을 엿볼 수 있게 한다. 그가 부도덕한 교황을 현실에서 한 발짝 떨어뜨려 놓기 때문이다. 즉, 우르바누스 10세는 실존 인물이 아니다.

아울러 최근 번역본들은 묘하게 매력적인 목의 미스터리도 풀어 준다. 애덤스의 번역은 이러하다. "나는 사내들 가슴에 불을 질렀고, 내 가슴breast도 형태를 갖추어 갔죠. 얼마나 예쁜 가슴이었던지! 희고 단단하고 메디치가 비너스상의 가슴과 같은 모양이었어요." | 애덤스 옮김. 22 |. 고든의 번역도 이와 유사하다. "내 유방bosom[10]도 형태를 갖춰 가고 있었는데, 얼마나 예쁜 유방이었는

---

10   이 부분에서는 고든이 애덤스보다 더 구식 표현을 쓰고 있다. "breast"는 오늘날 가슴

지! 희고 단단하고 고대 비너스상의 유방처럼 조각 같았어요" ⏐ 고든 옮김, 291 ⏐. 이 번역가들이 빅토리아적 내숭의 베일을 벗어던진 것은 사실이지만 그것이 이 변화의 전모는 아니다. 더할 나위 없이 솔직했던 1759년 번역가도 "목neck"이라는 단어를 선택했기 때문이다. 그가 무언가를 억누르려 했던 것은 아닐 것이다. 단지 실수였을 것이다. 그도 그럴 것이 프랑스어 원문으로 돌아가 보면 볼테르가 gorge란 단어를 사용했음을 알게 되기 때문이다. *ma gorge se formait; et quelle gorge! blanche, ferme, taillée*. "gorge"의 일반적인 의미는 "목"이기 때문에 1759년 번역가는 잠시 멈춰서 "목"이 이 맥락에서 어울리는지 고민하는 대신에 그 의미를 그대로 가져다 쓴 것이다. 프랑스어 용어 *gorge*의 이차적 의미인 "가슴"이나 "유방"이 훨씬 적합한 번역이지만 말이다. 프랑스어 원문을 확인해 보지 않아도 맥락 자체가 "목"이 아닌 "가슴"이나 "유방"을 더 선호하게 하고, 《캉디드》가 유럽 소설인 이상 그렇게 번역되는 것이 마땅하다. 일본적 맥락에서는 다른 선택도 가능하다. 천 년 전 《겐지 이야기》부터 다니자키 준이치로, 미시마 유키오의 현대소설까지 맨 목의 일별이 에로틱한 순간들로 충전되어 있기 때문이다.

　　오늘날 우리는 위대한 번역의 시대에 살고 있고, 현대 번역은 대개 전 시대 번역보다 훨씬 낫다. 그럼에도 더 이전 번역서는 종

을 일컫는 일반적인 표현이지만, "bosom"은 일상에서 거의 사용되지 않는다. 따라서 "bosom"은 "breast"보다 조금 더 코믹하고 에로틱한 느낌을 준다.

종 더 최근 번역가의 오류나 과욕을 바로잡는 데에 도움을 줄 수 있다. 어쩌면 훌륭한 번역이 되었을지도 모를 방금 인용한 고든 번역본 구절은 여인의 유방이 "고대 비너스상의 유방처럼 조각 같았다"고 전한다. 이 조각상은 어떤 조각상을 말하는 것일까? 애덤스는 더 구체적으로 그 조각상이 메디치가의 비너스상임을 확인시켜 주지만, 정말로 그녀를 지칭하는 게 맞을까? 이전 번역서들을 살펴보면 애덤스가 정확했음을 알게 된다.

앞서 살펴본 번역가 고든의 입장에서 그가 원문의 '메디치가의 비너스'를 삭제한 이유를 추론할 수 있다. 현대 독자에게 다가가는 데에 집중했던 고든은 아마도 이 동상이 이름을 거론하기에는 너무 생소한 작품이라고 판단했을 것이다. 피렌체 우피치미술관의 대표 전시물로서 메디치가 비너스의 명성을 감안하면 이는 명백한 실수다. 볼테르 시대에 이 동상은 판화와 세브르산 고급 도자기에 널리 재현됐고, 납으로 만든 복제본은 인기 있는 정원 장식품이었다. 고든의 불특정한 "고대 동상"이 남긴 비볼테르적 모호함 때문에 불필요한 선택지가 되었지만, 현대 독자가 이 상을 모른다 해도 구글에 "메디치가의 비너스"를 검색해 보면 손쉽게 그 에로틱한 매력을 직관할 수 있다 | 그림 31 |.

번역은 얼마나 이국적이어야 하는가?

《캉디드》에서 볼 수 있듯 인접국의 그리 멀지 않은 과거에서 온

| **그림 3** | 메디치가의 비너스, 대리석, 기원전 1세기. 우피치미술관, 피렌체 © Alinari/ Art Resource, New York. Reproduced with permission of Alinari.

작품조차 번역가에게는 상당한 문제를 안긴다. 문제는 작품이 시간적·문화적으로 멀어질수록 더욱 커진다. 번역은 원전의 이국성을 어떻게 반영하고, 그 국가의 문화적 규범을 얼마나 적용해야 할까? 지나친 이국성은 새로운 독자를 당황하게 하거나 지루하게 하는 텍스트를 낳을 수 있고, 동화력 있는 번역은 애초에 해당 작품을 번역할 가치가 있게 한 차이점을 상실시킬 수 있다.

이런 질문은 개별 단어 선택 시 정확성의 문제를 넘어선다. 번역가는 두 가지 근본적인 결정을 내려야 한다. 첫째는 원작의 본질이라 믿는 요소를 직접 결정하는 일이다. 원문의 어조, 수준, 표현 양식, 작품을 둘러싼 세계와의 관계가 그것이다. 번역가는 작품의 본래 배경에서 그 의미와 영향력을 이해(정확히는 해석)하고 언어, 시간, 장소, 독자의 기대치 차이를 조정하면서 작품의 특성을 새로운 독자에게 전달할 전략을 개발해야 한다.

원문과 번역 모두에서 가변성이 두드러진 작품으로 위대한 아랍 설화집 《천야일야》가 있다. 영어로는 '천일야화The Thousand and One Nights', 더 느슨하게는 '아라비안나이트The Arabian Nights'로 알려져 있는 이 9세기 작품은 페르시아 설화집 《하자르 아프사나HAZĀR AFSĀN》("천 개의 이야기")에 바탕을 두고 있다. 아랍어 원문은 《하자르 아프사나》의 이야기 틀을 그대로 유지하는데, 아내의 불륜을 알아챈 샤리아르 대왕이 아내를 살해하고 매일 밤 새로운 여자와 결혼한 뒤 다음 날 새 신부를 처형한다는 내용이다. 백성들은 딸을 숨기기 시작하고, 마침내 왕의 고관은 새로운 희생자를 찾지 못하게 된다. 결국 고관의 딸 셰헤라자데가 왕국의 처녀들을 구해 내겠다며 왕의 다음 신부가 되기를 자청한다. 결혼식 날 밤, 셰헤라자데는 샤리아르와 첫날밤을 치른 후 그와 동생 두냐자드에게 흥미진진한 이야기를 들려주기 시작한다. 그녀는 새벽이 가까워질 때까지 영리하게 이야기를 미완성으로 남겨 둔다. 두냐자드는 이야기의 결말을 들려 달라 애원하고, 샤리아르도 다음 날 밤까지 셰헤라자데를 살려 두지만, 셰헤라자데는 첫 번째 이야기를 두 번째 이야기로 연결하고 다시 미완성으로 남기는 식으로 이야기를 이어 간다. 이 과정이 1001일 밤 동안 계속되고, 마침내 왕이 자신의 잘못을 시인하며 이미 세 아이를 낳은 셰헤라자데와 정식으로 결혼한다.

　잔존하는 원고(전집이 구성되고 수세기 후에 쓰인 자료들)로 판단하건대, 아랍어 원전은 실제 《천일야화》와 조금도 비슷하지 않았다. 원전이 나오자 이야기꾼들이 온갖 종류의 이야기를 추가하기 시작했다. 대부분은 바그다드와 카이로에서 유래한 이야기였으나, 인도나 중국처럼 먼 곳에서 온 이야기도 섞여 들었다. 시간이 흐르며 《천일야화》 최종판은 600편 이상의 이야기를 담은 방대한 전집이 되었다. 이 책은 비단 서사적 산문만을 특징으로 하지 않았다. 초기 편집자들은 중세 아랍 문화에서 주요 문학 장르였던 시를 이야기 중간에 끼워 넣었다. 편집자들은 아부 누와스 Abu Nuwas(술과 어린 소년에 대한 사랑에 초점을 맞춘 많은 이야기의 주인공으로 등극한 인물) 같은 정전급 시인의 고전 서정시를 끼워 넣기도 했고, 때로는 직접 쓴 것으로 보이는 시를 포함시키기도 했다. 그 결과, '시', '〔운율 없는〕 직설적 산문', '운을 지닌 산문이라는 중층 양식'이 혼합된 복합적인 텍스트가 탄생했다.

그리하여 《천일야화》는 중동에 온 서양 여행자들의 관심을 끌게 되었고, 앙투안 갈랑Antoine Galland에 의해 선구적인 프랑스어 번역본이 제작되어 1704년부터 1717년까지 총 12권으로 출간되었다. 이 번역본은 엄청난 성공을 거두었고, 다른 유럽어로 된 수많은 번역서의 기반이 되었다. 갈랑은 수세기에 걸친 수많은 필경사와 편집자의 관행을 이어 가며 시리아 이야기꾼들에게 들은 혹은 들었다는 수많은 이야기로 작품을 풍성하게 했다. 알라딘과 알리바바는 갈랑의 프랑스어 개작본에서 처음 등장하는데, 이들의 이야기는 곧 아랍어판에서도 표준본이 되었다. 그 내용은 갈랑의 추가본을 아랍어로 재번역한 것이었다. 진정한 의미에서 갈랑의 책 12권은 번역본이기보다 계속 진행 중인 《천일야화》 진화의 새로운 단계이다.

《천일야화》 초기 영문 번역서들은 모두 갈랑의 번역에 기반을 두었다. 19세기가 되어서야 영문 번역가들은 아랍어 원전 번역에 도전했다. 그때부터 《천일야화》 번역가들은 다양한 중세 원고와 새로 추가된 이야기가 많은 현대 판본 중에서 어떤 텍스트를 활용할지부터 따지게 되었다. 유럽 독자의 이해를 돕기 위해 얼마나 많은 문화적 정보가 제공되어야 할까? 그 정보가 본문에 작게 삽입되어야 할까, 광범위한 각주로 추가되어야 할까? 수만 행에 달하는 범속한 시들은 어떻게 할까? 모두 번역되어야 할까? 그렇다면 익숙하지 않은 운문 형태를 어떻게 옮겨야 할까? 《천일야화》에 등장하는 수많은 저속한 표현과 에로틱한 삽화는? 그대로 번역해야 할까, 신중히 완화시켜야 할까, 아예 삭제해야 할까?

이미 19세기에 번역가들은 이런 질문에 제각기 극적으로 다른 접근법을 취한 바 있다. 1839년 아랍어 학자 에드워드 윌리엄 레인 Edward William Lane은 빅토리아 시대의 표준 번역본이 될《천일야화》 번역서를 출간한다. 레인은 불과 200편의 이야기가 수록된 아랍어 판을 기본 텍스트로 사용하고, 그나마도 절반가량을 생략해 버린 다. 그는 독자들이 "이유가 뭐건 무례하다"고 여길 만한 어떤 소재 도 남겨 두지 않고자 자유롭게 구절을 삭제하고 이야기를 통째로 빼 버리기도 했다ㅣ레인, 《천일야화》, xiiiㅣ. 일부 시를 남겨 두긴 했지만 단 조롭게 번역했고, 아랍어 원문 속의 무수한 음악적 산문들도 밋 밋한 영어로 번역했다. 레인의 장인적 솜씨로 충격적인 내용이 빠진 번역판은 수년에 걸쳐 여러 판본으로 출간됐고, 하버드 클 래식 시리즈 번역본으로 선정되어 20세기 초에 재등장한다.

모험가인 리처드 프랜시스 버튼 경Sir Richard Francis Burton의 대 담한 번역은 아마도 레인의 번역서와 가장 극명한 대비를 이룰 것 이다. 버튼의 번역본은 1885년 10권의 책으로 자비출판되었고, 이 후 또 다른 6권의 증보판이 출간된다《천일야화의 추가된 밤들Supplemental Nights to the Book of the One Thousand and One Nightes》(1886~1888)〕. 버튼은 이 새로운 판본의 논쟁적인 서문에서 레인의 산문이 "영어 같지도 않은 긴 단어들과 우리 산문이 온 유럽에서 최악이었을 50년 전 딱딱하고 지나치게 격식적인 문체로" 이루어져 "읽을 수가 없다" 고 폄하한다ㅣ버튼, 《천일야화》, 1: xiiㅣ. 그리고 10권의 대부분을 차지하 는 긴 후기에서 공격을 재개한다. 레인이 시도한《천일야화》운문 의 산문 번역이 "시를 진심으로 따분한 산문으로 만들어 버린 노

골적인 문자주의"라고 매도한다 | 10: 222 | . 버튼을 더욱 기막히게 한
것은 레인의 내숭이었다. 버튼은 "진짜《천일야화》가 무엇인지 보
여 주는 것" | 1: xii | 을 목표로 시적 강렬함, 동양적 화려함, 솔직한
성생활을 모두 전달하는 데에 진력한다.

　　두 번역본의 접근법 차이는 도입부의 틀 이야기에서부터 관
찰된다. 샤리아르 왕과 샤자만 왕이 자리를 비운 사이, 왕비가 정
부를 취하는 광경을 발견하고 격분하는 장면이 그것이다. 샤자만
왕이 시녀와 노예들을 거느리고 정원에 나타난 친형 샤리아르 왕
의 아내를 목도하는 장면을 레인은 점잖게 다음과 같이 번역한다.

> 궁전 문이 열리자 스무 명의 여인과 스무 명의 흑인 노예가 걸
> 어 나왔다. 그중에는 유별한 아름다움과 우아함으로 돋보이는
> 왕의 아내도 있었다. 그들은 연못가에 모여 앉아 옷을 벗었다.
> 왕비가 "마수드Mes'ud!" 하고 외치자 흑인 노예 하나가 재빨리 다
> 가와 그녀를 껴안았고, 그녀도 그를 안았다. 노예와 여자들도 서
> 로를 껴안았고 모두가 날이 저물 때까지 쉼 없이 즐겼다.
>
> | 레인, 《천일야화》, 7 |

버튼은 이 장면을 매우 다르게 제시한다.

> 샤자만 왕은 … 줄곧 아내의 배반에만 사로잡혀 있어 고뇌로 가
> 득 찬 가슴에서 뜨거운 한숨이 새어 나왔다. 그렇게 괴로워하고
> 있는데 이건 또 무슨 조화란 말인가! 굳게 닫혀 있던 왕궁 뒷문

이 활짝 열리더니 스무 명의 여노비에게 둘러싸인 빼어난 자색의 왕비가 나타난 것이다. 그 아름다움 하며 농염한 자태와 균형잡힌 몸매는 마치 완전무결한 사랑의 화신 같았다. 왕비는 시원한 물을 찾는 영양처럼 단아하게 걸어 나왔다. 샤자만은 창가에서 물러나 저쪽에서 보이지 않도록 조심하면서 여자들을 몰래 내려다보았다. 여자들은 격자창 바로 아래를 지나 조금 더 나아가 화원으로 들어가더니, 이윽고 커다란 연못 가운데 분수가에 모여 옷을 훌훌 벗어 던지는 게 아닌가. 그 가운데 10명은 후궁이고 10명은 백인 노예였다. 얼마 후 그들은 둘씩 짝지어 흩어졌다. 한편 혼자 남은 왕비는 큰 소리로 외쳤다. "이리 와요, 사이드 님!" 그러자 육중한 검둥이 하나가 나무 위에서 눈알을 뒤룩거리고 침을 질질 흘리며 사뿐히 내려왔다. 백인이 보기에 참으로 흉측한 꼴이었다.(버튼이 서양 독자에게 하는 말) 검둥이는 대담하게도 왕비에게 다가가 두 팔을 벌려 그녀의 목을 끌어안았다. 왕비도 검둥이의 몸을 와락 끌어안았다. 검둥이는 거칠게 왕비에게 입 맞추고는 마치 단춧구멍에 단추를 채우듯 두 다리를 왕비의 다리에 걸고 자빠뜨린 후 그녀를 탐하였다. 다른 노예들도 그 꼴을 보고 저마다 음욕을 채우기 시작했다. 입 맞추고 애무하고 교접하고 농탕치기를 날이 저물 때까지 그칠 줄 몰랐다.

| 버튼, 《천일야화》, 1: 6 | [11]

---

[11] 프랜시스 버튼의 《천일야화》 번역은 고정일 옮김, 《아라비안나이트》(월드북, 2010)

버튼은 레인이 은폐한 것을 상세히 묘사하는 수준을 넘어, 민스트럴풍Minstrel〔19세기 중후반 미국에서 유행한 민스트럴 쇼는 얼굴에 검은 칠을 한 백인이 흑인풍의 노래와 춤을 섞어 우스꽝스럽게 공연했다〕으로 뒤룩거리는 노예의 눈알을 추가하고 단추 고리 은유를 창조해 내는 등 은폐하지 않은 것까지 묘사한다. 드라이든의 용어로 설명하자면, 버튼의 번역은 조심스러운 의역을 넘어 자유로운 모방에 가깝다. 그의 의도는 카이로에서 전문 이야기꾼들의 공연으로 이야기를 접했을 때 경험한 극적 효과를 영어권 독자들에게도 전달하는 것이었다. 그 낯선 강렬함 면에서 버튼의《천일야화》는 엄밀히 문학적 텍스트가 아닌 마음을 사로잡는 구연의 창의적인 재창작이다.

버튼은 중동 이야기꾼들이 활용한 다양한 이야기 전달 방식을 애틋하게 회상한다. "강석사講釋師Râwi는 대화하듯 서창곡敍唱曲을 읊을 것이다. 사즈아Saj'a[12]나 산문율prose-rhythm로, 시 부분은 한 줄짜리 비올〔바이올린과 비슷한 초기 현악기〕인 라밥Rabâb의 팅 하고 울리는 소리에 맞춰서"│10: 145│. 버튼은 특히《천일야화》의 운을 지닌 산문을 재창작하는 자신의 능력에 자부심을 느꼈다. 그는 서문에 이렇게 쓴다. "사즈아나 '구구' 하고 우는 〔달콤하게 사랑을 속삭이는 듯한〕 비둘기의 음조는 아랍어에서 특별한 역할을 한다. 이 음조는 묘사에 광채를 주고 격언, 경구, 대화에 묘미를 더한다"│1: xiv│. 앞

를 참조했고 원문에 맞게 수정했다.

12 이슬람 이전 나즈드Nejd와 히자즈Hejaz 시절부터 전래된 가장 오래된 시 형식. 흔히 각운산문으로 불리는데, 시와 산문의 중간 형태라고 볼 수 있다.

서 인용한 정원 장면에서 버튼의 "입 맞추고 애무하고 교접하고 농탕치기를 그칠 줄 몰랐다."는 레인의 "모두가 쉼 없이 즐겼다"보다 훨씬 효과적이다. 또한 레인의 "지니가 코골이를 하며 자는" 곳에서, 버튼의 지니는 "천둥 치듯 으르렁 쿵쾅대는 코골이를 하며 잔다"ㅣ1: 11ㅣ. 버튼은 영어 어휘와 구문 규범을 강요하는 것으로만 운을 지닌 산문의 맛을 전달할 수 있음을 깨달았고, 서문에서 원문의 이국성을 전달하려는 자신의 노력을 강조한다. "이처럼 운을 지닌 산문은 '비영어적'일지 모르고 영국인의 귀에 불쾌하게 때로는 짜증나게 들릴 수도 있다. 그럼에도 나는 이것을 원전의 완전한 재현을 위해 불가결한 요소로 본다"ㅣ1: xivㅣ.

후일 《천일야화》 번역가들은 버튼의 가장 대담한 구절들을 인용하며 그의 문체가 "인위적인" 데다 "고통스럽기까지" 하다고 맹비난함으로써 경쟁자의 번역서가 설 자리를 없애고자 했다. 최근 번역가인 후세인 하다위Husain Haddawy의 조롱 혹은 비판은 이러하다. "버튼이 국가에 유증한 것은 문학적인 브라이튼 파빌리온 Brighton Pavilion에 지나지 않는다"ㅣ하다위, 《천일야화》, 25ㅣ (브라이튼 파빌리온은 19세기 초 미래왕 조지 6세가 지은 저속한 동양풍 이화원을 말한다). 다우드N. J. Dawood도 다음과 같이 쓴다.

버튼은 정확도에서 득을 보고 스타일에서 실을 보았다. 고어 archaic에 대한 치명적인 무지, 단어와 구를 새로이 주조하는 습성, 그가 지어낸 부자연스러운 관용구는 원문에 대한 충실도를 전혀 향상시키지 않고 번역의 문학적 질만 떨어뜨린다. 주석이

본문보다 훨씬 흥미로울 지경이다. | 다우드, 《천일야화》, 10 |

다우드와 하다위의 비판은 분명 과한 측면이 있다. 확실히 버튼의 관음증적 동양주의는 자신의 환상 속 삶을 중동에 투영하는 서양인을 너무 많이 목격해 온 이 바그다드 출신 학자들에게 역겨울 법도 하다. 심지어 버튼은 각주도 과하게 달았다. 이집트의 성적 관행과 베두인족 여성의 가슴 모양 등 우리가 군이 알 필요가 없는 사실까지 상세히 설명하는 식이다. 다우드와 하다위의 신중하고 객관적인 주석이 달린 번역본은 자연스레 버튼과 레인의 것을 대체해 가장 널리 읽히는 영어 번역본이 되었다. 그렇다고 다우드나 하다위가 버튼보다 《천일야화》를 더 완벽히 다뤘다고 할 수는 없다. 버튼은 성적 문제에 관한 솔직함을 고취시켰지만, 최근 번역가들은 너무 단정하고 고지식해 보이기까지 하는 텍스트를 생산하고 말았다. 버튼이 과욕을 부리다 실수를 범했다면, 현대 후임자들은 원문의 고삐를 죄려는 욕망이 부족할 때가 잦다.

1954년 펭귄클래식에서 출판되어 1973년에 개정된 N. J. 다우드의 번역본은 소설적 사실주의 방식으로 이야기를 그려 낸다. 서론에서 다우드는 《천일야화》를 "중세 이슬람의 가장 포괄적이고 은밀한 기록"이라 소개하며, 이야기가 펼치는 시적이고 수사적인 상상의 나래를 축소시키려는 경향을 보인다. 그는 말한다. "등장인물들이 묘사하는 세계는 기막히게 멋지고 환상적이지만 이는 그것을 추동한 시대의 삶과 인습을 반영하는 충실한 거울에 지나지 않는다. 그 세계는 미숙한 정신의 자발적 산물일 뿐이다" | 7 |.

다우드는 이야기들의 '거울 같은 충실성'이라는 이해에 기초해 레인의 평범한 문체와 유사한 명료하고 직설적인 산문으로 글을 쓴다. 다우드의 번역에서 여왕과 시녀들은 "입 맞추고 애무하고 교접하고 농탕치기" 같은 복잡한 행위에 탐닉하지 않는다. 글은 "모두가 즐겼다"라고 전할 뿐이고, 이는 100년 전 고지식한 레인이 사용한 바로 그 표현이다.

다우드는 《천일야화》를 미숙한 정신의 사실적 산물로 제시하는 데에 전념하느라 도덕적 성찰과 서정적 몽상을 위한 휴지pause를 제공하는 수백 편의 시를 생략했다. 무엇보다 주목할 만한 것은 개별적 이야기의 흐름을 방해한 것이 아니라 '밤마다 행해지는 성교', '새벽이면 입을 다물어 버리는 셰헤라자데의 이야기 전개', '다음 날 밤 이야기를 재개해 달라는 두냐자드의 긴박한 재촉'의 되풀이되는 언급을 제거한 것이다. 《천일야화》 속 시들처럼 도입부 틀 이야기의 퇴고는 소재의 지속적인 문학적 형상화를 반영하므로, 그것은 단순한(이전엔 그랬을지 몰라도) 서툰 이야기꾼들의 어설픈 창작이 아니게 된다. 다우드는 개별 이야기의 순수한 형태에 충실한 대가로 셰헤라자데가 죽음과 벌이는 이야기 경주라는 근본적인 드라마를 도외시하고 말았다.

한편 후세인 하다위는 1990년 번역본 서론에서 다우드가 시를 생략한 것을 비판하고, 시가 이야기의 효과에 얼마나 중요한 기여를 하는지 강조한다. 하다위는 시를 포함시키지만 버튼의 번역본에서 보이는 많은 시를 생략하는데, 버튼의 번역이 불완전한 초기 원고에 근거했기 때문이다. 갈랑과 버튼이 끊임없이 확장되는 전통의 즐거움에 사로잡혔다면, 하다위의 목표는 가능한 한 최초의 문헌에 기초해 기원으로 돌아가는 것이다. 그는 14세기 원고와 이후 몇 권의 필사본에 보존된 시리아 원문 전통의 한 갈래에 전적으로 의존한다. 하다위는 이 일련의 원고들만 배타적으로 활용했다. 그중 완전한 이야기는 35편에 불과한데, 생뚱맞게 그것을 36편의 이야기로 분지分枝시켰다. 그 결과, 하다위는 가장 유명한 이야기 여러 편을 결락시키게 되었고, 왕이 마침내 정신을 차리고 셰헤라자데와 결혼해 자녀들의 존재를 인정하는 틀 이야기의 결말조차 엽기적으로 생략하고 만다.

서론에서 하다위는 그의 출처가 "발육이 멎었음"을 인정하면서도, 이런 제약이 사실상 행운이었다며 훨씬 더 풍요한 이집트 원고 전통을 폄하하기까지 한다. "시리아 원고의 갈래가 왜소 생장stunted growth으로 다행히 원본을 지킬 수 있었다면, 이집트 원고의 갈래는 원본에 거의 치명적이라고 판명된 독성 과일을 풍부하게 증식시키는 것을 보여 준다"|하다위, 《아라비안나이트》, xii |. 하다위가 버튼을 견디지 못했던 것은 놀라운 일이 아니다. 버튼은 독이 든 과일의 혼합물을 내밀고, 하다위는 그 접시를 밀어낸다.

5년 후 하다위는 《아라비안나이트》의 내용을 심각하게 잘라 냈다는 불만에 반응해, 알라딘과 신드바드 이야기 및 여타 "후일 추가된" 이야기들을 포함한 제2판을 출간한다. 하지만 이 판본에서도 그는 밤마다 행해지는 셰헤라자데의 성교와 이야기 전개는 물론이고 틀 이야기의 결말부까지 배제하는데, 단지 그가 선정한 원고에 그 이야기들이 포함되어 있지 않기 때문이다. 하다위는 미련

어린 투로 말한다. "책을 읽는 내내 독자들은 셰헤라자데를 그리워하겠죠. 저도 그녀가 그립답니다" | 하다위, 《아라비안나이트 제2권》, xvii | .

다우드와 하다위는 각자의 전반적인 전략만큼이나 언어 선택도 신중하다. 두 번역가 모두 버튼이 그랬듯 외국어가 변형된 혼종영어를 창조하려 하지 않기 때문이다. 다우드는 서문에서 이렇게 말한다. "나는 원문의 정신과 현대영어 어법에 대한 충실함을 조화시키고자 했다. 간혹 영어 산문의 논리가 아랍어 산문의 논리와 다를 경우, 구절과 문장의 순서를 바꿔야 할 의무감을 느끼기도 했다" | 다우드, 《천일야화》, 10 | . 실제로 장인적 솜씨로 윤색된 다우드의 매끄러운 번역본에서 영어 산문의 논리는 아랍어 산문의 논리를 압도한다. 하다위도 번역에서 다층적인 문체를 구사하지만 그럼에도 솔직히 인정한다. "아랍어 원문에서 운을 지닌 산문은 너무 인위적이고 영국인의 귀에 거슬리기에 사용을 피했다 | 하다위, 《아라비안나이트》, xxvii | .

호르헤 루이스 보르헤스는 이런 아랍어 원문의 다양한 번역을 다룬 에세이에서 버튼과 당대 프랑스인 마드루스J. C. Mardrus[13]의 "창조적 불충"을 찬양하며 이를 갈랑과 레인의 "가증스러운 격식"보다 선호한다고 밝혔다 | 보르헤스, 《《천일야화》 번역가들The Translators of The Thousand and One Nights》, 97, 105 | . 다우드와 하다위는 버튼만큼 성적으

---

13   카이로 태생의 프랑스 의사이자 번역가로, 1899년부터 1904년까지 《천일야화》 프랑스어판 16권을 출판했다.

로 대담하지만 언어학적으로 훨씬 예의 바르고, 버튼의 과장된 번역은 그의 후임자들이 부인하는 특성들을 전달한다. 《천일야화》는 그 이례적인 가변성으로 인해 하나의 번역보다 두세 개의 번역으로 읽는 게 낫다. 이 엄청나게 혼종적인 작품 속으로 들어가며 하나의 이야기 혹은 하나의 번역본에만 자신을 국한시킨다면, 셰헤라자데가 스스로를 위기에 빠뜨렸듯 우리도 우리의 경험을 치명적으로 손상시킬지 모른다.

스파르타인은 어떻게 말하는가?

모든 번역이 일반적인 영어와 버튼식으로 뒤틀리거나 "이국화된" 혼성어 중 하나를 선택하도록 강요하는 것은 아니다. 번역가들은 다른 언어의 독특한 느낌을 전달하고자 "표준" 영어 외에도 더 많은 영어 형태가 있다는 점을 활용할 수 있다. 이런 가능성은 아리스토파네스의 희극 《뤼시스트라테Lysistrátē》의 사례에서 드러나듯 대개 원천 텍스트가 한 가지 이상의 방언을 사용할 때 표면화된다.

　　이 희곡은 장기화하는 펠로폰네소스전쟁(기원전 431~기원전 404) 시기 말엽인 기원전 411년에 초연되었다. 당시는 스파르타가 이끄는 펠로폰네소스 동맹군이 아테네의 델로스 연합군에 우위를 점하기 시작하던 때였다. 아테네와 스파르타 여성들이 단합하여 남편들이 싸움을 멈출 때까지 남편과의 성관계를 거부한다는 내용의 《뤼시스트라테》를 통해, 아리스토파네스는 반전 메시지를 극화하며 방언과 성별 간의 희극적 충돌을 강조한다.

당시에도 스파르타인들은 솔직하고 간단한 의사 표현으로 유명했다. "간결한laconic"이라는 영어 단어도 스파르타가 위치했던 "라코니아Laconia"라는 지역명에서 유래했다. 아테네인들은 자신들의 언어는 적절하고 세련된 그리스어로, 스파르타 방언은 투박한 시골 사람들의 언어로 치부했다. 아리스토파네스는 이 고정관념을 《뤼시스트라테》에서 코믹하게 활용했다. 버튼과 하다위가 그들이 번역한 원천 텍스트의 본질 개념에 다르게 접근했다면, 아리스토파네스 번역가들은 그들이 타깃으로 삼은 독자에게 다가가는 방식에서 차이를 보인다. 일부 번역가는 독자가 느낄 번거로움을 최소화하고자 모든 대화를 단순하게 표준 영어로 번역한 반면에, 독창적인 번역가들은 특정 독자에게 맞춘 방언을 활용하는 등극에 대한 독자의 이해를 심화시키려 했다.

영국 시인 폴 로쉐Paul Roche는 스파르타어를 도시 노동계층 Cockney의 방언 형태로 번역해 영국 독자가 스파르타어를 도시 하층계급의 언어로 인식하게 했다. 이에 따라 스파르타 전령은 "h"를 묵음으로 발음한다. "여그가 아테네 원로회요 상회요? 전할 말이 있는데 … 나 전령이야, 형씨 … 쥐뿔도 없어. 주절대지 마"(Where's this 'ere Athenian Senate or Parliament? I got news … I'm a 'erald, mate … 'aven't got bleeding nuffin. Give over babblin) | 아리스토파네스, 《뤼시스트라테》, 로쉐 옮김. 464 | . 반면 미국 번역가 더글러스 파커Douglass Parker는 스파르타인을 애팔래치아 산골 촌뜨기로 만든다. 주석에서 언급하듯, 그가 스파르타인에게 부여한 언어는 "다소 뒤떨어진 미

국 산악지대 방언이다"| 아리스토파네스, 《뤼시스트라테》, 파커 옮김, 115 |. 이에 따라 뤼시스트라테의 협력자 람피토는 이렇게 말한다. "와따 만다꼬 날 꼬시니껴. … 퍼뜩 말해 보시데이. 듣고 싶어 숨넘어가겠니더"("Shuckins, what fer you tweedlin' me up so? … Git on with the give-out. I'm hankerin' to hear") | 22-3 |.[14]

또 다른 번역가들은 언어를 넘어 역사로 나아가, 아테네·스파르타 전쟁의 현대적 등가물로 반향을 일으킬 길항하는 두 방언을 찾으려 한다. 1959년 번역가 더들리 피츠Dudley Fitts는 스파르타인을 남북전쟁 시대의 남부인으로 제시했다. 피츠는 진짜 남부 억양을 전달하는 척하지 않는다. 그의 스파르타인은 할리우드풍으로 희화화된 〈바람과 함께 사라지다〉의 등장인물처럼 말한다. 스파르타인에 대한 아테네인의 고정관념을 모사하려는 목적이다. 그의 번역은 로쉐가 제거한 것만큼이나 많은 *hs*를 삽입한다.[15] 람피토는 말한다. "울 **스빠따** 아들이 평화를 가져올끼라 **내** 믿는디"(Ah imagine us Spahtans can arrange a peace) | 아리스토파네스, 《뤼시스트라테》, 피츠 옮김, 15 |. 그리고 전령의 대사는 이러하다. "**내는** 우리 스빠따 대

---

14 국내 출간된 J. D. 밴스J.D. Vance의 《힐빌리의 노래Hillbilly Elegy: A Memoir of a Family and Culture in Crisis》(김보람 옮김, 흐름출판, 2017)를 참조하여 전라도·경상도 방언으로 번역했다.

15 경남 방언으로 번역. 유음인 r 발음이 묵음 처리되고, 마찰음인 hs 발음이 두드러진다. 일인칭 주어인 "I"(ái, 아이)가 i 발음을 탈락시켜 "a:"(아!)로 발음되며 "Spartan", "armistice" 등의 용어에서 r이 탈락하고 h가 그 자리를 대신한다.

표로 온 전령임더. **내 쟁잰햅상**하러 왔는데예"(Ah'm a certified herald from Sparta, and Ah've come to talk about an ahmistice)|52|.

피츠는 한 스파르타 병사가 미국 남북전쟁을 환기하는 시대착오적 표현을 하게 함으로써 그의 비유를 납득시킨다. "대령님, 환복 다 마쳤습니더. 내 장담하는데예, 쟈들이 우리 꼴을 보면은 이짝이랑 저짝 연방 간 전쟁 함 또 터질 거라예"|57|. 아리스토파네스 원전에서 이 병사는 결코 전쟁이라는 용어를 직접적으로 언급하지 않는다. 대신 여성들의 보이콧으로 가라앉지 않는 발기에 고통스러워하며 누군가가 실제로 자신의 남근을 잘라 버릴지도 모른다는 두려움을 표한다. 그럼에도 여기서 피츠의 변경은 생각보다 덜 무작위적이다. 원작에서 병사는 기원전 415년에 일어난 악명 높은 실제 사건을 회상하는데, 아네테에 있는 헤르메스 석주상들의 머리와 남근이 소크라테스의 방약무인한 옛 제자 알키비아데스가 주도한 놀이에서 심하게 훼손된 사건이 그것이다. 당시 공공 기물 파손 행위는 반전 행위로 간주되었다. 피츠는 번역에서 그런 시사적 참조를 전달하려 하기보다 미 남북전쟁의 비유를 삽입할 기회를 잡은 것이다.

30년 후 고전주의자 제프리 헨더슨Jeffrey Henderson은 더 현대적인 언어학적 · 정치적 비유를 활용한다. 그의 1988년 번역서는 스파르타인을 러시아인으로 치환하여 펠로폰네소스전쟁을 미소 냉전의 전조로 제시한다. 피츠처럼 헨더슨도 아리스토파네스의 스파르타인을 희화화된 인물로 설정해 그들에게 분절적 러시아계 미국인 방언을 부여한다. 람피토는 말한다. "나 체육관 다님. 둔근

딴딴히 만들지." 그리고 묻는다. "그 후 회의 의제 우릴 향해 말해 줘요"(I go to gym, I make my buttocks hard", "Please to tell us then agenda of the meeting) | 아리스토파네스, 《뤼시스트라테》, 헨더슨 옮김, 26 | .[16] 피츠처럼 헨더슨도 정치적 비유를 내세워 원작을 자유자재로 활용한다. 원작에서는 단순히 보이오티아 여성(그리스어로 *presbeira Boiōtia*)일 뿐인 캐릭터가 헨더슨의 번역에선 "테베의 협동농장에서 온 비범한 동지comrade가 된다" | 26 | .

이처럼 아리스토파네스 번역가들은 다양한 방식으로 희곡 속 갈등을 고대 그리스로부터 현대 독자에게 가져오고자, 고대 그리스 도시국가 간 분쟁의 현대적 등가물을 찾아 언어와 역사적 참조를 뒤튼다. 실제로 《뤼시스트라테》는 엄격하거나 문자주의적인 번역으로는 잘 전달되지 않는 작품이다. 그런 번역은 아리스토파네스의 언어를 밋밋하게 하고, 언어도단적인 성적 장난을 싱겁게 만들었기 때문이다. 이를테면 "키네시아스Cinesias"라는 인물의 이름은 "이동시키다to move" 또는 "불러일으키다arouse"라는 뜻의 "kinein"이란 동사에서 나왔는데, 제프리 헨더슨은 그 이름을 "로드Rod"(길)라고 멋지게 번역한다. 최고의 현대 번역가들은 모두 이 정도 자유를 스스로 허용하는 사람들이다.

---

16   외국인이 다른 나라 언어를 구사할 때 나타나는 일반적인 현상이 눈에 띈다. "buttocks"(둔근) 같은 일상에서 잘 사용되지 않는 단어 사용이 그러하고, 문법적 실수도 있다. 가령 "그 후"를 의미하는 "then"은 정관사 "the"(그)로 바뀌어야 한다. 인용된 람피토의 대사를 문법적으로 자연스러운 영어로 고치면 다음과 같다. "I go to the gym, and I make my buttocks hard", "Please tell us the agenda of the meeting."

독자는 선택 가능한 번역본 중 자신에게 가장 효과적으로 보이는 번역을 택한다. 이는 미국인 독자는 남부 스타일의 스파르타인을 선호하고 영국인 독자는 도시노동자 람피토를 선호한다는 말처럼 들리겠지만, 그 반대의 경우도 가능하다. 영국 독자는 일라이자 둘리틀〔영화 〈마이 페어 레이디〉의 여주인공〕처럼 말하는 람피토가 거슬릴 수도 있고, 미 남부 독자는 레트 버틀러〔영화 〈바람과 함께 사라지다〉의 남주인공〕가 항시 대기하고 있는 듯한《뤼시스트라테》번역이 짜증 날 수도 있다. 이 경우에는 희곡을 완전히 현시대로 전치하여 종국에는 전적으로 비그리스적인 갈등을 보여 주는 번역보다, 대서양을 건너온 방언이 일반적인 요점을 이해하는 데에 더 효과적일 수 있다. 펠로폰네소스전쟁이 번역가에 의해 미국 내전이나 냉전으로 표상될 수 있다는 사실은 일대일 비유의 한계를 보여 준다. 펠로폰네소스전쟁이 어느 쪽 비유에도 완전히 포획되지 않는 용어로 전개되었음을 말해 주기 때문이다.《뤼시스트라테》는 어떤 번역으로든 즐길 수 있지만, 역자가 원문을 해석한 방식을 고려해 가며 읽어야 한다.

우리는 번역이라는 굴절렌즈를 통해 번역가가 그때와 지금, 이곳과 그곳, 다른 언어와 모국어 간의 간극을 고찰하고 그 간극을 메꾸려 할 때 구사하는 전략에 주의해야 한다. 모든 번역가가 시도하는 불가피한 절충을 인식하게 되면, 전임자들에 근거해 작품을 새롭게 만들어 낸 그들의 창의성을 감상할 수 있다. 결국 존 드라이든은 자유롭게 유동하는 핀다로스 송가 형태를 번역할 적절한 방법을 상상해 내지 못했다. 당대에 선호되던 정연한 2행 연구는 핀다로스의 "격정적이고 통제되지 않는" 스타일에 맞지 않았다. 하지만 오늘날 우리는 드라이든보다 핀다로스에게서 수세기 더 멀리 떨어져 있음에도 현대의 자유시 자원을 통해 드라이든의 딜레마를 새로운 방식으로 해결할 수 있게 되었다. 프랭크 니세치Frank Nisetsch의 핀다로스의 첫 번째 올림피아 송가 번역은 운율을 엄격하게 유지하는 대신에 다양한 길이의 행과 변화무쌍한 리듬을 활용하고, 마치 행이 앞으로 나아가는 듯한 모양새로 설계된 광범위한 연구聯句(구문이 다음 행으로 이어지는 것. 다른 말로 '구句걸치기')를 구사함으로써 쉴 틈 없는 핀다로스 스타일의 강렬함을 제시한다. 이런 유려한 변주에서 송가 도입부는 시가 지닌 위력의 상징으로 기능할 수 있고, 이는 시간과 공간, 문화의 아득한 거리를 모두 가로지르는 번역을 통해 빛을 발한다.

물은 지고의 것이요, 금은 한밤에
　　타오르는 불처럼, 인간의 자긍심을
　　고취하는 어떤 소유물보다도 반짝인다.
　　　하지만 나의 영혼이여, 네가 만약
　　　위대한 경기를 노래하길
　　　　열망한다면, 황량한
　　　하늘에서 태양 너머 더
　　　뜨겁게 빛나는 다른 별들을
　　보지 마라, 올림피아 제전의
　　훌륭한 경기가 있으니

노래가

영광의 면류관을 쓰는 곳,

시인들이 뛰쳐나와,

가슴에 품은

　제우스의 이름을 연호하는 곳.

| 핀다로스, 《승리 찬가Victory Songs》, 82 | [17·18]

17　고대 그리스 사회에서 물은 식물적 삶의 핵심 요소였고, 금은 물질적 가치의 총체였
　　다. 불과 별은 더 고차원적 삶을 형성하는 형이상학적 요소였다. 시인은 다음으로
　　올림피아 제전을 제시함으로써 이 4대 요소에 필적하는 것으로 승화시킨다.

18　핀다로스의 올림피아 송가 번역은 홍사현·김남우 옮김,《초기 그리스의 문학과 철
　　학 2》(아카넷, 2011)를 참조했고 원문에 맞게 수정했다.

5
멋진 신세계

앞의 장들에서 우리의 초점은 작품이 작가의 예상보다 훨씬 먼 시대, 장소, 언어 속 독자를 찾아 세계 각지로 유통되는 방식에 맞춰졌다. 무라사키 시키부는 교토 황실에서 친한 친구들을 위해 《겐지 이야기》를 썼고, 사후에는 기껏해야 자기와 비슷한 환경의 비슷한 생각을 가진 사람들이 읽어 주길 바랐을지 모른다. 천 년 후 자신의 글이 당대에는 존재하지도 않았던 언어로 수차례 번역되어 그녀와 동시대인들은 그 존재조차 몰랐던 북미 대륙의 세계문학 강좌에서 다뤄질 것이라고 어찌 상상이나 했을까.

작품은 해외 유통과는 다른 과정을 통해서도 세계문학에 참여할 수 있다. 세계를 텍스트 속에 직접 가져옴으로써 말이다. 이런 참여는 작가가 외국 문학 전통에 접근할 때 발생할 수 있는데, 이는 심지어 이야기가 순전히 지역적인 배경으로 되어 있을 때에도 마찬가지다. 《겐지 이야기》는 교토에서 멀리 떨어진 곳은 거의 가지 않고 많은 부분이 겐지〔의 아들 가오루薫〕[1]가 먼 우지宇治[2] 마을의

---

1 정확히는 겐지가 요양 중일 때 그의 후실 온나산노미야女三宮가 내연남인 가시와기柏木에게 능욕당해 낳은 아들이다.

2 교토 남부에 있는 시市. 하세데라長谷寺(장곡사)로 참배하러 가는 길목에 있다. 세계

한 여인[3]을 만나러 가는 중 숲에서 겪게 되는 고단한 투쟁을 다루는데, 실제로 마을은 수도에서 불과 16킬로미터 떨어져 있다. 그럼에도 무라사키는 더 넓은 문학세계의 일부였다. 그녀는 소설 속에서 끊임없이 중국 시를 인용하고, 중국사에 나오는 유명한 사건들과 소설 속 사건들을 유비한다. 《겐지 이야기》 첫 장에는 겐지의 아버지가 한국인 역술가[4]와 인도 점성술사의 조언을 구해 아들의 사회적 지위에 관한 안건을 처결하는 장면도 나온다.

작가들은 주인공을 해외로 내보내는 것으로 더 넓은 세계에 관여할 수도 있다. 고대부터 문학작품은 미지의 지역을 모험하는 긴 여정을 묘사해 왔다. 그 목적이 물질적 이익에 있건, 정신적 이익에 있건 간에. 길가메시는 머나먼 삼목산으로 가 산지기 괴물과 싸워 귀중한 삼목을 획득하고, 이후 사막과 산과 죽음의 바다를 건너 선조 우트나피쉬팀에게 불멸의 비밀을 얻고자 한다. 오디세우스는 지중해 세계("그가 사람들의 마음을 보고 배웠던 수많은 도시" | 호메로스, 《오디세이아》, 77 |)를 10년간 방황하며 매혹적인 사이렌과

문화유산인 뵤도인平等院(평등원)으로 유명하며, 산수의 풍광이 아름다워 헤이안 시대 귀족들의 별장지였다.

3 본명은 알려지지 않았지만, 독자들 사이에서 "떠다니는 배"를 뜻하는 "우키후네浮舟"로 통한다. 《겐지 이야기》 전 54첩 중 마지막 4첩이 그녀의 이야기를 다룬다.

4 천황은 세 살에 어머니를 잃은 히카루 겐지를 궁중으로 불러들여 발해의 관상가에게 그의 운을 점치게 한다. 관상가는 황자에게 제왕의 상이 있지만 그가 제왕이 되면 나라가 어지러울 것이라고 전한다. 이에 천황은 겐지를 신하로 삼고 '미나모토'라는 성을 내린다.

거인족 키클롭스 같은 이질적인 생명체들로부터 도망친다. 후일 항해사 신드바드부터 세계를 일주하는 조셉 콘래드의 상선원 찰리 말로까지 다양한 선원 캐릭터들이 오디세우스의 항적을 쫓는다. 이 밖에도 수많은 작품들이 전적으로 이국적인 무대를 배경으로 하거나, 먼 대륙과 심지어 평행우주까지 제시한다.

작품의 배경을 해외로 설정한 작가들은 문화적 번역 과정에 참여해 자국의 독자를 대상으로 외국 관습을 재현하게 된다. 앞 장에서 논한 언어학적 번역처럼 문화적 번역은 처음에는 작가, 다음에는 독자에 의한 해석학적 결정을 수반한다. 외국 문화를 순진무구하게 동심 어린 것으로 제시할―혹은 읽을―것인가, 우스꽝스럽게 무의미한 것으로 제시할―혹은 읽을―것인가? 불길하게 신비로운 것으로 제시할―혹은 읽을―것인가? 새로운 가능성을 지닌 흥미로운 세계로 제시할―혹은 읽을―것인가? 작품이 급진적인 문화적 차이, 보편적 진리, 혹은 뜻밖에 제2의 고향을 발견한 놀라움을 강조하는가? 작가의 모국과 그 외국 사회의 정치적 관계는 어떤가? 그 먼 나라는 무역 상대국인가, 제국주의적 경쟁국인가, 정복하기 좋은 땅인가, 잃어버린 낙원인가, 얇게 위장된 우리 사회의 알레고리인가?

이번 장은 작가들이 더 넓은 세계를 탐험해 온 방식을 살펴보고, 특히 외국의 것이 어떻게 모국의 세계를 반영하거나 그 세계에 반대할 수 있는지를 다뤄 볼 것이다.

이국땅의 이방인

많은 문학작품에서 먼 이국땅은 위험한 동시에 매혹적이다. 그곳은 독자의 모국과 근본적으로 판이한 관습을 지닌 장소일 수도 있는데, 그런 차이는 해방감과 혼란스러움을 동시에 제공할 수 있다. 이 과도기를 극복해 낸다면 여행자는 가족과 그가 태어난 사회의 제약에서 벗어나 새로운 땅에서 자신을 재창조할 수 있다. 이 패턴의 고전적인 초기 사례로《성경》〈창세기〉37~50장 | Genesis 37-50 | 의 요셉 이야기가 있다. 이야기는 요셉의 아버지가 요셉을 편애하여 형들에게 살인적인 질투심을 불러일으키는 것으로 시작된다. 요셉이 꿈속에서 형들이 자기에게 절을 했다고 경솔하게 자랑하자, 형들의 분노는 극에 달한다. 형들은 벽지에서 요셉을 붙잡아 죽이려 하는데, 거사 직전에 이집트로 향료를 운반 중이던 대상對象과 마주친다. 이 지나가던 장사꾼들이 가족 간의 갈등을 억누르는 일종의 안전밸브 역할을 한다. 형들은 요셉을 장사꾼들에게 팔아 형제간의 분쟁을 해결하고, 장사꾼들은 요셉을 데려가 이집트 경호대장 보디발에게 팔아치운다.

이집트는 이스라엘과 모든 것이 정반대였다. 수많은 사원과 마법적 변신이 있는 다신교의 땅이었고, 부강한 제왕적 권력 아래 수천 년간 통일을 유지하며 확립해 온 오랜 문화적 전통과 엄격한 사회적 위계질서가 있었다. 상식대로라면 젊은 이국인 노예가 이런 환경에서 성공하기란 불가능할 것이다. 그러나 '신이 요셉의 범사를 형통하게 하였으므로'(God causes everything Joseph does to prosper) 보디발은 그를 매우 유용하게 여겨 가정의 총무로 삼는다. 이 승진으로 요셉은 보디발의 아내와 매일 마주치게 된다. 보디발의 아내는 요셉을 향한 열정으로 가득 차 연인이 되어 달라고 애원하지만, 요셉은 신을 향한 신심과 주인을 향한 충심으로 이를 거절한다. 보디발의 아내는 일개 종에게 당한 이 굴욕적인 거절에 격분하여 하인들을 불러 요셉이 자신을 겁간하려 했다고 주장한다. 이 모함 과정에서 그녀가 강조하는 것은 요셉의 이국성이다. "보라. 내 남편이 히브리 녀석을 데려다 우리를 희롱하게 하는도다"| 창세기, 37: 14 |. 하인들은 거만한 상류층 안주인보다는 동료 하인인 요셉에게 더 많이 공감했을 것이다. 그러나 보디발의 아내는 노동자 간의 연대를 무력화시키고자 영악하게 인종적 충실성("우리를 희롱하게 *l'zahak banu*")을 들먹인다. 이집트인 하인들은 그 모함을 액면 그대로 받아들이고, 이는 그녀의 남편도 마찬가지다.

이 에피소드에서 요셉은 단순히 이국땅에 내던져진 것을 넘어 그곳의 이야기와도 엮이게 된다. 오늘날 〈두 형제 이야기〉로 알려진 유명한 이집트 설화가 그것이다. 이 이야기는 앞선 퇴짜 맞은 부인의 거짓 모함 모티프를 발전시켜 창세기 이야기 앞부분의 형제간 경쟁의 줄거리와 결합한다. 이야기의 주인공 바타는 형 아누비스의 농장에서 하인으로 일했는데, 아누비스의 아내가 시동생을 유혹한다. "이리 오렴, 한 시간만 누워 있자꾸나. 내게도 나쁘지 않을 거란다." 그녀는 애걸하며 일종의 뇌물을 제안하기까지 한다. "네게 꼭 맞는 옷을 지어 줄게." 바타가 경멸하며 이를 거부하자, 그녀는 남편에게 이 일을 거짓으로 고자질한다. "도련님이 제

게 '이리 와서 한 시간만 누워 있어요'라고 했어요. '머리를 풀어
봐요'라고. 하지만 전 듣지 않았죠. … 그이를 살려 두면 절 죽이고
말 거예요!" | 리히트하임Lichtheim, 《고대 이집트문학Ancient Egyptian Literature》, 2: 205 | .

　　두 이야기의 기본적인 모티프는 비슷하지만, 그것을 발전시
켜 나가는 방식은 매우 다르다. 이집트 이야기는 동화적 논리로
진행된다. 말하는 동물이 바타에게 위험을 알려 도망가게 하고,
그의 형은 바타를 맹렬히 추격한다. 바타가 레-하라크티Re-Harakhti
신[5]에게 기도하자 형제 사이에 물줄기가 치솟는다. 악어가 우글
거리는 호수 저편에서 아누비스는 씩씩대고, 바타는 형에게 진실
을 갈파하며 일을 종결하려 한다. "거짓을 듣고 나를 죽이려 하다
니, 형은 추잡한 창녀의 말만 믿고 내게 창을 겨누고 있소!" | 206 | .
언뜻 정의가 승리하는 듯 보이지만, 이윽고 흥분으로 정신이 나간
바타가 자신의 고환을 잘라 버리고 마법의 장소인 삼나무 계곡으
로 떠난다. 그리고 거기서 심장을 도려내어 삼나무 우듬지에 걸어
둔다. 바타는 그렇게 죽음을 맞지만 황소의 형상으로 환생하게 된
다. 그는 여전히 복수심에 불타 그의 새로운 분신分身을 추적하는
형수를 피해 이번에는 나무로 변신한다. 문란한 형수는 이집트 파
라오의 정부가 되어 지체 높은 연인에게 그 나무를 베어 가구로
만들어 달라고 청한다. 포기를 모르는 바타는 나무 부스러기 형태

5　　최고신 호루스Horus. 레-하라크티는 호루스가 태양신이 아닌 빛의 신으로 강조되던
　　초기 이집트 신화에서 불린 이름이다.

로 그녀의 입에 들어가고, 9개월 후 형수는 자신의 아이가 파라오의 아이가 아닌 바타인 줄도 모르고 그를 출산한다. 바타는 자연히 다음번 파라오가 되고, 비로소 일의 전말을 밝히고 그의 대리모가 되어 버린 형수에게 사형으로 짐작되는 벌을 내린다.

〈두 형제 이야기〉는 《성경》에서 요셉 이야기 직후에 이어지는 모세 이야기와도 유비해 볼만 하다. 바타처럼 모세도 파라오 집안으로 입양되었다가 후일 노예가 된 히브리인들을 이끌고 홍해를 건너 이집트를 탈출하는데, 이때 여호와의 도움으로 갈라진 바다를 건너고 다시 바닷물이 회복되게 하여 추적자들을 따돌린다. 바타의 도주는 신화 속 삼나무 계곡으로 들어가는 중요한 우회로를 포함하고, 바타는 이 초자연적 공간에서 수년간 머물며 마법적 변신 능력을 획득하는 것으로 보인다. 모세도 이스라엘 민족을 영적 정화의 장소인 시나이 황야로 이끌고, 이곳에 40년간 머물며 하나의 인종을 하나의 민족으로 변모시킨다. 그렇게 이집트 이야기의 신체적 변형은 영적 발달과 갱신 내러티브로 자체 변형을 겪는다.

《성경》의 저자들이 이집트의 〈두 형제 이야기〉를 알고 있었는지는 확신할 수 없지만, 그럼에도 유사점은 극명하다. 이집트와 팔레스타인은 수세기에 걸쳐 지속적으로 교류했고, 팔레스타인은 주기적으로 이집트의 통치를 받았다. 그리고 요셉과 모세 이야기에 나오는 이집트 배경은 이집트 모티프의 활용이라는 논리를 추가한다. 오늘날 프라하를 여행하는 캐릭터가 수시로 카프카적 경험을 겪게 되는 것처럼 말이다. 직접적인 문학적 연관성이 있건 없건 간에, 작품 간의 비교는 유사성과 외국 것에 대한 상이한 태도를 모두 조명한다.

고대 이집트인에게 외국인은 **본인들**us을 제외한 '아무나anyone'였다. 북쪽과 동쪽의 정복되길 기다리는 수많은 "비참한 아시아인" 무리 중 하나, 혹은 남쪽 비옥한 땅(코끼리 상아, 향신료, 귀금속, 춤추는 난쟁이[6]의 끝없는 수원水源)의 거주자였다. 이집트문학은 외국 문화를 다른 문화와 구별하려는 노력을 거의 하지 않았고, 대개 먼 지역을 독자가 방문할 수 있는 실제 장소가 아닌 삼나무 계곡 같은 마법적 공간으로 제시했다. 반면 여러 왕국이 교차하는 주변부의 소수민족에 속했던 《성경》 저자들의 글은 종종 모순되거나 모호한 문화적 정체성을 특징으로 한다. 모세는 히브리인 노예를 구타하던 감독관을 살해하고 이집트를 탈출할 때 히브리인 동포에 대한 그의 호전적인 방어[7]에서 예상되듯, 조상의 땅(고셴Goshen)으로 돌아가지 않는다. 대신에 그 사이 공간에서 자신이 있어야 할 자리를 발견하는데, 그곳은 아라비아반도의 미디안 땅으로 지역민들이 그를 이집트인으로 오해하는 장소다. 여기서 모세는 미디안 여인 십보라와 혼인하고 아이를 갖는다. 그리고 아들에게 게르솜이라는 울림을 주는 이름을 지어 준다. 이 이름은 "이방인, 거주 외국인"을 뜻하는 ger에서 왔다. "모세는 말한다. '내가 낯선 땅에서 이

---

6   사마르칸트 서북부에 다수 분포했던 것으로 전해지는 난쟁이들로, 표준 신장은 3척 정도였고 기원전 이집트, 로마부터 기원후 중국까지 주변 강대국들에게 광대, 무도자, 배우, 악공 등의 예인 일을 할 자원으로서 인기가 높았다.

7   모세가 자신을 암살하러 온 히브리 출신 이집트 병사를 살해한 것.

방인이 되었구나'" | 출애굽기 2:22, 킹 제임스King James 《성경》의 수사적 구절 | .

약속의 땅조차 고대에는 경쟁 민족들의 지역이었다. 지금도 그러하듯. 여호와는 모세에게 사람들을 거느리고 가나안 땅에 정착하게 하고 그곳이 "젖과 꿀이 흐르는 땅"임을 설파하지만, 다음과 같이 다소 불길하게 덧붙인다. "가나안 족속, 히타이트 족속, 아모리 족속, 프리즈 족속, 히위 족속, 여부스 족속의 땅이기도 하다" | 출애굽기 3: 8 | . 《성경》의 요셉부터 카프카의 요제프 K《소송》까지 주변부 문화나 소수 문화의 인물들은 모국에 있으면서도 주기적으로 외국 영토에 있는 자신을 발견하곤 했다.

현실 세계 여행

적어도 헤로도토스 시대부터 사람들은 여행자들의 해외 모험 이야기를 좋아했다. 소설가들도 정기적으로 여행기에서 영감을 얻었고, 때로 단락 전체를 인용하기도 했다. 여행작가들은 직접 관찰한 것을 간접적으로 듣거나 노골적으로 꾸며 낸 다채로운 이야기로 치장하곤 한다. 사실과 허구는, 이를테면 가장 유명한 여행기 중 하나인 마르코 폴로Marco Polo의 《동방견문록》에도 분명히 혼재되어 있다.

베네치아 상인 마르코 폴로는 1271년 아버지, 삼촌과 함께 아시아로 여행을 떠났다가 1295년 아주 약간의 돈(고향에 도착하기 직전에 금품을 도난당한다)과 이야기 보물상자를 가지고 고향 베네치아에 돌아온다. 폴로는 베네치아공화국과 제노바공화국 간의 분쟁에 휘말려 1298년부터 1299년까지 제노바 감옥에 갇히게 되는데, 그곳에서 루스티켈로 다 피사Rustichello da Pisa라는 소설가를 만난다. 성공한 작가였던 루스티켈로는 폴로의 여행담을 듣자마자 좋은 이야기 소재임을 알아챘다. 그의 재촉에 폴로는 자신의 여행담과 몽골 황제 쿠빌라이 칸을 섬기며 보낸 수년간의 체험담을 들려주기 시작한다. 완성된 책의 이탈리아어 판본은 다름 아닌 번역서였다. 루스티켈로는 프랑스어로 글을 써서 초기에는 *Livre des merveilles du monde*(세계 불가사의의 서)라는 제목으로 유통되었다. 그랬다가 "백만 가지" 이야기를 뜻하는 *Il Milione*(일 밀리오네)란 제목의 이탈리아어 번역서로 유명해진다.

루스티켈로가 폴로의 이야기를 윤색했음은 명백하다. 그만의 로맨스 이야기를 삽입했을 정도로 말이다. 그러나 루스티켈로의 기여를 생략해도 폴로의 설명에는 세심한 직접 관찰, 믿기 어려운 이야기, 완전한 추정이 놀라운 수준으로 혼재해 있다. 폴로는 첫 중국 여행에서부터 쿠빌라이 칸이 우상숭배를 멈추고 기독교로 개종하길 열망한다는 것을 아버지와 삼촌이 간파했다고 주장한다. 칸은 이들에게 부탁해 교황이 "우상숭배자(책에서는 대개 불교도)와 다른 부류 신봉자들에게 그들의 종교가 완전히 잘못됐고 그들이 집과 사당에 모시고 떠받드는 우상들이 사악한 것임을 명백히 보여 줄" 현자, "즉 기독교가 그들의 종교보다 우월하다는 것을 분명한 논리로 보여 줄 수 있는 사람을" 파견해 주길 요청한다.

폴로, 《동방견문록》, 36 | .[8] 우리는 여기서 이미 후기제국주의 정복문학의 주요 주제를 엿볼 수 있다. 계몽된 원주민은 유럽인이 찾아와 진리의 길을 가르쳐 주길 희구한다는 것이다.

그러나 폴로의 이야기를 자세히 읽어 보면 더 현실적인 가능성을 일별할 수 있다. 폴로는 후일 쿠빌라이 칸이 주요 기독교 절기마다 제의를 올리고 복음서 필사본에 입 맞추며 여러 번 향을 쐬게 했다고 하지만, "사라센이나 유대인, 우상숭배자들의 주요 절기에도 똑같이 행했다"고 덧붙인다 | 119 | . 쿠빌라이 칸은 다양한 신앙을 아우르는 광대한 제국을 통치하며 수차례의 혼인으로 동맹을 공고히 한 것처럼, 모든 종교에도 어느 정도 존중하는 모습을 보인 것이다. 폴로는 칸이 "개종하기를 간절히 바랐다"고 믿고 싶어 하지만, 칸이 개종을 직접 거절했다고 기록한다 | 120 | . 쿠빌라이가 폴로의 부친에게 묻는다. "너희는 어찌하여 나를 기독교도로 만들려 하느냐? 너희도 보다시피 이곳의 기독교도들은 일자무식하여 아무것도 할 줄 모르고 아무런 힘도 없다" | 119 | .

폴로는 그가 만나는 이에게 유럽인의 가치를 투영할 때에도 그 문화적 전제에 반하는 증거를 기록할 만큼 정직했다. 폴로는 쿠빌라이 칸이 자신의 통찰력에 의존하게 되었고, 자신을 제국 변방의 다양한 일을 처리할 사신이나 대사로 기용했다고 주장한다.

---

8 마르코 폴로의 《동방견문록》 번역은 김호동 옮김, 《마르코 폴로의 동방견문록》(사계절, 2000)을 참조했고 원문에 맞게 수정했다.

점령국 군주로서 중국을 통치하던 몽골 황제들이 충성심이 문제되지 않는 비非한족 고문이나 행정관을 등용했다는 것은 주지의 사실이다. 그럼에도 여전히 현대 독자에게 폴로의 보고서는 세밀한 관찰과 심하게 채색된 환상의 불안정한 혼합물이다. 우리는 중국 수도에서 오리와 거위가 뒤뚱대는 시장가를 학습하기도 하지만(베네치아 환율로 은화 6닢당 한 마리), 황실 연회에서 황제의 어수御手까지 술잔을 공중에 띄워서 바쳤다는 카슈미르 주술사 이야기를 듣기도 한다. 물론 폴로가 그 광경을 실제로 보았다고 주장하지는 않지만.

카슈미르 주술사의 떠다니는 술잔을 호그와트의 집에서도 본 것 같다면, 이는 롤링이 폴로의 《동방견문록》을 오랫동안 파고들었던 많은 작가 중 한 명이기 때문이다. 일찍이 새뮤얼 테일러 콜리지Samuel Taylor Coleridge도 폴로의 이야기를 상도上都〔베이징 북서쪽의 옛 도시로, 원제국의 여름 도성이자 쿠빌라이가 즉위한 곳〕를 향한 로맨틱한 환상의 준거로 삼았다. 그곳에서 쿠빌라이 칸은 시인이 공중에 재창조하려는 환락궁歡樂宮을 세우고, 관객은 이렇게 외치리라.

조심해라! 조심해라!
그〔연주자〕의 번뜩이는 눈을, 그의 나부끼는 머리칼을!
그의 주위에 세 겹 원을 짜고,[9]

---

9   영감에 사로잡힌 시인을 보호하는 마법적 의식.

성스러운 두려움으로 눈을 가려라.

그는 감로를 먹고 살고,

낙원의 우유를 마셨으니까. | 콜리지, 〈쿠빌라이 칸Kubla Khan〉, 158 | [10]

　　시의 마지막 행에 제시된 "낙원의 우유"는 초월적 이미지로, 어쩌면 시적 상상 자체에 대한 은유일 수 있지만 그 기원은 민족지학적 사실에 있다. 마르코 폴로에 따르면, 칸은 상도에서 대지와 농작물의 수호령들에게 제물로 우유를 공중에 흩뿌려 바치는 연례 의식을 치렀다 | 109 | . 그리고 다른 대목에서는 수도 킨사이杭州를 천상의 도시라 부른다며, 그 연유가 도시의 영성靈性이 아니라 창기들의 아름다움과 우아함에 있다고 밝힌다. "이 여자들은 교언영색에 능하고 방중술에 달통해 온갖 손님을 그럴듯한 말로 구워삶고 모든 이의 취향을 만족시킨다. 그러므로 한번 이들과 정을 통한 외지인은 완전히 정신을 놓아 버리게 되고 그녀들의 애교와 매력의 포로가 되어 결코 그들을 잊지 못한다" | 216 | .

　　마르코 폴로를 당대의 또 다른 위대한 여행자인 모로코 법학자 무함마드 이븐 바투타Muhammad Ibn Abdullah Ibn Battuta(혹은 Battutah; 1304~1369)와 비교하는 것도 유익하다. 이븐 바루타는 폴로가 사망한 이듬해인 1325년에 모국을 떠났다. 그는 사반세기를 여행하며

10　새뮤얼 테일러 콜리지의 〈쿠빌라이 칸〉 번역은 윤준 옮김, 《콜리지 시선》을 참조했고 원문에 맞게 수정했다.

폴로를 넘어 러시아까지 북상했고, 인도, 중국, 동남아시아, 아프리카를 두루 거치며 총 12만 킬로미터에 달하는 거리를 여행했다. 우리가 아는 한, 이전에 길을 나섰던 그 누구보다 멀리. 마르코 폴로처럼 이븐 바투타도 작가가 아니었으므로 그의 놀라운 모험담은 그의 죽음과 함께 사장될 가능성이 컸다. 그런데 이븐 바투타가 1352년 모로코 도시 페즈에 재정착하면서 그의 이야기에 매료된 술탄이(하룬 알 라시드 왕이 《천일야화》에서 그리하듯) 그 이야기를 글로 기록하라는 칙령을 내린다. 이븐 바투타는 술탄의 서기 무함마드 이븐 주자이Muhammad Ibn Juzayy에게 자신의 기억을 받아쓰게 하고, 이븐 주자이는 '도시들의 경이로움과 여로의 견문에 흥미를 느끼는 사람에게 주는 선물'이라는 매혹적인 제목으로 그것을 엮어 낸다. 단순히 《여행Rihla》이란 제목으로 알려지게 됐지만 말이다. 서문에서 이븐 주자이는 자신이 작품을 '수정'했음을 밝힌다.

> 그의 언사를 주의 깊게 다듬고 윤색하여 그 뜻을 명확히 하고 읽는 이의 취향에 부합하게 함으로써 독자가 이 기담奇談에서 즐거움을 찾을 수 있게 하고, 조가비를 벗겨 내어 가치를 더한 그 진주로부터 큰 이익을 얻을 수 있게 했다. | 이븐 바투타, 《여행》, 2 | [11]

따라서 이 책은 단순 목격담이라기보다는 경이로움을 역설하는 정교한 문학적 문서라 할 것이다. 그럼에도 환상과 로맨스의 요소는 폴로의 《동방견문록》에 비해 훨씬 덜 두드러진다.

이 차이의 주된 원인은 종교에 있다. 마르코 폴로가 기독교 국가들 바깥, 즉 같은 종교 신자도 거의 없고 언어도 다른 사람들이 사는 장소를 여행했다면, 이븐 바투타는 멀리 떨어진 이슬람 세계의 지역사회를 여행한 것이다. 로니트 리치Ronit Ricci가 《이슬람 번역Islam Translated》에서 "아랍 코스모폴리스"라고 부른 광대한 네트워크를 말이다. 이븐 바투타는 하즈hajj(메카 대순례)를 성공하겠다는 계획만으로 모로코를 떠났지만, 이집트에서 만난 신성한 셰이크Sheikh(무슬림 신비주의자)는 바투타가 훨씬 더 멀리 나아갈 것이라고 예언한다. 또, 인도와 중국에서 우연히 셰이크 자신의 형제들을 만나 도움을 받을 거라 예언하는데, 실제로 그렇게 된다. 바투타는 몇 년 전 델리에서 만난 이를 광둥廣東에서 다시 만나 충격에 빠지는가 하면, 나중엔 그이의 형제를 수단에서 만나기도 한다. "두 형제가 얼마나 멀리 떨어져 있는가!" | 이븐 바투타, 《여행》, 268 | . 심지어 이븐 바투타는 "불신자"의 땅에 머물 때에도 신앙과 습속을 공유하는 이들과 함께 지낸다. 그들이 대개 아랍어나 페르시아어를 공유한 덕에 이븐 바투타는 박학다식한 현지 주민과의 대화를 통해 관찰을 더 심화하고 수정할 수 있었다.

이븐 바투타의 해설에 그의 책 제목이 약속한 "경이로움"이 부족한 것은 아니지만, 그는 놀라운 이야기를 액면 그대로 받아들이지 않을 때가 많다. 이븐 바투타는 인도에서 호랑이로 둔갑할

수 있다는 요가 수행자(마술사) 이야기를 듣고 이렇게 말한다. "나는 그 말을 믿지 않았지만 여러 사람이 이구동성으로 같은 말을 했다"|209| . 훌륭한 법학자로서 이븐 바투타는 목격자가 많은 이야기일수록 신빙성이 있다고 믿었다. 이는 실론에서도 마찬가지로, 이곳은 힌두교 설화의 유명한 원숭이 왕[12]이 여전히 활동 중인 장소로 전해진다.

> 셰이크 오스만과 그의 아들, 그리고 다른 사람들의 말에 의하면, 원숭이들 속에도 술탄처럼 떠받들어지는 두령이 한 놈 있다. 그놈은 머리에 나뭇잎으로 딴 띠를 동여매고 지팡이를 짚고 다니며 좌우에는 손에 곤봉을 꼬나든 원숭이 네 마리가 따라다닌다. |246|

원숭이 왕은 좌정하여 부하 원숭이들 앞에서 법을 집행한다.

물론 이븐 바투타가 직접 목격한 경이로움도 있다. 델리에서 그는 한 요가 수행자가 눈앞에서 공중에 떠오르는 것을 보고 심장이 터질 듯이 놀라지만|210| , 중국에서 훨씬 더 놀라운 공연을 관람한 후에는 동료의 회의적인 감상을 기록한다. 공연에서 마술사는 밧줄을 눈에 보이지 않을 만큼 높은 허공에 던지고 조수에게 줄

---

12 하누만. 고대 인도의 대서사시 《라마야나》에서 대활약하는 원숭이 반신이다. 히말라야의 카일라스산을 통째로 들어 올릴 만큼 힘이 장사이고, 몸의 크기를 자유자재로 바꿀 수 있으며, 하늘을 날 수 있다. 그는 이런 능력을 써서 라마를 도와 단신으로 라바나에게서 시타를 되찾아 온다.

을 타고 올라가게 한다. 그리고 칼을 쥐고 뒤따라 오른 후 조수의 토막 난 팔다리를 떨어뜨리고 다시 조립해 말짱한 소년으로 되돌려 놓는다. 이븐 바투타는 회상한다. "나는 너무나 놀라 델리에서처럼 심장이 터질 뻔했다. 그러나 법관 아프카 알 딘은 이렇게 말했다. '신께 맹세컨대, 올라가는 것도 내려오는 것도 사지를 자르는 것도 실제로는 없는 일입니다. 다 속임수지요'"|269|. 이븐 바투타는 매우 신중한 합리주의자였음에도 세상의 경이로움을 너무나 자연스럽게 받아들였다. 거룩한 이는 미래를 예견할 수 있고, 마법사는 바다에서 폭풍을 일으키거나 한순간에 사람을 죽일 수 있으며, 요가 수행자는 수년간 아무것도 먹지 않고도 순수한 믿음만으로 살아갈 수 있다고 말이다. 코란은 확고부동한 지침을 제공했다. 어려운 상황에서 무엇을 해야 할지를 모를 때 수시로 무작위로 펼쳐 든 경전 페이지의 첫 구절은 언제나 그에게 답을 말해 준다.

이븐 바투타는 델리와 몰디브에 정착했고 카디라는 이슬람 율법 재판관으로 장기간 근무했다. 그렇기에 해외에 체류하면서도 고향에 있는 듯 편히 지낼 수 있었다. 문화적 차이에 관한 이븐 바투타의 관심은 양가적인 측면이 있었다. 그는 폴로처럼 먼 사회의 근본적인 이질성에 매료되었지만, 북아프리카 고국에서 멀리 떨어진 곳에서 마주치는 이슬람적 삶의 미묘한 다양성에도 똑같이 흥미를 느꼈다. 이븐 바투타는 한 남인도 지역사회에 깊은 인상을 받는다. 이곳의 여자들은 "아름답고 고결하며 코에는 금고리를 걸고 있다. 무엇보다 모두가 코란을 외운다는 점이 특이했다. 나는 이 도시에서 여자애들 학교 13개소와 남자애들 학교 23개소

를 발견했다. 이런 광경은 어디서도 본 적이 없다"|218|. 이븐 바투타는 몰디브에서 카디로 근무하며 법을 집행하고 많은 지역 풍습을 개혁했지만, 여성들이 허리 위로 헐벗고 다녀선 안 된다는 것을 설득하는 데에는 실패한다. 그의 집에서만큼은 옷을 입고 다닐 것을 요구했지만, "그녀들이 의복에 익숙하지 않은 터라 예뻐지긴 커녕 흉해지고만 말았음"을 자인하게 된다|234|.

종교에 진지했지만 "퓨리턴puritan"(금욕주의자)—**아직 생기기 전 단어**—은 아니었던 이븐 바투타는 "이 제도의 특징, 즉 적은 지참금과 여자들의 사교성으로 결혼이 쉽다는 점"을 마음껏 활용한다. 향토 음식도 흥취를 더한다.

> 야자로 만든 모든 음식과 그들이 주식으로 먹는 물고기는 비할 바 없이 놀라운 정력제다. 도민들은 이 방면에서 기적을 행한다. 당시 나에게는 네 명의 아내와 종비 몇몇이 있었다. 나는 매일 차례대로 그녀들을 방문해 함께 밤을 보내곤 했다. 이 생활을 반복하며 그곳에서 1년 반을 지냈다. |232|

여자들과의 교류에서 오는 즐거움은 섹스를 훨씬 넘어섰다. 이븐 바투타는 "세상에서 이곳 여성들보다 어울리기 좋은 여성은 본 적이 없다"|234| 라며 그가 가장 사랑했던 아내에 대한 매혹적인 소품문小品文을 남긴다. "그녀는 대단히 훌륭한 여인이었고 곰살궂기 이를 데 없었다. 결혼 후 그녀는 늘 웃는 낯으로 내 몸에 성유를 발라 주었고 내 옷엔 향수를 뿌려 주었다"|238|. 이븐 바투

타는 아내들과 대화하는 것을 매우 좋아하여 남녀가 따로 식사해야 한다는 지역 예절에 유감을 표했다. 설득 끝에 몇몇 아내와는 함께 식사하는 데에 성공하지만, 대부분은 예의에 어긋난다며 거절했다. "그녀들이 먹는 것을 도대체 볼 수가 없었다. 갖은 수단을 써 봤으나 허사였다"|234|.

가정사는 여행의 고단함 속에서 반가운 휴식을 제공했다. 이븐 바투타는 수많은 위기를 만나 가까스로 죽음을 모면한다. 난파, 노상강도, 야전野戰, 부패한 통치자, 굶주림, 이질, 흑사병 등등. 하지만 이런 가시밭길 속에서도 그는 항상 새로운 풍습을 관찰하고 새로운 음식을 맛보며 진기한 이야기를 들을 준비가 되어 있었다. 이븐 바투타가 지닌 경험 자산은 여정 중 지역 통치자에게 접근하는 편리한 수단이 되어 주었고, 그는 부패한 술탄부터 지역 토산품까지 모든 것을 사려 깊게 평가한다. "부카라와 이스파한의 수박을 제외하고는 동서 어디서도 카와리즘의 수박처럼 좋은 수박을 보지 못했다. 껍질은 푸릇하고 속은 새빨가며 식감은 단단하고 매우 달다"|140|.

배를 타면서 여행은 더 많은 여행을 수태했다. 델리의 술탄은 이븐 바투타가 "여행과 유람을 즐긴다는 것"|199|을 인지하고 그를 중국에 특사로 파견한다. 이븐 바투타 본인도 무엇이 그를 그토록 오랜 세월 길 위에서 시간을 보내게 하는지 알지 못했다. 하루는 인도의 적대적인 국경지에서 소지품을 도둑맞고 허기와 갈증 속에 걸어서 여행하던 중 노끈은 있지만 두레박이 없는 토정土井 하나를 발견한다. 그는 신발 한 짝을 줄에 비끄러매어 물을 길어 올리려 하다가 밧줄이 끊어져 신발까지 잃고 만다. 남은 신발

로 두 짝의 샌들을 만들고자 신발을 찢던 중 검은 피부의 사내가 다가오더니 무슬람식 인사를 건네며 페르시아어로 묻는다. "당신은 누구십니까?" "길 잃은 사람입니다." "나도 그렇습니다" |206|.

이븐 바투타는 몰디브에서 목가적인 시간을 보내던 중 개혁적인 외국 사상을 받아들이지 못한 성난 지역민들에게 쫓겨나 뱃길에 오르고, 다시 한 번 길을 잃는다.

> 우리는 이 군도의 자그마한 섬에 이르렀다. 집이라고는 한 채밖에 없었다. 주인은 방직공이었고, 아내와 자식이 있었다. 야자나무가 여러 그루 있었고 작은 쪽배도 한 척 있었는데, 주인은 그 배로 물고기를 잡고 다른 섬에 다녀오기도 했다. 육조陸鳥라고는 까마귀뿐이었고 그놈들은 우리가 섬에 당도했을 때 배 위를 이리저리 선회했다. 사실 나는 그 주인이 부러웠다. 이 섬이 내 것이었다면 나는 이곳을 내 마지막 순간이 올 때까지 안식처로 삼았을 것이다. |240|

12만 킬로미터에 달하는 이븐 바투타의 장대한 여정은 여기서 세계 전체가 인도양에 있는 하나의 환초섬으로 응축되는 경험을 한다. 우리에겐 다행히도 이븐 바투타는 이 소망에 굴복하지 않고 마침내 고향으로 돌아갔고, 술탄은 이븐 주자이에게 '도시들의 경이로움과 여로의 견문에 흥미를 느끼는 사람에게 주는 선물'이라는 진주를 글로 꿰어 윤색하라고 하고했다. 이븐 주자이는 신께 감사하자는 말로 작업을 끝맺는다. "만유萬有의 화육자化育者이

신 주님(알라Allāh)을 찬양하라"|295|. 이 다원적인 결말의 권고는 전적으로 적절하다. 이븐 바투타 이전의 어떤 작가도 독자에게 그토록 많은 세계를 보여 주지는 못했으니 말이다.

◆　◆　◆

그 후로 점점 더 많은 외국인이 마르코 폴로와 이븐 바투타의 발자취를 뒤따르기 시작했고, 1492년 크리스토퍼 콜럼버스가 지도의 가장자리(테라 인코그니타terra incognita, 미지의 땅)를 향한 획기적인 항해에 착수한 후 먼 지역으로의 여행이 폭발적으로 가속화되었다. 콜럼버스가 "지팡구Zipangu" 왕국(일본)을 향해 출항하도록 영감을 준 것 역시 폴로의 《동방견문록》이었다. 폴로가 일본을 궁전 바닥을 금으로 깔아 놓을 만큼 엄청나게 부유한 섬나라로 묘사했기 때문이다|244|. 세비야의 한 도서관은 콜럼버스가 소지했던 폴로의 책 사본(라틴어 번역본)을 보존 중인데, 그 여백에는 콜럼버스의 수기가 있다. 콜럼버스가 아시아의 동쪽 변두리라고 주장한 카리브해 섬들에 대해 열렬히 보고한 후 주요 탐험대들의 "신세계" 탐험과 정복이 시작되었다.

　　그리고 문학에서도 신세계가 발견되기 시작했다. 1516년 토머스 모어 경은 아메리고 베스푸치 탐험대의 한 선원[13]이 최근 브

13　라파엘 히드로데이Raphael Hythloday. 히드로데이는 그리스어로 헛소문을 퍼뜨리

라질 항해에서 이상적인 섬나라 유토피아 공화국을 찾아 떠났다고 주장했다 |모어, 《유토피아Utopia》, 11|. 밀턴의 사탄은 지옥에서 출발하여 지상의 "무한한 대륙"을 여행하고 "막대한 응징으로 그 신세계를 정복해 / 명예"를 선양하고 "제국"을 확장하고자 한다|밀턴, 《실낙원》, 103|. 유럽인의 탐험과 정착의 급증은 유럽과 '신세계' 양쪽 모두에서 새로운 발견을 낳았다. 1550년경 기록된 한 아즈텍 시는 25년 전 로마 여행을 묘사한다. 바로 아즈텍을 정복한 에스파냐 탐험가 에르난 코르테스가 교황 클레멘스 7세를 배알하고자 한 무리의 원주민 귀족을 보냈을 때의 일이다. 이전 마르코 폴로와 이븐 바투타처럼 아즈텍 시인은 자신의 기억을 익숙한 이미지와 사고방식이 양립하는 형태로 빚어낸다. 폴로의 쿠빌라이 칸이 종종 베네치아 총독처럼 행동한다면, 아즈텍 시인은 교황을 멕시코 귀족을 닮은 이로 회상한다.

친구들, 버드나무 형씨들, 신을 대리하시는
교황님을 봐, 신을 대신해 말씀하시는 교황님을 봐.
교황님은 신의 융단에 앉아 그를 대신해 말씀하시지.
황금의자에 방만하게 앉아 계신 저분이 누구지? 봐! 교황님이셔.
저분은 청록색 취관吹管으로 세계를 쏘지.

는 자를 의미한다. 《유토피아》의 중심인물로, 1부에서는 인클로저 운동으로 내홍을 겪는 영국 사회의 문제를 지적하고, 2부에선 유토피아 여행담을 회고한다.

정말인 것 같아, 교황님껜 십자가와 황금 지팡이가 있고

이것들은 온 세상에서 빛나고 있어.

나는 로마에서 통탄하며 그의 실물을 봤지, 산 페드로, 산 파블
　로[14]가 아닌가!

사방에서 포위된 느낌이다.

황금의 보금자리로 내몰렸고, 보금자리는 빛나고 있어.

교황님 집은 황금나비로 칠해졌나 봐. 반짝반짝 빛난다.

| 비어호스트Bierhorst, 《멕시코의 노래Cantares Mexicanos》, 335-7 |

　　원주민 작가들뿐 아니라 유럽 작가들도 오래지 않아 작품에
이중적 관점을 부여하기 시작했다. 셰익스피어의 《템페스트》에서
미란다가 내지른 "오, 멋진 신세계여 / 이런 사람들이 사는 곳이라
니!"라는 고고성은 해변에서 난파당한 유럽인들을 만난 고립된 섬
사람의 놀라움을 표현한 것이다. 추방당한 아버지 프로스페로는
퉁명스레 답한다. "네게는 멋진 신세계겠지"| 《템페스트》, 5.1.183-4 |. 혹자
의 "신"세계는 다른 이의 "구"세계가 될 수 있고, 비교우위는 보는
이의 눈마다 다를 수 있다.

14　산 페드로와 산 파블로 모두 전대 교황의 이름을 딴 도시로, 시인은 풍자적으로 여
　　러 명의 교황을 일원화하고 있다. 아래 행의 "사방" 또한 이에 대한 은유로, 여러 곳
　　의 교황이 그를 포위하고 있음을 암시한다.

서쪽으로의 여정

"동쪽"과 "서쪽"의 위치는 관찰자에 따라 달라진다. 아시아는 유럽 탐험가에게 "극동"이지만, 중국은 캘리포니아의 서쪽이자 호주의 북쪽이다. 전근대에 중국인에게 서양은 인도를 의미했다. 당나라 시대 불교에 관심이 높아지면서 모험적인 순례자들이 부처의 생애 및 가르침과 관련된 인도 유적을 찾아 서쪽으로 여행하기 시작했다. 이 순례자 중 가장 유명한 이는 진현장陳玄奘이라는 승려로, 그는 17년간 중앙아시아와 인도를 여행하며 수도하다 마침내 657부部의 방대한 불경 수집물과 함께 중국 도읍으로 귀환한다. 감격한 황제(당 태종)는 현장 일행을 위해 사찰과 서고를 짓고, 현장법사는 여생을 동료들과 산스크리트어 원문을 번역하고 그 주해본을 쓰는 데에 바친다.

700년 뒤 이븐 바투타처럼 현장법사도 통치자로부터 그의 신기원적 여행담을 기록하라는 명을 받게 되고, 그렇게 현장의 여정은 고전 여행기가 되었다. 그의 책은 신학, 민족지학, 순전한 모험을 뒤섞는다. 현장은 사마르칸트로 향하던 중 사막과 마주치고 "그 한계를 헤아릴 수 없는 광대한 불모지에서 길을 잃는다. 아득하게 큰 산을 바라보며 산재한 해골을 이정표 삼은 후에야 방향을 깨달아 길을 찾을 수 있다"|리Li, 《위대한 당나라 기록Great Tang Dynasty Record》, 29|.[15] 때로 현장은 안개 낀 설산 카라드라스를 힘겹게 통과하는 회색의 간달프나 프로도 배긴스처럼 보이기까지 한다.

산은 높고 계곡은 깊으며 봉우리와 절벽은 위험투성이다. 바람과 눈이 연이어 불어 닥치고 한여름에도 얼음이 얼 정도로 춥다. … 산신과 나찰羅刹들이 난폭하게 굴고 도깨비들을 보내 재앙을 내린다.[16]

산길에 도사리는 위험은 이뿐만이 아니다. "산적들도 횡행하고, 이들은 사람 죽이기를 업으로 삼는다"[37].

현장법사는 훗날의 이븐 바투타, 마르코 폴로처럼 독자에게 알려지지 않은 지역을 소개한다. 이야기 끝에서 그는 경전을 획득하는 것 외에도 "각 나라의 산천을 명백히 밝히고 관련 자료를 수집하며, 그 풍속이 거칠고 강한지 부드럽고 순박한지를 자세히 소개하고, 다양한 지역의 기후와 지형환경을 기록하는 것"[388] 이 목적이었다고 말한다. 대당大唐이라는 "전제국全帝國이 하나의 위대한 통일체"였음에도 현장은 다양성에 대한 예리한 안목이 있었고, "상황이 항상 변화하므로 다양한 시기의 다양한 차이점에 중점을 두었다"고 밝힌다. 그는 주어진 장소와 그 역사를 완전히 탐구할 시간을 가져 본 적은 없지만, 그럼에도 관찰의 정확성을 보증한다. "내가 설명한 모든 것의 출처를 확인하기는 어려웠지만 결코 추측이나 위조에 의지하지 않았다"[388]. 그런데도 현장은 하늘의

---

15 현장의 《대당서역기》 번역은 김규현 옮김, 《대당서역기》(글로벌콘텐츠, 2013)를 참조했고 원문에 맞게 수정했다.

16 현 타마리스 계곡으로 비정되는 곳. 《대당서역기大唐西域記》, 〈게직국揭職國〉 편 참조.

뜻이 주기적으로 속세에 발현된다고 믿는 열성적인 불자였고, 경이로운 이야기는 그의 냉철한 민족지학에 주기적으로 활기를 불어넣는다. 한 사악한 왕이 사원을 파괴하려다 단념한다. "신왕의 관冠 속에 있던 앵무새가 날개를 세차게 퍼덕이며 끔찍한 소리로 울어대자 땅이 진동했기" 때문이다|41|.[17] 코끼리 떼가 고승을 불러세워 병든 코끼리를 치료하고자 데려간다. 고승이 치료해 주자, 코끼리 떼는 그에게 귀중한 사리인 여래의 치아가 담긴 금궤짝을 선물한다|71|.[18] 사악한 브라만은 진실된 대승大僧의 가르침을 비방하지만, "신성모독을 끝내기도 전에 땅이 갈라져 그 속으로 떨어지고 만다. 현장은 여전히 남아 있다, 거기에"|341|.[19]

현장의 설득력 있는 순례 · 모험담은 후대의 종교인뿐만 아니라 문학가들에게도 영감을 주어 거의 천 년 후 중국 전통 소설의 "4대 명저"〔삼국지연의 · 수호전 · 서유기 · 홍루몽〕 중 하나로 꼽히는 《서유기西遊記》의 기반이 된다. 1592년 익명으로 출판된 이 방대한 서사의 저자는 흔히 명나라 하급 관리 오승은吳承恩으로 추정된다. 오승은의 이야기에서 현장법사(대개 삼장三藏Tripitaka 또는 "세 광주리"로 불리며, 이 법명은 그가 중국으로 가져온 불경의 세 범주〔경經 · 율律 · 논論〕를 이른다)는 관음보살이 소개한, 공상 속에나 나올 법한 네

---

17 《대당서역기》, 〈가필시국迦畢試國〉 편 참조.

18 《대당서역기》, 〈가습미라국迦濕彌羅國〉 편 참조.

19 《대당서역기》, 〈마랍파국摩臘婆國〉 편 참조.

동료와 여행을 떠난다. 개과천선한 강의 요괴, 인간화된 돼지, 말이 된 용, 그리고 가장 중요한 수다스럽고 제멋대로인 원숭이 손오공孫悟空("공空을 깨우친 원숭이")이 그들이다. 이 중 손오공은 산스크리트 서사시 《라마야나》에 등장하는 원숭이 왕 하누만의 후기 불교적 화신이다. 이들은 일종의 "불교 경전을 구하는 동료"가 되어 100개의 장章에 걸쳐 야생동물부터 피에 굶주린 강도, 고약한 악귀까지 81번의 위기와 시련을 극복하고, 마침내 천축天竺('인도'의 옛 이름)에서 목적을 이루어 부처에게 불경을 선물 받는다.

오승은은 《서유기》를 예술적으로 자유롭게 전개했다. 말하는 동물을 등장시키고 환상적 요소를 크게 확충했을 뿐 아니라 종교적·정치적 관점까지 적용한다. 역사적 인물로서 현장은 황제의 해외여행 금지 조치鎖國令를 어기고 천축으로 모험을 떠난 자기주도적인 무명의 순례자였지만, 오승은은 이야기에 유교적 관점을 추가하여 삼장을 황제의 명을 받들어 불전을 구하러 가는 충신으로 그려 낸다. 또한, 첫 장과 마지막 장에서 제국 통치와 관료주의 성장에 대한 16세기의 정치적 관심사를 다루어 이를 이야기의 골자로 삼는다. 서사의 대부분을 차지하는 81회의 모험은 대중도교에서 흔히 볼 수 있는 연단술鍊丹術과 마법적 변신을 특징으로 한다. 앤서니 유Anthony Yu가 번역서 서문에서 주장했듯, 불교·유교·도교의 혼합은 오승은의 시대에 "삼교 회통會通"으로 알려진 종교혼합주의religious syncretism를 반영한다 | 오승은, 《서유기》, 1: 52 | .

불교도 원전의 불교와 다른 무언가가 된다. 역사적 인물인 현장은 문헌 분석과 정교한 철학적 논쟁에 전념한 반면, 오승은의

서사는 도교의 영향을 받은 선종 사상을 투영하여 세계를 근본적으로 정신적 구성물로 이해하고 언어를 넘어서는 참선과 정신적 수련을 통한 세계 이해를 주장한다. 이야기의 한 대목에서 삼장과 손오공은 산스크리트 문헌인 《반야심경般若心經》의 올바른 뜻풀이를 놓고 언쟁을 벌인다. 삼장이 호통친다. "이 원숭이 놈아! 어째서 내가 그 뜻을 모른다는 것이냐! 그럼 네 녀석은 뜻풀이를 할 수 있단 말이냐?" 손오공은 그렇다고 답하지만 금세 침묵한다. 돼지와 요괴가 오공은 너무 무식해서 답할 수 없다고 빈정대고, 삼장은 둘을 꾸짖는다. "오능悟能과 오정悟淨은 그 입을 닫아라! 오공은 그것을 말로 표현할 수 없는 언어라고 해석한 것이다. 그것이 바로 참된 뜻풀이가 아니겠는가" | 4: 265 |.[20]

오승은이 제국의 정치학과 현실을 "정신적 구성물"로 이중 강조한다는 점을 감안할 때, 《서유기》가 현장이 강조하는 문화적 다양성을 약화시키는 것은 놀라운 일이 아니다. 우리는 《서유기》에서 현장이 방문했다고 전해지는 110개국 대신에 우주를 분할한다고 하는 4개의 거대한 영역, 신의 눈높이에서만 볼 수 있는 영역을 만나게 된다. 여래는 깨우친 자들의 천궁天宮에서 이렇게 전한다.

내가 보아하니 사대부주四大部洲 거주자 간에 많은 차이가 있음

---

20 오승은의 《서유기》 번역은 임홍빈 옮김, 《서유기》(문학과지성사, 2003)를 참조했고 원문에 맞게 수정했다.

을 알겠다. 동승신주東勝神州에 사는 사람들은 예의 바르고 태평하며 생기가 넘친다. 북거노주北鉅蘆洲의 중생들은 살생을 즐기기는 하나 너무 어눌하고 무력하며 멍청하기까지 하여 큰 해를 끼치지는 않는다. 우리가 사는 서우하주西牛賀洲의 중생들은 욕심을 부리지 않고 살생을 아니하며 일심전력 수양하여 기氣를 돋우고 영성에 잠길 줄 안다. 비록 상진上眞은 없으나 각자가 천명대로 수명을 누리고 살아가고 있다. 그러나 저 남섬부주南贍部洲(인간 세계)의 염부제閻浮提에 사는 중생들은 탐욕스럽고 음탕하며 사람 죽이고 싸움질하기를 즐겨 한다. 과연 진경眞經으로써 저들을 교화할 수 있을지 의문스러울 따름이다. | 오승은, 《원숭이|Monkey》, 78 |

그 후 여래는 중국 황제를 고무하여 "세 광주리"의 경전을 받아 갈 순례자를 보내게 한다. 이 경전들은 4대륙의 수평적 분할을 극락·이승·지옥으로 나뉜 우주의 수직적 분할로 보완하고, 각 경전 광주리는 각기 다른 우주를 품는다. "그중 율장律藏은 극락을 논하고, 논장論藏은 이승을 설說하며, 경장經藏은 귀역鬼蜮을 제도濟度한다. 이 삼장을 합치면 도합 35부 1만 5,144권이다. 이 책들이야말로 바라밀到彼岸로 향하는 길이자 올바른 선善으로 들어가는 유일한 관문이다" | 78 |.

《서유기》 독자가 직면하는 기본적인 질문은 이 종교적 우주론과 인간 세계의 사회적·정치적 지형도 간의 관계이다. 《서유기》의 주요 영문 번역가 아서 웨일리와 앤서니 유는 매우 상이한 접근법을 취했고, 그 결과 영어권 독자들은 극적으로 다른 두 세계관 중 하나를 선택해야만 했다. 앤서니 유의 최근 번역본 4권은 745편의 성찰시를 포함한 작품 전문을 제공하고, 100여 쪽에 달하는 서문에서 이 책을 종교적 자기수양의 전면적 우화로 이해하는 종교적·철학적 배경을 상세히 제시한다. 그에 따르면, 삼장의 동료들은 우리 성격의 여러 측면을 표상한다. 손오공은 끊임없는 번뇌를 가라앉히고 깨우침을 얻어야 한다는 불교의 "마음의 원숭이" 개념을 구현한다.

반면에 아서 웨일리는 1장에서 살펴본《겐지 이야기》에서 그랬듯이, 1943년 번역본에서 원전의 소설화를 꾀한다. 웨일리는 중국어 원문에서 두드러지는 거의 모든 시를 생략하고 본문을 철저히 압축했다. 그 결과, 가독성은 탁월하나 원작 분량의 3분의 1도 안 되는 번역본이 탄생했다. 웨일리는 원작에서 무엇을 살릴지를 정할 때 저명한 중국 학자 후스胡適[21]의 안을 따랐다. 후스는 웨일리의 번역서에,《서유기》가 종교적 색채가 강한 작품이 아닌 지역 민속문학의 걸작이라 설명하는 서문을 기고했다. 이 관점에서 보면,《서유기》는 내세 문제보다 속세의 정치 및 사회와 더 관련이 있다. 웨일리는 번역서에 '원숭이'라는 제목을 붙여 이 관점을 더 강조했다.

《서유기》의 첫 일곱 개 장은 돌에서 태어났다는 손오공의 마

---

[21] 근대 중국의 자유주의 철학가이자 문학가. 컬럼비아대학에서 존 듀이의 지도 아래 교육학과 실용주의 철학을 수학하고, 1917년 중국으로 돌아와 베이징대학에서 철학과 교수로 재직했다. 어렵고 복잡한 한자 대신에 간단한 일상어 사용으로 문맹률을 낮추자는 백화문白話文운동을 주도했고, 신문화운동을 제창했다.

법 같은 출생을 자세히 다루고, 여러 마리 원숭이로 분열하는 능력과 막강한 연단술을 앞세워 그가 천궁을 침략한 후 복속시키기까지의 과정을 그린다. 천궁의 옥황상제는 작은 벼슬로 그를 매수하려 하지만 원숭이는 만족하지 않는다. 손오공은 지상 세계 황제의 한계를 시험하는 강력한 군벌 같고, 하늘의 관료제는 그를 질서에 편입시키려 한다. 격분한 상제의 측근 신하들이 손오공을 규탄한다. "두 번 세 번 거듭 지은 네놈의 죄가 얼마나 무거운지 알기나 하느냐!" 손오공은 태연히 답한다. "사실이지. 모두 사실이긴 하다만, 그래서 너희들이 날 어찌하겠다는 것이냐?" | 오승은, 《원숭이》, 60 |.

지상적인 관료주의는 저승에도 팽배하다. 손오공은 꿈속에서 유명계幽冥界로 끌려가는데, 저승에서도 염라대왕의 서기관들에게 생사부生死簿 속에서 자기 이름을 찾아내라고 윽박지른다.

> 판관이 황급히 집무실로 달려가 대여섯 권의 장부를 들고 나오더니 열 권씩 나눠 하나하나 살펴보기 시작했다. 영충蠃蟲〔인간〕, 모충毛蟲〔길짐승〕, 우충羽蟲〔날짐승〕, 곤충昆蟲 … 오공은 절망하며 포기하고 원숭이 명단을 뒤져 보았다. 하지만 인간의 특성을 가진 원숭이 왕은 찾을 수 없었다. | 39-40 |

마침내 손오공은 잡종 부류에서 자신의 이름을 찾아낸다. "혈통: 천연물. 주석: 돌원숭이" | 40 |. 그의 명부에는 수명이 342년이라 표기되어 있지만, 손오공은 자신이 불멸자가 되었다고 주장한다. 그리고 대담하게, 자신과 심복 원숭이들의 이름을 명부에서 삭

제해 버린다. 지하 세계 관료들은 두려워하며 감히 맞서지 못한다.

신비주의와 현실 정치는 이야기 전반에 걸쳐 부드럽게 융화한다. 이 요소들은 이야기의 절정, 즉 삼장 일행이 마침내 오랫동안 찾아 헤매던 천축의 영산靈山에 도달했을 때 하나가 된다. 그곳에서 삼장 일행은 석가모니에게 통관문첩通關文牒을 보이고, 석가모니는 두 제자(아난阿難과 가섭迦葉)에게 일행을 보각寶閣으로 데려가 "이 사제들이 동녘 땅에서 길이 홍은鴻恩을 펼칠 수 있도록" 경전을 잘 골라 주라고 인자하게 명한다|284|. 모든 것이 순조로이 돌아가는 듯했으나, 삼장이 그만 투덜거리던 석가모니의 두 제자에게 예물을 주는 것을 깜빡한다. 존자尊者들은 서로를 보며 낄낄댄다. "훌륭하오, 훌륭해! 당신들에게 공짜로 경전을 나눠 주면 우리 후손들은 다 굶어 죽겠지!"|오승은, 《서유기》, 4: 351 = 오승은, 《원숭이》, 249|. 존자들은 크고 두툼하기만 한 가짜 경전 묶음을 내어주는 것으로 복수한다. 순례자들은 고향으로 돌아가는 길에 경전이 모두 비어 있는 것을 발견하고 충격에 빠진다. 삼장은 눈물을 흘리며 외친다. "우리 동녘 땅 사람들은 지지리도 복이 없구나! 글자도 없는 이따위 백지 책을 가져간들 무슨 소용이 있겠는가? 또 무슨 낯으로 당나라 임금님을 뵐 것인가?"|오승은, 《서유기》, 4:353|. 일행은 서둘러 영산으로 돌아가고, 원숭이는 제자들을 맹비난하지만 석가모니는 무슨 일이 일어날지 알고 있었다는 듯 미소 지을 뿐이다. 그는 제자들이 엉겁결이긴 하나 옳은 일을 했다고 말한다. "그 백지 책은 무자진경無字眞經으로서 유자진경有字眞經만큼이나 값어치가 있는 경전이다"|4: 354|. 그러나 석가모니가 곧 납득하며 이렇게 덧붙인

다. "너희 동녘 땅에 사는 중생들은 너무 어리석어 깨닫는 바가 없기에 글자가 있는 경전을 줄 수밖에 없겠다"| 4: 354 |. 여기서 원래의 현장이 일생을 경전 연구에 몰두했다는 사실과 문자 너머의 의미를 강조하는 도교, 선종 사상이 겹쳐진다. 정치적 측면에서는 황제의 신격이 교활한 관리들(삼장이 결국 소박한 선물을 주는)의 부패를 넘어서고, 하늘의 왕국과 지상에서의 조화가 회복된다.

손오공 중심의 아서 웨일리 축약본이든 제멋대로 뻗어 나가는 앤서니 유의 100장章짜리 완역본이든 어느 것을 읽어도 《서유기》는 역작이고, 위대한 세계문학 작품이자 위대한 공상문학 작품이다. 단테의 매우 구체적으로 구현된 지옥-연옥-천국을 통과하는 여정을 희극적 사고와 초월적 탐색의 또 다른 위대한 서사인 《돈키호테》와 결합시킬 수 있다면 유럽문학도 비슷한 효과를 낼 수 있을 것이다. 이상주의적인 주인과 세속적인 종자 간에 끝없이 이어지는 농담을 특징으로 한다는 점도 유사하다. 세르반테스는 1592년 오승은의 걸작이 발표되고 불과 몇 년 후인 1605년에 《돈키호테》 제1권을 발표했다. 이 위대한 두 작가가 서로를 알았을 리는 없지만, 그들의 주인공인 돈키호테와 삼장, 그리고 각각의 조력자 산초 판자와 손오공은 단테가 《신곡》 첫 행에서 말하듯 **우리 인생길 반 고비에**nel mezzo del cammin di nostra vita 먼 길을 함께 걸어갈 수 있었다.

허구 세계

그럼에도 불구하고, 환상적인 허구 세계는 《신곡》에서처럼 《서유기》에서도 깊은 의미에서 삶에 진실될 수 있다. 전적으로 사실에 기초한 여행기도 여행자가 목격한 것에 대한 매우 선택적인 해석을 제공하기도 하고, 여행소설이 오히려 실제 세계의 세부 사항을 방대하게 포함할 때도 많다.

여행 이야기를 접할 때 첫 번째 논점은 작품과 현실 간의 관계를 밝히는 것이다. 어떤 작품은 아틀란티스, 중간계, 유토피아, 화성 식민지 같은 명백히 허구적인 공간을 배경으로 하고 그 불가능성의 분명한 내적 표식이 있을 수 있다. 예를 들어, 루이스 캐럴 Lewis Carrol의 초현실적인 시 《스나크 사냥The Hunting of the Snark》은 다섯 가지 황당한 특성으로 식별 가능한 공상적 야수에 대한 탐색이 특징적이다. 야수는 "무미건조한" 맛에 "아삭아삭한 식감"을 가지고 있고, 늦잠 자는 것을 좋아하며, 둔감해서 농담을 잘 이해하지 못하고, 이동식 탈의시설에 강한 집착을 보이며, 야망이 있다 |캐럴, 《스나크 사냥》, 51-2|. 캐럴은 수색용 지도를 제공하지만, 지도 역시 스나크에 대한 설명만큼이나 모호하다. 탁 트인 바다를 충실하게 묘사한 이 지도는 "북극North Pole"('남쪽'을 가리키며), "적도equator"(맨 '위'), "주야 평분시equinox"(이것은 심지어 장소도 아닌 연중 특정 기간이다) 같은 임의의 기호들로 틀 잡혀 있다 |그림 4|. 그런데 선원들은 이 기이한 해도에 곤혹스러워하기는커녕 크게 만족해한다.

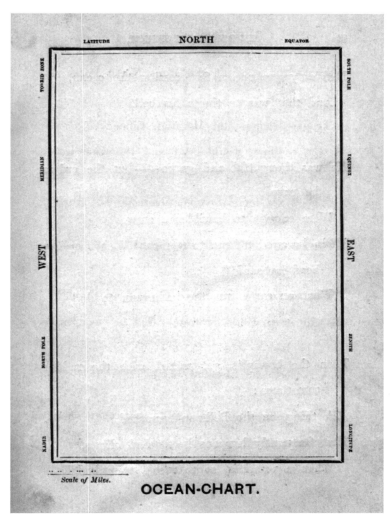

| **그림 4** | 벨멘의 지도. 루이스 캐럴. 《스나크 사냥: 여덟 소절의 사투》. London: Macmillan, 1876, 17.

"메르카토르의 북극과 적도,

회귀선, 지대, 자오선의 좋은 점이 뭐지?"

벨멘이 소리쳐 묻자 선원들이 답했다.

"그것들은 단지 틀에 박힌 표시라구요!"

"다른 지도들은 대륙의 형태와 그 섬나라들, 그리고 케이프만 나

와 있죠!

하지만 우리에겐 훌륭한 선장님이 계셔서 감사할 뿐이에요."

(선원들이 주장했다.) "선장님은 **우리에게**us 최고의 지도를 주셨어.

완벽하고 절대적인 공백blank을 말이야!" | 47-8 | [22]

《스나크 사냥》은 탐험자 내러티브의 "전형적 요소들"〔인용문은 "틀에 박힌 표시"로 번역〕을 공개적으로 패러디하지만, 수많은 덜 분명한 가능성이 소설과 여행안내서 간의 단순하고 일반적인 차이를 복잡하게 만든다. 문학적 여행 내러티브는 실제 여행의 시적인 기록일 수도 있고, 작가의 직접적인 경험에 느슨하게 기초한 반허구적 설명일 수도 있으며, 다른 이의 여행일지를 허구화한 것이거나 실제 여행기를 가장한 순전한 허구일 수도 있다.

《걸리버 여행기Gulliver's Travels》는 이 마지막 선택의 대표적

---

22 루이스 캐럴의 《스나크 사냥》 번역은 이북코리아 옮김, 《스나크 사냥》(이북코리아, 2013)을 참조했고 원문에 맞게 수정했다.

인 예다. 조너선 스위프트Jonathan Swift는 걸리버를 거대한 거인 Brobdingnagians, 근육질 난쟁이Lilliputians, 말하는 말이 사는 '불가능한 땅'으로 보냈지만, 그의 풍자는 정교한 디테일로 가득한 현실적 산문에 정초했다. "우리는 1699년 5월 4일 브리스톨 항을 떠났다. … 관측해 보니 우리의 위치는 남위 30도 2분이었다" | 스위프트, 《걸리버 여행기》, 4 |. 단순해 보이는 지도는 수마트라 해안의 릴리퍼트 섬과 블레퓨스큐 섬을 찾는 데에 유용하다. 실제로 일부 독자는 스위프트의 진지한 문체와 '여행안내서'라는 장치에 속아 넘어갔다. 그러나 대다수 독자가 《걸리버 여행기》가 이국적인 다른 땅에 대한 충실한 묘사가 아닌 유럽 관습의 통렬한 풍자라고 결론짓기까지 오랜 시간이 걸리지 않았다.

하지만 스위프트와 동시대인이자 연장자였던 애프라 벤Aphra Behn이 《오루노코Oroonoko》(1688)에 기록한 신세계 모험은 오늘날까지도 논쟁이 이어지고 있다. 이 중편소설은 남아메리카 수리남을 주요 배경으로 한다. 이곳은 1667년 영국인들이 뉴욕과 교환해 네덜란드에 양도하기 전까지 영국의 식민지였다. 젊은 여성 벤은 1663년 이 식민지의 부총독으로 임명된 아버지를 따라 수리남으로 향한다. 그러나 항해 도중 아버지가 죽게 되고, 그녀는 몇 달간 수리남에 체류하다 영국으로 돌아온다. 벤은 첩자로 활동했고, 이후 작가가 되어 주로 시와 연극을 집필했다. 그녀는 전업 작가로서 생계를 유지한 최초의 영국 여성이었지만, 1680년대부터 연극판의 돈벌이가 줄어들자 소설가로 전향한다.

문제는 《오루노코》가 벤의 소설이냐는 것이다. 벤은 이 이야

기가 "충분한 사실성으로 뒷받침되고 또 그것이 허구적 장치를 추가하지 않고도 이야기를 흥미진진하게 만든다"고 설명한다. 심지어 "책에 기록된 사건 대부분이 직접 목격한 것"이라고 주장한다. 이런 주장은 단지 소설 자체의 일부일 수 있지만, 어쩌면 《오루노코》는 정말로 그 주인공들과 친분이 있었던 벤의 회고록일 수도 있다. 아프리카 왕자 오루노코와 그의 아내 이모인다는 아프리카에서 계략에 빠져 수리남에 노예로 팔려 가고, 그곳에서 반란을 주도하다 실패해 죽음을 맞는다. 벤은 직접 보았거나 믿을 만한 목격자에게 들은 이야기만 전한다고 주장하는데, 이 주장은 지역 식물이나 아르마딜로 같은 현지 동물의 묘사에서 신빙성을 얻는다. "**코뿔소**를 닮았다는 비유보다 이 동물을 잘 설명해 줄 말은 없을 것이다. 놈은 온통 하얀 갑옷으로 뒤덮여 있어 마치 갑옷이 걸어 다니는 것 같다. 덩치는 태어난 지 6주 정도 된 돼지만 하다"|77|.[23]

《오루노코》의 사실성(혹은 사실적 효과)은 벤이 수리남에서 온 친구가 자기 연극에 등장하는 인물의 모델이 되었다고 말할 때 더욱 커진다. "우리는 강에서 마틴 대령을 만났다. 그는 용감하고 선량하며 기지가 넘치는 사내였다. 나는 이 사람에 대한 좋은 기억으로 그를 내 새 **희극**Comedy에 본명 그대로 등장시켜 찬사를 표했다"|92|. 벤은 지면 위에서 그랬듯 무대 위에서도 사실성과

---

23   애프라 벤의 《오루노코》 번역은 최명희 옮김, 《오루노코》(동안, 2014)를 참조했고
      원문에 맞게 수정했다.

인위성을 자유롭게 뒤섞는다. 그녀는 영국으로 돌아온 직후 친구 존 드라이든과 로버트 하워드Robert Howard에게 그들이 1664년에 제작한 연극 의상으로 활용하도록 원주민 깃털 공예품을 기증한다. 《오루노코》 도입부에서 벤은 회상한다.

> 우리는 깃털을 거래했다. 그들(원주민)은 갖가지 모양의 깃털로 자신들이 걸치는 조그맣고 짧은 의상을 지었고, 머리나 목, 팔과 무릎에 매달 멋진 장식물을 만들기도 했다. 그 오색찬란함은 상상을 초월할 정도여서 찬탄하지 않을 수 없다. 나는 〈인디언 여왕The Indian Queen〉의 의관에 사용되는 옷을 왕실 박물관에 기증하기도 했는데, 도저히 모방할 수 없는 그 색상에 높은 신분의 사람들 모두가 감탄해 마지않았다. |39|

점점 진화하는 영국 제국주의 프로젝트에 철저히 익숙해진 벤은 직접 관찰한 사실을 동원하여 수리남을 엄청난 경제적 잠재력이 있는 지상 낙원으로 그려 낸다.

> 이 땅에는 아름답고 유용한 자원이 많고 기후도 항상 봄과 같다. 모든 날이 **4월**이거나 **5월**, **6월**이다. 녹음은 언제나 무성하고 나무들은 온갖 계절의 잎사귀를 동시에 매달고 있다. 과일도 꽃망울을 맺은 열매부터 수확해야 할 때가 된 무르익은 것까지 있다. 오렌지, 레몬, 시트론, 무화과, 육두구가 널려 있고 기품 있는 향료나무 열매가 끝없이 향기를 뿜어낸다. |76|

그녀는 이 땅에서 가치를 추출할 기회를 엿보며, 무늬가 새겨진 가구부터 향초까지 모든 면에서 귀족적인 취향을 충족시키려 한다. 원주민은 그 땅의 풍경만큼이나 에덴적이다.

> 그들은 벌거벗은 채로 생활하지만, 이들 사이에서 오래 지내다 보면 어떤 음란한 행위나 시선을 보이는 일이 전혀 없다는 점을 알게 된다. 늘 있는 그대로, 지극히 자연스러운 태도로 서로를 대한다. 마치 인간의 타락이 시작되기 전, 인류 최초의 조상들처럼. … 내게는 이곳 원주민들이 인간이 죄를 알기 전, 즉 태초의 순결이라는 **이상**idea을 완전하게 구현하고 있는 것처럼 보였다. |39-40|

오늘날 우리는 17세기 영국 왕 찰스 2세가 약삭빠르게 수리남과 맨해튼을 맞바꿨다고 생각할 수도 있지만, 1688년 벤의 관점에서는 그렇지 않았다. "지금은 영광스러운 기억 속에 있는 선대 국왕 폐하께서 자기가 이 광대하고 매혹적인 대륙의 통치자였음을 분명히 깨닫고 있었다면, 이 땅을 그처럼 간단히 네덜란드인의 손에 넘기지 않았을 것이다"|76|.

한편 《오루노코》는 노예제의 폐해에 맞선 잊을 수 없는 비판이기도 하며, 그 파장은 벤이 실제 노예 소유주들의 이름을 그대로 사용하고 그들이 오루노코를 죽였을 때 그의 시신이 처참하게 욕보여지는 과정을 적나라하게 묘사함으로써 더욱 커진다. 오루노코의 생식기, 귀, 코, 팔이 절단되고, 시신은 4등분 되어 반란에 대한 경고로 인근 농장들로 보내진다. 그럼에도 이야기에는 신빙성이 상당히 부족해 보이는 요소들이 있는데, 특히 강간과 근친상간을 수반하는 극단적인 아프리카 장면들 이후 오루노코와 이모인다가 각기 떨어진 채 수리남으로 이송되고 그곳에서 기적적으로 재회하게 되는 장면이 그렇다. 학자들은 벤의 내러티브를 어떻게 받아들일 것인가의 문제를 광범위하게 논의해 왔다(하이디 허트너Heidi Hutner의 전집《애프라 벤 다시 읽기Rereading Aphra Behn》참고). 어쩌면《오루노코》는 소설풍 회고록에 접목된 로맨스라는 형태로 가장 잘 정의될지 모른다.

일인칭 서술자로서 벤의 입장은 복잡하다. 수리남으로 향하던 중 아버지를 여읜 그녀는 지배계급의 일원이자 주변적 인물이고, 남성의 세계에서는 어떤 역할도 힘도 없는 여성이다. 벤은 식민주의자들이 새로운 잔혹 행위를 하려 할 때 몇 번이고 배척된다. 그러나 벤의 주변적 입장에도 장점은 있다. 객관적 서술자이자 두 세계 간의 중재자 역할을 할 수 있다는 점이다. 그녀가 지배민족의 일원인 동시에 노예가 된 주인공과 미묘하게 동일시되기 때문이다. "그의 불운은 오직 여성의 펜으로밖에 그 명성을 기릴 수 없는 이름 없는 나라에서 태어났다는 것이다"| 벤, 《오루노코》, 69 |.

비평가들이 주목했듯, 벤은 오루노코를 자신의 아프리카적 화신으로 제시한다. 오루노코는 독실한 기독교도로 추정되는 노예 소유주들의 도덕성에 주기적으로 의문을 제기하는 것을 포함하여, 거짓말을 못 하고 생각하는 바를 언제나 말한다. 이야기는 "백인과 그들이 경배하는 신에겐 신의가 없다"는 오루노코의 인식의 성장을 통해 전개된다| 90 |. 독자는 오루노코가 벤의 견해를

어디까지 반영하는지 숙고해 볼 수 있다.《오루노코》는 노예제와 기독교 모두를 규탄하는 고발장일 수도 있고, 기독교인에게 기독교의 진정한 가치에 부응하고 노예들의 처우를 개선하라고 요청하는 진정서일 수도 있다.

벤은 악질 노예 소유주들의 잔혹성에 극구 반대하는 만큼이나《오루노코》의 주인공과 여주인공에게 눈에 띄게 유럽적인 특징을 부여해, 오루노코를 태생적인 신사이자 예의범절과 영웅적인 극기심 면에서 아프리카인보다 로마인에 가까운 인물로 제시한다. 그는 침울한 화법의 키케로 스타일로 말하고, 수리남에서는 "카이사르"로 알려지기도 한다. 동료 반란군들이 추격해 오는 노예 소유주에게 재빨리 굴복하는 모습을 보였을 때, 벤은 오루노코로 하여금 흑인에 대한 혐오감을 드러내게까지 한다. 그들 대다수는 "천성이 **노예**요 **기독교도들**의 연장으로 사용되기 알맞은 가엾은 악당들이다. 또 배신자에 겁쟁이이고 저 같은 주인에게 딱 맞는 개다. 그래서 채찍질당하길 자처하며 **기독교의 신**을 배우고, 기어다니는 어떤 미물보다도 역겨운 존재가 되는 것이다"|90|. 여기서 오루노코는 기독교를 노예도덕의 위장된 형태로 본 니체의 비판을 예견하지만, 이 비판의 효과는 애매하다. 아프리카 왕자 오루노코가 동료 노예들을 비난하고, 특히 그의 대사가 에덴의 사악한 독사에 대한《성경》의 묘사를 환기하는 이미지를 활용하기 때문이다. 우리는 오루노코가 얼마만큼 진심으로 노예제를 규탄하는지, 그리고 벤이 자신과 동일시하고 고전적 인물에 동화시킬 만큼 편애했던 오루노코에 대한 연민을 유보한 채 얼마만큼 영국

의 제도를 보존하는지를 판단해야 한다.

볼테르는 목격자적 사실주의를 가장하지 않았지만, 《캉디드》를 읽을 때에도 비슷한 질문이 발생한다. 이 유쾌한 이야기는 실제 사건(1755년 리스본을 폐허로 만든 대지진)과 노골적으로 환상적인 장면(다이아몬드가 너무 흔해 아이들이 먼지 속에서 다이아몬드를 가지고 노는 신화 속 아마존 왕국 엘도라도 방문을 포함한)을 자유롭게 뒤섞는다. 《캉디드》의 풍자적 요지는 기독교에 대한 정면 공격이자, 신이 인간에게 '가능한 세계 중 최상의 세계'를 주었다는 라이프니츠의 경건한 철학이론에 대한 정면공격이다. 볼테르는 독일에서 포르투갈, 콘스탄티노플에 이르는 장면에서 자연의 무작위적 폭력과 종교인들의 이기적 위선을 묘사하는 데에 그치지 않고 캉디드와 퀴네공드를 남아메리카로 보내기까지 한다. 이 새로운 장소는 볼테르에게 비백인을 대하는 유럽인의 악랄한 태도를 보여 주고, 고결한 식인종을 이국인 모델이자 더 고차원적인 도덕성의 모델로 제시할 기회를 제공한다.

캉디드는 남아메리카로 항해하면서 그토록 희구했던 낙관주의의 부활을 경험한다. 그는 말한다. "모든 것이 잘될 겁니다. 신세계의 바다만 봐도 그래요. 벌써 우리 유럽의 바다보다 좋잖아요. 잔잔하고 바람도 한결같고. 분명 신세계는 가능한 세계 중 최상의 세계일 겁니다" | 볼테르, 《캉디드》, 애덤스 옮김, 21 | . 그러나 현실은 달랐다. 캉디드와 퀴네공드는 모국에서 경험했듯 남아메리카에서도 도둑을 맞고 폭행을 당한다. 그들은 대륙 전역에서 불운을 겪고, 합리주의자들의 천국인 엘도라도에서만 환대를 받는다. 볼테르는 《오

루노코》의 깃털 모자에 대한 기념으로(1745년《오루노코》의 수많은 프랑스어 번역서 중 첫 번째 번역서를 입수한다) 캉디드를 수리남에 기착시키기도 한다. 여기서 원주민은 노예노동의 현실에 관한 애프라 벤식 교훈을 제공한다. "설탕 공장에서 일하다 절구에 손가락이 끼면 손을 자르고 도망치려 하면 다리를 자르지요. 저는 두 가지를 다 겪었습니다. 당신네 유럽인들이 설탕을 먹는 건 바로 그 덕분이죠" |44|.

원주민은 볼테르가 기독교의 경건함을 훼손하는 데에 도움을 주는 존재다. 캉디드와 그의 혼혈인 하인 카캄보는 예수회 신자로 위장하고 포악한 예수회 무리로부터 탈출해 황무지로 달아나지만, 그들을 잡아먹으려는 식인종 무리에게 붙잡힌다. 캉디드는 식인종들이 기독교 윤리를 위반하고 있다고 항의하지만 아무런 도움이 되지 않는다. 이때 카캄보가 자신들도 같은 예수회의 적이라고 주장하여 포획자들을 진정시킨다.

> 카캄보가 말했다. "여보시오. 여러분은 오늘 예수회 놈 하나를 잡아먹을 작정이죠? 아주 잘하시는 겁니다. 적을 그렇게 처치하는 것이야말로 참으로 지당하지요. 실제로 자연법은 우리에게 이웃을 죽이라고 가르치고, 우리는 어디서나 그렇게 행동하고 있습니다. 우리 유럽인이 이웃을 먹을 권리를 행사하지 않는 것은 단지 그것 말고도 좋은 먹거리가 많이 있기 때문입니다." |35|

식인종들은 반예수회 동맹을 발견한 데에 반색하고 즉시 포로들을 풀어 준다.

　종종 부조리한 볼테르의 이야기는 3차원적 묘사보다는 희화화에 의존하지만, 그렇게 희화화된 일부 캐릭터는 현실의 인종적 전형에 너무 가까워 불편함을 주기도 한다. 캉디드와 카캄보가 파라과이에서 식인종 부족을 처음 맞닥뜨렸을 때 나체의 두 원주민 여인이 원숭이들에게 엉덩이를 깨물리며 쫓기는 중이었다. 캉디드는 즉시 원숭이를 총으로 쏴 죽이지만 인디언 처녀들은 그에게 감사해하는 대신 애인을 잃은 데에 통곡한다|34|. 카캄보는 놀라지 않는다. "어떤 나라에서는 원숭이도 여자들의 사랑을 받을 수 있다는 것을 왜 이상하게 생각하세요? 저들도 4분의 1은 인간이에요. 제가 4분의 1은 스페인 사람인 것처럼요"|34|. 볼테르의 원주민이 철학자와 유인원의 불안정한 혼합체라면, 그의 유대인은 포르투갈의 호색한 고리대금업자 이사샤르부터 이스탄불에서 캉디드를 터무니없이 속인 보석상에 이르기까지 하나같이 비열한 악당들이다. 이 점에서 로버트 애덤스Robert Adams는 번역서에 다음과 같은 사설적 각주를 삽입했다. "유대인 자본가들과의 여러 불행한 경험에서 비롯된 볼테르의 반유대주의는 그의 성격에서 그리 매력적인 부분은 아니다"|78|.

　이 고상한 논평은 과한 동시에 부족하다. 부족한 이유는 논평이 모든 유대인에 대한 볼테르의 혐오스러운 정형화를, 암시된 바에 의하면 정말로 탐욕스럽고 저급한 악당이었을지도 모를 몇몇 유대인에 대한 그의 사적 반작용으로 축소시키기 때문이다. 더 중요한 것은, 지극히 합리적인 볼테르조차 그 편견에 사로잡힌 사고 방식에서 완전히 자유롭진 못했다는 점이다. 그럼에도 애덤스는 볼테르의 반유대주의를 지적하는 데에 '과하게' 열을 올리는 경향이 있는데, 이는 그의 반종교적 투쟁의 본령으로 이해되어야 한다. 성마르고 호색한 고리대금업자 이사샤르는 똑같이 야비한 가톨릭 재판장과 퀴네공드의 몸을 공유하고 있고, 캉디드가 장검으로 두 사람을 베어 버리자 볼테르의 세계는 더 나은 곳이 된다. 볼테르의 합리주의적 열의의 저변에는 무관용과 적을 향한 단호한 응징이 있다. 그의 반가톨릭주의와 반유대주의는 모두 소금기둥으로 간주돼야 한다.[24]

볼테르는 유럽 밖을 여행한 적이 없어 《캉디드》의 남미 장면은 순전히 상상된 배경이다. 애프라 벤은 아르마딜로를 직접 관찰했던 반면에, 볼테르는 탐험 문학을 읽으며 알게 된 지역적 세부 사항으로 파라과이의 새장을 설명한다. "캉디드는 곧 푸른 넝쿨로 뒤덮인 정자로 안내되었다. 정자는 아름다운 초록빛과 금빛 대리석 기둥으로 둘러싸여 있고 기둥 사이로 일종의 새장 역할을 하는 푸른 넝쿨이 촘촘히 얽혀 있었다. 넝쿨 속에는 앵무새, 벌새, 극락조, 뿔닭을 비롯한 온갖 종류의 진귀한 새들이 갇혀 있었다"| 30-1 |.

볼테르는 여행기가 제공하는 지방색에 의지하면서도 외국 풍

---

24 《성경》의 은유로, 롯의 아내에 관한 우화를 환기한다. 그녀는 소돔과 고모라 성이 멸망할 때 뒤를 돌아보지 말라는 신의 경고를 무시했다가 소금기둥이 된다.

습의 열거를 포함한 여행 장르의 클리셰를 활용하는 것으로 풍자적 재미를 보았다. 애프라 벤과 다른 유럽인 여행자가 종종 수록했던 관음증적 취미인 벌거벗은 여인의 몸에 대한 사색도 그중 하나다. 《캉디드》11~12장에서 퀴네공드의 늙은 하녀(교황과 팔레스트리나 공주의 딸)는 유럽 너머의 세계를 난생처음 경험한 일을 포함하여 그녀가 겪었던 많은 불운을 이야기한다. 여인은 어머니와 함께 많은 수행원을 거느리고 남부 이탈리아의 사유지로 항해하던 중 모로코 해적들에게 배를 점탈당해 북아프리카에 노예로 끌려가게 된다. 해적들이 가장 먼저 한 일은 포로들을 발가벗겨 몸속에 숨겨 둔 패물이 있는지 수색한 것이다. "옷을 벗기는 데 이 신사 분들이 보인 열정은 정말 찬탄할 만했어요. 더욱 놀라웠던 건 우리 여자들은 기껏해야 관장기 정도만 넣는 그곳에 손가락을 집어넣은 것이지요"[23]. 그러나 노파는 이런 취급에 격분하기는커녕 그것을 교육적인 경험으로 여긴다. "조금 이상한 의식이었어요. 자기 나라에서 벗어나 본 적 없는 사람은 모든 것을 그렇게 판단하지요. 그분들은 그냥 거기에 다이아몬드라도 감췄나 궁금했던 거예요. 나중에 알고 보니 바다를 지배하는 문명국들 사이에서 태곳적부터 내려오는 관습이라더군요"[23].

16세기까지 거슬러 올라가는 여행 이야기의 공통된 주제는 유럽인 탐험가가 먼 땅에서 그 혹은 그녀의 언어를 아는 사람을 발견하고 놀라워하는 것으로, 이는 현지인과 의사소통이 가능해져 도움을 받을 수 있게 되는 언어학적 연계의 순간이다. 볼테르는 노파가 모로코로 끌려갔을 때의 장면을 풍자적 영상처럼 제공

한다. 노파는 모르는 언어를 구사하는 사람들 사이에 있고, 그녀를 억류한 해적 떼가 약탈품과 포로를 갈취하려는 다른 해적 떼의 공격을 받으면서 상황은 더욱 악화된다. 노파는 어머니와 동료들이 겁탈당하고 난도질당하는 것을 보고 기절했다가 잠시 후 의식을 되찾아 동료 이탈리아 죄수 카스트라토가 그녀를 강간하려 하는 걸 알아챈다. "그가 한숨 쉬며 말했다. '*O che sciagura d'essere senza coglioni!*'"("고환을 잃다니 이런 불행이 어디 있는가!"). 노파는 화를 내기는커녕 "내 나라 말이 들리는 것에 놀라움과 반가움을 느꼈다"고 말한다|24|. "정직한 고자"는 그녀를 보살피고 안전하게 이탈리아로 데려다 주겠노라 약속하여, 이슬람 야만에 직면한 유럽인 연대의 감동적 사례처럼 제시된다. 그러나 이후 고자는 노파를 알제리로 데려가 그곳의 술탄에게 팔아 버린다|25|.

볼테르는 세속적인 배경을 활용하여 "가능한 세계 중 최상의 세계"를 표상하는 것으로 그들만의 사회적 배치에 대한 유럽 독자의 자기만족을 불안정하게 하지만, 그는 급진적 상대주의자도 아니고 타자의 문화에 관심을 두는 부류도 아니다. 캉디드와 퀴네공드, 그리고 그들의 동료들은 인간의 본성이 어디서나 대체로 비슷하다는 걸 발견하지만 이는 행복한 발견이 아니다. 캉디드는 남아메리카에서 프랑스로 돌아와 늙은 철학자 마르탱에게 묻는다. "인간이 오늘날처럼 늘 서로를 학살해 왔다고 생각하시나요? 인간이 언제나 거짓말쟁이, 배신자, 배덕자, 날강도, 약골, 고자질쟁이, 변덕꾸러기, 겁쟁이, 욕심쟁이, 식충이, 주정뱅이, 수전노, 야심가, 학살자, 비방자, 난봉꾼, 광신자, 위선자, 바보멍청이였다고 생

각하시는지요?"|50|. 마르탱은 냉정하게 답한다.

　　— 그럼 선생은 매가 비둘기를 보면 항상 잡아먹는다고 생각하
　　　십니까?
　　— 네, 그럴 테지요. 캉디드가 말했다.
　　— 거 보세요. 매는 절대로 본성이 변하지 않죠. 그런데 왜 선생
　　　은 인간 본성이 바뀌기를 바라십니까? |50|

　　더 넓은 세상이 인간 본성의 근본적인 차이를 밝혀 주지 않는
다면, 적어도 새로운 모험과 인간이 자신을 재창조할 새로운 방법
을 찾아낼 무한한 가능성은 제공할 것이다. 특히 볼테르의 이야
기에서 중요한 여성들은 그들에게 닥치는 모든 불운을 극복해 낼
적응력을 가지고 있다. 캉디드는 고리대금업자와 종교재판장을
살해하고 포르투갈로 도망치며 퀴네공드의 앞날을 걱정한다. 실
리주의적인 하인 카캄보는 답한다. "아가씨야 어떻게든 되겠지요.
여자들은 항상 자기 앞가림을 잘하니까요"|29|. 카캄보는 캉디드
가 최신 유럽 군사기술로 지역 부대를 훈련시켜 큰돈을 벌 수 있
는(또 다른 볼테르적 역설) 파라과이로 가자고 제안한다. 카캄보는
말한다. "어떤 세계에 자리가 없으면 다른 세계를 찾아봐야지요.
새로운 것을 보고 경험하는 건 매우 즐거운 일이랍니다"|29-30|.

고향을 바라보기

볼테르 시대부터 작가들은 무역과 정복의 경로를 계속 추적해 왔다. 마르코 폴로의 《동방견문록》을 탁월하게 개작한 작품으로 이탈로 칼비노Italo Calvino의 마법적이고 독창적인 1972년 소설 《보이지 않는 도시들Le città invisibili》이 있다.

책은 마르코 폴로와 쿠빌라이 칸이 황혼에 물든 칸의 정원에서 나누는 일련의 사색적인 대화를 그린다. 베네치아인 마르코는 그가 방문한 제국 주변 도시들을 〈도시와 기호들〉, 〈도시와 눈들〉, 〈섬세한 도시들〉, 〈도시와 죽은 자들〉 같은 주제로 묘사한다. 그중 다수는 노골적으로 환상적인 장소다. 어떤 도시는 도시 전체가 파이프와 하수관으로 이루어져 아침마다 요정들이 그 속에서 목욕하고, 또 어떤 도시는 지상과 똑같은 세계가 지하에 자리 잡아 얼어 죽은 자들이 그곳에서 산 자를 흉내 내며 살아간다. 가파른 두 절벽 사이에 걸린 큰 그물로 지탱되는 도시도 있다. "낭떠러지 위에 걸려 있는 옥타비아 주민들의 삶은 다른 도시에서의 삶보다 더 확실합니다. 그들은 그물이 오랫동안 견뎌 낼 것임을 알고 있습니다" | 칼비노, 《보이지 않는 도시들》, 75 | .[25]

각 장이 하나의 상징적인 도시를 그려 내는 보석 같은 산문시

---

[25] 칼비노의 《보이지 않는 도시들》 번역은 이현경 옮김, 《보이지 않는 도시들》(민음사, 2007)을 참조했고 원문에 맞게 수정했다.

로, 폴로의 《동방견문록》과 《천일야화》의 이미지로 충만하다. 여자들은 가죽끈에 묶인 퓨마와 산책하고, 장인들은 아스트롤라베〔천체의 높이나 각을 재는 기구〕를 만들거나 자수정을 조각하며, 운 좋은 여행자들은 오달리스크들〔터키 황제의 후궁〕의 목욕탕에 초대되기도 한다. 우리는 버튼적 수준의 동양주의 환상에 빠진 것 같지만, 이상하게도 현대적 요소들이 이 전근대적 풍경 속에 생겨나기 시작한다. 비행선, 레이더 안테나, 고층 건물 등등. 책이 진행됨에 따라 점점 더 많은 현대성이 침투해 오고, 소설 후반부의 몇몇 도시는 매우 현대적인 문제를 구현하기도 한다. 어떤 도시는 사람이 너무 많아 아무도 움직일 수 없는 형세이고, 어떤 도시는 주변에 쌓인 쓰레기가 산을 이뤄 그 속에 파묻히기 직전이다. 책의 끝부분에서는 뉴욕과 워싱턴(실제로 언급되는)[26]이 도쿄,[27] 교토, 오사카와 하나의 "이어지는 도시"로 통합되기까지 한다. 칼비노의 글은 과거와 현재, 동양과 서양, 유토피아와 디스토피아의 경계를 넘나들며 다른 세계의 복합 렌즈로 현대 세계를 바라본다. 후일 칼비노가 말했듯 "보이지 않는 도시들città invisibili은 살 수 없는 도시들città invivibili의 한가운데서 분만된 꿈이고 … 이 도시들은 지속적이고 획일적으로 지구를 뒤덮어 가고 있다"|칼비노, 〈서문Presentazione〉, ix |.

---

26   오기로 추정. 《보이지 않는 도시들》에서 워싱턴은 언급되지 않는다. 뉴욕과 함께 언급되는 도시는 샌프란시스코다.

27   오기로 추정. 도쿄도 《보이지 않는 도시들》에서는 언급되지 않는다. 책의 후반부에서 뉴욕과 하나의 "이어지는 도시"로 통합되는 것은 로스앤젤레스, 교토, 오사카다.

진정한 비교문학자인 칼비노의 마르코는 결코 하나의 도시를 고립된 것으로 보지 않는다. 모든 도시가 유의성과 사회적 의미의 사슬로 연결돼 있기 때문이다. 그러나 마르코는 쿠빌라이가 다음과 같은 특징을 지닌 고대 중국의 수도 킨사이와 비슷한 도시를 본 적이 있느냐 묻자, 침묵을 지킨다.

운하 위에 아치 형태로 놓인 다리들과 대리석 현관이 물속에 잠겨 있는 제후의 궁들, 긴 노에 밀려 지그재그로 가볍게 움직이며 오가는 작은 배들, 시장이 선 광장에 채소가 든 바구니들을 내려놓는 나룻배들, 발코니, 망루, 둥근 지붕, 종탑, 회색빛 석호에 푸른빛을 드리우는 섬의 정원. | 칼비노, 《보이지 않는 도시들》, 85 |

이탈리아 독자라면(그리고 많은 관광객도) 누구라도 깨달을 것이다. 킨사이는 베네치아의 경상鏡像이다.

마르코는 그런 장소를 본 적이 없다고 하지만, 쿠빌라이는 왜 고향에 대해 말하지 않느냐며 다그친다. "마르코는 미소 짓는다. '그간 제가 폐하께 달리 무엇을 말씀드렸다고 생각하십니까?'" | 86 |. 유럽 제국주의 모험의 끝에서 상도와 킨사이는 아비시니아 Abyssinia(에티오피아)가 더 이상 파시스트 이탈리아의 식민지가 아니듯, 더는 아비시니아 처녀가 덜시머로 여행객을 유혹하는 이국적인 이상의 세계가 아니다. 대신 쿠빌라이의 제국은 포스트제국주의 유럽의 이미지로, 즉 베네치아의 기울어진 종탑과 서서히 가라앉는 궁전들로 표상되는 "형체 없는 영원한 폐허"가 된다 | 5 |.

마르코가 사랑하는 도시는 기억 속에서 더욱 **빠르게** 무너져 내리고 있다. 그는 칸에게 말한다. "기억 속의 이미지는 한번 단어로 고정되고 나면 지워지고 맙니다. 저는 어쩌면 베네치아를 말함으로써 한순간에 그 도시를 잃게 될까 두려웠는지도 모릅니다. 아니면 다른 도시를 말하면서 이미 조금씩 잃어버렸을지도 모르지요"|87|. 그러나 마르코의 상실은 그의 청자에겐 이득이다. "쿠빌라이 칸은 마르코 폴로의 보고 속에서만, 붕괴될 운명인 성벽과 탑들 사이로, 흰개미도 갉아 먹을 수 없을 만큼 섬세하게 세공된 장식무늬들을 식별할 수 있었으니 말이다"|5-6|.

한 세기 전 콘래드의 말로처럼, 그리고 그로부터 4천 년 전 길가메시처럼, 문학 여행자들은 오래된 이민자와 초기 작가들이 남겨 놓은 오솔길을 따라 여행을 계속하고 새로운 눈으로 고국을 보기 위해 돌아온다.

6

제국을 쓰기

의식적으로 세계문학을 쓰는 작가는 직접 세계로 나가든 작품을 세계로 보내든 자국 문화와 해외 문화 간의 협상에 언제나 관여하게 된다. 협상의 지분은 특히 작품이 '제국주의 권력'과 '현재나 과거 식민지'와의 관계에 관한 것일수록 커지는데, 문학적 표상이 좋은 쪽으로든 나쁜 쪽으로든 대중의 인식을 강력하게 형성할 수 있기 때문이다.

이런 효과는 작가의 의도나 이후 독자의 반응에서 비롯될 수 있다. 마르코 폴로의 사유는 자유무역과 자연스러운 개종에 관한 것이었고, 2세기 후 그의 숭배자 크리스토퍼 콜럼버스는 종교적·정치적 정복을 꿈꾸게 된다. 20세기 전환기에 콘래드의 중편소설 《어둠의 심장Heart of Darkness》은 의회조사단 구성을 촉진하게 하여 영국 정부가 벨기에 국왕 레오폴드에게 벨기에령 콩고에 대한 개혁을 촉구하도록 이끌었고, 이후 이것은 대영제국의 목표와 방식에 대한 영국 독자의 태도에도 영향을 미쳤다. 그럼에도 《어둠의 심장》을 채우는 폭력적이고 불가해한 아프리카인은 예전보다 오늘날 더 문제시된다. 그들의 근본적인 타자성은 250년 전 애프라 벤이 오루노코를 로마적 이상형에 동화시킨 것보다 진정한 교차문화적 이해에 도움이 된다고 말하기 어렵다.

작가가 현재나 과거 식민지 출신일 경우 복잡성은 가중된다. 작가의 도전이 바로 그 언어에 대한 질문에서부터 시작되기 때문이다. 로버트 영Robert J. C. Young이 〈세계문학과 언어 불안World Literature and Language Anxiety〉에서 말했듯, 식민지·탈식민지 작가는 종종 토착어로 쓸지 그의 민족이 강제 편입된 제국어로 쓸지라는 어려운 선택을 해야만 한다. 영은 작가가 무엇을 선택하든 그 선택의 불안을 직접적이고 창의적으로 마주한다면 그것이 생산적일 수 있다고 주장한다. 이 선택은 예술적 성과뿐 아니라 사회적·정치적 이해관계와도 연관이 있다. 식민지나 탈식민지 작가는 하나 혹은 그 이상의 토착어와 지역 전통에 친밀한 능통성이 있을 수 있고, 공동체나 국가 건설에 직접적인 사회적 영향을 미치기를 열망할 수도 있다. 그러나 토착어로 쓰인 작품에는 독자가 비교적 적을 수 있다. 제국어나 세계어는 특히 국제적으로 그리고 어쩌면 자국에서도 더 많은 독자를 끌어모을 수 있지만, '개인의 지역적 경험 및 표현 방식'과 '대도시나 제국 중심지의 문학 전통'을 조율하는 것은 지난할 수 있다. 심지어 세계어로 글을 쓸 때에도 모로코 시인이나 인도네시아 소설가는 작품이 작가의 나라에 대한 해외 독자의 관심사와 견해 혹은 환상에 부합하지 않으면 번역 출판에 난항을 겪을 수 있다. 작가뿐 아니라 독자도 수세기간 지속된 제국주의 체제와 사고 습관의 결과를 고려해야 한다. 그 결과는 그것을 추동한 제국이 사멸하고도 한참 후까지 영향을 끼칠 수 있다.

Siempre la lengua fue compañera del imperio. "언어는 언제나

제국의 동반자였다." 스페인 학자 안토니오 데 네브리하Antonio de Nebrija가《카스티야어 문법Gramática de la lengua castellana》서문에 쓴 문장으로, 이 책은 그의 후원자 이사벨라 여왕에게 헌정되어 운명적인 해인 1492년(콜럼버스가 신대륙을 발견한 해)에 출판되었다|네브리하, 《문법Gramática》, 3|. 마찬가지로 문학도 수시로 제국의 체제에 편입되어 제국 중심지의 문화와 가치관을 식민지민에게 주입시키기 위해 학교에 배속되곤 했다. 대개 본국의 주요 작가와 그 외 유럽 고전을 강조하는 수입 문학 정전은 지역예술 생산에 부정적 영향을 끼칠 수 있다. 토착어가 식민지 학교에서 완전히 금지되지 않았을 때조차 세익스피어, 디킨스, 세르반테스, 플로베르 같은 작가들의 위명은 젊고 창조적인 정신을 그들의 모국 전통에서 완전히 멀어지게 할 수 있다. 식민지인들이 자신들이 읽는 외국 작품의 작문 방식으로 글을 쓰고자 한다면 언어 선택의 불안은 정전적canonical 불안으로 채워질 것이다. 그들이 과연 런던, 파리, 마드리드에서 이미 쓰인 작품의 엉성한 모조품 이상의 것을 쓸 수 있을까? 데렉 월컷은 1976년 시 〈화산Volcano〉(젊은 카리브해 작가로서 콘래드와 조이스를 읽은 경험의 명상록)에서 이렇게 썼다.

> 누군가는 걸작을 향한 사랑을
> 모방과 추월의 시도보다 중시하며,
> 그 천천히 타오르는 위대함의 신호에
> 글쓰기를 포기하고
> 대신 명상적이고 탐욕스러운 이상적 독자가,

세상에서 가장 위대한 독자가 되고자 한다.

| 월컷, 《시 전집Collected Poems》, 324 | [1]

그러나 월컷은 이런 위대한 작가들로 인해 침묵하기는커녕 그들과의 만남을 통해 감동적인 시를 짓고, 작품 전반에 걸쳐 세계문학을 세인트루시아의 역사와 지리, 주민의 시적 변용을 위한 토대로 흡수했다.

세계적 작가가 되려 한 월컷의 야망은 1948년 18세 때 발표한 예언적인 시 〈서곡Prelude〉에서부터 드러난다. 〈서곡〉은 젊은 시인이 "추레한 형상으로 엎드린 나의 섬에 / 구름의 다채로운 손짓들이 몰려드는 광경"을 보는 것으로 시작된다[3]. "열정적인 쌍안경"을 든 관광객 무리와 그들을 태운 유람선이 세인트루시아에 침입했다는 것이다. 시인은 "정확한 강약의 리듬으로 / 고통을 배울 때까지"(Until I have learnt to suffer / In accurate iambics)[3] (이 시구도 매혹적이지만 엄밀히 정확한 강약 리듬으로 쓰이진 **않았다**[2]) 작품을 공개해서는 안 된다고 스스로에게 경고한다. 그럼에도 월컷은 자신을 "그의 인생 여정 한가운데"[4] 있는 것으로 보고 벌써부터 대담하게 단테와 결부시키며, 수십 년 후 《오메로스》에서 단

---

1   데렉 월컷의 시 번역은 이영철 옮김,《데릭 월콧 시 전집: 1948-1984》(한빛문화, 2010)를 참조했고 원문에 맞게 수정했다.

2   "un / TIL / I / HAVE / LEARNT / to / SU / ffer / in / AC / cu / rate / i / AM / bics." — 약강강강강약강약약강약약강약.

테의 약강격 3운구법을 멋지게 적용해 낸다. 또한, 월컷은 섣불리 대중 앞에 나서지 말라고 스스로에게 한 경고에도 불구하고 인쇄소를 운영한 어머니를 설득해 인쇄한 짧은 시집((《25편의 시Twenty-Five Poems》))의 서시序詩로 이 시를 수록한다. 그리고 서인도제도 최남단 섬 트리니나드에 본사를 둔 새 저널 《캐리비안 쿼털리Caribbean Quarterly》의 편집자들에게 이 얇은 책을 보낸다. 편집자들은 그 시 중 한 편(아버지의 묘지를 방문한 내용을 다룬 〈노란 무덤The Yellow Cemetery〉)을 다시 출간했고, 이로써 월컷의 국제적인 경력이 시작되었다.

데렉 월컷은 카리브해를 떠나기 전에 이미 세계적인 작가가 되었다. 그는 먼저 트리니나드에서 시인이자 극작가로 입지를 굳혔고, 1992년 노벨문학상 수상 연설에서는 트리니나드가 아프리카, 아시아, 유럽의 유산이 혼합된 하나의 소우주이며 "그 인간 군상의 다채로움은 조이스의 더블린보다 흥미롭다"고 했다 | 월컷, 〈안틸레스The Antilles〉 | . 월컷은 말한다. "작가 자신이 스스로를 정의하는 문화의 이른 아침의, 즉 가지마다 잎사귀마다 스스로를 정의하는 새벽의 증인이라는 것을 깨달을 때, 거기에는 행운을 기념하는 환희의 힘이 있다." 그리고 덧붙인다. "그러나 나는 트리니나드의 모든 파편화된 언어를 알지 못하기에 작가로서 8분의 1밖에 되지 않는다."

월컷은 1981년부터 2007년까지 매년 몇 개월간 보스턴대학에서 학생들을 가르쳤고, 그래서 카리브해에 뿌리를 두고 있음에도 디아스포라적 작가로 여겨질 수 있다. 매사추세츠와 세인트루시아를 배경으로 한 《오메로스》의 주요 장면에서 시인은 그의 출

생지와 새로운 나라 모두에서 똑같이 고향에 있는 자신과 그곳에 속해 있지 않은 자신을 발견하는데, 이것은 이중국적적binational 세계문학이라 부를 만한 두 문화에서 활발한 삶을 유지하는 작가들의 작품에 등장하는 보편적 주제다. 시인은 세인트루시아로 돌아온 후 관광객이 된 듯한 기분에 사로잡히는가 하면, 고향 섬을 보고 "마치 엽서의 / 그림" 같다고 느끼기도 한다 | 월컷, 《오메로스》, 69 | .

아버지의 유령이 월컷에게 섬의 주민과 역사를 쓰라는 인생의 사명을 부여할 때에도 항구에 선 그들 앞을 원양 여객선이 가로막는다. 이 여객선은 지역민을 단순히 웨이터나 지방색을 제공하는 무언가로 보는 부유한 이방인들을 데려온다. "특권으로 치장된, 종이처럼 하얀 선체"의 여객선은 시인이 그의 국제적 명성과 부富로 도망치는 문제적 이미지를 제공한다. "명예는 너의 거리 끝에 있는 / 저 하얀 여객선이다" | 72 | . 월컷은 그해 대부분을 보스턴에서 보내지만 그 지역 풍물에도 애매하게 녹아든다. 시인은 해질녘 미술관〔직장〕을 나서면 택시를 잡을 수 없다. 운전사들이 그를 빈민가에 사는 아프리카계 미국인으로 판단해 승차를 거부하기 때문이다 | 184 | .

이런 이중국적적 삶은 월컷(혹은《오메로스》속 동명의 등장인물)의 불확실성과 불안의 지속적인 근원이기도 하지만, 궁극적으로는 아버지가 결코 갖지 못한 폭넓은 경험과 비전을 얻게 해 준 시적 힘의 원천이기도 하다. 아버지 워릭 월컷은 재능 있는 아마추어 화가이자 시인이었지만, 식민지 세인트루시아에서 보낸 지방 생활은 그를 더 넓은 세계와 단절시켰고, 그는 기껏해야 동네 이발소 선반 위의 낡은 '세계의 위대한 고전' 전집에서나 그 세

계를 흘끗 볼 수 있었다 |71|. 그의 아들은 세인트루시아뿐 아니라 트리니나드와 보스턴에도 거주하며 수시로 해외여행을 하면서 시적 자질을 완전하게 개발할 수 있었고,《오메로스》에서는 아일랜드를 방문하며 가이드로 제임스 조이스 유령을 대동하기까지 한다 |201|. 워릭 월컷이 직접 이 점을 분명히 한다. 그는 매사추세츠 해안에 불현듯 유령의 형상으로 나타나 "좀 더 따듯한 곳 〔두 사람의 고향인 세인트루시아〕으로 가자"는 아들의 제안을 거절한다 |187|. 데렉이 더 적절한 시기에 귀향할 수 있다는 것이다. 워릭은 답한다. "돌아가기 전에 너는 내가 꿈꿨던 /《세계의 고전 전집》처럼 펼쳐지는 도시들로 들어가야 한다. / 그 판석길 위에서, / 자조 自嘲의 다리로 나를 인도한 그 역사들 위에서, / 내가 나의 그림자를 보았던 도시들로 말이다" |187|. 그리고 아들에게 지시한다.

일단 모든 것을 보고 모든 곳을 가 본 뒤,
우리 섬과 그 초록의 소박함을 사랑하라.
이발소 의자가 너의 자리라도, 왕처럼 앉아라.

항구를 떠나는 돛, 항구에 들어오는 돛
햇빛 비추는 베란다에 드리운 포도잎 그림자가
나를 만족시켰다. 바다 칼새는 빗속으로 사라진다.

그렇지만 칼새는 여행하며 모든 것을 둥글게 수행한다.
그것만 기억하라, 아들아. |187-8|

세계지도 그리기

'만남'의 유럽적 측면에서 제국주의 세계문학의 복잡성은 루이스 바스 드 카몽이스Luís Vaz de Camões의 포르투갈 민족 서사시《오스 루시아다스Os Lusíadas》에서 생생하게 드러난다. 1572년 처음 출판된 이 작품은 포르투갈문학의 근간이 되는 작품으로 평가받지만, 동시에 놀라울 만큼 세계적인 관점을 지닌 작품이기도 하다.

이 서사시는 바스코 다 가마의 획기적인 여정을 이야기하며 근본적으로 판이한 사회들을 묘사한다. 다 가마는 1497년부터 1499년까지 아프리카의 가장자리와 인도양을 횡단하여 서인도 해안에 도달한 최초의 유럽인이었다. 1453년 무슬림이 콘스탄티노플을 점령하고 오스만제국을 수립하면서 유럽인들은 마르코 폴로와 후대 무역상들이 이용한 육상 교역로에 자유로이 접근할 수 없게 되었다. 유럽인에게는 인도로 가는 뱃길을 찾는 것이 시급했다. 다 가마의 항해는 세계적인 해양 강국으로서 포르투갈이 급속히 팽창하는 길을 열었다.

《루시아다스》는 세계 무대에서 포르투갈의 부상을 기념하는 동시에, 포르투갈어를 고대 서사시 전통에서 이전까지 상상된 그 어떤 세계보다도 더 광대한 세계를 묘사하는 데에 적합한 언어로 창조했다. 당시 포르투갈은 식민지 쟁탈전에 참여 중이었으나 여전히 유럽 가장자리에 있는 작은 나라였고, 포르투갈문학은 그리스·로마의 고전과 이탈리아·프랑스·스페인문학에 가려져 여전히 초기 단계에 머물러 있었다. 카몽이스는 포르투갈어와 포르투갈문학을 다른 경쟁들과 대등한 지위로 격상시키고자 진력했고, 고국 너머 더 넓은 세계 경험은 그에게 서사시적 작품의 토대를 제공했다.

애프라 벤과 볼테르가 이야기 배경을 흐릿하게 기억하거나 글로만 접한 아득한 장소로 설정했던 데에 반해, 카몽이스는 실제로 아시아에서 서사시를 썼다. 따라서 《루시아다스》는 그 실제 구도상 범세계적인 최초의 주요 문학작품이라 할 것이다. 1552년 리스본에서 싸움을 벌여 추방당한[3] 카몽이스는 17년간 포르투갈 식민지에서 근무하며 인도, 중국, 동남아시아 등지를 여행한다. 카몽이스와 그의 시는 다행히 포르투갈로 돌아올 수 있었지만, 카몽이스는 메콩삼각주에서 난파를 당해 전 재산을 잃고 만다. 그 와중에도 해변으로 헤엄쳐 나오면서 서사시 원고만은 젖지 않게 수면 위로 붙들고 있었다고 한다. 1570년 포르투갈에 돌아온 카몽이스는 빠르게 명성을 얻고 2년 만에 서사시를 출판하지만, 그에게 돌아온 건 (《루시아다스》를 왕에게 헌정한 대가로 받은) 약간의 연금뿐이었다. 카몽이스는 서사시 속 영웅의 항해에 자신의 항해를 덧씌우며 서사시 말미에 다음과 같은 구슬픈 방백을 삽입한다.

서글프고 비참한 난파선에서
낚아챈 흠뻑 젖은 시집,
그에게 부당한 명령이 내려질 때

---

[3]　리스본 궁정에서 마구간지기를 상해한 죄로 마카오로 추방당한다.

그는 비바람 치는 유역에서 허기와

수많은 위험을 극복해야 할 것이고, 그의 탁월한

리라 연주는 명성만 가져다줄 뿐

부富는 가져다주지 않을 것이다. | 카몽이스, 《루시아다스》, 222 |

《루시아다스》는 마음을 뒤흔드는 결사적인 모험 이야기이자 새롭게 열린 세계의 가상 로드맵이기도 하다. 카몽이스는 여행 도중 마주친 아프리카인과 인도인에 대한 생생한 소품문을 기록하지만, 그의 주된 관심사는 여행 그 자체에 있다. 《루시아다스》의 주요 부분은 아프리카를 돌아 인도양을 횡단하는 다 가마의 위험한 항해를 상세히 묘사하고, 마지막 칸토canto 〔장편시의 한 부분〕에서는 "기독교 유럽"에서 아프리카, 인도, 중국, 포르투갈의 광대한 식민지 브라질까지 전 세계에 대한 광범위한 조서를 제공한다. 신성한 님프는 다 가마에게 말한다. 아시아만 해도 "이름조차 알려지지 않은 / 나라가 수천에 이른다. 라오스는 광활하고 인구가 많으며, / 아바스와 버마는 험산준령에 있다. / 카렌족은 만인蠻人이라는 풍문이 돌고 여전히 산 너머 먼 곳에 산다"| 222 |.

카몽이스는 공간뿐 아니라 시간도 가로지른다. 그는 매우 현대적인 목적에 맞춰 고대 서사시 전통을 개찬하고 도입부 행들에서 다음과 같이 공표한다.

As armas e os barões assinalados,

Que da ocidental praia Lusitana,

Por mares nunca de antes navegados,

Passaram ainda além da Taprobana.

무기는 나의 주제, 대적자 없는 영웅은

포르투갈의 먼 서쪽 해안에서

누구도 모험한 적 없는 바다를 가로질러

타프로바나(실론 섬) 너머로 항해했다. |3|

여기서 베르길리우스의 시 〈무기와 인간〉('인간'은 베르길리우스의 영웅 아이네이아스를 뜻한다)은 알려진 세계를 넘어 모험하는 대적자 없는 영웅들(복수複數)의 서사시로 확장된다. 카몽이스는 고전적 참조로 시를 채우고, 비너스 여신이 바커스 신의 사악한 음모에 맞서 다 가마를 지지하게 한다. 바커스 신은 인도에 대한 통제력을 유지하려고 무슬림의 포르투갈 반대를 부추기는 존재다. 또한, 카몽이스는 고전적 출처를 넘어 아다마스토르라는 거대한 괴물까지 창조한다. 그리스 신화 속 타이탄에 필적하는 이 괴물은 아프리카 해안에서 다 가마의 함대를 침몰시키려 한다. 다 가마는 새로운 세계를 항해하며 새로운 고대와도 마주친다.

《루시아다스》는 확장된 세계를 열정적으로 지도에 새긴 지도제작자 작품의 문학적 유사체다. **그림 5**는 그 예로, 1513년 이 남아프리카 지도를 처음 간행한 마르틴 발트제뮐러Martin Waldseemüller는 6년 전 탐험가 아메리고 베스푸치를 기리는 의미에서 신대륙에 "아메리카America"라는 이름을 붙인 지도제작자였다. 발트제뮐러는 유럽의 남동쪽에서 일어나는 발견에도 똑같이 관심을 보였다. 그는 아프리카 지도 중심에 (라틴어로) 다음과 같은 도드라진 주석문을 삽입한다. "아프리카의 이 지역은 고대인에게 알려지지 않은 채 남아 있다." 지도의 **그림 5** 판본은 "이 지역"을 근대 유럽인에게 알리는 데에 포르투갈인이 수행한 핵심적 역할을 인정하고, 포르투갈 왕 마누엘이 바다괴물을 타고 아프리카 끝단을 항행하는 모습을 그려 낸다.

카몽이스는 다 가마에게 "고대인이 … / 내가 목격한 경이를 똑같이 목격했다면 / 본인들이 우리에게 얼마나 위대한 작품을 남겼는지 알 텐데!"라고 외치게 한다|102|. 다 가마가 지닌 진취성의 신기新奇는 카몽이스의 언어로까지 확장된다. 그는 식민 주체의 언어 불안 대신에 시적 표현과 제국주의적 세계 창조의 매개체로서 포르투갈어를 라틴어(이탈리아어, 스페인어)에 필적하는 고급 문학 언어로 개발하는 언어학적 자긍심으로 충일하다.

《루시아다스》시작부에서 카몽이스는 리스본을 거쳐 대양으로 흐르는 타구스강 정령들을 불러내어 그들에게 부탁한다. "내게 마르스의 영향을 받은 / 저 영웅들의 공적에 어울리는 시를 다오! / 시가 숭고해진다면 / 그들의 업적을 시공으로 전파하리니"|4|. 카몽이스는 고전 신화의 신과 여신을 포함할 때에도 먼 육지와 그곳에 도달하는 데에 필요한 항해의 직접적 경험을 바탕으로 이야기에 사실적 묘사를 불어넣는다. 카몽이스는 다 가마의 목소리로 용오름을 상세히 설명한다. "나는 한 가닥 수증기와 옅은 연기가 / 바람에 끌려 조금씩 회전하다 / 물기둥이 되어 하늘로 치솟는 것

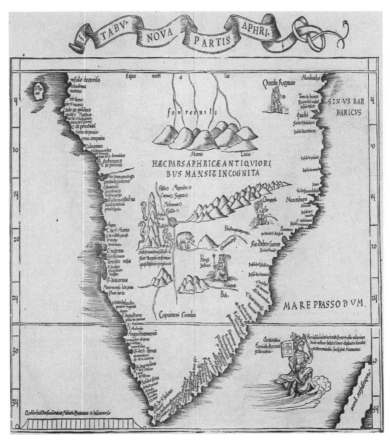

| **그림 5** | 마르틴 발트제뮐러, 《아프리카의 새로운 지역 지도Tabula nova partis Africae》. 이 1535년판 지도는 발트제뮐러의 1513년 원본에 왕, 코끼리, 용의 이미지, 그리고 권장權杖과 포르투갈 국기를 쥔 채 바다괴물을 타고 아프리카 해안을 순회하는 마누엘 왕의 이미지를 추가했다. Image from the Oscar I Norwich Collection of Maps of Africa and its Islands. Courtesy of Stanford University Libraries.

을 분명히 보았다(결코 내 눈이 / 날 현혹한 게 아니다)"|101|. 몇 페이지 뒤 선원들은 선체를 "더럽게 뒤덮은" 따개비, 조개, 진흙을 긁어내고자 해변에 정박한다|113|. 따개비와 진흙을 특징으로 하는 진지한 시는 이 작품이 최초일 것이다.

한편 카몽이스의 대가다운 시적 능력은 시의 사용역使用域을 비근한 것에서 숭고한 것으로 자유롭게 전환한다. 카몽이스는 다 가마가 배의 진흙을 떼어 내고 바다로 돌아간 지 몇 연聯stanza 지나지 않아 그의 선원들이 괴혈병의 발발로 고통받는 모습을 외과적 정확성으로 묘사한다. "잇몸은 / 흉측하게 붓고 / 살점도 부어올라 썩어 들어가니 / … 악취가 진동하여 / 공기를 오염시킨다"|114|. 그리고 시체가 바다에 묻히자 잠시 멈춰서 사색에 잠긴다. *Quão fácil é ao corpo a sepultura!*("육신의 매장은 어찌 이리도 쉬운지!"). "사해의 물결, 열국의 / 구릉은 … 미천함과 고귀함을 가리지 않고 / 인간의 육신을 수용해 주리라"|114|.

자신이 창조한 대적자 없는 영웅과 자신의 시적 기교에 대한 찬탄의 근저에는 우울한 암류가 흐른다. 1570년대 포르투갈은 경제적 쇠퇴기에 접어들어 세계 제국을 지탱할 자원도 인력도 턱없이 모자랐다. 영국과 프랑스가 인도와 동남아시아에서 우위를 점했고, 남미에서는 스페인이 앞서나갔다. 다 가마의 성취에 대한 자부심에도 불구하고, 카몽이스는 먼 나라를 향한 포르투갈의 모험이 나라의 인력을 고갈하고, 유럽 경쟁국 및 북아프리카, 동부 지중해 영토 대부분을 지배하는 무슬림 술탄과 비교해 그 입지를 약화시키고 있다고 우려했다. 다 가마가 리스본의 항구도시 벨렝에서

위대한 항해에 나설 준비를 할 때, 한 노인이 그 진취성의 근간을 의심하며 떠나는 선원들에게 소리친다. "경험만이 줄 수 있는 지혜여, 오, 권력의 오만이여! 오, 헛된 욕망이여 / 영예라는 허영이여! … 왕국과 인민을 어떤 새로운 재앙으로 끌고 갈 작정인가?"|95|. 벨렝의 노인은 10개 스탠자를 가득 채운 공박에서 다 가마가 본국에 더 가까운 무슬림 적들과 대적하는 것이 훨씬 더 적절하다고 주장한다. 다 가마는 그의 말을 끝까지 듣고 아무 말 없이 출항한다.

카몽이스는 서사시 후반부, 포르투갈의 18세 "소년왕" 돔 세바스티앙에게 헌정하는 기념사에서 이 주제로 회귀한다. 그는 왕에게 자신처럼 경험 많은 고문을 등용하고 대규모 사업에 착수할 것을 촉구한다. 그는 왕을 "포르투갈의 고대 자유의 인수인이자 / 기독교 소제국 확장의 보증인"이라 칭송하는 것으로 서사시를 시작했다|4|. 그리고 이제 먼 아시아가 아닌 지브롤터 해협을 통한 제국 팽창의 항로를 가리키며 시를 마무리한다. 카몽이스는 왕이 대담하게 "에스파르텔 갑을 지나 / 모로코나 타로단트〔모로코의 도시〕 성곽을 격파하러" 간다면 "의기충천한 나의 행복한 뮤즈는 삼탄三歎하여 / 온 누리에서 당신의 위업을 찬미하고" 그 영광은 알렉산더 대왕의 것을 능가할 거라 약속한다|228|.

왕은 끝내 카몽이스를 고문으로 삼지 않았지만, 6년 후 약 1만 8천 명의 군사를 동원해 모로코를 침공한다. 그러나 정신적으로 불안정했던 세바스티앙은 제2의 알렉산더 대왕이 아니었고, 원정은 재앙이 되었다. 무어인들은 본거지에서 적을 맞아 포르투갈 군대를 대파했고, 극소수를 제외한 모든 침략자를 도살하거나

노예로 만들었다. 포르투갈 고대 자유의 젊은 보증인은 그의 생명뿐 아니라 왕국의 독립도 빼앗겼고, 포르투갈은 거의 모든 귀족이 몰살한 가운데 스페인에게 왕위가 넘어가 이후 60년간 스페인의 지배를 받게 된다. 카몽이스는 이 대참사에 충격을 받아 2년 후 사망하며 친구에게 다음과 같은 글을 남긴다. "소중한 내 나라에서 내 나라와 함께 눈 감을지니"|×|. 세계문학의 세계 진출이 항상 해피엔딩은 아니다.

가장 어두운 아프리카, 어두워진 런던

3세기 후 또 다른 선원의 항해가 유럽 제국주의 시대에 나온 모든 허구적 이야기 중 가장 탐색적인 작품으로 이어졌다. 조셉 콘래드의 《어둠의 심장》(1899)이다. 《루시아다스》, 《오루노코》처럼 콘래드의 중편소설도 이야기 주요 배경이 될 지역으로 가는 여행에 바탕을 두고 있는데, 그 장소인 콩고는 당시 벨기에 레오폴드 국왕을 위한 영리기업으로 운영되었다.

1857년 우크라이나에서 폴란드 부부 사이에서 출생한 콘래드는 처음에는 프랑스, 다음에는 영국 상선에서 일했고, 1890년대 중반에 제3언어인 영어로 글을 쓰기로 결심한다. 콘래드는 이전 카몽이스나 동시대 키플링처럼 작품 대다수를 세계 먼 지역으로 직접 여행했던 경험에 기초해 집필했고, 유럽뿐 아니라 인도네시아, 인도양, 남미, 아프리카를 이야기 배경으로 다루었다. 선원

직을 은퇴한 후에는 영국에 영구히 정착했지만, 이 입양국은 여러 면에서 그에게 이국땅으로 남았다. 결국 영국 시민이 되고도 그는 언제나, 그 무엇보다 세계의 작가였다.

콘래드는 영국에 거주하며 영어를 구사한 일종의 친밀한 외국인이었다. 그의 영국 친구들은 콘래드의 강렬하고 환기적인 언어 사용에 어리둥절해하곤 했다(그리고 약간 질투했다). 러디어드 키플링은 "콘래드가 펜을 들면 우리 중 단연 으뜸이었다"하면서도 "그의 글을 읽을 때면 항상 외국 작가의 좋은 번역본을 읽는 느낌"이라고 덧붙였다 | 보자르스키Bojarski, 〈키플링과의 대화Conversation with Kipling〉, 328 |. 허버트 조지 웰스도 콘래드가 영어를 "이상하고 분명 특이하게" 구사했지만, "그럼에도 그것이 놀라울 만큼 풍부하고 생생한 영어 산문을, 즉 틀에 박힌 표현과 진부한 구절로부터 눈에 띄게 그리고 거의 필연적으로 자유로운 새로운 유형의 영어를 직조하도록" 했다고 기술했다 | 웰스, 《자서전 실험Experiment in Autobiography》, 616 |. 한편, 1923년 버지니아 울프는 이렇게 약술한다.

> 확실히 콘래드는 19세기 말 불시에 이 해안가로 내려온 낯선 유령이었다. 예술가에 귀족이며 폴란드인이기도 한. … 나는 지난 수년간 그를 영국 작가라고 생각할 수 없었다. 그는 자신의 것이 아닌 언어 사용에 지나치게 격식을 차리고 너무 예의 바르고 너무 세심했다. | 울프, 〈콘래드 씨에 관한 대화Mr Conrad: A Conversation〉, 77-80 |

물론 이 무렵 콘래드는 영어를 자신만의 '언어학적 방'으로 만든 지 오래였다.

《어둠의 심장》에서 콘래드는 콩고강 여행의 원초적 경험을 광기로 전락하는 제국주의적 이상에 대한 불안한 묘사로 치환하고자 조밀하고 환각적인 언어의 그물을 짰다. 그는 1890년 한 벨기에 회사에 취직하여 콩고강으로 기선을 운항하는 일을 맡게 되었다. 회사는 노예 노동력을 활용하여 콩고의 천연자원을 착취하는 일을 하고 있었다. 작가로서 커져 가던 콘래드의 야망은 이 여행으로 새로운 사회적·정치적 긴급성을 띠게 되었고, 그에게 《어둠의 심장》의 맹아를 제공했다. 콘래드는 강 하류로 돌아오는 길에 죽어 가던 회사원 조지 클라인을 이송했고, 그는 《어둠의 심장》에서 경외심을 불러일으키는 과대망상증 환자이자 일등 상아 수집가 커츠로 재탄생했다. 《어둠의 심장》에서 선원이자 화자인 말로는 과학과 진보의 사절로서 콩고에 간 커츠를 만나러 강 상류로 가지만, 끔찍한 잔악성의 현장과 유럽적 이상의 붕괴 속에서 죽어 가는 그를 발견한다.

《어둠의 심장》 속 제국주의 사업의 파괴적 해체는 콘래드의 개인적 관찰에 기인하고, 그 파급력은 레오폴드 왕의 잔인한 식민지 정책에 대한 인식을 형성한다. 그럼에도 우리가 말로와 함께 강을 거슬러 올라가며 발견한 바에 관한 해석은 극명하게 엇갈려 왔다. 우리는 정말로 아프리카를 보는 것일까, 영혼의 어두운 밤에 대한 말로의 실존적 환상을 보는 것일까? 유럽 제국주의의 근본적 타락을 보는 것일까, 더 양가적으로 엇나간 제국주의의 실패를 보는 것일까? 아니면 도무지 억제되지 않고 구제할 길 없는 원시주의를 보는 것일까? 콘래드가 제국주의를 비판하면서도 그 근간인 인종차별주의를 강화할 만큼?

마지막 관점은 치누아 아체베Chinua Achebe가 인상적으로 발전시킨 것으로, 그의 1958년 소설 《모든 것이 산산이 부서지다Things Fall Apart》는 독자에게 제국주의 이야기의 다른 측면을 제공하려는 노력으로 읽힐 수 있다. 아체베는 〈아프리카의 이미지: 콘래드의 《어둠의 심장》에 나타난 인종차별주의An Image of Africa: Racism in Conrad's *Heart of Darkness* 〉라는 에세이에서 콘래드를 공격하는 주장을 펼친 바 있다. 여기서 그는 콘래드가 아프리카인 캐릭터의 인지 가능한 언어 구사 능력이나 그들만의 독자적 행위를 부정한다고 날카롭게 비판한다. 그에 따르면 콘래드가 제시한 바는,

> 인간 요소로서 아프리카인은 배제된 배경이자 장식으로서 아프리카, 인지 가능한 모든 인간성이 결여된 형이상학적 전장으로서의 아프리카에 지나지 않는다. 방황하는 유럽인은 위험을 무릅쓰고 그 속으로 들어간다. 물론 아프리카를 옹졸한 유럽인 한 사람의 마음을 파괴하는 소품 역할로 축소시키는 터무니없고 비뚤어진 오만도 있다. 그러나 요점은 그것이 아니다. 진정한 문제는 아프리카와 아프리카인의 비인간화로, 이 유구한 태도가 온 세계에서 조성되어 왔고 계속 조성되고 있다는 점이다. 문제는 이런 비인간화를 찬양하고 인류의 일부를 비인격화하는 소설을 위대한 예술 작품이라 부를 수 있냐는 점이다. 내 대답은 '아니오'이다 | 아체베, 〈아프리카의 이미지〉, 794 | .

1977년 아체베가 이 에세이를 발표할 당시,《어둠의 심장》은 커츠와 말로의 정신적 투쟁 이야기로 읽히고 있었다. 비평가들은 책을 정치적 측면에서 유럽 제국주의 프로젝트의 고발로 찬양했고, 콘래드의 실제 아프리카인 묘사를 깊이 숙고해 본 영미 독자는 거의 없었다. 아체베의 논문은 아프리카인에 대한 텍스트의 취급(유럽인의 모험에 위협적 배경을 제공하는 존재로 보는)을 호도하는 이런 방식의 중요한 교정장치가 되었다.

동시에 아체베의 비평은 콘래드의 모더니즘적 모호함에 대한 사실주의 소설가의 조바심을 반영하기도 한다. 콘래드는 일종의 문학적 인상주의를 활용해서 말로의 눈을 통해 아프리카를 경험하게 강요하지만, 말로는 카몽이스의 다 가마나 키플링의 킴 같은 객관적 관찰자와는 거리가 먼 인물이다. 콘래드는 여러 시점에서 말로의 서술적 권위를 불안정하게 하고, 커츠뿐 아니라 말로도 종종 탐닉했던 인종적 고정관념에 대한 단순한 지지도 약화시킨다. 이야기는 아프리카가 아닌 런던 외곽 템스강에 정박한 유람선 넬리호에서 시작된다. 이야기는 화자가 말로의 이야기를 다시 들려주는 것으로 제시된다. 그 저변에는 모순적 불신의 암류가 흐른다. 황혼이 지고, 말로가 화자에게 자신의 오류를 들려주면서 말로는 더 모호함에, 〔어둠〕에 휩싸여 간다. "물론 이 경우는 당시의 나보다 현재의 자네들에게 더 잘 보일 걸세" | 콘래드, 《어둠의 심장》, 43 | .[4]

---

4 조셉 콘래드의 《어둠의 심장》 번역은 이상옥 옮김,《암흑의 핵심》(민음사, 1998); 이

말로는 상아를 우상으로 만든 커츠와 다른 선원들을 조롱한다. 의심 많은 화자에 따르면, 말로는 "연꽃도 없고 유럽인의 옷을 걸쳤으면서 영락없이 설법하는 부처의 형상"이다(21). 콘래드는 이 주인공을 아주 복잡한 인물로 그려 낸다. 말로는 자신을 험프리 보카트 같은 인물로 생각하지만, 동시에 모든 환상을 잃어버렸다는 환상에 시달리는 듯 보인다.

애프라 벤은 남성지배적 식민주의 권력 체제의 왜곡된 영향으로부터 자유로운 여성으로서 자신의 위치를 환기함으로써 내러티브에 권위를 더했다. 반면에 콘래드는 식민주의적 남성성을 내부로부터 약화시킨다. 그는 소설 내내 말로에게 잔존하는 제국주의적 마치스모machismo⁵를 교묘하게 풍자한다. 초반부에서부터 말로는 집안의 유력자인 이모에게 콩고에 배속해 달라고 청하면서 어색함을 느낀다. "나 찰리 말로가 여성을 동원하였다는 것 아닌가, 직장을 잡기 위해서! 맙소사!"|23|. 끝에서 말로는 커츠가 죽은 후 영국으로 돌아와 커츠의 정혼자에게 애도를 표하러 간다. 정혼자가 연인이 마지막으로 남긴 말을 알려 달라 애원하자, 말로는 더 이상 환멸적 지식을 가진 위엄 있는 인물로 보이지 않는다. "간담이 서늘해지는 걸 느꼈지. '그만하십시오', 내가 나직이 말했네"|94|. 말로의 목소리는 권력자의 것이 아닌 강간미수 피해자의

석구 옮김, 《어둠의 심연》(을유문화사, 2008)을 참조했고 원문에 맞게 수정했다.

5   수컷을 뜻하는 에스파냐어 '마초'에서 기원한 용어로 남성성의 과시를 의미한다.

것처럼 들린다. 말로는 이런 압박 속에서 진실만을 말한다는 평소 원칙을 지키지 못하고 정혼자에게 커츠가 실제로 남긴 마지막 말 (끔찍하다! 끔찍해!) 대신에 그녀의 이름을 말했다고 전한다. 말로에게서 원하는 바를 얻은 커츠의 정혼자(우리는 이름을 모르는)는 환희에 차 흐느낀 후 커츠를 떨쳐 낸다.

말로는 제국주의를 이면의 "사상idea", 혹은 더 겸손하게는 남성적인 일의 구체적 실용성으로 보완되는 무언가로 보려 하지만, 내러티브는 점진적으로 두 논리를 모두 약화시킨다. 말로는 스스로를 엘도라도 탐험 탐사대라고 부르는 단체처럼 갈수록 착각이 심해져 가는 탐험과 착취 기획자들을 만나게 된다. 이들은 자신들이 다이아몬드가 지천으로 깔린 볼테르의 유토피아를 찾아 엉뚱한 대륙을 뒤지고 있다는 사실조차 깨닫지 못한다. 말로는 흔들리는 철로 구조물부터 대갈못 없이 망가진 증기선을 수리하려는 분투, 커츠의 주거 주변 말뚝에 세심하게 꽂힌 해골바가지까지 가는 곳마다 《캉디드》의 음울한 패러디에 직면한다. 콘래드는 당대 유럽에서의 아프리카인에 대한 인종차별주의적 고정관념을 아체베 같은 후기 소설가가 그랬듯 그것을 반박하기 위해서가 아니라, 소위 계몽된 유럽인과 아프리카인 간의 경계가 얼마나 종잇장처럼 얇은지를 보여 주는 데에 활용한다.

벤이 오루노코를 근대판 시저로 격상시켰다면, 콘래드는 로마 제국 시대 영국을 초기 아프리카로 만들어 제국주의 체제를 약화시킨다. 말로는 이야기 시작부에서 런던의 지는 해를 배경으로 말한다. "이곳 또한 한때는 세상의 어두운 변방 중 하나였네"ㅣ19ㅣ. 그리고 템스강을 거슬러 올라가는 상상 속 로마 군단의 불쾌한 경험을 환기한다.

보급품이니 주문품이니 여하간 자네가 좋아하는 것을 싣고 이 강을 거슬러 올라가 보게. 모래톱, 늪지, 숲, 야만인, 문명인이 먹을 만한 건 아주 귀했고 마실 거라야 템스강 강물밖에 없었을 게 아닌가. … 추위, 안개, 폭풍, 질병, 유배 그리고 죽음. 대기 중에도 물속에도 덤불 속에도 죽음이 웅크리고 있었지. 그들은 이곳에서 파리떼처럼 죽어 나갔을 게야. |20|

초기 영국은 "가장 어두운 아프리카"를 반영하고, 말로가 이야기를 들려주는 동안 밤은 새롭게 내린다. 이질적 대륙으로부터의 귀환은 말로에게 대영제국 심장부heart에 있는 문명과 야만의 불가분한 혼합을 보여 주었다.

엘레신, 오군, 오이디푸스

20세기에 걸쳐 다양한 식민지 · 포스트식민지 작가가 자신만의 관점으로 제국주의 이야기를 다시 쓰는 도전에 응했고, 때로는 세계문학 자원을 활용하여 참조틀을 넓히고 지역적 이야기에 교차문화적 공명을 더했다. 주목할 만한 예로 나이지리아 출신 노벨상 수상자 월레 소잉카Wole Soyinka의 《죽음과 왕의 마부Death and the

King's Horseman》(1975년 처음 책으로 발행)가 있다. 소잉카의 희곡은 문화, 세대, 성별, 주인공의 마음속 모순된 충동 간의 다양한 갈등을 극화하며 문학적 가닥들을 결합한다. 연극은 1946년 나이지리아에서 일어난 사건, 즉 요루바 왕이 서거하고 그 벗이자 조언자이며 마부로 알려진 엘레신이 왕을 따라 사후 세계에 동행해야 한다는 전통에 따라 자살을 준비했던 사건에 바탕을 둔다. 당시 나이지리아는 영국의 식민지였고, 식민지 지역 담당관은 제의적 자살이 일어나는 것을 막고자 엘레신을 체포한다. 그러나 이 자비의 행위는 엘레신의 장남이 아버지를 대신해 자살하는 비극을 초래한다.

소잉카의 친구인 두로 라피도Duro Ladipo는 이미 요루바어로 이 주제를 다룬 희곡《오바 추장 / 왕은 죽었다Oba Waja / The King Is Dead》를 쓴 바 있다. 이 짧고 논쟁적인 희곡은 비극을 영국 제국주의자들 탓으로 돌린다. 그들이 왕의 죽음을 뒤따름으로써 태곳적부터 이어져 온 사회와 우주적 질서를 확인하는 엘레신의 고유한 역할을 부정했다는 것이다. 엘레신은 성적 언어로 개탄한다. "나의 마력은 유럽놈들 탓에 / 발기부전에 걸렸고 / 나의 주술은 그놈들의 호리병 속에서 시들해졌지" | 라피도, 《오바 추장》, 81 | . 소잉카는 광범위한 세계문학을 활용하면서 동시에 음악, 노래, 춤이 작품의 의미 대부분을 전달하는 요루바 전통극도 가져다가 훨씬 더 복합적인 희곡을 개발했다. 소잉카는 1978년 저서《신화, 문학, 아프리카 세계Myth, Literature and the African World》에서 요루바와 그리스 전통에서 의식의 중요성을 강조했다. 여기서 엘레신은 기술과 예술의

후원자이자 인간 세계와 우주 세계를 전이시키는 요루바 신 오군 Ogun[6]의 형상으로 구현된다.

《죽음과 왕의 마부》는 요루바 전통을 고대와 현대의 '세계희 곡world drama' 모두와 융합시킨다. 소잉카는 특히 고대 그리스 비극 을 활용하여, 위풍당당한 '시장의 어머니' 에야로자가 이끄는 시 장의 여인들을 그리스 합창단 형태로 등장시킨다. 소잉카는 《죽 음과 왕의 마부》를 완성하기 2년 전 《에우리피데스의 바커스 시 녀들: 성찬식The Bacchae of Euripides: A Communion Rite》이라는 에우리피 데스 희곡 번안판을 출간한 바 있다. 이 개작은 부제가 시사하듯 그리스 비극과 기독교 희생양을 대담하게 연관짓고, 테베의 왕 펜 테우스가 황홀경에 빠진 바커스 시녀들에게 난도질당하는 것은 기독교 성찬식 성례에서 그리스도의 몸과 피를 소비하는 의식의 한 형태가 된다.

소잉카의 엘레신은 소포클레스의 오이디푸스와도 공통점이 많다. 두 인물 모두 다른 등장인물(소포클레스의 이오카스테, 소잉 카의 지역 담당관 필킹스)이 고대 역사로 격하시키려 하는 원형 패 턴을 관철해야 할 필요성에 직면한다는 점이 그중 하나다. 두 연 극 모두 공동체의 삶은 주인공의 자기희생을 요구한다. 《죽음과 왕의 마부》도 시각과 맹목에 관한 대화로 완성되는 소포클레스

---

6 요루바 신화에서 토베 오데Tobe Ode라는 사냥꾼의 모습으로 대지에 온 첫 번째 오 리샤Orisha(신)로, 다른 신들을 인간 세상으로 이끈 선구자. 전쟁, 대장장이, 사냥의 신이다.

적 반전과 인식의 조합으로 끝난다. 엘레신은 아들 올룬드가 아버지의 자살 실패를 알아채고 명백한 혐오감을 드러낼 때 절규로써 반응한다. "오 아들아, 네 아비를 보고 네 눈을 멀게 하지 말거라!" | 소잉카, 《죽음》, 49 | . 아버지의 실패에 대한 아들의 맹목적인 통찰은 마지막 장면에서 아들의 시체와 마주했을 때, 엘레신이 아버지로서 보이는 아들의 '성공'에 대한 상호파괴적 시각으로 배가된다.

소잉카의 희곡은 셰익스피어의 연극과도 비교될 수 있다. 5막으로 구성된 이 셰익스피어식 연극은 엘레신이 아들의 시체를 보고 사슬로 목 졸라 자결함으로써 억류자들에게 충격을 주는 것으로 극적 절정에 치닫는다. 이 장면은 칼리다사와 소포클레스였다면 무대 밖에 배치했겠지만, 셰익스피어라면 반복적으로 보여 줬을 폭력적 사건이다. 소잉카는 인물의 내적 모순을 강조하는 점에서도 셰익스피어를 닮았다. 리어 왕이 세 딸에게 왕국을 넘겨준 후에도 막대한 비용이 드는 대규모 수행단의 지배권을 유지하려 했듯, 엘레신도 마지막 순간 결혼식을 올리려고 자살을 늦추는 등 세속적 집착에서 완전히 벗어나지 못한다. 《햄릿》의 메아리도 들린다. 소잉카는 영국 의대에서 공부 중인 올룬드를 귀환시켜(독일에서 철학을 공부한 햄릿의 현대적 등가물) 고향에서 얻은 살인충동 장애를 치료하게 한다. 올룬드는 이 과정에서 햄릿처럼 삶을 잃어간다.

엘리신은 비극적 영웅의 치명적인 자존감 결함을 형상화한 작품으로 보일 수 있다. 동시에 그의 이야기는 식민 지배에 직면해 전통을 유지하려는 공동체의 비극이기도 하다. 소잉카의 방식

은 다른 식민주의·탈식민주의 작품뿐 아니라 아체베의 《모든 것이 산산이 부서지다》와도 비교할 만하다. 엘레신의 파멸은 그의 자존심뿐 아니라, 엘레신에게 무엇이 최선인지 안다고 판단하고 엘레신 '자신'으로부터 그를 구하려는 지역 담당관 사이먼 필킹스의 간섭 때문에도 일어난다. 시장 여인들의 현명한 지도자 에야로자는 마지막 장면에서 엘레신과 그 아들의 시신 옆에 선 필킹스에게 이렇게 말한다. "신들이 시든 바나나를 요구했더니 너는 네 자존심을 위해 수액이 가득한 어린 가지를 잘라 버렸구나"|62|. 에야로자는 공동체의 집단적 경험의 목소리로, 소잉카는 이 캐릭터를 형상화하는 데에 토속적인 요루바 전통과 고전적인 그리스 전통뿐 아니라 베르톨트 브레히트나 유진 오닐 같은 현대 비극 작가까지 활용한다. 에야로자는 오닐의 엘렉트라와 브레히트의 억척어멈의 기질까지 물려받는다.

소잉카는 콘래드의 아프리카와 영국의 중첩도 발전시킨다. 말로는 《어둠의 심장》에서 콩고강과 템스강을 연결하고, 소잉카의 시장의 여인은 이렇게 묻는다. "이 땅과 백인의 땅을 씻어 주는 바다는 똑같은 바다가 아닌가요?"|28| 두로 라피도의 연극에서 엘레신의 아들 올룬드는 가나로 떠나 술집에서 허송세월하지만, 소잉카의 올룬드는 해외에서 보낸 시간 덕에 성숙한 아프리카인 정체성을 갖게 된다. 영국 생활은 올룬드가 아버지에게 기대했던 "야만적" 자기희생과 자신의 목숨을 바쳐 전우를 구한 영국 제독의 숭고한 자기희생 간의 깊은 유사성까지 인식하게 한다. 올룬드는 말한다. "그럴 거라 믿어요. 영국에서 그런 사람들을 만났거

든요"[42]. 더 보편적으로, 소잉카는 이야기를 1946년 실제 사건에서 제2차 세계대전 한가운데로 옮김으로써 문명과 야만의 뒤얽힘을 강조한다. 제인이 엘레신의 제의적 자살 가능성에 두려움을 표하자, 올룬드는 이렇게 대꾸한다. "그게 집단자살보다 나쁜가요? 필킹스 부인, 장군님들 덕에 이 전쟁터에 보내진 젊은이들을 뭐라고 부르시나요?"[44].

《죽음과 왕의 마부》에서 언어는 자원이자 무기이다. 필킹스와 동료 담당관들은 아프리카인 하급자에게 무례한 언어로 말하고, 이 하급자들은 식민지 영어사용자 계층구조에서 그들의 낮은 지위를 드러내는 크레올 혼성영어를 구사한다("미스타 피린킨 씨 Mista Pirinkin, sir").[7] 소잉카는 아프리카인 캐릭터들 사이에서도 언어의 정치학으로 놀이를 벌인다. 나이지리아인 경사 아무사(무슬림계 식민 관리청 경찰)가 엘레신의 자살을 막으라는 필킹스의 지시에 따라 그를 체포하러 가자, 시장 여인들이 길을 막아선다. 여인들은 그를 성적으로 조롱하고("여자들에게 힘자랑하러 오면서 무기도 없이 온 거예요?"[28], 아프리카인의 발기부전에 관한 두로 라피도의 과장된 대사의 희극적 변형), 그의 길을 가로막으며 영국식 억양으로 소리친다. "뻔뻔하기는! 무례하기는!"(What a cheek! What impertinence!)[29]. 그리고 소규모 극중극을 펼치며 자기만족적인 식민주의자 역할을 연기한다. "내겐 아무사라는 꽤 충직한 거세소가 한 마리 있어요."

---

7   "Mista"(Mr)나 "sir" 중 하나만 사용하는 것이 일반적인 어법이다.

"진실을 말하는 토착민을 한 명도 모르죠"│30│. 아무사는 어눌한 피진어pidgin(문법이 간략화되고 어휘가 극도로 제한된 영어)로 짧게 답한다. "우리는 지금 가는 것이 된다. 하지만 우리 경고 안 한다 말 만들지 마"(We dey go now, but make you no say we no warn you)│31│.[8]

이런 인종, 성별, 언어의 전쟁 속에서 특히 흥미로운 것은 제인 필킹스의 입장이다. 그녀는 식민지 사업에 완전히 몰두하고, '때로 둔감한 남편' 사이먼 필킹스에게 헌신하면서 연극 내내 무슨 일이 일어나고 있는지 이해하고자 진심으로 노력한다. 제인에게는 남편에게 부족한 지역 풍습의 통찰이 있는데, 그 부분적 이유는 주방에서 하인들의 대화를 듣기 때문이다. 그녀는 연극이 진행되면서 토착민으로서 하인들이 처한 상황과 가부장적 식민지 사회 여성으로서 그녀가 처한 상황 간에 어떤 유사점을 인식하게 된다. 2막이 끝날 무렵, 제인은 남편과 무도회장으로 향하며 어쩌면 "처음부터" 엘레신 문제를 "평소 당신의 총명함"으로 다루지 않았을 수도 있다고 귀띔한다. 필킹스가 "입 닥치고 짐이나 챙겨, 여편네야."라고 대꾸하자, 제인은 토착민 하인의 언어로 답한다. "알겠습니다, 주인님. 그러믄입죠"│27│.

무도회장에 도착한 올룬드가 제인과 긴 대화를 나누며 아버지의 자기희생 논리를 그녀에게 이해시키려 하지만, 여기서 제인

---

8   영어 관용표현 "Don't say we didn't warn you"(우리가 경고 안 했다고 하지 마)를 피진어화한 것.

은 이해의 한계를 드러낸다. 제인은 말한다. "아무리 교묘하게 설명하려 해도 그건 야만적인 풍습이에요. 아니 그보다 더하죠. 봉건적이기까지 하다구요!"|43|. 야만주의 비난에서 봉건주의 비난으로의 전환은 중요한 의미가 있다. 말로가 현대 콩고를 로마제국 시대의 영국과 비교한 것과 다르지 않게, 그녀도 나이지리아를 중세 유럽과 연관시키기 때문이다. 차이점은 콘래드가 아프리카에 대한 그런 시대착오적 관점에 문제가 있음을 결코 암시하지 않는 반면에, 철저히 현대적인 의대생 올룬드는 아프리카 풍습이 중세의 야만으로 여겨질 수 없음을 보여 준다는 점이다. 소잉카의 작품에서 우리는 문화의 충돌이 아닌 세계문학의 지역적 뿌리가 되는 작품 속에 구현된 고대와 현대, 아프리카와 서구문화 간의 깊은 상호연계성을 본다.

낙관주의자 캉디드, 비관낙관주의자 사이드

유럽 식민지에 들어온 세계 고전은 그 지역 작가에게 새로운 자원을 제공하는 것 이상의 역할을 할 수 있다. 외국 작품은 그것을 들여온 제국에 대한 저항을 불러일으킬 수도 있다. 그 좋은 예를 응구기 와 티옹오Ngũgĩ wa Thiong'o의 회고록《해석자의 집In the House of the Interpreter》(2012)에서 찾을 수 있다.

책에서 소설가는 1950년대 중반 식민지 케냐에서 영국인이 운영하는 학교에 다녔던 경험을 묘사한다. 그 이름도 적절한 이

연합고등학교Alliance High School는 충성스럽고 서구지향적인 케냐인 엘리트를 육성하고자 설립되었으나, 응구기는 "설립자들의 명백한 의도와 달리 학교가 급진적인 반식민적 민족주의 열풍도 불러일으켰다"고 말한다|12-13|. 셰익스피어는 이 전개에 뜻밖의 역할을 했다. 응구기는 셰익스피어의 작품을 숙제로 내준 교사들의 의도가 의심의 여지 없이 학생들을 영국의 문화적 권위로 감화시키는 것이었겠지만, 외려 셰익스피어의 사극들이 그와 친구들에게 더 체제전복적인 교훈을, 즉 누구든 왕조를 전복할 수 있다는 가르침을 주었다고 쓴다.

유럽 고전에 대한 반제국주의적 개작의 주목할 만한 예로, 팔레스타인 이스라엘 작가 에밀 하비비Emile Habibi(혹은 Habiby)의 《비관낙관주의자 사이드의 비밀스러운 삶Al-Waqā'i' al-gharībah fī 'khtifā' Sa'īd Abī 'l-Naḥsh al-Mutashā'il(The Secret Life of Saeed the Pessoptimist)》(1974)이 있다. 1921년 영국 통치기에 이스라엘 북부 도시 하이파의 아랍 기독교 가정에서 태어난 하비비는, 1940년대 중반부터 1989년까지 기자로서 주요 좌파 일간지인 《알이티하드Al-Ittihad》(연합)를 편집한다. 1947년 이스라엘 건국 후 이스라엘공산당을 공동창당하지만, 1991년 당원들이 미하일 고르바초프의 소련 개혁에 반대하자 탈당한다. 하비비는 이스라엘의 팔레스타인 정책을 신랄하게 비판했지만, 두 국가의 평화적 공존이란 목표는 지지했다. 그리고 20년간 이스라엘 국회에서 근무했고, 1972년 사임한 후 글쓰기에 전념한다. 1990년대 초에는 팔레스타인 해방기구와 이스라엘 정부로부터 문학상을 받았다. 그는 이스라엘 정부가 주는 상을 받았다

는 비판에 이렇게 답했다. "상에 관한 대화가 돌과 탄환에 관한 대화보다 낫다" | 그린버그Greenberg, 〈에밀 하비비Emile Habibi〉 | .

많은 식민주의·포스트식민주의 작가들처럼 하비비도 지역 전통과 수입 전통을 결합한다. 그의 안티히어로는 전형적인 아랍 사기꾼으로, 이야기는 볼테르의 《캉디드》에서 따온 용어로 구성된다. 하비비는 *mutasha'im*("비관주의자pessimist")라는 단어와 *al-mutasha'il*("낙관주의자optimist")라는 단어를 조합해 *al-mutasha'il*(영어로는 "비관낙관주의자pessoptimist"라고 번역)라는 용어를 만들었다. 현대적 조건은 하비비의 어리석고 긍정적인 주인공조차 순수하게 낙관적이지 못하게 한다.

사이드는 1948년 아랍-이스라엘 전쟁 후 팔레스타인 공산주의자들에 맞서 이스라엘 경찰의 정보원이 된다. 그리고 언젠가 고향인 하이파에 살며 연인 유아드와 재회할 수 있길 희망한다. 유아드는 이스라엘에서 쫓겨났지만, 그녀의 이름에는 "돌아올 것"이란 뜻이 있다. 사이드는 결국 다른 여자와 결혼하고 아들을 갖는다. 일련의 어둡고 희극적인 불운은 독립운동가가 된 아들의 피살로 절정에 이른다. 사이드는 자신이 외계인과 접촉했다고 확신하게 되고, 한때 영국 교도소였던 정신병원에 수감되어 자신의 이야기를 글로 쓴다. 소설 말미에 사이드는 사라지는데, 그는 죽었을 수도 있고 아크레 도시 아래에 있는 고대 지하묘지로 숨었을 수도 있으며, 외계인 친구들에 의해 우주공간으로 유괴되었을 수도 있다.

사이드의 전소 가족은 '비관낙관주의자'라는 별호로 불리는데, 이것은 시간의 흐름 속에서 자연스럽게 얻게 된 호칭이다. 사이드

집안은 배우자 부정과 정치적 타협이라는 오랜 계보가 있다. 아내들이 언제나 바람을 피워 왔고, 남자들은 이스라엘 정부뿐 아니라 중동 독재자들을 위해서도 일해 왔다. 사이드는 "이스라엘 정부가 고지대 갈릴리의 '민들레와 물냉이 유통위원회' 위원장으로 임명한 최초의 아랍인이 우리 가문 출신"임을 자랑스럽게 말하고, 친척이 터무니없는 보상에 그 책무를 저버린 것은 깊게 생각하지 않는다. 이 친척은 여전히 투쟁을 이어 나가고 있지만, 정의나 출세 때문이 아니다. "오랫동안 얻지 못한 저지대 갈릴리 유통권을 마저" 확보하기 위해서다|하비비, 《비밀스러운 삶》, 9|.

모호한 절충과 자멸적 승리의 세계에서 사이드는 말한다.

나는 낙관주의와 비관주의를 구분하지 않고 둘 중 무엇이 나를 특징짓는지도 솔직히 잘 모른다. 그저 매일 아침 눈을 뜨면 밤중에 내 영혼을 거두어 가지 않으신 주님께 감사 드릴 뿐이다. 낮에 피해를 보면 더 나쁜 일이 닥치지 않은 데 감사 드린다. 그럼 나는 뭘까, 비관주의자인가, 낙관주의자인가?|12|

가족의 비관낙관주의의 한 예로, 사이드는 형제 중 한 명이 산업재해로 사망했을 때 어머니가 보인 반응을 인용한다. "어머니는" 자기도 모르게 볼테르의 팡글로스를 따라하며 "'이리된 게 최선이지, 달리 방도가 없어!'라고 쉰 목소리로 말했다"|13|. 과부가 된 며느리가 시어머니의 반응에 격분해 더 나쁠 것이 무엇이냐 묻자, 어머니는 차분히 답한다. "아들내미 생전에 며느리가 딴 놈이랑 눈

맞아 달아나는 거겠지." 사이드도 건조하게 덧붙인다. "형수는 어머니가 우리 가문의 역사에 빠삭하다는 걸 기억해야 할 거요"|13|. 이 젊은 과부는 머지않아 다른 남자와 달아나고, 남자는 불임 판정을 받는다. "내 어머니는 남자가 그렇다는 소식을 듣고 가장 좋아하는 말을 되뇄다. '신을 찬양하지 않을 이유가 어딨어?'" 사이드는 결론짓는다. "그럼 우리는 뭘까? 비관주의자인가, 낙관주의자인가?"|13|.

22장은 "캉디드와 사이드의 놀라운 유사성"에 집중한다. 사이드는 캉디드를 모방한다는 외계인 친구의 비난에 "그건 내 탓이 아냐. 탓하려면 볼테르 시대부터 변한 게 없는 우리네 삶의 방식을 탓해야지. 엘도라도가 이 땅에 존재할 시간이 다가오긴 했지만 말이야."라며 시온주의적 유토피아주의를 순진하게 환기하는 낙관적인 대사로 반박한다|72|. 사이드는 정치적인 예를 들어 볼테르와의 비교를 발전시키기도 한다. 팡글로스가 강간당한 여인들을 아군 남성이 적국 여성들을 차례로 강간한 사실로 위무했듯, 이스라엘 정부도 아랍의 폭력에 보복적 폭력으로 대응한다.

결국 우리는 200년 후에도 같은 방식으로 위안을 구했다. 그것은 우리 운동선수들이 뮌헨에서 죽임을 당한 1972년 9월의 일이었다. 우리의 군용기가 시리아와 레바논 난민촌의 여자와 아이들을 학살함으로써, 그들의 목숨으로 "스포츠"를 즐김으로써 우리를 위해 "복수"해 주지 않았던가? 이것이 우리에게 "위안"이 되지 않았던가? |73|

여기서 작가 하비비처럼 이스라엘 시민인 사이드는 살해된 유대인 올림픽 선수들과 동료 팔레스타인인에 대한 정부의 보복을 묘사하며 "우리we"라는 대명사를 사용한다. 하비비의 풍자는 누구도 온전히 놔두지 않는다. 볼테르는 자신을 이성의 목소리이자 결정권자로 여겼고, 캉디드는 그 모든 바보 같은 낙관주의에도 불구하고 명예롭고 순결한 인물이었다. 그러나 사이드는 순진한 동시에 타락했다. 그는 1948년 팔레스타인 노동자연합 대표를 맡다가 도망친 아랍인들이 하이파에 유기한 자산을 좀도둑질하는데, 방치자산 관리인과 새로 수립된 아랍 마을 지도부가 이미 수차례 도둑질한 집의 잔류물을 빼돌리는 것이다|45|. 1956년 "6일전쟁"⁹ 후 극빈자들이 거리에서 혼수로 받은 접시를 1세트당 1파운드에 판매하는 것을 보고 다음과 같은 비관낙관주의적 결론을 내린다. **"공짜로** 얻은 걸 1파운드에 팔다니. 세상 살 만해졌네!"|45|.

소설 전반에 걸쳐 우리는 저항의 충동과 기본적인 생존에 필요한 타협이 너무나 복잡하게 얽혀 있는 양상을 보게 된다. 이스라엘을 위해 일하도록 거두어진 팔레스타인인들은 "한 나라 전체를 그야말로 완전히 잊어 버리게 하려는"|16| 이스라엘 프로그램

---

9   1967년 이집트 대통령 가말 압델 나세르가 시나이반도에 주둔한 유엔군을 몰아내고 일방적으로 티란해협을 봉쇄한 후 이스라엘 선박의 통과를 금지하면서 촉발된 전쟁. 이스라엘은 "전쟁이 불가피하다면 상대가 공격하기 전에 먼저 공격한다"는 예방전쟁 개념 아래 이집트를 선제공격하여 단 6일 만에 요르단, 시리아를 차례로 대파한다. 이 전쟁의 결과로, 이스라엘은 시나이반도, 수에즈 운하의 동안, 골란고원을 포함한 이전 국토의 거의 6배에 달하는 새로운 땅을 확보하게 된다.

에 의도치 않게 연루되는데, 하비비는 이 주제를 감각적인 디테일로 명확히 드러낸다. 사이드는 '1948년 전쟁'[10]이 끝난 후 점령군이 장악한 칠판이 탁구대로 사용되는 교실에서 아부 아이작이라는 팔레스타인 지방 관리에게 심문을 받게 된다[12].

이스라엘 정부와 협조적 팔레스타인인만이 하비비의 풍자 대상은 아니다. 소설을 관류하는 것은 중동 아랍 엘리트에 대한 엄중한 비판이다. 그들은 이스라엘에 대한 반감을 그들의 목적에 이용하는 자들로, 팔레스타인인들을 난민촌에 가두고 이스라엘에 대한 분노를 조장하는 방식으로 자신들의 권위주의와 탐욕으로부터 대중의 관심을 돌린다. 사이드는 아랍 민족주의의 선구자로 간주되는 구전 서사시《시랏 바니 힐랄Sirat Bani Hilal》[11]의 영웅을 상기시키며 다음과 같이 말한다. "이제 우리의 위대한 영웅 아부 자이드 알 히랄리[12]는 허리 숙여 왕의 손에 입 맞춘다. 하지만 술탄들은 걱정할 필요 없다"[4]. 오늘날의 인민의 투사는 권력에 재빨리 아첨하는 자들이니 말이다. 사이드의 가족이 "아직 점령되지 않은 모든 아랍 국가"에 흩어져 살며 타협해 온 것은 놀라운 일이 아니다. 그

---

10   제2차 세계대전이 끝난 후인 1947년, 영국과 미국이 국제연합을 통해 팔레스타인을 아랍인과 유대인 거주구역으로 분리하기로 결의하면서 촉발된 팔레스타인전쟁. 1948년 초 아랍이 이스라엘을 선제공격하면서 제1차 팔레스타인전쟁이 발발했다.

11   10세기 베두인족이 아라비아의 나즈드에서 이집트를 거쳐 튀니지와 알제리에 정착하기까지의 과정을 그린 베두인족의 서사시.

12   칼리프의 명에 따라 지리드 왕국을 격파하고 튀니지로 향하는 베두인족의 장대한 여정을 이끌었다.

의 가족 중에는 시리아에 있는 대위, 이라크에 있는 소령, 레바논에 있는 중령이 있고, "여러 왕의 담배에 불붙이는 일을 전문적으로 해 온" 친척도 있다|91|.

《비관낙관주의자 사이드의 비밀스러운 삶》은 볼테르의 작품을 번안하는 수준을 넘어 더 날카롭게 사회를 비판한다. 볼테르가 종교적 교조주의를 풍자하면서도 자신이 속한 귀족계층에는 무딘 비판을 가했다면, 하비비는 강력한 아랍인과 이스라엘인의 현재 상황에 같은 깊이로 천착한다. 그의 불운한 주인공 사이드에 대한 역설적인 연민을 호소할 때에도 권력뿐 아니라 무기력조차 부패할 수 있음을 암시한다. 볼테르의 퀴네공드가 생존을 위해 해야 할 일을 하면서도 그 파란만장한 경력 내내 침착함과 본연의 진실함을 유지한다면, 사이드의 선택은 훨씬 더 골치 아픈 비겁함과 배신의 혼합을 수반한다. 그리하여 그의 아들은 사이드의 수동성에 반기를 들고 그 시도로 죽을지언정 궁극적인 성공을 위한 유일한 희망인 지속적인 저항(하비비가 사려 깊은 아랍인과 유대인들이 감행하길 바라는)으로 향하는 길을 가리키게 된다.

사이드는 20년 안에 상황이 바뀔 수 있다고 희망하지만, 그것은 사람들이 부역附逆이나 탄환보다 나은 대안을 찾고 새로운 기반 위에 함께 사회를 건설할 때에만 가능하다. 사이드 역시 이를 시도할 생각이 없다. 이야기 끝에서 사이드는 높은 기둥 위(TV 송수신 탑으로 보이는)에 성스러운 주행승柱行僧처럼 앉아 조상과 사랑하는 사람들이 다 함께 자기 아래에 운집해 있는 환상을 본다. 유아드가 위를 보며 소리친다. "이 구름이 지나가면 태양이 다시

비추겠지!"|160| .

경성지련

에밀 하비비의 동시대 작가 장아이링張愛玲(1920~95)의 작품만큼 식
민지를 배경으로 낭만적 · 정치적 배신의 대위법을 깊이 탐구한
작품도 없다. 이 선구적 이야기들은 지구 반대편 상하이에서, 일
본이 동아시아 지역을 대규모로 강점하던 제2차 세계대전 이전과
전쟁 도중이라는 매우 상이한 제국주의적 맥락에서 쓰였다. 중요
한 현대 중국 작가 중 한 명인 장아이링은 중국 문학계에서 가장
범세계적인 인물이기도 하다. 그녀는 인생 후반기를 미국에서 보
냈고, 1960년에 미국 시민이 되었다.

  장아이링은 중국에서 가장 국제적인 도시인 상하이에서 태어
났다. 이 땅의 영국인, 프랑스인, 미국인 정착의 역사는 19세기 중
반까지 거슬러 올라간다. 그녀의 어머니는 얼마간 영국에서 교육
을 받은 사람으로, 어린 날 전족을 한 채 알프스에 스키를 타러 가
기도 했다. 훗날에는 외도한 아편중독자 남편과 이혼한다. 장아이
링은 세인트 메리라는 영국국교회 학교에 다니면서 영어에 능숙
해졌다. 이 학교는 국제적 시야를 지닌 상류층 중국인들이 선호하
던 곳이었다. 장아이링은 에드워드 시대 소설에 심취했지만(H. G.
웰스와 서머싯 몸을 가장 좋아했다),《홍루몽》과 여타 중국소설에도
매력을 느꼈다. 1939년 런던대학교에서 전액 장학금을 제안받았

으나, 제2차 중일전쟁의 격변으로 영국에서 학업을 이어 나가지 못하게 된다. 장아이링은 영어 공부차 홍콩에 갔다가 후일 상하이로 돌아와 20대 중반에 작가로서 빠르게 입지를 굳힌다. 그녀는 문학자인 후란청胡兰成과 결혼하는데, 그는 일본인이 세운 중국 괴뢰정부에 부역한 자였다. 결혼 생활은 몇 년 후 후란청의 잦은 외도로 파경을 맞았다. 따라서 장아이링에게 성적 · 정치적 배신의 중첩은 비단 문학적 주제만은 아니었다. 그녀는 이후 수년간 부분적 자전소설인 〈색, 계色, 戒Lust, Caution〉를 쓰고 수정하는 데에 보냈고, 작품은 2007년 대만 영화감독 이안李安을 만나 강렬한 (그리고 성적으로 노골적인) 영화로 재탄생한다.

장아이링은 전통과 현대성, 쇠퇴해 가는 가부장제와 초기 페미니즘, 아시아문화와 유럽문화 등 길항하는 두 힘 사이에 놓인(혹은 갇힌) 상하이에서 삶의 복잡성에 대한 예리한 안목을 일찍부터 발전시켜 나간 작가였다. 1940년대 초 일제강점기 하에서 쓰인 그녀의 이야기들은 공개적인 정치적 발언을 피하지만 항상 전시 상황을 배경으로 한다. 단편 〈봉쇄封鎖Sealed Off〉 속 남녀는 군인들이 알 수 없는 이유로 길을 봉쇄해 전차에 갇히자 즉각적이나 덧없는 유대를 형성한다. 남자[뤼중쩐]는 찐만두 몇 개를 아내에게 주려고 서양식 신문에 싸서 가져가는 중이다.

그는 만두에 들러붙은 신문지를 조심히 떼어 냈다. 만두 위에 활자가 찍혀 있었고 활자는 거울에 비친 듯 뒤집혀 있었다. 그는 단어를 이해할 수 있을 때까지 뚫어지게 응시했다. "부고 … 구

인구직 … 보유 주식 상황 … 상영 중 ….” 모두 일반적이고 유용한 표현인데 어째서 만두 위로 옮겨지면 농담 같아 보이는지 알수 없었다. | 장아이링, 《경성지련》, 239 |[13]

근처에는 한 의대생이 꼼꼼히 인체 해부도를 그리고 있고, 다른 합승객은 이를 “요즘 유행하는 입체파, 인상파”로 오인한다. 또다른 구경꾼은 학생이 각각의 뼈와 근육에 주의 깊게 라벨을 붙이는 것을 보고 단언한다. “중국화의 영향이야. 요즘은 서양화도 글자를 새겨 넣는 게 보통이지. 동양의 것이 서쪽으로 흘러간 거랄까?”| 242 | .

만두의 글귀를 읽는 사업가가 전차에서 만난 처녀 우취위앤이라면 그런 실수를 하지 않을 것이다. 그녀는 영어를 전공했고, 졸업한 대학에서 영어를 가르치는 중이다. “20대 여성이 대학강의를 하다니! 여성 출세 신기록이야”| 241 | . 우취위앤은 자신의 성공을 자랑스러워하지만, 그럼에도 혼란과 외로움을 느끼고 번역 속에서, 그것도 복수의 번역 속에서 길을 잃는다. “인생은 《성경》처럼 히브리어에서 그리스어로, 그리스어에서 라틴어로, 라틴어에서 영어로, 영어에서 중국어로 번역되었다. 우취위앤은 그것을 읽으며 중국어를 상하이어로 번역했다. 어떤 것들은 옮겨지지 않았

---

13 장아이링의 〈봉쇄〉 번역은 김순진 옮김, 《첫 번째 향로》(문학과지성사, 2005)를 참조했고 원문에 맞게 수정했다.

다"|241|. 그녀는 고지식하고 억압적인 가족에 대한 반항으로 정부가 되어 달라는 사업가의 갑작스러운 제안을 반쯤 수락하지만, 전차가 다시 출발하자 남자는 내성적으로 변하고 외도는 성사되지 않는다. 이야기 끝에서 우춰위앤은 숙고한다. "도시가 봉쇄된 동안 있었던 모든 일은 일어나지 않은 일과 같다. 상하이 전체가 졸았고 도리에 맞지 않은 꿈을 꾼 것이다"|251|.

전시戰時정치학은 장아이링의 주요 이야기들에서 공개적으로 성정치학으로 번역된다. 1943년 중편소설 〈경성지련傾城之戀Love in a Fallen City〉에서 빈한한 처녀 바이류쑤는 부유한 바람둥이 판류위앤과 긴 산발적 '교전'을 벌인다. 늙은 중매쟁이가 바이류쑤와 여동생의 남편감을 한꺼번에 구하려고 "양면 작전"을 감행할 때처럼 군사용어는 이야기 내내 되풀이된다|124|. 그 후 판류위앤은 바이류쑤를 홍콩으로 데려가 호화로운 (그 이름도 적절한) '격멸의 만' 호텔의 연결된 객실 두 개를 예약한다. 그러나 그는 명백한 행동을 삼가며 그가 헌신하지 않아도 바이류쑤가 먼저 '투항'해 주길 바라는 듯한 모습을 보인다. 바이류쑤는 "그가 불시에 가면을 벗고 '기습'을 가할까" 우려하지만, "여러 날이 지나도 군자 같은 모습을 유지하는 것을 보고 부동자세로 서 있는 '멋진 적군'을 마주하는 듯한 인상을 받는다"|144-5|.[14]

마침내 두 사람은 연인이 되지만, 판류위앤은 바이류쑤에게

---

14 장아이링의 〈경성지련〉 번역은 김순진 옮김,《경성지련》(문학과지성사, 2005)을 참

홍콩 구룡지의 집을 임대해 줄지언정 여전히 헌신하지 않는다. 다음 날 일본인들이 홍콩에 침공 전 폭격을 시작하여 대규모 파괴가 일어난다. "밤이 되면 죽음의 도시에는 … 허무한 기운만이, 어둠 속으로, 허공의 허공 속으로 들어가는 진공眞空의 교량만이 있을 뿐이다"|164|. 이 충격적인 상황 변화는 결국 판류위앤과 바이류쑤를 화합시킨다. 장아이링은 쓴다. "그들은 서로를 투명하고 환하게 보았다. 단지 한순간의 완전한 이해였지만 이 한순간은 그들이 함께함으로써 행복하게 하기에 충분했다." 장아이링 특유의 역설적인 표현을 더 하자면 "앞으로 10년 정도는."

끝으로 바이류쑤가 모기향에 불을 붙이면서 화자는 결론짓는다. "홍콩의 패배는 바이류쑤의 승리를 가져왔다. 이 불합리한 세계에서 누가 원인과 결과를 구별할 수 있겠는가?"|167|. 아니면 우리는 '사이드 이후 누가 낙관주의와 비관주의를 구별할 수 있겠는가?'라고 물을 수 있을 것이다. 제국과 가족과 성性이 전쟁을 벌이는 세계에서 바이류쑤는 볼테르의 퀴네공드와 다를 바 없는 침착한 생존자다. "바이류쑤는 역사 속 자신의 위치에 어떤 미묘한 점도 없다고 생각했다. 빙그레 웃으며 일어나 모기향 접시를 탁자 밑으로 차 넣을 뿐"|167|. 퀴네공드도 대명大明왕조 시대 소설 속 유연한 여주인공들처럼 그 미소를 기꺼워했을 것이다. 화자는

조했고 원문에 맞게 수정했다.

말한다. "도시를 무너뜨리고 국가를 무너뜨린 전기傳記[15] 속 미녀들은 아마도 모두 그러했으리라"| 167 | .

---

15 당나라 때 생긴 문어체 소설. 대개 귀신과 인연을 맺거나 용궁에 가는 일 같은 기괴하고 신기한 일을 다룬다.

7
세계적 글쓰기

수세기 동안 작가들은 그들의 주인공을 세계로 내보내면서도 주로 모국 독자를 상대로 글을 써 왔다. 조너선 스위프트는 수마트라 해안에서 릴리퍼트의 위치를 찾아냈지만, 그의 풍자가 겨냥한 것은 영국 제도였다. 심지어 프랑스나 독일 독자층도 그의 직접적인 관심사가 아니었고, 가상의 릴리퍼트인만큼이나 실제 인도네시아인이 《걸리버 여행기》를 읽을 거라고는 예상하지 못했을 것이다.

그럼에도 문학 관계는 처음부터 세계적이었다. 이미 고대부터 작가들과 그들의 작품은 로마제국의 광대한 영토를 어렵지 않게 순회했다. 마다우로스의 아풀레이우스는 북아프리카 카르타고 외곽에서 태어났다. 그곳의 토착어는 포에니어였지만, 아풀레이우스는 학업을 위해 소년기에 아테네로 보내졌다. 그는 라틴어로 《메타모르포세스》 혹은 《황금 당나귀》를 썼고, 그 목적은 자신이 만들어 낸 터무니없는 영웅의 그리스 모험담으로 로마 독자를 즐겁게 하기 위함이었다. 아풀레이우스는 도입부에서 이례적인 라틴 스타일을 코믹하게 사과하며, 자신을 달리는 말 위에서 다른 말로 옮겨 타는 서커스 기수에 비유한다. 그리고 자신의 언어학적 변신이 영웅의 신체적 변화를 반영한다며 "나일강의 갈대처럼 날

카로운 시선으로"이 이집트 파피루스에 쓰인 "그리스적 이야기 *fabulam Graecanicam*"에 주의를 기울인다면 큰 기쁨을 얻을 거라고 독자에게 약속한다| 아풀레이우스, 《메타모르포세스》, 3-5 |.

헬레니즘 시대부터 광범위하게 퍼진 문화적 배치는 제국보다 오래 지속되었고, 지역의 경계를 훨씬 넘어 확장되었다. 아랍 고전 시인 아부 누와스는 모로코와 이집트에서 페르시아와 무굴제국까지 광범위한 이슬람 문화권에서 읽혔고, 일본 · 한국 · 베트남 문인들은 중국 시에 조예가 깊었다. 16세기부터 유럽 제국의 성장은 앙골라, 브라질, 인도, 중국의 포르투갈어 사용 공동체에서 카몽이스를 읽을 수 있게 되었음을, 뉴잉글랜드에서 뉴사우스웨일스주까지 영어 독자가 셰익스피어를 즐길 수 있게 되었음을 의미했다. 심지어 두 작가 모두 포르투갈어나 영어의 넓은 영향권을 넘어 다른 언어로 번역되어 읽히게 되었다.

19세기 말부터 시작된 경제적 · 문화적 세계화는 세계문학에 새로운 관점을 제공했다. 구제국주의 네트워크에서 문학은 대개 대도시 중심에서 식민지 주변부 외곽으로 흘러갔다. 아르헨티나에서 세르반테스가 독서 과제가 되었듯 인도에서도 셰익스피어가 독서 과제가 됐지만, 식민지 작가의 작품이 런던이나 마드리드에서 과제로 제출되는 일은 거의 없었고 심지어 읽히는 일조차 드물었다. 《마하바라타》나 《천일야화》 같은 오래된 문헌이 유럽에서 "세월이 흘러도 변치 않는 동양" 사회의 표상으로 수용될 수는 있어도. 이 불균형은 오늘날에도 더 강한 나라와 덜 강한 나라 간의 번역에서도 지속되지만, 문학은 이제 다양한 방향으로 유통되어 아주 작은 국가의 작가도 세계의 독자층에 닿을 수 있다.

물론 파리, 런던, 뉴욕은 여전히 중요한 출판 중심지로 남아 있다. 프랑스 비평가 파스칼 카사노바Pascale Casanova가《세계문학공화국The World Republic of Letters》에서 주장했듯, 주변부 지역 출신 작가가 세계 독자에게 다가가려면 대체로 그런 중심지의 출판업자와 여론 주도자에게 먼저 수용되어야 한다. 그럼에도 많은 작품이 프랑크푸르트 도서전이나 자이푸르 문학축제 등 이전 제국주의 수도와 무관한 연례행사에서 출판사를 찾고, 이런 축제와 기타 도서전은 전 세계 출판업자와 에이전트가 흥미로운 작품을 찾는 장소가 되었다. 그런 작품이 있을 만한 곳이면 어디건. 1980년대 후반 몇몇 외국 출판사가 아직 원고 상태였던 밀로라드 파비치Milorad Pavić의《하자르 사전Hazarski rečnik》번역권을 사들였다. 인지도가 거의 없던 세르비아 시인의 첫 소설이었음에도 말이다. 파비치의 이 소설은 1988년 세르보크로아티아어 원문뿐 아니라 영어, 프랑스어, 독일어, 이탈리아어, 스웨덴어로 출판되었다. 이듬해에는 불가리아어, 카탈로니아어, 덴마크어, 네덜란드어, 포르투갈어, 스페인어로 출판되었고, 몇 년 사이에 중국어, 히브리어, 일본어, 터키어를 포함한 비유럽 언어로 출간되었다. 지금쯤《하자르 사전》의 국제 누적 판매량은 파비치의 고향인 세르비아 전체 인구를 넘어섰을 것이다.

이런 성공은 출판사와 번역가의 선택부터 작가 본인의 관점까지 문학 생산의 모든 측면에 영향을 미치는 근본적으로 새로운 상황을 나타낸다. 새로운 세계문학 시장은 작가에게 멋진 기회

를 제공하지만 위험을 제기하기도 한다. 살만 루슈디 같은 국제적
으로 찬사를 받는 작가의 일약 성공은 비슷한 맥락의 작품을 찾
으려는 에이전트와 출판업자의 경쟁을 유발할 수 있다. 파비치의
갑작스러운 성공은 특필할 만한 일이지만, 그렇다고 우연이기만
한 일도 아니다. 《하자르 사전》은 두 시장원리의 결합에 도움을
받았다. 1980년대 소련 체제 쇠퇴기에 반체제 동유럽 문학의 유행
과 가브리엘 가르시아 마르케스 같은 라틴아메리카 작가들의 "마
술적 사실주의" 광풍이 그것이었다. 루슈디는 제2의 가르시아 마
르케스였고, 당시 출판업자들은 제2의 루슈디를 찾고 있었다. 파
비치의 책이 10년이나 20년 전에 시장에 나왔다면 이름 모를 국
가의 별난 작품으로 기껏해야 한두 언어로, 그것도 소량 인쇄됐을
것이다.

《하자르 사전》은 국제시장에서 충분히 성공할 만한 저작이지
만, 유행에 부합하는 책이라고 해서 모두 관심을 받는 것은 아니
다. 이류 모조품이 걸작으로 선전될 수 있고, 더 괜찮은 책이라도
흥행 요소가 없으면 외면받을 수 있다. 작가들도 세계적 흐름을
외면하기 어려워, 외국인이 생각하는 "진정한" 벵골소설이나 체코
소설에 들어맞는 작품을 생산할지도 모른다. 아니면, 트렌디한 접
근법이란 인상을 주지 않으려 중요한 문화적 기반과 분리된 피상
적인 국제적 스타일로 창작된 작품이 급증할 수도 있다. 소설가이
자 문화평론가인 타리크 알리Tariq Ali가 비관적으로 관찰했듯, "뉴
욕부터 모스크바, 블라디보스토크를 거쳐 베이징까지 사람들은
같은 인스턴트 음식을 먹고 같은 인스턴트 TV 프로그램을 보며

설상가상으로 같은 인스턴트 소설을 읽을 수 있다. … 우리에게는 사회주의적 사실주의 대신에 시장 사실주의market realism가 있다"| 알리, 〈문학과 시장 사실주의Literature and Market Realism〉, 140-4 |.

이런 위험은 현실적이지만, 국제 문학계만 그런 것도 아니다. 출판사들의 기준은 자국 시장에서 거둔 최근의 성공일 뿐, 전년도 베스트셀러가 무엇을 다루건 괘념치 않는다. 북극 탐험가건 용감한 경주마건 소년 마술사건 상관없다. 톨킨J. R. R. Tolkien의 《반지의 제왕The Lord of the Rings》은 상상의 세계를 배경으로 하는 판타지소설 산업 자체를 산란했고, 이 세계는 사명감에 찬 마법사의 도피 경로를 보여 주는 지도로 완성되었다. 오늘날 영국의 출판업자들은 제2의 조앤 롤링을 찾아 에든버러의 카페를 뒤지고 있고, 그녀의 알버스 덤블도어는 톨킨의 회색의 간달프에게 많은 빚을 지고 있다. 정말로 중요하다고 판명된 작가들은 자국 독자와 세계 독자 중 누구를 대상으로 하든, 그들이 처한 문화적 상황의 가능성뿐만 아니라 그 갈등을 가장 창조적으로 절충하는 이들이다. 이번 장은 작가들이 글로벌화하는 세계에서 독자에게 다가가고자 개발한 다양한 전략을 살펴볼 것이다.

글로컬과 탈지역화

대도시 중심지의 작가는 모국을 넘어 세계 독자에게 다가가기 위해 반드시 그들의 방식을 조정해야 할 필요가 없다. 그들이 문학적 · 문화적으로 참조한 많은 부분이 그 전통의 초기 고전에 대한 독자의 친숙함을 바탕으로 해외에서도 어렵지 않게 이해될 것이기 때문이다. 발자크와 빅토르 위고는 이미 프루스트의 새로운 독자 대부분에게 파리를 소개했고, 이제는 프루스트가 주나 반스와 조르주 페렉의 파리에 참조되고 있다. 미국 영화와 TV 프로그램의 세계적 영향력으로 인해 전 세계 시청자가 맨해튼과 LA에 대한 특정한 이미지를 갖게 되었다. 그 이미지가 얼마나 선택적이고 양식화되었든. 반면에 자카르타나 상파울루 작가는 그들의 도시와 전통에 그런 보편적인 친숙성을 기대할 수 없다. 국제적 성향의 지역 작가는 문화적 거리를 극복할 전략을 고안해야 한다.

한 가지 방법은 모국의 관습, 장소, 인물, 사건에 대한 직접적인 참조 없이 탈지역화된 방식으로 글을 쓰는 것이다. 르네상스 시대 작가는 형식과 내용의 국제적 규범을 채택하여 이를 거의 당연한 일처럼 수시로 사용했다. 사랑하는 아그네슈카를 위한 소네트를 쓰는 폴란드 시인과 안네케의 찬미가를 쓰는 네덜란드 시인은 페트라르카 문체의 주제와 은유들을 공유할 수 있었다. 안네케와 아그네슈카가 프랑스어로 번역된 연인의 시를 접했다면 그들조차 어느 소네트가 자신을 위해 쓰였는지 추측하기 어려웠을 것이다. 두 시인이 자신의 연인을 "신시아"라 불렀다면 더더욱.[1]

---

1   "Anneke"와 "Agneszka" 모두 "아그네Ἁγνή"라는 고대 그리스어에서 파생된 이름으로, 프랑스어로 "Agnès"로 번역된다. "신시아Cynthia"는 유럽의 흔한 성이다.

18~19세기 소설적 사실주의의 발흥은 지역적 세부 사항과 국가적 관심사를 훨씬 더 면밀히 강조하게 만들었고, 낯선 지역에서 온 새 작품을 읽기 어렵게 암묵적인 장벽을 형성했다. 20세기 들어 다양한 작가가 이 사실주의의 규범을 깨고 신비롭고 상징적인 장소를 배경으로 설정하기 시작했다. 프란츠 카프카의 성과 유형지, 보르헤스의 원형의 폐허들, 베케트 희곡에 등장하는 황량한 풍경은 실제로 독단적인 공안(카프카), 우울한 애서가(보르헤스), 쓰레기통 속의 노인(베케트)(《엔드게임》의 넬과 내그)이 사는 나라면 어느 곳에나 배치될 수 있다. 어느 곳에 사는 작가든 이런 접근법을 택할 수 있지만, 특히 이 세 작가는 전통적으로 자국을 지배해 온 주변부 도시, 즉 제국주의 열강에 의해 빛을 보지 못한 지역(프라하, 부에노스아이레스, 더블린)에서 태어났다는 점에서 주목할 만하다. 세 작가 모두 지역주의를 어리석은 것으로 보고 그것을 뛰어넘기로 했다.

예를 들어 보르헤스는 부에노스아이레스 배경의 사실적 이야기로 집필을 시작했지만, 이런 지역주의가 막다른 골목임을 깨달았다. 그는 1951년 고향의 전통에 관한 에세이에서 이렇게 쓴다. "나는 여러 해 동안 이제는 다행히 망각된 책들에서 부에노스아이레스 변두리 동네의 정취와 정수를 그려 내려고 했다. 자연히 쿠치예로스cuchilleros(칼을 능숙하게 사용하는 불량배), 밀롱가milonga(19세기 말부터 아르헨티나에서 유행하기 시작한 고유의 춤과 노래), 타피아tapia(담벼락) 같은 토속적인 단어도 많이 썼고, 그런 식으로 망각될 수밖에 없고 또 망각된 여러 책을 집필했다" 보르헤스, 〈아르헨티나 작가와 전통The

Argentine Writer and Tradition〉, 424 | .[2] 보르헤스는 아르헨티나인에게 "우리 전통이 모든 서구문화"임을 깨달았을 때 작가로서 자신만의 길을 열게 되었다고 말하며, "전 세계가 우리의 유산이라 믿어야 한다" 고 선언한다 | 426-7 | .

보르헤스는 유럽 대도시와 멀리 떨어져 있어서 불이익을 당한다고 여기기는커녕, 아르헨티나 작가들이 이 먼 거리로부터 이익을 얻고 유럽의 형식과 모티프 활용에서 특별한 자유와 독창성을 갖게 된다고 단언한다. 그는 흥미롭게도 아르헨티나인을 유럽 유대인과 비교한다. 그들이 "서구문화에서 두각을 나타내는 것은 그 문화 속에서 행위하면서도 서구에 어떤 특별한 헌신을 해야 할 구속감을 느끼지 않기 때문이다." 보르헤스는 말한다. "아르헨티나인, 더 넓게는 남미인도 비슷한 상황에 있다. 우리는 모든 유럽적 소재를 미신에 휘둘리는 일 없이 불경하게 다룰 수 있고, 이미 상당한 성과도 거뒀다" | 426 | . 보르헤스는 이런 자주적 불경함에 고취되어 원숙기에 이르러서는 자기만의 이야기 배경을 설정했다. 그 결과, 그의 이야기들은 집합적으로 전 세계에 걸쳐 있다.

보르헤스는 수수께끼 같은 철학적 우화를 들려주는 이야기 꾼이자 근본적으로 탈정치화되고 지역적으로 자유로운 작가로 얘기되지만, 이것은 표면적인 진실일 뿐이다. 에세이에서, 보르헤

---

2   보르헤스의 〈아르헨티나 작가와 전통〉 번역은 박병규 · 박정원 · 최이슬기 · 이경민 옮김, 《영원성의 역사》(민음사, 2018)를 참조했고 원문에 맞게 수정했다.

스는 이야기 배경이 어디든 작가의 글에는 그 민족성이 드러나게 마련이라고 주장한다. 그는 거울, 호랑이, 꿈에 대한 "보편적" 주제로 눈을 돌렸을 때 "마침내 친구들이 내 글에서 부에노스아이레스 교외의 정취를 발견했다고 말해 주었다"며, "그렇게 오랜 세월이 흐른 후에야 한때 헛되이 추구했던 바를 이룰 수 있었다"고 덧붙인다 |424|. 보르헤스는 "우리 아르헨티나 작가가 성취한 모든 것이 아르헨티나 전통에 속할 것"이라고 결론짓는다.

> 우리는 전 세계가 우리의 유산이라 믿고 모든 소재를 다루어 보아야 한다. 아르헨티나인이 되고자 우리를 아르헨티나적인 것에 국한시킬 수는 없다. 아르헨티나인이라는 것은 타고난 운명이며 우리는 어쩔 수 없는 아르헨티나인이기 때문이다. 또, 아르헨티나인이라는 것은 우리의 가장假裝이고 가면에 불과하기 때문이다. |426-7|

보르헤스는 이런 보편성 주장을 아르헨티나 좌파 지도자 후안 도밍고 페론의 첫 임기가 끝날 무렵이라는 매우 구체적인 정치적 맥락에서 전개했다. 1946년 선출된 페론은 민족주의 의제를 내세웠고, 외세로부터 아르헨티나의 독립을 강조하며 값비싼 외국 수입품이 아닌 현지 생산을 장려했다. 그는 노조를 강화하고 노동자 생활 개선에 강한 의지를 보였으나, 반대파를 억누르고 반체제 학자와 작가를 탄압한 권위주의적 통치자이기도 했다. 정권에 대한 보르헤스의 비판에 분노한 페론은 보르헤스의 지위를 지

방 사서에서 부에노스아이레스 중앙시장의 "가금류와 토끼 조사관"으로 "승진"시키라고 했고, 보르헤스는 이 영예를 거절한다. 보르헤스가 〈아르헨티나 작가와 전통〉에서 "아르헨티나 지역색 숭배는 민족주의자들이 외국 수입품(배척)으로 거부해야 하는 최근의 유럽 숭배에 지나지 않는다"|423| 라고 한 것은 그의 문학관이자 페론주의적 민족주의에 대한 풍자적 반대이기도 하다.

이와 매우 상이한 전략을 "글로컬glocal"하다고 부른다. 이 용어는 1990년대 초 "세계적으로 사유하고 지역적으로 행동하기"를 추구하던 비정부주의자 집단에서 처음 유행했다. 문학에서 글로컬리즘glocalism은 두 가지 형태를 취한다. 하나는 작가가 세계 독자를 대상으로 지역적 문제를 다루는 것이고, 다른 하나는 외부 세계에서 내부 세계로의 이동을 강조하며 지역성을 국제적 교류의 축소판으로 제시하는 것이다. 한편으로 《오메로스》에서 데렉 월컷의 아버지가 시인에게 필생의 사업을 점지해 주었을 때 "하나의 상징, 항구를 떠나는 돛 / 항구에 들어오는 돛"이라는 표현이 드러내듯, 어떤 작품은 양방향 움직임을 보이기도 한다|월컷, 《오메로스》, 72|.

세계 독자를 대상으로 한 글쓰기는 의식적인 문화번역의 노력을 수반하고, 때로는 직접적인 언어 번역도 수반한다. 아르헨티나 독자가 밀롱가의 당김음에 맞춰 탱고를 추면서 **쿠치예로스**(불량배)를 주의하길 기대할 수 있었던 초기 보르헤스와 달리, 월컷은 언제나 그의 섬의 풍습이나 역사를 전혀 알지 못하는 외국 독자를 대상으로 글을 썼다. 그럼에도 월컷은 세인트루시아의 '역사'와 '경관의 지역적 특징'을 포괄했고, 독자가 그의 시를 이해하려면 숙지해야 할 사항을 가르치는 방식으로 집필했다. 《오메로스》의 페이지들은 이탤릭체(강조, 수식) 크레올어(유럽 언어와 서인도제도 노예들이 사용하던 아프리카어의 혼성어)로 점철되어 있지만, 이 용어들은 비크레올어 구사자도 알아듣게끔 눈에 띄지 않게 설명되거나 문맥화되어 있고, 시는 점진적으로 섬 역사의 많은 부분을 가르쳐 준다.

100년간 지속된 글로컬적 글쓰기 실험에 정초한 월컷의 언어학적·문화적 자가번역은 키플링이 개발한 영향력 있는 기법을 개선하기도 한다. 대영제국과 성장하는 미국 시장의 세계적 영향권에서 큰 혜택을 받은 키플링은 아마도 현대적 의미에서 초기부터 세계 독자를 대상으로 글을 쓴 최초의 글로벌 작가라 할 것이다.

1865년 인도에서 태어난 키플링은 주로 힌디어를 구사하는 보모들 손에서 자라다가 여섯 살 때 학업차 영국으로 보내졌다. 16세 때 인도로 돌아와 라호르에 있는《시민과 군대의 가제트Civil and Military Gazette》의 신문기자로 근무한다. 21세에 첫 시집《부문별 노래Departmental Ditties》(1886)를 출간하고, 2년 후《산중야화Plain Tales from the Hills》를 출간한다. 또한, 그해 다섯 권 이상의 단편소설집을 저렴한 열차판으로 출간해 인도 전역의 기차역에서 판매하기도 했다. 키플링은 그가 '글로 쓰는' 사람들을 위한 글을 썼고, 초기 작품에는 지역 독자가 알아 주길 바라는 지역 속어와 배경이 특징적으로 등장한다. 즉, 그들은 "펠리티에서 티핀을"[3] 먹은 캐릭터

---

3   레스토랑 이름. '티핀'은 남인도에서 식사를 일컫는 말이다. 펠리티는 영국령 인도의

가 영국 여름 휴양지 심라의 인기 찻집에서 점심을 먹었다는 말을 굳이 들을 필요가 없다는 것이다.|키플링, 《산중야화》, 6|.

　그럼에도 키플링은 이미 내부자인 동시에 외부자로서 글을 쓰고 있었다. 그는 1881년 인도로 돌아와 어린 날의 유창한 힌디어 실력을 빠르게 회복했지만, 이제 "영국에서 돌아온 자"의 관점에서 그의 유년기가 유령으로 다가오기 시작했다. 작품이 해외에서 인기를 끌면서 곧 전 세계에서 발견될 먼 독자를 위해 그의 지역적 지식을 번역하는 일이 다음 단계가 되었다. 1889년 에든버러에서 《산중야화》가 재출간되었고, 첫 독일어 번역본이 출간되었다. 곧 더 많은 언어로 번역될 예정이었지만, 대영제국 안팎에서 쓰이는 영어의 영향권 덕에 키플링은 번역 없이도 이미 세계적인 작가가 되어 가고 있었다. 1890년 《산중야화》가 인도, 영국, 미국에서 여러 판본으로 출간되었고, 키플링의 작품은 남아프리카, 호주, 그 외 여러 국가에서 활발히 유통되기 시작했다. 키플링의 나이 25세 때였다.

　키플링은 특히 1889년 이후, 요컨대 인도를 영원히 떠나 처음에는 런던 다음에는 버몬트에 머무르다 마침내 영국에 재정착한 후, 설명과 노골적인 번역을 이야기에 포함시키는 데에 빠르게 능숙해졌다. 가령 1901년 소설 《킴Kim》은 외국인 독자를 위한 정치

제빵사이자, 제과점주, 사진작가, 호텔 지배인, 레스토랑 매니저였다. 심라와 콜카타에 있는 그의 레스토랑은 지금도 매우 인기가 높다.

적 · 언어적 무대를 마련하는 활기찬 장면으로 시작된다.

> 그는 시 당국의 금지 규정을 무시한 채, 거대한 대포 잠잠마의
> 포신 위에 걸터앉아 있었다. 벽돌을 쌓아 만든 포대는 현지인이
> 아자이브게르Ajaib-Gher, 즉 불가사의한 집이라고 부르는 라호르
> 박물관과 마주 보고 있었다. "불 뿜는 용" 잠잠마를 수중에 넣는
> 자가 펀자브 지역을 차지한다고 할 정도로 그 거대한 녹색의 청
> 동 대포는 정복자라면 누구나 첫손에 꼽는 전리품이었다.
> 킴은 디나나트의 아들 녀석을 발로 걷어차 포이砲耳 밖으로 내쫓
> 았는데, 킴에게는 그럴 권리가 있었다. 펀자브 지역은 영국이 점
> 령하고 있었고, 킴은 영국인이었던 것이다. | 키플링, 《킴》, 9 | [4]

키플링은 몇 페이지 만에 다양한 힌디어 용어를 제시한다
(*jadoo*〔마술〕, *faquirs*〔고행자〕, *ghi*〔버터기름〕, *parhari*〔경찰관〕 외 다수). 때로
는 괄호 안에 번역하고 때로는 이어지는 의역으로 정의하며, 때로
는 그 의미를 암시하는 문맥을 구성하기도 한다.

《킴》은 독자의 편의를 위해 주인공 소년이 끊임없이 자문자
답하는 다채로운 지역적 세부 사항으로 가득하다. 킴은 "화려한
자수가 새겨진 *ruth* 또는 가족용 마차"를 탄 노파와 시종 여덟 명

---

4   키플링의 《킴》 번역은 하창수 옮김, 《킴》(북하우스, 2007)을 참조했고 원문에 맞게
    수정했다.

을 거의 전문 민속학자의 눈으로 관찰한다.

킴은 시종들을 찬찬히 살펴보고 있었다. 그들 중 반수는 다리가 비쩍 마르고 회색 수염을 기르고 있었는데, 저지대인 오리사 사람이었다. 나머지 반은 보풀이 일어나는 두꺼운 모직 옷을 입고 짐승 털을 눌러 만든 모자를 쓴 것으로 보아 북쪽 고산 지역 사람인 듯했다. 둘 사이에 쉴 틈 없이 오가고 있는 말다툼 소리를 엿듣지 않았다 해도 킴은 그 묘한 섞임이 무엇을 말해 주는지 알 수 있었다. 마차 안의 노파는 남쪽을 방문하는 중일 것이다. 부유한 친척일지도 모르고 어쩌면 사위일지도 모른다. 필시 그들이 그녀에게 존경을 표하기 위해 경호를 붙여 준 것일 터였다. 고산 지역 출신은 노파와 한동네 사람으로 쿨루 사람이 아니면 캉그라 쪽일 게 분명했다. 노파가 자기 딸을 혼인시키기 위해 저지대로 데리고 가는 게 아닌 건 명백해 보였다. 그랬다면 머무는 곳의 휘장을 레이스로 장식했을 것이고, 호위대는 마차 근처에 누구도 얼씬거리지 못하게 했을 것이다. 한 손에는 불 피울 소똥을, 다른 손에는 조리된 음식을 들고서 어깻짓으로 라마승에게 길을 안내하고 있던 킴의 머릿속에는 한 명랑하고 고결한 부인이 자리하고 있었다 | 57-8 |.

키플링은 수차례 독자에게 지역 풍습을 설명할 기회를 마련한다. 킴은 우리가 그의 눈을 통해 인도를 엿볼 수 있게 하는 박학다식한 인도 출신 내부인insider이자, 모든 것에 설명이 필요한(그럼으로써 우리에게도 설명을 제공하는) 영국계 아일랜드 혈통의 외부인outsider이다. 사춘기 정점에 있는 킴은 그의 나라의 소년인 동시에 정치적 음모를 속속히 배워야 할 어른 세계의 신입이다. 그는 책의 상당 부분에서 나이 지긋한 티베트 라마승과 동행하는데, 라마승은 고대 동양 사상을 설명하는 데에는 능숙하지만 그 역시 인도 풍습에 종종 무지한 외국인이라 킴이 설명을 대신하기도 한다. 그럼에도 이야기에는 더 어리숙한 유럽인도 많이 등장한다. 비단 영국인뿐만 아니라 경쟁국인 프랑스와 러시아 요원들까지 등장해 인도아대륙과 주변 영토를 차지하려는 "그레이트 게임Great Game"을 벌인다.

《킴》에서 가장 흥미로운 게임 주자는 후리 춘데르 무케르지라는 "바부Babu" 혹은 식민주의 영국 정부의 인도인 요원이다. 키플링은 이 이름을 초기 시詩인 〈어떻게 되었는가What Happened〉에서 사용한 바 있는데, 이 우스꽝스럽고 근심 어린 시는 '믿을 만한' 토착민에게 거들먹거리는 것과 유럽 무기를 허가할 때의 위험을 다룬다.

> 후리 춘데르 무케르지는 보우 바자르의 자긍심이자
> 토착민 신문사 〈배리스터-앳-라〉의 소유주로,
> 쌍권총용 소총이 가득 담긴 바구니 옆에서
> 군도를 착용하라는 정부의 명령을 기다린다.
> …
> 하지만 언제나 〔영국의〕 비위를 맞추기 위해 예의주시하는 인도

정부도

천인공노할 자들에게 [무기를] 허락했다.

살인과 절도가 가능한 야르 마호메드 유수프자이,

비카네르 출신 심부 싱, 빌족 탄티아,

마리부족 추장 킬라 칸, 시크교도 조와 싱,

자트 출신 펀자브인 누비 바크쉬, 압둘 허크 라피크,

그는 와하브파 신도였다. 마지막으로 어린 보 힐라우는

법의 허점을 이용해 스나이더식 후장총을 가져갔다.

곧 무케르지가 사라진다. 그의 무기 때문에 살해당한 것으로
보인다. 시는 이렇게 끝맺는다.

무케르지는 어떻게 됐을까? 보우 바자르에서

시바의 신성한 소를 몰고 있는 마호메드 야르에게 물어라.

온화한 누비 바크쉬에게 묻고, 땅과 바다에 물어라.

인도 의회에 물어라. 나에게만은 묻지 말아라!

| 키플링, 《시 전집Complete Verse》, 14-16 | [5]

키플링은 다른 초기 작품들에서 그랬듯, 독자가 현지의 지형

---

5 시에서 제시된 인물은 모두 가상 인물이다.

(여기서는 중앙 콜카타 간선도로인 바우 바자르)을 알 것이라 가정하고 영국이 인도 통제권을 거의 상실하게 된 반란(1857년 "항쟁 Mutiny"〔세포이 항쟁〕)의 새로운 발발 가능성에 대해 영국-인도 공동체가 느끼는 긴장감을 공유한다. 여기서 인도의 인종적 · 문화적 다양성에 관한 그의 관심이 동원된 것은, 인도인이 너무 다양하고 토착민은 신뢰할 수 없어 힌두교도가 절대다수인 인도 국민회의파(궁극적으로는 인도 독립을 지향하고 인도인이 정치 현안에 목소리를 낼 수 있게 1885년 창당된)만으로는 그들을 관리할 수 없다는 것을 암시하기 위함이다.

15년 후에 쓰여진 《킴》의 후리 바부는 모든 면에서 더욱 복잡한 인물이다. 킴이 인도 사회의 가상 민족지학자라면, 후리는 실제로 기회가 있을 때마다 민족지학적 견해를 피력한다. 이 취미를 과학적인 열정으로 추구하는 후리는 영국 왕립학술원 회원이 되겠다는 야망이 있다. 영국의 지배를 받는 식민지인이 꾸기에는 비현실적일 뿐 아니라 터무니없기까지 한 꿈이다. 하지만 키플링은 초기 시에서 그랬듯, 후리의 허세를 비웃는 대신에 이 비현실적인 꿈을 그와 영국 첩보부대장 크레이튼 대령 간의 유대감으로 만든다. "그의 가슴 깊은 곳에는 자신의 이름 뒤에 왕립학술원 회원이라는 직함을 붙이고 싶은 야심이 숨어 있었다. … 그렇기에 크레이튼은 빙긋이 웃으며 같은 욕망으로 움직이는 후리 바부에게 더 좋은 감정을 가지게 되었다" | 키플링, 《킴》, 147-8 |.

후리 바부의 민족지학적 지식은 정부 요원인 그의 업무에 도움을 주고, 그에게 인도인과 유럽인 모두의 예절과 동기에 관한

통찰을 제공한다. 바부는 특히 불행하고 쉽게 흥분하는 동양인을
연기함으로써 유럽인 사이에서 자신의 속내를 능숙하게 감춘다.
한 에피소드에서는 술에 취해 "극렬하게 반역적인" 영국 압제의
희생자인 척하며 한 쌍의 외국 요원을 농락한다. 외국인들은 그의
연기에 깜빡 속아 넘어간다.

> 두 외국인 중 키가 큰 쪽이 말했다. "저 친구는 이 지역 출신이
> 확실하군. 빈의 끔찍한 안내인 못지않아."
> 러시아 사람이 답했다. "변화하고 있는 인도의 축소판이지. 동서
> 양의 괴물 같은 혼종. 동양을 지배할 수 있는 이는 바로 **우리**야".
>
> | 198-9 |

단순히 〈백인의 임무The White Man's Burden〉[6]의 시인으로만 간주
되는 키플링은 여기서 문화적 혼종주의cultural hybridism의 편에 확고
히 서 있고, 이는 자기 고정관념의 희생자가 되는 거만한 러시아
요원에게만 괴물로 보인다. 후기 영어권 세계작가 대다수는 일반
적으로 그리고 정당한 사유로 키플링의 정치학을 거부하지만, 그
럼에도 여러 가닥의 영어를 "키플링어Kiplingese"라 부를 만큼 독특
한 언어로 혼합하는 키플링의 전략을 개선하거나 전복하고 있다

---

6 미국의 필리핀 정복에 때맞춰 1899년 2월에 발표된 키플링의 시. 팽창주의자였던 키
  플링은 이 시에서 백인 국가들의 제국주의에 심리적 정당성을 부여했다.

는 점에서 그에게 빚지고 있다.

세계적 이스탄불

키플링은 세계 독자를 상대로 특정 지역을 기술한 반면, 다른 작가들은 세계를 모국에 가져오는 글로컬리즘 방식을 택했다. 1970년대 터키에서 성년을 맞은 오르한 파묵은 이 글로컬리즘 방식으로 세계 속에서 현대 터키가 직면한 모호한 상황을 다룰 방법을 발견했다. 터키는 오랫동안 중동과 동유럽 대부분을 지배했던 오스만제국의 중심지였지만 19세기 후반에 제국이 축소되어 혼란에 빠졌고, 터키의 정치 지도자와 지식인들은 터키의 상황을 재고하기 시작했다. 1920년대 무스타파 케말 아타튀르크의 주도 아래 가속화된 서구화 과정에서 터키는 서구식 군사, 정부, 교육 체제를 도입했다. 심지어 문자 체계도 아랍어에서 수정된 로마자로 전환했다. 문학적 변화는 이런 문화혁명을 동반했고, 점점 더 많은 터키 작가가 소설을 쓰고 유럽의 사실주의와 모더니즘 양식을 적용하며 터키 사회와 더 넓은 세계 안에서 새로운 국가 관계를 탐구하기 시작했다.

오르한 파묵만큼 이 관계의 모호함을 집중적으로 다룬 터키 작가는 없었다. 그는 세계관과 문학적 참조에서 철저히 국제적이면서도 소재 선택에서 단호히 지역적인 소설가였다. 파묵은 고향인 이스탄불에서 터키의 이중적 정체성의 완벽한 상징(보스포루

스해협은 물리적으로 한쪽은 유럽, 다른 쪽은 아시아로 양분돼 있다)을 발견한다. 그리고 일련의 소설과 회고록《이스탄불Istanbul》에서 스스로 말한 바 '타인이 되고자 하는 터키인의 욕망'을 탐구하고 정체성을 전환하거나 융합하거나 상실하는 캐릭터를 통해 이 주제를 구현한다.

1990년대 소설《검은 책》에서는 제랄이라는 신문기자가 사라진다. 그는 자신의 글(제랄의 에세이는 이스탄불의 전통과 그 문제적 현대성을 아이러니컬하게 조사한다)에 화가 난 누군가에게 피살됐을 수도 있고, 사촌 갈립의 행방불명된 아내 뤼야와 함께 달아났을 수도 있다. 실종 단서를 찾던 갈립은 제랄의 신문 칼럼을 꼼꼼히 살펴보게 되는데, 그중에 제랄이 기묘한 마네킹으로 가득 찬 지하실을 방문한 내용을 발견한다. 이 마네킹들의 제작자는 베디 우스타라는 장인으로, 그의 아들은 제랄에게 마네킹을 보여 주며 "'우리를 우리이게 한 본질'은 이 기괴하고 먼지 쌓인 작품 속에 묻혔다"고 말한다|파묵, 《검은 책》, 61|.[7] 베디 우스타의 창조물들은 일반적인 마네킹이 아니다. 도둑, 바느질하는 처녀, 학자, 거지, 임신한 여성을 묘사한 그의 창조물들을 진정으로 돋보이게 하는 것은 그 마네킹들의 제스처다. 베디 우스타는 카페에서 오랜 시간을 보내며 이스탄불의 일상생활에서 관찰되는 작은 제스처들을 포

---

7   오르한 파묵의《검은 책》번역은 이난아 옮김, 《검은 책》(민음사, 2014)을 참조했고 원문에 맞게 수정했다.

착해 그의 캐릭터들에 불어넣었다. 따라서 마네킹들은 정확하게 터키식으로 고개를 끄덕이고 기침을 하며 코트를 입고 코를 긁는 포즈를 취하고 있다.

이 실물처럼 생생한 걸작들은 지하실 제작소에서 먼지만 쌓여 가고 있다. 어떤 백화점도 그것을 찾지 않기 때문이다. "그의 마네킹은 우리가 동경해야 할 서양 모델처럼 보이지 않았다. 그들은 우리나라 사람처럼 보였다"|61|. 한 쇼윈도 장식가는 베디 우스타의 기술에 탄복하지만 단호하게 말한다.

> 그는 터키인들이 더는 터키인이 되길 원하지 않고 완전히 다른 무언가가 되고 싶어 하기 때문이라고 했다. 이런 이유로 "의복혁명"이 있었고 수염을 자르고 언어와 글자도 바꾸었다고 했다. 조금 덜 수다스러운 다른 가게 주인은 손님이 옷을 산 게 아니라 환상을 산 거라고 설명했다. 그들을 그의 가게로 이끈 것은 그 옷을 입은 "다른 사람"이 되고자 하는 환상이었다고 말이다. |61|

물론 영국의 해러즈나 미국 메이시스 백화점의 쇼윈도 장식가도 기침하는 부랑자나 망태기에 짓눌린 침울한 가정주부 마네킹을 전시하는 건 망설일 것이다. 서구 소비자도 우아함의 꿈에 반응하기 때문이다. 제랄이 마네킹을 정말로 낯설게 받아들이는 데에는 더 구체적인 이유가 있다. 그가 아는 누구도 더는 베디 우스타가 보존한 수년 전 제스처를 **사용하지** 않는다는 것이다. 그사이에 넘쳐나던 외국영화가 이스탄불 주민들을 매료시켰고, 주민

들은 오래된 제스처를 버리고 스크린에서 보여지는 제스처를 택했다. 이제 "그들의 행동 하나하나가 모두 모방된 것이다." 전 국민이 영화팬이 되어 "스크린에서 본 새로운 웃음 방식을 연습했다. 창문을 열고 문을 꽝 닫고 찻잔을 들고 코트를 입는 방식을 연습한 건 말할 것도 없다"|63-4|. 이 깨달음에 충격을 받은 제랄은 먼지로 뒤덮인 마네킹을 보며 "잃어버린 순결을 애도하는 신들, … 다른 사람이 되길 갈망하지만 그럴 수 없기에 자학하는 고행자, … 사랑을 나누지 못하고 동침을 하지 못해 서로를 죽인 불행한 연인들을 떠올린다"|64|.

파묵은 〈유럽이란 무엇인가?〉라는 에세이에서 터키인의 정체성 주제를 확장한다. "유럽의 경계, 그 모호함 속에 거주하며 책으로 살아가는 나 같은 사람에게 유럽은 언제나 꿈이자 환상으로 다가왔다. 때로는 갈망하고 때로는 두려워했던 유령. 달성할 목표 또는 위험. 미래. 하지만 결코 추억은 아니다"|파묵,《다른 색들 Öteki Renkler》, 190|.[8] 파묵의 책들은 서구화가 가져온 정체성과 문화적 기억에 대한 도전을 탐구한다. 이는《내 이름은 빨강Benim Adım Kırmızı》(1998)에서 가장 웅변적으로 드러난다. 1590년대를 배경으로 한 이 소설은 페르시아 예술의 양식화된 전통에 충실한 세밀화 화가들과 서양 원근법에 입각한 사실주의를 채택하려는 이들

---

8   오르한 파묵의 에세이 번역은 이난아 옮김,《다른 색들》(민음사, 2016)을 참조했고 원문에 맞게 수정했다.

간의 투쟁이 중심이다. 콘스탄티노플은 그물망에 걸린 칼비노의 도시처럼 아시아와 유럽 사이에서 팽팽한 균형을 이루고 있다. 사람들은 중동의 과거와 서양의 미래 사이에서, 포르투갈을 거쳐 수입된 중국 다기에 담긴 차를 마시며 인도산 카펫에 앉아 있다.

이 길항하는 문화의 소용돌이치는 그물망 속에서 이탈리아풍 회화는 위대한 이슬람 예술 전통을 갉아먹기 시작한다. 사람들이 초상화가 인물의 일반적인 특성과 지위 대신 개성(새로운 서양식 가치)을 전달할 수 있다는 생각에 사로잡히면서 말이다. 물론 전통주의자들은 반대한다. 나무 그림으로 제시된 한 화자는 자신이 새로운 사실주의 양식으로 그려지지 않았음에 만족감을 표한다. "알라신이시여, 당신 앞에 한 그루 나무일 뿐인 제가 그런 의도로 그려지지 않았음에 감사 드립니다. 이스탄불의 온갖 개들이 저를 진짜 나무로 알고 제 발치에 오줌을 쌀까 두려워서가 아닙니다. 저는 나무가 되고 싶은 게 아닙니다. 저는 그 의미가 되고 싶습니다"|파묵, 《내 이름은 빨강》, 51|.[9]

역사는 서구화된 현실주의자들 편이다. 그럼에도 세밀화 화가들이 단순히 동경하는 이탈리아 화가보다 더 이탈리아인이 되고자 한다면 결코 성공하지 못할 것이다. 《내 이름은 빨강》은 술탄의 세밀화 화가 중 살인자 색출을 수반하고, 악당은 새로운 스

---

9 오르한 파묵의 《내 이름은 빨강》 번역은 이난아 옮김, 《내 이름은 빨강》(민음사, 2019)을 참조했고 원문에 맞게 수정했다.

타일에 적대적인 경쟁자들을 살해하는 서구주의자로 판명 난다. 이 서구주의자 역시 마지막 순간 자신의 숨겨 둔 걸작(자신을 술탄으로 묘사한 이탈리아풍 자화상)이 실패작이자 얕은 이해를 바탕으로 한 어설픈 기법 모방임을 깨닫는다. 그는 고백한다. "악마가 된 기분이야. 두 사람을 죽여서가 아니라 내 초상화가 이런 식으로 그려졌다는 점에 말이야. 이 그림을 그리려고 그들을 죽인 건가 싶어. 이제는 고독감이 날 두렵게 해. 서유럽 대가의 전문 기예를 익히지 못한 채 그들을 모방하는 건 세밀화 화가를 더욱 노예로 만들 거야"|399|.

《검은 책》의 마네킹들처럼, 살인을 저지른 세밀화 화가는 끝내 완전히 소속될 수 없는 두 세계 사이에서 갈팡질팡하는 낙오자가 된다. 그럼에도 《내 이름은 빨강》은 그 충족되지 않는 낭만적 · 문화적 욕망의 쓰라린 고독 속에서도 곳곳에 희극이 충만한 활기 넘치는 소설이다. 실제로 파묵의 소설은 소설이 예리하게 제기하는 문제에 대한 최고 해답이자, 사라진 오스만제국의 과거를 재창조하는 생동적인 혼합물이다. 파묵은 모든 서양 소설 기법을 활용하고 새로운 방식으로 변형한다. 책은 59개의 짧은 장으로 나뉘고, 각 장에는 화자를 나타내는 제목이 붙어 있다. 〈나는 검정입니다〉, 〈나는 셰큐레입니다〉, 〈나는 나무입니다〉 등등. 이 세밀화 자화상들은 서로 연결되어 전면적인 역사소설을 형성한다.

보르헤스처럼 파묵도 주권적 자유를 갖고 서구문화와 모국 문화에 접근한다. 에세이 〈마리오 바르가스 요사와 제3세계 문학〉은 마치 파묵 자신의 초상화처럼 읽힌다. "제3세계 문학에 차별화를 주는 것이 있다면 그것은 작가가 그의 작품이 예술(소설 예술)의 역사가 형성되던 중심부에서 멀리 떨어져 있다는 것을 인식하는 일이고 또 그 거리감을 작품에 투영하는 일이다." 그럼에도 이는 결코 작가에게 불합리한 일이 아니다.

> 외부인으로서의 감각이 그를 고유성의 불안에서 벗어나게 해 주기 때문이다. 그는 자신의 목소리를 찾기 위해 아버지나 선구자들과 강박적인 싸움을 벌이지 않아도 된다. 또, 새로운 지형을 개척하고 그의 문화에서 논의된 적 없는 소재를 다루며 때로는 모국에서 볼 수 없었던 먼 곳의 새로운 독자에게 말을 겸으로써 그의 글에 일종의 고유성과 진실성을 부여한다.
>
> | 파묵, 《다른 색들》, 168-9 |

여기서 파묵은 외부에서 들여온 기법의 지역적 사용을 강조하고, 이전 민족 작가들이 개척하지 않은 길을 연다. 이런 식으로 지역화된 세계주의는 작품의 주제뿐 아니라 형태도 알려 준다.

그런 과정에서 파묵은 서구화된 살인자와 전통주의자 나무가 인식하는 이분법적 선택을 초월한다. 파묵은 오스만제국의 과거와 포스트모던의 현재에서 동시에 살아가고 있다. 그가 이스탄불과 그 너머, 즉 그의 소설의 안팎에서 동시에 살아가고 있는 것처럼. 파묵은 이 이중적 정체성의 직접적 표상으로《내 이름은 빨강》에 오르한이란 소년을 등장시키는데, 그는 파묵의 친모 이름을 딴 책 여주인공 셰큐레의 아들이다. 소설의 마지막 대사에서

셰큐레는 아들에게 자신의 이야기를 유증하며 그럴듯한 그림책으로 만들어 주길 바라지만, 한편으로 우리에게 이야기를 너무 곧이곧대로 받아들이지 말라고 당부한다. "오르한은 이야기를 재미있고 그럴듯하게 만들기 위해서라면 못할 거짓말이 없는 아이니까요."| 파묵, 《내 이름은 빨강》, 413 | .

이중국적의 세계화

세계적인 것은 종종 지역적인 것과 대조되며, 이것은 '모국에서의 삶'과 '외국에서의 삶'의 이분법과 아주 유사하다. 그러나 현대의 세계화가 가져온 주요 효과는 "모국home" 개념을 복잡하게 만들었다. 점점 더 많은 이민자와 이민자 집단이 폭넓게 분리된 두 공동체 사이에서 활발한 관계를 유지하며, 휴대폰이나 인터넷, 항공 여행을 통해 긴밀한 연락을 취하고 있다. 제임스 조이스, 마르그리트 유르스나르, 블라디미르 나보코프처럼 영구 이주하여 모국 땅에서 멀리 떨어진 곳에 영원한 모국을 만드는 작가도 여전히 있다. 그럼에도 앞서 데렉 월컷의 사례에서 보았듯, 점점 더 많은 작가들이 그들의 시간을 두 곳이나 그 이상의 장소에서 나눠 쓰고, 폭넓게 분리된 공동체에 적극 참여해 그들을 위한 그들에 관한 글을 쓰곤 한다.

　　이중국적적 관점은 아르헨티나 태생의 훌리오 코르타사르 Julio Cortázar의 혁신적인 1963년 소설 《팔방치기 Rayuela》의 구조에서 잘 드러난다. 첫 번째 부분인 "Del lado de allá"(저편에서)는 코르타사르가 수년간 살았던 파리를 배경으로 하고, 두 번째 부분인 "Del lado de acá"(이편에서)는 코르타사르가 자라고 또 소설을 처음 출간한 부에노스아이레스를 배경으로 한다. 마지막 부분인 "De otros lados"(다른 편들에서)는 내러티브상 불확정적인 상태의 "소모성 장들"의 집합이다. 이 분할된 구조는 두 번째 대체 구조에 의해 교차된다. 번호가 매겨진 155개 장은 순차적으로 읽힐 수 있지만, 서문 역할을 하는 짤막한 글은 독자가 도입부에 요약된 다른 순서로 읽으며 본문을 이리저리 건너뛸 유도하기도 한다. 이는 코르타사르가 제시하는 이동하는 인물의 진전을 다른 방식으로 드러낸다.

30년 후 살만 루슈디도 단편집 《이스트, 웨스트East, West》(1994)에서 이중국적적 구조를 채택했다. 《팔방치기》처럼 이 단편집도 세 부분으로 나뉜다. "이스트East"라는 제목이 붙은 이야기 세 편은 인도를 배경으로 하고 "웨스트West"라는 제목이 붙은 세 편의 이야기는 유럽을 배경으로 한다. "이스트, 웨스트East, West"라는 제목 아래 전개되는 이야기 세 편은 대륙을 오가는 이동을 포함한다. 루슈디는 단편집 전반에 걸쳐 사실주의와 환상을 교묘하게 뒤섞어 그 형태가 명쾌히 구분되지 않게 한다. "이스트" 부분의 단편인 〈예언자의 머리카락The Prophet's Hair〉은 완전히 환상으로 보이는 이야기를 들려준다. 예언자 무함마드의 머리카락이 담긴 유리병이 스리나가르의 하즈라트발 지성소에서 도난당해 엄청난 대중적 소란이 벌어지고, 그것을 입수한 고리대금업자 하심의 삶

에도 격변이 일어난다는 내용이다. 하심은 "마치 착복된 유물의 영향의 받은 것처럼"|45| 갑자기 열렬한 신자가 되어 감정을 주체하지 못하고 가족에게 가혹한 진실을 쏟아 내기 시작하고, 이는 치명적인 결과를 초래한다. 유물의 존재로 인해 혜택을 입는 유일한 실질적인 수혜자는, 기적적으로 시력을 되찾는 하심의 눈먼 아내뿐이다.

이 이야기의 마술적 사실주의는 구체적인 현실에 기초한다. 1963년 12월 26일 하즈라트발 지성소에서 무함마드의 머리카락이 담긴 유리병이 도난당한 실제 사건이 그것이다. 수십만 명이 거리로 뛰쳐나왔고, 그 지역 전역에서 대규모 시위가 벌어졌다. 신성한 유물을 되찾으려는 아와미 행동위원회라는 단체가 결성됐고, 네루 장관은 라디오방송으로 유물의 실종을 전국적으로 보도했다. 유물은 며칠 후 회수됐다. 루슈디가 이야기의 바탕으로 삼은 이 에피소드는 결코 사소한 사건이 아니었다. 자신들의 문화가 힌두교 다수파에게 수세에 내몰리고 있다는 카슈미르 이슬람교도의 인식을 확고히 했기 때문이다. 아와미 행동위원회는 몇 주 만에 잠무카슈미르 국민전선을 창설했고, 이 조직은 카슈미르를 위한 독립적이고 통일된 무력투쟁에 돌입했다.

이 단편이 공적으로 담고 있는 정치적 함의는 개인적인 함의로 배가된다. 루슈디의 1988년 소설 《악마의 시The Satanic Verses》는 소설 속 무함마드와 그의 아내들에 대한 불손한 묘사에 격분한 이슬람교도의 시위를 촉발했다. 이란 시아파 종교지도자 호메이니는 루슈디가 창조한 캐릭터들의 생각과 꿈에 대한 책임에서 루슈디를 면해 줄 의사가 없었다. 그는 루슈디에게 사형을 선고하고, 동시에 루슈디를 살해한 이에게 막대한 보상금을 약속하는 종교령을 내린다. 루슈디는 영국에서 경찰의 보호 아래 숨어 지내는 동안에《이스트, 웨스트》를 집필했고, 몇몇 단편은 그의 상황을 우회적으로 반영한다. 〈예언자의 머리카락〉에서 고리대금업자 하심은 온갖 잡동사니를 광적으로 수집하는데, 이는 소설가 루슈디와 매우 닮았다.

> 그의 서재 도처에는 수집광적 흔적이 가득했다. 거대한 유리 상자마다 굴마르그[인도 북부 카슈미르 초원 지대] 지역의 나비들이 빼곡히 꽂혀 있었고, 전설적인 잠자마 대포[두라니 왕조가 1757년에 주조한 거대한 대포]의 축소 모형 삼십여 개가 다양한 금속으로 제작되어 있었으며, 무수히 많은 검, 나가족[인도 북동부와 미얀마 서부에 거주하는 부족으로 창을 주무기로 쓴다]의 창 한 자루, 기차역 플랫폼에서 판매되곤 하는 낙타 모양의 테라코타 아흔네 개, 다수의 사모바르[내부 관에 숯불을 넣어 물을 끓이는 러시아의 전통 주전자]가 곳곳에 진열되어 있었다. 원래는 유아용 목욕 장난감으로 사용하기 위해 백단향으로 조각한 소형 동물 모형들도 하나의 완전한 동물계를 구성하고 있었다. |43-4|[10]

---

[10] 루슈디의 《이스트, 웨스트》 번역은 김송현정 옮김, 《이스트, 웨스트》(문학동네,

하심은 유리병을 다른 수집물처럼 미학적 대상으로 취급할 수 있을 것이라 오판한다. 그는 혼잣말한다. "물론 종교적 가치 때문에 이걸 원하는 건 아니야. … 나는 세상 물정에 밝은 사람이지. 나한테 이건 엄청나게 진귀하고 눈부시게 아름다운 세간의 물건일 뿐이야. 한 마디로 나는 머리카락보다는 은으로 세공된 유리병을 원하는 거라고"|44|. 그는 곧 자신과 가족의 희생을 통해 내용보다 외양을 중시할 수 없고 의미보다 아름다움을 중시할 수 없다는 것을 깨닫는다. 〈예언자의 머리카락〉은 그 이중적인 개인적·정치적 맥락에서 양날의 칼로 작가의 자기중심적인 세속주의와 원리주의자들의 독선적인 분노를 파헤친다.

《이스트, 웨스트》 마지막 부분의 중심 이야기인 〈체코프와 줄루Chekov and Zulu〉[11]는 바로 그 제목 속에 이중성을 기입한다. 그럼에도 이 이야기가 러시아인과 아프리카인을 등장시키는 것은 아니다. 제목의 인물들은 외려 인도 출신 영국 비밀경호국 직원(키플링의 현대판 후리 바부)으로, 〈스타트렉Star Trek〉 속에서 임무를 맡은 자신을 상상하는 것을 좋아한다. 그들이 일본인 술루의 이름을 개명해 쓰고 있음에도 말이다. 체코프는 말한다. "과격분자라는 혐의를 받기엔 줄루가 더 적합한 이름이야. 무뢰한으로 의심받기에도, 반역자로 추정되기에도 말이지"|153|. 그와 줄루는 주기적

2015)를 참조했고 원문에 맞게 수정했다.

11   미국 드라마 〈스타트렉〉의 엔터프라이즈호 승조원 파벨 체코프와 히카루 술루를 연상시키는 이름.

으로 그들의 경험을 〈스타트렉〉을 통해 구성한다. 줄루는 시크교도 분리주의자 집단에 잠입하고, 궁지에 몰리자 체코프에게 긴급 메시지를 보낸다. "나를 전송시켜 줘"|166|.[12]

그전에 줄루는 버밍햄에서 비밀 임무를 수행하던 중 자취를 감춘 적이 있다. 1948년 인디라 간디가 시크교도 경호원에게 암살된 직후의 일이다. 이야기 도입부에서 인도대사관은 체코프를 런던 교외에 있는 줄루의 집으로 보내 이를 조사하게 한다. 이때 체코프와 "줄루 부인"이 나눈 대화는 인도어-영어 대화의 희극적 걸작인 한편, 그녀의 남편이 동료 시크교도들과 수상한 거래에 연루돼 왔다는 의혹을 드러내기도 한다.

> "집을 끝내주게 꾸미셨네요, 줄루 부인, 우아우아. 엄청나게 고상한 장식하며, 컷글라스도 아주 많고! 그 망나니 줄루가 봉급을 아주 많이 받는 모양입니다. 저보다도 많이. 유능한 녀석."
> "아니에요, 어떻게 그런 일이 가능하겠어요? 분명히 딥티(공사公使를 뜻하는 인도어로, '대리공사' 정도)의 탄카(봉급의 인도어)가 보안 책임자의 봉급보다 훨씬 많겠죠.
> "의심하려는 의도는 없었습니다, 지(상대를 높여 부르는 인도어 표현). 그저 부인이 대단한 살림꾼이라고 말하려던 거였어요."

---

12 〈스타트렉〉에서 커크 함장이 엔터프라이즈호로 귀환할 때 기관장 스콧에게 내리는 지시.

"그래도 뭔가 문제점이 있겠죠, 나(확신할 수 없을 때 상대에게 되묻는 인도어)?" | 149 |

영어-힌디어 구문과 어휘의 자유로운 혼합(키플링처럼 이탤릭체로 쓰거나 번역한 것이 아닌)은 독자를 등장인물의 이중문화적 삶에 흠뻑 빠지게 한다. 대화가 진행됨에 따라 우리는 두 친구가 그들의 별명을 학창 시절에 채택했고, 다국적 은하계 탐험가 〈스타트렉〉 승조원들과 자신들을 밀접하게 동일시한다는 것을 알게 된다. "용감무쌍한 외교비행사. 새로운 세계와 새로운 문명을 탐험하는 것이 우리의 오랜 임무죠"| 151 |. 체코프는 그들의 분신이 "지도자는 아니지만 누구나 인정하는 최고의 요원"임을 상기시키며, "우리 같은 이들은 통솔을 하지는 않지만 통솔을 가능하게 한다"고 덧붙인다| 151 |. 콘래드와 조이스의 고차원적 모더니즘이 데렉 월컷에게 더 넓은 세계로 들어가는 입장권을 주었다면, 여기서는 글로벌한 대중문화가 루슈디의 캐릭터에게 같은 기능을 한다.

그럼에도 세계의 지형은 결코 평평하거나 평등하지 않다. 체코프와 줄루는 인도에서 학교에 다니는 동안 〈스타트렉〉의 열성 팬이 되지만, 이는 오리지널 TV 시리즈에 노출되어서가 아니다. 체코프는 회상한다. "그걸 볼 수 있는 텔레비전이 없었거든요. 그 모든 이야기는 미국과 영국에서 데라 둔의 아름다운 산간 마을로 전해져 오는 전설일 뿐이었죠"| 165 |. 신자유주의적 우주비행선 엔터프라이즈호의 모험은 산간 마을 기숙학교에 살던 루슈디의 주인공들에게 전설이 됐다. 카리브 섬에 살던 데렉 월컷에게 조이스

와 콘래드의 삶이 전설이 된 것과 같은 방식으로. TV를 볼 수 없었던 그들은 "드라마를 소설화한 싸구려 문고판 두 권"을 읽고서 〈스타트렉〉의 팬이 됐다|165|. 의미심장한 점은 그들이 둔 중등학교에 입학한다는 것으로, 이 학교는 미래의 인도 정치인과 공무원을 양성하기 위해 영국의 인도 통치 말기에 설립된 영국식 엘리트 아카데미다. 루슈디의 인도 독자라면 알겠지만 이 학교의 가장 유명한 졸업생은 인디라 간디의 아들 산제이와 라지브다.[13]

두 친구는 성인이 된 후 영국과 인도를 오가며 정치 활동과 간첩 활동에 열중한다. 이야기 끝 무렵에 체코프는 영국 정부와 인도 정부 간의 범행 공모에 강제 연루되고, 타밀족 분리주의자가 라지브 간디를 암살하는 순간 폭발로 사망한다. 체코프는 마지막 순간, 테러의 전 세계적 확산을 수출입 측면에서 아이러니컬하게 고찰한다.

시간이 멈췄기에 체코프는 얼마간 개인적인 관찰을 할 수 있었다. 그가 지적했다. "이 타밀족 혁명가들은 영국에서 돌아온 자들이 아니잖아. 그래, 마침내 우리는 자국에서 제품을 생산하는 법을 터득했고 더는 수입이 필요치 않게 됐군. 말하자면 그 고루한 만찬 회동은 이제 펑 하고 사라지는 거지." 그리고 다소 진지

---

13 산제이는 인디라 간디의 차남으로, 생전 간디의 유력한 후계자였으나 뉴델리 인근 공항에서 일어난 비행기 사고로 요절하면서 형 라지브 간디가 총재직을 계승하게 되었다.

하게 생각했다. "비극은 사람이 죽는 방식에 있지 않아. 살아온 방식에 있지." |170|

이 무렵 줄루는 인도 정부가 테러 위협을 시크교도를 억압하는 구실로 사용하는 것에 분개해 공직을 사임하고 두 민간 경호 업체 대표로 봄베이에 정착한다. 그리고 두 업체를 각각 "줄루 방패", "줄루 창"이라 부르는데, 이는 그가 이제 네덜란드 개척민에 저항하고 영국인과 맞서 싸웠던 남아프리카공화국의 줄루족을 직접적으로 기리고 있음을 보여 준다. 그러므로 미래주의적 환상과 제국주의 역사(《스타트렉》과 보어인 여행자)는 줄루의 이중문화적 봄베이에서 합쳐진다.

봄베이(오늘날의 뭄바이)는 1947년 살만 루슈디가 태어난 곳으로, 그는 가족이 나라가 독립 후 분리되었다는[14] 결과를 마지못해 받아들일 때까지 그곳에 살았고 후일 분리된 파키스탄으로 이주했다. 루슈디는 학업차 영국에 갔다가 졸업 후 파키스탄으로 돌아와 잠시 머물렀으나, 위화감을 느껴 다시 런던에 정착한다. 1981년 두 번째 소설 《한밤의 아이들Midnight's Children》로 세계적인 명성을 얻고, 2000년까지 영국에 살다가 다시 미국으로 이주한다. 루슈디는 키플링과 코르타사르처럼 모국 독자와 세계 독자 모두를

---

[14] 1947년 인도가 영국으로부터 독립할 당시 이슬람교를 믿는 파키스탄이 분리 독립했고, 1971년 동파키스탄이 다시 분리 독립하여 방글라데시인민공화국이 되었다.

위한 글을 쓴다. 이전 이민자 작가들처럼 그에게는 "모국"이란 용어조차 모호하다. 1982년《한밤의 아이들》의 갑작스러운 성공 후 집필한 한 성찰적 에세이에서, 루슈디는 아주 오랜만에 잃어버린 고향 봄베이에 돌아간 경험을 묘사한다. 그리고 소설 속에 그의 어린 시절을 재창조하려 하지만, 기억이 단편적이고 변화하며 불확실하다는 것을 깨닫는다. 그는 깊은 울림을 주는 어구로 말한다. "인도 작가는 죄책감에 물든 안경으로 인도의 과거를 돌아본다" | 루슈디, 〈상상의 모국들Imaginary Homelands〉, 17 | . "우리의 정체성은 복수적인 동시에 부분적이다. 때로 우리는 두 문화를 아우르고 있다고 느끼고, 때로 우리는 이도 저도 아니다." 그러나 이런 이중적 정체성은 그 모든 부수적인 압박에도 불구하고 작가를 비옥하게 한다. "문학이 얼마큼 현실로 진입할 새로운 각角을 찾는 일이라면 우리의 거리, 우리의 긴 지리적 관점이 다시 한 번 그런 각을 제공해줄 수 있을 것이다" | 17 | .

제2세대 소설

이민자들의 시각에 만들어지는 추가적 굴절은 제2세대에서 일어난다. 이민자의 자녀가 부모의 경험을 돌아보고 그가 자란 나라와 매우 다른 "모국"에서의 삶 속에 지속 중인 존재와 타협하는 순간에 말이다.

줌파 라히리의 퓰리처상 수상작《질병통역사Interpreter of Maladies》

(1999)는 이 문제를 감동적으로 다룬다. 라히리는 부모가 웨스트 벵골에서 영국으로 이주한 후인 1967년 런던에서 태어났다. 그녀가 두 살이 되던 해에 가족은 로드아일랜드로 이주하는데, 그곳에서 아버지가 대학 사서로 취직한다. 초기 이민자 세대는 대개 모국과 거의 접촉하지 않았지만, 라히리의 어머니는 딸이 인도에 있는 대가족과 연결되어 있다고 느끼길 바랐다. 라히리의 가족은 그녀가 자라는 동안 벵골로 자주 여행을 갔고, 따라서 그녀의 경험은 다소 거리감은 있지만 지속적인 연결성을 띠었다.

루슈디의 《이스트, 웨스트》처럼 라히리의 《질병통역사》도 아홉 개의 이야기로 구성되고, 일부는 인도를 나머지는 미국을 배경으로 한다. 그 비율은 효과적으로 전환되어 아홉 편 중 세 편만 인도에서의 일을 다룬다. 그녀의 캐릭터들은 대개 미국에 영구 정착하고 이민자 본인이 아닌 그 자녀인 경우가 많다. 그럼에도 첫 번째 이야기 〈일시적인 문제A Temporary Matter〉에서 엿보이듯 그들의 삶은 여전히 잠정적이고 불확실하다. 단편은 젊은 부부 쇼바와 남편 슈쿠마의 이야기를 다룬다. 각각 애리조나와 뉴햄프셔에서 자란 두 사람은 매사추세츠의 케임브리지에서 열린 벵골 시인들의 시 낭송회 자리에서 시인들의 문학적 벵골어를 제대로 이해하지 못해 지루해하다가 서로를 알게 되었다.

라히리는 '인도 향신료 병과 이탈리아 파스타 상자가 같이 보관된 식료품 저장고' 같은 날카롭게 관찰된 디테일로 쇼바와 슈쿠마의 이중문화적 삶을 그린다. 라히리는 보스턴대학에서 르네상스 희곡 연구로 박사학위를 받았고, 이야기는 슈쿠마 부부의 아파트라는 가정적 무대를 배경으로 펼쳐지는 한 편의 단막극처럼 읽힌다. 부부는 몇 달 전 첫아이를 사산으로 잃은 슬픔을 극복하고자 몸부림치고 있다. 그들의 표현되지 않는 감정은 동네에 정전이 일어나(이야기 제목처럼 "일시적인 문제"로) 촛불을 사용한 몇 번의 저녁 동안 괴어오르고, 그들의 결혼 생활 또한 일시적인 것이 될 수 있음이 드러난다.

책의 내용 대부분은 인도계 미국인 2세대가 집에서 또는 인도를 방문하며 겪게 되는 일을 다루지만, 마지막 단편인 〈세 번째이자 마지막 대륙The Third and Final Continent〉은 부모의 이민 경험에 관한 허구적 이야기를 들려준다. 이야기는 MIT 사서로 일하고자 런던에서 케임브리지로 이주해 온 젊은 벵골인 남성의 일인칭 시점으로 서술된다. 그는 색다른 경험에 적응해 가는 방식을 묘사하고 이것은 음식 및 가정생활과 종종 연관된다. "당시에는 아직 소고기를 먹지 않았다. 우유를 사는 아주 단순한 일조차도 내게는 새로운 경험이었다. 런던에서는 매일 아침 병에 든 우유가 문 앞까지 배달되었다"|라히리, 《질병통역사》, 175 |.[15] 그는 미국에 오기 전 부모님이 주선한 정략결혼을 하러 캘커타로 갔고, 이야기 도입부에서 아직 부부 연을 맺지 않은 아내의 도착을 초조하게 기다린다. 그는 아내의 도착에 대비해 크로프트 부인의 집에 있는 방을 빌렸다

---

15   줌파 라히리의 《질병통역사》 번역은 서창렬 옮김, 《축복받은 집》(마음산책, 2013)을 참조했고 원문에 맞게 수정했다.

가 이후 작은 아파트를 임대하고, 아내는 도착 후 이곳에서 서툴게 정착 생활을 시작한다. 그들의 첫 몇 주는 불편함의 연속이다. 화자는 자신이 아내에게 어떤 진정한 감정도 가질 수 없다는 것을 깨닫는다. 결혼은 실패할 것처럼 보였으나, 그가 아내를 데리고 크로프트 부인을 방문했을 때 부인은 아내를 보고 "완벽한 숙녀야!"라고 단언한다. 화자는 말한다. "나는 크로프트 부인의 응접실에서 경험한 그 순간이 말라와 내 사이가 좁혀지기 시작한 순간이라고 생각한다"|196|.

《질병통역사》는 루슈디의《이스트, 웨스트》에 대한 응답으로, 혹은 그에 대한 비판으로 간주될 수도 있다. 마술적 사실주의는 가정적 사실주의로 대체되어 발리우드적 활기가 아닌 절제된 수사법으로 전달된다. 우리는 〈세 번째이자 마지막 대륙〉에서 "용감무쌍한 외교비행사" 지망생인 체코프와 줄루 대신 실제 우주비행사에 대해 듣는다. 화자와 크로프트 부인 사이에서 반복되는 이야기 주제는 최근 미국인이 최초로 달에 착륙한 사건이다. "우주비행사들이 인류 문명사에서 가장 먼 거리를 여행하여 고요의 바다 해안에 착륙했다는 기사는 나도 읽었다"|179|. 이 신기원적 여행은 화자와 아내의 여행과도 대조를 이룬다. "말라도 나처럼 집에서 멀리 떨어진 곳으로 떠나왔다. 내 아내가 되려는 목적만으로, 자기가 어디로 가는지 무엇을 발견하게 될지도 모른 채 말이다"|195|. 이야기 끝부분에서 부부는 하버드대학에 다니는 아들이 있고 "그가 좌절할 때마다 내가 세 대륙에서 살아남은 것을 보면 그도 극복하지 못할 장애물은 없다고 말해 준다. 그 우주비행사들은

영원한 영웅이기는 하지만 달에 겨우 몇 시간 머물렀을 뿐이다. 나는 이 신세계에서 거의 삼십 년을 지내 왔다" |197-8|.

　　매사추세츠 케임브리지의 글로벌 마을에서 발견될 수 있는 갈 등과 기회를 밝히는 데에 마법의 유물과 현란한 언어 솜씨는 필요 치 않다. 라히리의 화자는 이야기의 마지막이자 책의 마지막 구절 에서 이렇게 말한다. "나는 내가 지나 온 모든 행로와 내가 먹은 모 든 음식과 내가 만난 모든 사람과 내가 잠을 잔 모든 방을 떠올리 며 새삼 얼떨떨한 기분에 빠져들 때가 있다. 그 모든 게 평범해 보 이긴 하지만, 나의 상상 이상의 것으로 여겨질 때가 있다" |198|.

다국적주의

이중국적적 소설은 종종 다국적적 범위로 뻗어 나간다. 행위가 여 러 국경을 가로지를 수도 있고, 한 장소가 수많은 민족으로 채워 지거나 다국적기업이 전 세계에 판매하는 소비재로 침식될 수도 있다. 오래된 민족주의적·제국주의적 경쟁은 이런 새로운 세계 적 관계에 파문을 일으키고 그 역학을 이해하는 일은 종종 혼란 스러운 범세계적 소설global fiction의 세계에서 방향을 잡는 데에 도 움이 될 수 있다.

　　일본과 미국의 과거의 군사적, 현재의 경제적 경쟁은 무라카 미 류村上龍의 1997년 소설 《인 더 미소 수프イン ザ・ミソスープIn the Miso Soup》의 저변에 깔려 있다. 주인공은 섹스관광을 목적으로 한 국제

고객들의 통역 겸 가이드로, 고객 대다수는 미국인이다. 오르한 파묵의 이스탄불과 대조적으로 무라카미 류의 도쿄는 시민들이 다른 사람이 되고자 하는 욕망이 전혀 없는 도시다. 실제로 "일본은 기본적으로 외국인에게 무관심하다"|무라카미, 《인 더 미소 수프》, 10|. 화자 겐지ケンジ는 이런 고립주의가 유감스러울 수도 있지만 자기 삶의 기반을 제공해 준다고 말한다. 번창하는 일본의 섹스산업은 국내 소비에 맞춰져 있고, 일본어를 할 줄 모르는 외국인은 길 찾기를 도와줄 사람이 필요하다. 겐지는 비싼 요금으로 이 서비스를 제공한다.

일본인은 외국인에게 거의 관심을 두지 않지만, 일본은 재화의 생산과 소비 모두에서 글로벌한 소비지상주의가 팽배하다. 미국이 주로 경쟁과 교환에 중점을 둔다면, 일본 매체는 로스앤젤레스 다저스 소속 일본인 야구스타 노모 히데오가 뛰는 모든 경기를 보도하고, 심지어 마이클 조던이 오락 삼아 하는 골프 경기까지 실시간으로 보도한다|13|. 소설 속 일본 소비자는 미국을 꿈의 쇼핑몰로 생각하고, 한 매춘부는 그녀의 영어 실력을 칭찬하는 미국인 관광객에게 이렇게 말한다.

"아니야! 더 유창하게 말하고 싶은데 생각보다 어려워. 나는 돈을 모아 미국에 가고 싶어."

"그래? 미국에서 학교에 다니려고?"

"아니, 학교는 싫어! 나는 머리가 나쁘거든! 나이키 타운에 가고 싶어서 그래. … 큰 건물 하나에 나이키 숍이 여러 개 있대! …

내 친구가 갔다 왔는데, 그 애는 운동화를 다섯 켤레나 사 왔어. **그러니까**ano ⋯ 총 열 짝이지! 나이키타운에 가서 쇼핑하는 게 내 꿈이야!" |20| [16]

미국문화의 만연한 존재감은 원작의 일본어 표음문자로 주어진 소설 제목에서부터 드러난다. 번역하면 그것은 **인 자 미소 수 프**In za miso supu라고 읽히는데, 미소라는 수프 이름에 일본식 발음으로 이미 일상적 일본어가 되어 버린 영어 표현("in the soup")이 더해진 것이다. 도쿄는 미국어와 프랑스어 이름이 넘쳐나고, 이 이름들은 본래 의미나 맥락과 무관하게 상점 간판에 도배되어 있다. 소설에서 이를 이상하게 여기는 유일한 인물은 겐지의 미국인 고객 프랭크로, 그는 백화점 이름이 "타임스 스퀘어"라는 데에 어리둥절해한다. "하지만 타임스 스퀘어는 그곳에 오래된 타임스 건물이 있어서 타임스 스퀘어라고 하는 건데 신주쿠에는 뉴욕타임스가 없잖아?" 그리고 덧붙인다. "일본이 전쟁에서 진 것도 꽤 오래전 일이고 계속 미국 흉내를 낼 필요는 없을 텐데?" |28| . 겐지는 이 질문에 당황하며 화제를 돌린다.

오르한 파묵이 문화적·정치적으로 지배적인 서구에 대한 터키인의 양가적 감정을 주제로 한 것과 대조적으로, 무라카미 류는

---

16   무라카미 류의 《인 더 미소 수프》 번역은 정태원 옮김, 《미소 수프》(태동출판사, 2008)를 참조했고 원문에 맞게 수정했다.

일본과 미국을 평행 사회로 바라본다. 일본인 소비자는 파묵의 터키인처럼 할리우드 스타를 흉내 내려 헛수고하는 중일지도 모르지만, 이는 미국인도 마찬가지다. 프랭크는 겐지와 첫 만남 약속을 잡으며 자신이 배우 에드 헤리스를 닮았기 때문에 쉽게 알아볼 수 있을 거라 말하지만, 두 사람이 호텔 바에서 만났을 때 겐지는 프랭크가 에드 헤리스와 전혀 닮지 않았다는 것을 알게 된다. "그는 차라리 증권회사 중개인이나 다른 무언가에 더 가깝게 보였다. … 내 말은 그가 칙칙하고 별 특징 없는 사람처럼 보였다는 것이다"|6|.

무라카미 류의 다국적적 세계는 과거 제국주의 경쟁국이었던 일본과 미국이 서로 닮아 가는 문화적 · 정서적으로 단일화된 공간이다. 정치에 무관심한 겐지는 페루의 매춘부가 펼친 분석을 다시 이야기하는 프랭크로부터 교훈을 얻는다. 매춘부는 이 분석을 레바논 기자에게 전해 들은 것으로, 이는 정보의 적절한 초국가적 순환이라 할 것이다. 교훈의 골자는 이렇다. "일본인은 다른 민족에게 나라를 점령당하거나 학살당하거나 영토에서 쫓겨나 난민이 되어 본 적 없다." 반면 "유럽도 신대륙도 기본적으로 침략당하고 동화된 역사를 지니고 있고 그것이 국제적 이해의 기본이 되어 있다. … 일본은 미국을 제외한 세계에서 유일하게 훼손되지 않은 나라다"|17|. 한때 분리되어 있던 일본과 미국의 역사가 융합되면서 두 나라는 다국적기업의 새로운 그레이트 게임의 주요 플레이어가 되어 사람들을 소비자로 만들고 비슷한 결과물(고립, 외로움, 잠복한 광기)을 얻어 낸다. 프랭크가 대표적인 사례로, 그

는 동남아시아에서 미국으로 도요타 라디에이터를 수입하는 사업가인 척하지만, 실은 영화 〈양들의 침묵〉 속 행위를 부분 모방하며 매춘부를 사냥하는 떠돌이 살인마일 뿐이다.

무라사키 류는 소설(누아르 스릴러와 사회 풍자의 예리한 혼합물) 내내 일본 독자에게 세계 속 그들의 위치를 재고해 보길 촉구한다. 처음에 프랭크는 유난히 못생긴 미국인처럼 보이지만, 이야기가 전개되면서 광범위하게 비인간화된 현대성의 암울한 진실을 대변하게 된다. 책 끝부분에서 프랭크는 말한다. "지금처럼 사회적 감시와 조작이 계속되면 나 같은 인간이 늘어날 거라고 생각해"[204]. 프랭크에게 매혹적인 공포를 느낀 겐지는(말로에게 그의 의뢰인 커츠가 그렇듯) 그를 관찰하며 안내자에서 안내받는 이로 역할을 바꾼다. 겐지는 소설 후반부에서 이렇게 자인한다. "내 몸과 마음이 낯선 영역으로 끌려가고 있었다는 것은 부인할 수 없다. 마치 비경祕境을 여행하며 가이드의 이야기를 듣는 듯한 느낌이었다"[202]. 이 외국인 방문객은 대도시 도쿄의 밝은 네온 불빛 뒤에 숨은 어둠의 심장the heart of darkness을 드러낸다.

전적으로 도쿄 인근 일부 지역을 배경으로 하는《인 더 미소 수프》는 "글로컬한" 방식의 다국적적 내러티브다. 그러나 다국적적 작품은 탈지역화된 접근법을 택해 국경을 가로질러 소실점까지 분열 증식할 수도 있다. 이 관점은 1969년 영화 〈오늘이 화요일이면 여긴 벨기에가 확실해If It's Tuesday, This Must Be Belgium〉의 제목 속에 희극적으로 표현되어 있다. 다국적적 모호함을 탁월하게 다룬 문학작품으로는 크리스틴 브룩 로즈Christine Brooke-Rose의 소설

《비트윈between》이 있다. 익명의 여주인공은 동시통역사로, 여러 회의장을 비행기로 오가며 많은 시간을 공중에서 보낸다. 그녀는 항상 국가 사이, 관계 사이, 정체성 사이에 있고 소설은 이를 언어학적으로 구현한다. "to be"[~이 될]라는 동사가 책에 어떤 형태로도 등장하지 않는다는 점과 주인공이 절대 "I"[나]라는 대명사를 사용하지 않는다는 점이 그것이다.

카프카나 베케트의 순수하게 탈지역화된 작품과 대조적으로, 《비트윈》은 영국, 프랑스, 스페인, 이탈리아, 독일, 폴란드, 슬로베니아, 그리스, 터키, 미국의 장면을 포함한다. 주인공의 다국적적 삶의 속도는 행위가 끝없이 저절로 반복되고, 한 호텔 객실이 다른 객실과 합쳐질 정도로 빠르다.

> 지금 당장이라도 어떤 밝거나 나이 들거나 퉁명스러운 젊지 않은 풍만한 체형의 흑백 옷을 입은 객실 청소부가 아침밥이 든 쟁반을 들고 와 어둠 속 테이블 위에 올려놓고 커튼을 걷거나 덧문을 열고 부에노스 디애스Buenos dias[스페인어 인사말], 모겐 Morgen[아침을 뜻하는 독일어] 또는 깔리메라kalimera[그리스어 아침 인사]라고 인사하고, 잠을 잔 곳과 꾸었던 꿈에 따라 넌 메르시non merci 나인 당케nein danke 노 땡큐라 답하고 etwas anderes를, 즉 주문하지 않은 무언가를 제공받게 될까 봐 오랫동안 잊고 있던 공포를 느낀다. | 브룩 로즈, 《비트윈》, 396 |

크리스틴 브룩 로즈는 외국어 사용에서 키플링을 능가하고 심지어 루슈디까지 넘어선다. 그녀의 텍스트는 힌디어 같은 외국어 하나만 혼합하는 걸 넘어 10개 이상의 언어로 구성된 변화무쌍한 문구와 단속적인 대화를 보여 준다. 종종 인용한 것같이 용어의 문자열이 모두 하나의 전형적인 상황을 반영하여 연쇄 번역 역할을 할 수도 있다. 그러나 때로 주인공은 영어가 아닌 다른 언어로, 특히 프랑스어와 독일어로 이루어진 단속적인 대화를 상기시키기도 한다. 제2차 세계대전이 끝난 직후 통역사로 일하기 시작했을 때 그녀의 첫 상사(그리고 곧 연인이 되는)는 아이러니하게도 지크프리트라는 독일인이었다. 그는 승리한 연합군과 함께 망명자의 탈나치화와 재정착을 위해 일했고, 그때부터 그녀도 다국어 집단에서 일하게 된다.

　언어의 눈보라는 주인공이 겪는 방향감각 상실을 독자에게까지 옮겨 오지만, 우리는 점차 영어에 확고한 언어적 기반을 두고 있는 이 현기증 나는 세계에 적응하게 된다. 심지어 주인공이 침술사 회의부터 그노시스파〔헬레니즘 시대에 유행한 혼합 종파〕 회의까지 참석하면서 발생하는 한 언어에서 다른 언어로의 우스꽝스러운 미끄러짐을 즐기기 시작한다. 스페인에서 *la leche*(우유)가 '호색한 lecherous'이 되고, 프랑스에서 *loin*(거리가 먼)이 부재한 연인의 '사타구니 loins'가 되는 것이 그 예다. 주인공이 쉴 새 없는 항공 여행 도중 깜빡 잠이 들었을 때 다국어로 된 기억이 그녀의 의식 속에서 소용돌이치며 슬로베니아 외무장관의 프랑스어 연설이 네덜란드 항공사의 구명조끼 착용 지침과 뒤섞이고, 이후 기억 속 화장실 찾기 중 독일(혹은 프랑스? 이탈리아?)에서의 엘리베이터 탑

승으로 변하는 식이다.

— Mesdames messieurs. Aujourd'hui nous allons discuter le problème de la communication, du point de vue which reveals een bewusteloos persoon[17] 붉은색 손잡이 끈을 당기신 후 유리 부스에 담긴 구명 조끼가 내려오면 흡입구에 바람을 불어 넣으시고. … 하지만 R은 벽면이 장식용 단추가 박힌 검은색 플라스틱 쿠션으로 된 레스토랑을 의미하는 것으로 밝혀졌다. Rez-de-chaussée(1층)가 아닌. Kein Eintritt. Privat. Que cherchez-vous madame? Ah, au fond à gauche, in fondo a sinistra geradeaus dann links[18] 대문 위 나팔치마를 두른 조각상의 주제 시간 장소에 따라 말이죠. 아니, 굽 높은 하이힐을 신고 있었던가, 발은 완전히 평발이었는데 말이지. |409-10|

브룩 로즈의 주인공은 소비지상주의 세계에서 자신의 위치를 찾고자 고군분투한다. 이탈리아 세제 광고는 그녀에게 회의적인 성찰을 촉구한다. "Lava ancora più bianco! Gut-gut. Più bianco than what?(더 하얗게 씻어라! 좋지, 좋아. 근데 더 하얘져서 어쩔 건데?) 우리는 하얀색에서 더 하얀색으로의 영원한 과도기에 살고 있어. 너무나 피곤

17　프랑스어, 네덜란드어, 영어가 뒤섞인 "신사숙녀 여러분. 오늘 우리는 의사소통의 문제를 토론할 것입니다. 그것은 무의식적 인격을 드러내지요."

18　"사유지임. 들어오지 마시오. 무엇을 찾으시나요, 부인? 아, 왼쪽 하단 왼쪽 하단 왼쪽 하단으로 가시면 됩니다." 독일어→프랑스어→이탈리아어→독일어.

한. 횡"|419|. 그녀는 여행을 계속하면서 차츰 전쟁으로 피폐해진 유럽의 격전 중 국가를 오가며 쌓은 기억을 정리하고, 마침내 문제적 남성들로부터 자신을 해방한다. 그녀의 지속적인 사이-속in-between 상태는 종종 혼란을 주기도 하지만, 어떤 단일 국가적 정체성의 한계를 초월했을 때에도 그녀 삶 속의 남자들이 그녀가 계속 연기해 주길 기대했던 고정된 여성 역할(여사원, 아내, 정부)에서 벗어날 수 있게 해 준다.

현대소설은 세계화를 모호한 효과를 지닌 강력한 힘으로 취급한다. 세계화는 국경을 흐리고 도덕적 규범을 동요시킨다. 억압된 갈등이 기이한 방식으로 끊임없이 증가하는 와중에도. 그럼에도 세계화는 자유와 자기개발을 촉진하고 지방주의를 해체하며 모든 일상을 뒤흔든다. 크리스틴 브룩 로즈의 탄력적인 주인공은 세계의 언어, 문학, 문화의 광대한 풍경을 받아들이는 적응 과정에서 모델이 되어 줄 수 있다. 《비트윈》 마지막 페이지에서 주인공은 자족적 여성 또는 "미혼 여성alleinstehende Frau"[19](문자 그대로 "독립여성free-standing woman")으로서 새로운 만족감을 얻고, 이는 과거 그녀의 의존성과 걷잡을 수 없는 불안의 불안정한 착종과 대비를 이룬다. 그녀는 항공기라는 대중교통수단을 이용하는 반복적인 삶을 청산하고 혼자서 여행하려고 프랑스산 소형 승용차를 구매한다. 그리고 영국 여권과 터키어 회화사전을 챙긴다. 첫 번째 목

---

19   독일어로 "혼자"를 뜻하는 "allein"과 "서 있는"을 뜻하는 "stehende"의 합성어.

적지는 이스탄불이 될 것이고, 이곳은 종종 사이-속 삶을 상징해 왔다|564|. 그녀는 마지막 회의장을 떠나며 등 뒤로 여러 언어의 와자지껄한 말소리가 희미해지는 것을 느낀다. "전통과 혁신 의회 아니면 아마도 현대 세계에서 작가의 역할 회원들이 알 수 없는 소리로 재잘대는"|574|.[20]

---

[20] 자연스러운 논리적 문장이 아닌 의식의 흐름대로 발화된 부자연스러운 조이스적 문장이다. "전통과 혁신 의회"와 "현대 세계에서 작가의 역할[회]"를 별개로 읽는 것이 자연스럽지만, "전통과 혁신 의회 아니면 아마도 현대 세계에서 작가의 역할"을 하나의 협회로 읽을 수도 있다.

더 멀리 나아가기

그렇다면 무엇을 읽어야 할까?

앞 장들은 세계문학을 읽으면서 직면하는 주요 문제에 대한 지침을 제공했다. 논의된 예시는 이 작품들을 포함한 더 많은 작품으로 진입하는 방법이 될 수 있다. 그러나 지난 4천 년간 세계에서 쓰인 수많은 문학작품 중 무엇을 읽을지를 선택하는 방식에 관한 질문은 여전히 큰 의문으로 남아 있다. 물론 뜻밖의 발견은 항상 중요한 역할을 한다. 위대한 발견은 지인의 추천이나 흥미로운 서평, 한 시간 동안 서점 둘러보기에서 일어날 수 있다. 그러나 전적으로 무작위적인 독서(장 폴 사르트르의 소설 《구토》 속 독학자가 도서관 진열대 책을 알파벳순으로 읽었듯)는 빠르게 갈피를 잃게 할 것이다. 세계문학 탐구는 그 접근법이 체계적일 때 더 큰 효과를 거둘 수 있다.

한 가지 좋은 방식은, 좋아하는 작가에게서 힌트를 얻는 것이다. 내가 사랑하는 작가가 사랑한 작품이라면? 로렌스 스턴은 《트리스트럼 샌디》에서 "내 사랑 라블레, 내 사랑 세르반테스"[169]라고 말한다. 스턴의 요란하고 자기반성적인 장난에 매료된 사람이라면, 토비 삼촌의 전쟁으로 얼룩진 삶의 근본적인 멜랑콜리에 감동한 사람이라면, [라블레의] 《가르강튀아와 팡타그뤼엘》과 《돈키호테》도 즐길 준비가 된 것이다. 영향과 각색의 역사를 추적하는 것도 광범위한 문학운동이나 전통을 탐구하는 일관된 방법을 제공할 수 있다. 프리모 레비나 제임스 조이스는 우리를 단테로 인도하고, 단테는 우리를 베르길리우스로 인도하며, 베르길리우스는 우리를 호메로스로 인도할지도 모른다. 나이지리아 소설가 치누아 아체베가 붙인 '모든 것이 산산이 부서지다'라는 제목은 반식민주의적 아일랜드 시인 예이츠의 주제와 느낌을 공유한다. 아체베는 예이츠의 〈재림〉 속 한 행을 책의 제사題詞로 설정함으로써 그런 연관성을 강조한다.

직접적인 문학적 참조와 별개로, 특정한 시간과 장소의 작가에게 충격을 받았다면 그가 온 장소에 더 많은 작가가 있는지 알고 싶을 것이다. 때로 명작은 그 시대와 장소가 남긴 거의 유일한 것이기도 하지만, 위대한 작가는 역동적인 문학 문화의 산물인 경우가 더 많다. 소포클레스에 매료된 이라면 누구나 아이스킬로스와 에우리피데스에게 깊은 감명을 받을 것이고, 두보의 시를 사랑하는 이라면 한유와 이백 같은 다른 당나라 시인을 탐구하면서 큰 기쁨을 얻을 것이다. 한 문화 내에서 이루어지는 심화 독서는 처음에 좋아했던 것을 더욱 부각시키고, 소포클레스나 두보의 가장 큰 특징을 명확히 하고 그들의 더 넓은 문학 문화의 광범위한 특성을 밝힐 수 있다.

더 폭넓은 가능성을 얻는 한 가지 편리한 방법은 전집과 선집을 읽는 것이다. 이것은 감당할 만한 주요 전통의 개요와 향후 추가적 탐구의 기초를 제공할 수 있다. 노턴Norton(푸크너 외), 베드포드Bedford(데이비스 외), 롱맨Longman(댐로쉬 외)이 각각 출간한 6권짜리 세계문학 전집 시리즈는 저마다 신중하게 선정된 풍부한 작품을 수록한다. 더 집중적인 선집들은 한 장르의 작품들만을 수록하는데, 특히 유용한 시 선집으로는 워시번Katharine Washburn, 메이저 John S Major, 패디먼Clifton Fadiman의《세계의 시World Poetry》, 맥클래치J. D. McClatchy의《현대 세계 시 고서古書The Vintage Book of Contemporary World Poetry》, 제프리 페인Jeffrey Paine의《우리 세계의 시The Poetry of Our World》가 있다. 그 외 선집들은 지역에 초점을 맞추고, 바쌈 프랑지에 Bassam Frangieh의《이슬람 이전부터 현재까지 아랍의 문학, 문화, 사상 선집Anthology of Arabic Literature, Culture, and Thought from Pre-Islamic Times to the Present》, 로버트 어윈Robert Irwin의《밤과 말과 사막: 아랍고전문학 선집Night and Horses and the Desert: An Anthology of Classical Arabic Literature》, 도널드 킨Donald Keene의《초창기부터 19세기 중반까지 일본문학 선집 Anthology of Japanese Literature from the Earliest Era to the Mid-Nineteenth Century》, 하루오 시라네Haruo Shirane의《근대 초 일본문학: 선집, 1600-1900Early Modern Japanese Literature: An Anthology, 1600–1900》, 스티븐 오웬의《중국문학 선집: 시작부터 1911년까지An Anthology of Chinese Literature: Beginnings to 1911》가 그 예다. 과거에 특수 출판물로 널리 흩어져 있던 초기 고대 근동문학도 이제는 훌륭한 페이퍼백판 번역본으로 읽을 수 있다. 심슨W. K. Simpson의《고대 이집트문학: 이야기, 지침, 스텔라에,[1] 자서전, 시 선집The Literature of Ancient Egypt: An Anthology of Stories,

---

1   고인의 사적을 칭송하고 이를 후세에 전하기 위해 문장을 새겨 넣은 돌.

Instructions, Stelae, Autobiographies, and Poetry》, 벤저민 포스터Benjamin Foster의
《뮤즈 앞에서: 아카드문학 선집Before the Muses: An Anthology of Akkadian
Literature》, 스테파니 달리Stephanie Dalley의《메소포타미아 신화Myths
from Mesopotamia》가 그것이다. 선집을 넘어 펭귄클래식Penguin Classics
시리즈는 유례없이 다양한 전 세계의 작품을 제공하고, 하이네만
Heinemann 아프리카 작가 시리즈는 아프리카 약 24개국의 60명이
넘는 작가를 포함한다.

하이네만 웹사이트는 소속 작가들의 전기를 제공하고 롱맨,
노턴, 베드포드 선집 웹사이트도 많은 배경 정보를 제공한다. 현
대문학에 집중하는 야심찬 웹사이트로는《국경 없는 글: 세계
문학을 위한 온라인 매거진Words without Borders: The Online Magazine for
International Literature》(wordswithoutborders.org에서 확인할 수 있다)이 있
다. 인쇄저널《오늘의 세계문학World Literature Today》도 전 세계의 새
로운 작가를 만나기 좋은 장소다.

점점 더 많은 대학이 교내와 온라인에서 세계문학 강좌를 개
설하고 있다. 한 학기나 1년 과정의 개론 강좌는 이후 다양한 비
교·세계문학 강좌의 진입로가 될 기초 입문 과정을 제공한다. 개
론 강좌는 다양한 방식으로 구성될 수 있고, 때로는 같은 학교의
강사라도 상이한 접근법을 취할 수 있다. 개론 강좌는 연대순으
로 진행될 수도 있고, 전근대 여러 "주요 문화"에 하나하나 초점
을 맞춘 후 최근 문학에 대한 세계적인 관점을 취할 수도 있다. 그
밖의 강좌는 장르나 주제별로 구성된다. 일부 강좌는 오비디우스
의《변신》과 카프카의《변신》같은 전근대 작품과 근대 작품을 짝

을 지워 다루기도 한다. 이런 접근법에서는 소수의 작품만 집중적으로 길게 다루거나, 아니면 다양한 작가를 폭넓게 선정해 간략히 제시할 수 있다. 자신의 필요와 관심사에 따라 선택하면 된다.

세계문학 강좌를 개설하는 방법을 모색하는 사람이라면 댐로쉬의 《세계문학 가르치기Teaching World Literature》에 수록된 30여 명의 교수가 나눈 토론이 유용할 것이다. 그 외 귀중한 초기 전집으로는 바버라 스톨러 밀러Barbara Stoler Miller의 《비교 관점에서 아시아 문학 명작: 교육 가이드Masterworks of Asian Literature in Comparative Perspective: A Guide for Teaching》, 사라 라월Sarah Lawall의 《세계문학 읽기: 이론, 역사, 실천Reading World Literature: Theory, History, Practice》, 마이클 토머스 캐롤Michael Thomas Carroll의 《작은 세계는 없다: 세계문학의 비전과 수정No Small World: Visions and Revisions of World Literature》이 있다. 현대언어학회MLA도 '세계문학교육기법Approaches to Teaching World Literature' 시리즈에서 개별 작품이나 작품군 교육법에 전념하는 책들을 출간하고 있다. MLA에는 이외에도 몇 가지 관련 시리즈가 있다. '교육의 선택지들Options for Teaching', '작품과 번역Texts and Translations', '언어, 문학, 문화 가르치기Teaching Languages, Literatures, and Cultures', '세계문학 재해석World Literatures Reimagined'이 그것이다. 하버드대학교 '세계문학연구소www.iwl.fas.harvard.edu'도 세계문학 교육과 학문 연구에 관심이 있는 대학원생과 교수진을 위해 매년 여름 한 달간의 강의를 제공한다.

세계문학의 학문적 논의에 참여하고 싶은 학생들에게는 다음 책들을 추천한다. 테오 댄Theo D'haen은 중요한 역사서 《루틀리지 간추린 세계문학사《The Routledge Concise History of World Literature》를 썼고, 존 파이저John Pizer의 《세계문학 개념The Idea of World Literature》도 독일 지성사와 미국 대학 강의실에서 괴테의 세계문학Weltliteratur 개념 유산을 추적하는 훌륭한 저서다. 크리스토퍼 프렌더가스트Christopher Prendergast의 《세계문학 논쟁Debating World Literature》에서도 활기 넘치고 논쟁적인 일련의 에세이를 발견할 수 있고, 책의 기고자 일부는 파스칼 카사노바의 연구서 《세계문학공화국》에 응답한다. 다른 두 권의 영향력 있는 저서로 프랑코 모레티의 《멀리서 읽기Distant Reading》와 2005년 저서 《그래프, 지도, 나무: 문학사를 위한 추상적 모델Graphs, Maps, and Trees: Abstract Models for a Literary History》이 있다. 댐로쉬의 《세계문학이란 무엇인가?What Is World Literature?》는 세계문학의 생산과 유통 문제를 탐구한다. 최근 많은 신간이 정의定義의 문제를 탐구했고, 세계문학의 정치학과 세계문학 연구의 논쟁을 더욱 심화시켰다. 후자의 것으로 알렉산더 비크로프트Alexander Beecroft의 《세계문학의 생태학: 고대부터 현대까지An Ecology of World Literature: From Antiquity to the Present Day》, 펭 치아Pheng Cheah의 《세계란 무엇인가? 세계문학으로서 탈식민주의 문학에 관해What Is a World? On Postcolonial Literature as World Literature》, 아미르 머프티Aamir Mufti의 《영어를 잊어라! 오리엔탈리즘과 세계문학Forget English! Orientalisms and World Literatures》, 에밀리 앱터의 《세계문학에 맞서: 번역불가능성의 정치학에 관해》가 있다. 번역에 대한 더 긍정적인 접근법은 레베카 발코비츠Rebecca Walkowitz의 《번역의 탄생: 세계문학 시대의 현대소설Born Translated: The Contemporary Novel in the Age of World Literature》에서 찾을 수 있다. 2016년에 창간된 《세계문학저널Journal of World Literature》은 토론과 논쟁의 장을 제공하고, 민족문학이나 지역문학을 집중 탐구하는 특별 이슈를 정기적으로 게재한다. 델리아 운구레아누Delia Ungureanu의 《파리에서 틀뢴까지: 세계문학으로서 초현실주의From Paris to Tlon: Surrealism as World Literature》와 토머스 O. 비비Thomas O. Beebee의 《세계문학으로서 독일문학German Literature as World Literature》 같은 비비가 편집한 블룸즈베리 아카데미 시리즈처럼.

번역 문제를 더 파고들고자 하는 사람은 번역 연구에 공헌한 연구들을 참고할 수 있다. 추천할 만한 입문서는 로렌스 베누티Lawrence Venuti의 방대한 고전 에세이 전집 《번역 연구 독자The Translation Studies Reader》이다. 모나 베이커Mona Baker와 가브리엘라 살다나Gabriela Saldanha의 《루틀리지 번역 연구 백과사전Routledge Encyclopedia of Translation Studies》도 훌륭한 참고서이고, 수잔 바스넷의 《번역 연구Translation Studies》는 이 분야 역사의 개요를 제공한다. 번역의 여러 측면에 관한 귀중한 연구와 에세이 전집으로는 수잔 바스넷과 해리시 트리베디Harish Trivedi의 《탈식민주의 번역: 이론과 실천Post-Colonial Translation: Theory and Practice》, 산드라 베르망Sandra Bermann과 마이클 우드Michael Wood의 《국가, 언어, 그리고 번역 윤리Nation, Language, and the Ethics of Translation》, 셰리 사이먼Sherry Simon의 《번역의 성별: 문화적 정체성과 전달의 정치학Gender in Translation: Cultural Identity and the Politics of Transmission》, 마리아 티모츠코Maria Tymoczko와 에드윈 겐츨러Edwin Gentzler의 《번역과 권력Translation and Power》, 로렌스 베누티의 《번역의 스캔들: 차이의 윤리를 위하여The Scandals of Translation:

Towards an Ethics of Difference》가 있다.

몇몇 중요한 서적은 세계문학과 가장 밀접하게 관련된 분야인 비교문학의 역사와 그 발달 과정을 다룬다. 주목할 만한 저서로는 에밀리 앱터의 《번역의 영역: 새로운 비교문학The Translation Zone: A New Comparative Literature》, 가야트리 차크라보르티 스피박Gayatri Chakravorty Spivak의 《분과학문의 죽음Death of a Discipline》,[2] 나탈리 멜라스Natalie Melas의 《세계의 모든 차이: 탈식민성과 비교의 종말All the Difference in the World: Postcoloniality and the Ends of Comparison》이 있다. 이 분야의 고전 에세이 전집으로는 댐로쉬, 멜라스, 부텔레지Mbongiseni Buthelezi의 《프리스턴 비교문학 길잡이The Princeton Sourcebook in Comparative Literature》가 있고, 베다드Ali Behdad와 토머스Dominic Thomas의 《비교문학 안내서A Companion to Comparative Literature》, 도밍게즈César Domínguez, 소시Haun Saussy, 빌라누에바Darío Villanueva의 《비교문학 입문: 새로운 동향과 응용Introducing Comparative Literature: New Trends and Applications》은 새로운 관점을 제시한다.

읽을거리가 많은 만큼 세계문학에 대한 이해를 깊게 하는 방법도 다양하다. 한 가지 주된 방법은, 우리가 읽는 문학이 속한 문화에서 다른 예술 형태를 알아 가는 것이다. 노턴, 베드포드, 롱맨의 6권짜리 선집은 많은 삽화와 오디오 CD를 같이 제공하고, 안내용 웹사이트는 훨씬 많은 삽화와 오디오 링크를 제공한다. 가능

---

2 문화이론연구회 옮김, 《경계선 넘기》(인간사랑, 2008).

하다면 원어로 작품을 공부했을 때 얻을 수 있는 이점이 크다. 번역도 중요하지만, 번역에서 자극을 받아 원어를 배운다면 최상의 결과를 얻을 수 있다. 중급자 수준의 언어 지식만으로도 크나큰 자유를 얻게 된다. 번역문에 의존하지 않고서 번역으로는 어렴풋이 알 수밖에 없는 문체의 다양함을 즐길 수 있다. 이상적인 세계문학 독자라면 최소 2개 이상의 외국어를 알아야 한다. 하나는 같은 문화권의 언어이고, 다른 하나는 완전히 상이한 지역 혹은 모국어와 무관한 어족語族의 언어다. 언어가 시간과 성별 같은 기본적 범주를 얼마나 다르게 체계화하는지, 또 이런 종류의 언어학적 차이가 얼마나 심오한 문학적 효과를 가져오는지를 발견할 수 있다. 물론 더 많은 언어를 공부하면 더 좋겠지만.

마지막으로 세계문학 읽기는 우리를 자극해 세계로 이끌어야 한다. 어떤 문학작품도 그 사회의 직접적인 거울이 되지는 않는다. 그러나 모든 작가는 비록 거기서 달아나는 응답을 선택했더라도 하나의 문화에서 발생해 다양한 방식으로 해당 문화에 응답한다. 기원 문화를 많이 알수록(그곳 사람들, 일상적인 관습, 풍경, 건축양식, 꽃, 새소리) 작가가 작품을 집필한 기간에 이룬 변화를 더 완전히 이해할 수 있다. 작가가 살았던 곳에서 주의 깊게 시간을 보내는 것은 도스토옙스키의 상트페테르부르크나 무라사키 시키부의 교토를, 비록 그 이후에 숱한 변화가 일어났더라도 더 잘 들여다볼 수 있게 한다. 그런 면에서 해외에서 공부하는 것은 문학에 대한 이해를 심화시킨다. 그 문화에 대한 완전한 몰입을 자극하는 프로그램과 장소라면 더 좋을 것이다. 이해는 완전한 몰입 후에

온다. 과거의 문학 유산과 지금 우리 앞에 펼쳐진 여러 세계로 뻗은 길을 동시에 받아들일 때, 더 깊어진 비판적 이해와 새로운 가능성을 안고 집으로 돌아올 수 있다.

참고문헌

Achebe, Chinua. "An Image of Africa: Racism in Conrad's Heart of Darkness." *The Massachusetts Review* 18: 4 (1977), 782-94.

Achebe, Chinua. *Things Fall Apart*. London: Penguin, 2001.

Ali, Tariq. "Literature and Market Realism." *New Left Review* 199 (1993), 140-5.

Apter, Emily. *Against World Literature: On the Politics of Untranslatability*. London: Verso, 2013.

Apter, Emily. *The Translation Zone: A New Comparative Literature*. Princeton: Princeton University Press, 2005.

Apuleius. *Metamorphoses*, ed. and trans. J. Arthur Hanson (Loeb Classical Library 44), 2 vols. Cambridge, MA: Harvard University Press, 1989.

Aristophanes. *Lysistrata*, trans. Dudley Fitts. In Aristophanes, *Four Comedies*, pp. 1-68. New York: Harcourt, Brace & World, 1959.

Aristophanes. *Lysistrata*, trans. Douglass Parker. New York: New American Library, 1964.

Aristophanes. *Lysistrata*, trans. Jeffrey Henderson. Newburyport: Focus Publishing, 1988.

Aristophanes. *Lysistrata*, trans. Paul Roche. In Aristophanes, *The Complete Plays*, pp. 415-78. New York: New American Library, 2005.

Aristotle. *The Poetics of Aristotle*, trans. Preston H. Epps. Chapel Hill: University of North Carolina Press, 1975.

Atwood, Margaret. *The Penelopiad: The Myth of Penelope and Odysseus*. Edinburgh: Cannongate, 2005.

Baker, Mona, and Gabriela Saldanha, eds. *The Routledge Encyclopedia of Translation Studies*, 2nd edn. London: Routledge, 2009.

Baraka, Amiri. *The System of Dante's Hell*. In *Three Books by Imamu Amiri Baraka (LeRoi Jones)*, pp. 5-154. New York: Grove Press, 1967.

Bassnett, Susan. "The Figure of the Translator." *Journal of World Literature* 1: 3 (2016), 299-315.

Bassnett, Susan. *Translation Studies*, 4th edn. Oxford: Routledge, 2014.

Bassnett, Susan, and Harish Trivedi, eds. *Post-Colonial Translation: Theory and Practice*. London: Routledge, 1999.

Beecroft, Alexander. *An Ecology of World Literature: From Antiquity to the Present Day*. London: Verso, 2015.

Behdad, Ali, and Dominic Thomas. *A Companion to Comparative Literature*. Oxford: Wiley Blackwell, 2014.

Behn, Aphra. *Oroonoko, or, The Royal Slave*, ed. by Catherine Gallagher and Simon Stern. Boston: Bedford/St. Martin's, 2000.

Benjamin, Walter. "The Task of the Translator," trans. Harry Zohn. In *Illuminations*, ed. by Hannah Arendt, 69-82. New York: Schocken, 1969. Reprinted in Venuti, *The Translation Studies Reader*, 2nd edn., pp. 75-85.

Bermann, Sandra, and Michael Wood, eds. *Nation, Language, and the Ethics of Translation*. Princeton: Princeton University Press, 2005.

Bierhorst, John, ed. and trans. *Cantares Mexicanos: Songs of the Aztecs*. Stanford: Stanford University Press, 1985.

Bloom, Harold. *The Western Canon: The Books and School of the Ages*. New York: Riverhead, 1994.

Bojarski, Edmund A. "A Conversation with Kipling on Conrad." In *Kipling Interviews and Recollections*, ed. by Harold Orel, vol. 2, pp. 326-30. London: Macmillan, 1983.

Borges, Jorge Luis. "The Argentine Writer and Tradition." In Jorge Luis Borges, *Selected Non-Fictions*, trans. Eliot Weinberger, Esther Allen, and Suzanne Jill Levine, pp. 420-6. New York: Viking, 1999.

Borges, Jorge Luis. "Tlön, Uqbar, Orbis Tertius," trans. Andrew Hurley. In Jorge Luis Borges, *Collected Fictions*, pp. 68-81. New York: Viking, 1998.

Borges, Jorge Luis. "The Translators of *The Thousand and One Nights*." In Jorge Luis Borges, *Selected Non-Fictions*, trans. Eliot Weinberger, Esther Allen, and Suzanne Jill Levine, pp. 92-109. New York: Viking, 1999.

Brooke-Rose, Christine. *Between*. In *The Christine Brooke-Rose Omnibus: Four Novels*, pp. 391-575. Manchester: Carcanet, 1986.

Burton, Richard F., ed. and trans. *A Plain and Literal Translation of the Arabian Nights Entertainment, Now Entitled the Book of the Thousand Nights and a Night*, 10 vols. Stoke Newington: Benares, 1885.

Burton, Richard F., ed. and trans. *Supplemental Nights to the Book of the Thou-*

sand *Nights and a Night*, 6 vols., Stoke Newington: Benares, 1886-8.

Calvino, Italo. *Invisible Cities*, trans. William Weaver. San Diego: Harcourt, Brace, 1972.

Calvino, Italo. "Presentazione." In Italo Calvino, *Le città invisibili*, pp. v-xi. Milan: Mondadori, 1993.

Camões, Luís Vaz de. *The Lusíads*, trans. Landeg White. Oxford: Oxford World Classics, 2001 [1997].

Carroll, Lewis. *The Annotated Snark*, ed. by Martin Gardner. New York: Bramhall House, 1962.

Carroll, Michael Thomas, ed. *No Small World: Visions and Revisions of World Literature*. Urbana: National Council of Teachers of English, 1996.

Casanova, Pascale. *La République mondiale des lettres*. Paris: Éditions du Seuil, 1999.

Casanova, Pascale. *The World Republic of Letters*, trans. M. B. DeBevoise. Cambridge, MA: Harvard University Press, 2004.

Cassin, Barbara, ed. *Vocabulaire européen philosophique: Dictionaire des intraduisibles*. Paris: Seuil, 2004.

Cassin, Barbara, ed. *Dictionary of Untranslatables: A Philosophical Lexicon*, trans. Emily Apter, Jacques Lezra, and Michael Wood. Princeton: Princeton University Press, 2014.

Chang, Eileen. *Love in a Fallen City*, trans. Karen S. Kingsbury. New York/London: New York Review Books/Penguin, 2007.

Chang, Eileen. "Lust, Caution," trans. Julia Lovell. In Eileen Chang, Wang Hui Ling, and James Schamus, *Lust, Caution: The Story, the Screenplay, and the Making of the Film*, pp. 5-48. New York: Pantheon, 2007.

Cheah, Pheng. *What Is a World? On Postcolonial Literature as World Literature*. Durham, NC: Duke University Press, 2016.

Chikamatsu Mon'zaemon. *Love Suicides at Amijima. In Major Plays of Chikamatsu*, trans. Donald Keene, pp. 387-425. New York: Columbia University Press, 1990.

Coleridge, Samuel Taylor. "Kubla Khan." In *The Portable Coleridge*, ed. by I. A. Richards, pp. 156-8. New York: Viking, 1950.

Conrad, Joseph. *Heart of Darkness*, 2nd edn., ed. by Ross C. Murfin. Boston: Bedford St. Martins, 1996.

Cortázar, Julio. *Hopscotch*, trans. Gregory Rabassa. New York: Pantheon, 1966.

Cortázar, Julio. *Rayeula*, 3rd edn., ed. by Andrés Amorós. Buenos Aires: Catedra, 1986.

Dalley, Stephanie. *Myths from Mesopotamia*. Oxford: Oxford World's Classics, 1989.

Damrosch, David, ed. *Teaching World Literature*. New York: Modern Language Association, 2009.

Damrosch, David. *What Is World Literature?* Princeton: Princeton University Press, 2003.

Damrosch, David, ed. *World Literature in Theory*. Oxford: Wiley Blackwell, 2014.

Damrosch, David et al., eds. *The Longman Anthology of World Literature*, 6 vols. New York: Pearson Longman, 2009 [2004].

Damrosch, David, Natalie Melas, and Mbongiseni Buthelezi, eds. *The Princeton Sourcebook in Comparative Literature*. Princeton: Princeton University Press, 2009.

Davis, Paul et al., eds. *The Bedford Anthology of World Literature*, 6 vols. Boston, New York: Bedford/St. Martin's, 2003.

Dawood, N. J., trans. *Tales from The Thousand and One Nights*, rev. edn. Harmondsworth: Penguin, 1973.

D'haen, Theo. *The Routledge Concise History of World Literature*. Oxford: Routledge, 2011.

Domínguez, César, Haun Saussy, and Darío Villanueva, *Introducing Comparative Literature: New Trends and Applications*. Oxford: Routledge, 2015.

Dryden, John. Preface to Ovid's *Epistles*. In Venuti, *The Translation Studies Reader*, 2nd edn., pp. 38-42.

Eckermann, Johann Peter. *Conversations of Goethe with Johann Peter Eckermann*, trans. John Oxenford. New York: Da Capo Press, 1998.

Ellmann, Richard. *James Joyce*, rev edn. New York: Oxford, 1982.

Foster, Benjamin, ed. and trans. *Before the Muses: An Anthology of Akkadian Literature*. Bethesda: CDL Press, 2005.

Frangieh, Bassam K., ed. *Anthology of Arabic Literature, Culture, and Thought from Pre-Islamic Times to the Present*. New Haven: Yale University Press,

2005.

Gardner, Helen, ed. *The New Oxford Book of English Verse 1250–1950.* New York: Oxford University Press, 1972.

Genesis. In *The New Oxford Annotated Bible, with the Apocrypha* (Revised Standard Version), pp. 1-66. New York: Oxford University Press, 1977.

George, Andrew, ed. and trans. *The Epic of Gilgamesh: A New Translation.* London: Penguin, 1999.

Gogol, Nikolai. "The Diary of a Madman." In *The Collected Tales of Nikolai Gogol*, trans. Richard Pevear and Larissa Volokhonsky, pp. 279-300. New York: Vintage, 1999.

Graham, A. C., ed. and trans. *Poems of the Late T'ang.* Harmondsworth: Penguin, 1965.

Greenberg, Joel. "Emile Habibi, 73, Chronicler of Conflicts of Israeli Arabs." *The New York Times*, May 2, 1996. Online at http://www.nytimes.com/1996/05/03/arts/emile-habibi-73-chronicler-of-conflicts-of-israeliarabs.html (accessed August 10, 2016).

Habiby, Emile. *The Secret Life of Saeed the Pessoptimist*, trans. Salma Khadra Jayyusi and Trevor LeGassick. New York: Interlink Books, 2002.

Haddawy, Husain, ed. and trans. *The Arabian Nights.* New York: Norton, 1990.

Haddawy, Husain, ed. and trans. *The Arabian Nights II: Sindbad and Other Popular Stories.* New York: Norton, 1995.

Hartley, L. P. *The Go-Between.* London: Hamilton, 1953.

Homer. *The Iliad*, trans. Richmond Lattimore. Chicago: University of Chicago Press, 1951.

Homer. *The Odyssey*, trans. Robert Fagles. New York: Viking, 1996.

Horace. *The Art of Poetry/Ars Poetica.* In *Classical Literary Criticism*, ed. and trans. T. S. Dorsch and Penelope Murray, pp. 98-112. London: Penguin, 2000.

Hutner, Heidi, ed. *Rereading Aphra Behn: History, Theory, and Criticism.* Charlottesville: University Press of Virginia, 1993.

Ibn Battutah. *The Travels of Ibn Battutah*, ed. by Tim Mackintosh-Smith, trans. H. A. R. Gibb and C. F. Beckingham. London: Picador, 2003.

Ingalls, Daniel H. H. et al., eds. and trans. *The Dhvanyāloka of Anandavardhana with the Locana of Abhinavagupta.* Cambridge, MA: Harvard University Press, 1990.

Irwin, Robert, ed. *Night and Horses and the Desert: An Anthology of Classical Arabic Literature.* New York: Anchor, 2002.

Johnson, John William, ed. and trans. *The Epic of Son-Jara: A West African Tradition, text by Fa-Digi Sisòkò.* Bloomington: Indiana University Press, 1992.

Joyce, James. *Finnegans Wake.* New York: Viking, 1966.

Joyce, James. *Ulysses,* ed. by Hans Walter Gabler. New York: Random House, 1986.

Kālidāsa. *Śakuntalā and the Ring of Recollection,* trans. Barbara Stoler Miller. In *Theater of Memory: The Plays of Kālidāsa,* ed. by Barbara Stoler Miller, pp. 85-176. New York: Columbia University Press, 1984.

Kant, Immanuel. *Critique of Judgment,* trans. Werner S. Pluhar. Indianapolis: Hackett Publishing, 1987.

Kant, Immanuel. *Critique of Judgment,* rev. edn., trans. James Creed Meredith and Nicholas Walker. Oxford: Oxford University Press, 2009.

Keats, John. *Keats,* ed. by Howard Moss. New York: Dell, 1959.

Keene, Donald, ed. *Anthology of Japanese Literature from the Earliest Era to the Mid-Nineteenth Century.* New York: Grove Press, 1955.

Kipling, Rudyard. *Complete Verse: Definitive Edition.* New York: Anchor Books, 1989.

Kipling, Rudyard. *Kim: Authoritative Text, Backgrounds, Criticism,* ed. by Zohreh T. Sullivan. New York: Norton, 2002.

Kipling, Rudyard. *Plain Tales from the Hills,* ed. by Kaori Nogai. London: Penguin, 2011.

Ladipo, Duro. *Oba Waja/The King Is Dead.* In Wole Soyinka, *Death and the King's Horseman,* ed. by Simon Gikandi, pp. 74-89. New York: Norton, 2003.

Lahiri, Jhumpa. *Interpreter of Maladies.* Boston: Houghton Mifflin, 1999.

Lahiri, Jhumpa. *The Namesake.* Boston: Houghton Mifflin, 2003.

Lane, Edward William, trans. *Stories from The Thousand and One Nights,* rev. by Stanley Lane-Poole (Harvard Classics). New York: Collier, 1937.

Lawall, Sarah, ed. *Reading World Literature: Theory, History, Practice.* Austin: University of Texas Press, 1994.

Li Rongxi, ed. and trans. *The Great Tang Dynasty Record of the Western Regions*. Berkeley: Numata Center for Buddhist Translation and Research, 1996.

Lichtheim, Miriam, ed. and trans. *Ancient Egyptian Literature: A Book of Readings*, 3 vols. Berkeley: University of California Press, 1973-80.

Lispector, Clarice. "Happy Birthday." In Clarice Lispector, *The Complete Stories*, trans. Katrina Dodson, pp. 151-64. New York: New Directions, 2015.

Lispector, Clarice. *Laços de Familia*, 2nd edn. São Paulo: Editóra Paulo de Azevedo, 1961.

Logue, Christopher. *War Music: An Account of Homer's Iliad*. London/New York: Faber & Faber/Farrar, Straus and Giroux, 2015.

Logue, Christopher, and Shusha Guppy. "Christopher Logue, The Art of Poetry No. 66." *The Paris Review* 127 (1993). Online at http://www.theparisreview.org/interviews/1929/the-art-of-poetry-no-66-christopher-logue (accessed May 5, 2016).

London, Joan. *Gilgamesh: A Novel*. Sydney: Picador, 2001. (Reprinted New York: Grove, 2004.)

Lu Xun. "Preface" and "Diary of a Madman." In *The Real Story of Ah-Q and Other Tales of China: The Complete Fiction of Lu Xun*, trans. Julia Lovell, pp. 15-31. London: Penguin, 2009.

Lukács, Georg. *Theory of the Novel: A Historico-Philosophical Essay on the Forms of Great Epic Literature*, trans. Anna Bostock. Cambridge, MA: MIT Press, 1971.

MacLeish, Archibald. "Ars Poetica." In *American Poetry: The Twentieth Century*, ed. by Robert Hass et al., vol. 1, pp. 846-7. New York: Library of America, 2000.

Marley, Bob. "400 Years." Online at http://www.azlyrics.com/lyrics/bobmarley/400years.html (accessed April 21, 2016).

McClatchy, J. D., ed. *The Vintage Book of Contemporary World Poetry*. New York: Vintage, 1996.

Melas, Natalie. *All the Difference in the World: Postcoloniality and the Ends of Comparison*. Stanford: Stanford University Press, 2007.

Miller, Barbara Stoler, ed. *Masterworks of Asian Literature in Comparative Perspective: A Guide for Teaching*. Armonk: M. E. Sharpe, 1994.

Milton, John. *Paradise Lost*, ed. by Barbara K. Lewalski. Oxford: Blackwell, 2007.

Molière, Jean-Baptiste Poquelin. *The Would-Be Gentleman/Le Bourgeois gentilhomme*. In Jean-Baptiste Poquelin Molière, *Five Plays*, trans. John Wood, pp. 1-62. Baltimore: Penguin, 1953.

More, Thomas. *Utopia: A Revised Translation, Backgrounds, Criticism*, 3rd edn., ed. and trans. George M. Logan. New York: W. W. Norton, 2011.

Moretti, Franco. "Conjectures on World Literature" [2000] and "More Conjectures" [2003]. In Franco Moretti, *Distant Reading*, pp. 43-62, 107-20. London: Verso, 2013.

Moretti, Franco. *Distant Reading*. London: Verso, 2013.

Moretti, Franco. *Graphs, Maps, and Trees: Abstract Models for a Literary History*. London: Verso, 2005.

Mufti, Aamir. *Forget English! Orientalisms and World Literatures*. Cambridge, MA: Harvard University Press, 2016.

Murakami, Haruki. *Kafka on the Shore*, trans. Philip Gabriel. New York: Knopf, 2005.

Murakami, Ryu. *In the Miso Soup*, trans. Ralph McCarthy. New York: Penguin, 2003.

Murasaki Shikibu. *The Tale of Genji*, trans. Edward G. Seidensticker. New York: Random House, 2 vols., 1976.

Nebrija, Antonio de. *Gramática sobre la lengua castellana*, ed. by Carmen Lozano. Barcelona: Galaxia Gutenberg, Circulo de Lectores, 2011.

Ngũgĩ wa Thiong'o. *In the House of the Interpreter: A Memoir*. New York: Pantheon, 2012.

Ortega y Gasset, José. "La Miseria y el esplendor de la traducción," trans. Elizabeth Gamble Miller as "The Misery and the Splendor of Translation." In Venuti, *The Translation Studies Reader*, 49-63.

Oswald, Alice. *Memorial: An Excavation of the Iliad*. London: Faber and Faber, 2011. Published in the USA as *Memorial: A Version of Homer's Iliad*. New York: Norton, 2012.

Owen, Stephen, ed. *An Anthology of Chinese Literature: Beginnings to 1911*. New York: Norton, 1997.

Owen, Stephen. *Traditional Chinese Poetry and Poetics: Omen of the World*.

Madison: University of Wisconsin Press, 1985.

Paine, Jeffrey, ed. *The Poetry of Our World: An International Anthology of Contemporary Poetry*. New York: Harper Perennial, 2001.

Pamuk, Orhan. *The Black Book*, trans. Maureen Freely. New York: Vintage, 2006.

Pamuk, Orhan. *My Name Is Red*, trans. Erdağ M. Göknar. New York: Vintage, 2001.

Pamuk, Orhan. *Oteki Renkler: Essays and a Story*, trans. Maureen Freely. New York: Knopf, 2007.

Pindar. *Pindar's Victory Songs*, trans. Frank J. Nisetsch. Baltimore: Johns Hopkins University Press, 1980.

Pizarnik, Alejandra. *Extracting the Stone of Madness: Poems 1962–1972*, trans. Yvette Siegert. New York: New Directions, 2016.

Pizarnik, Alejandra. *Obras Completas: Poesía y Prosa*, ed. by Cristina Piña. Buenos Aires: Corregidor, 1994.

Pizer, John. *The Idea of World Literature*. Baton Rouge: Louisiana State University Press, 2006.

Pollock, Sheldon. "Early South Asia." In *The Longman Anthology of World Literature*, ed. by David Damrosch et al., 2nd edn., vol. 1, pp. 798-809. New York: Pearson Longman, 2009.

Polo, Marco. *The Travels*, trans. Ronald Latham. Harmondsworth: Penguin, 1958.

Prendergast, Christopher, ed. *Debating World Literature*. London: Verso, 2004.

Pritchard, James B., ed. *Ancient Near Eastern Texts Relating to the Old Testament*, 3rd edn. Princeton: Princeton University Press, 1969.

Puchner, Martin et al., eds. *The Norton Anthology of World Literature*, 3rd edn. New York: Norton, 6 vols., 2012.

Quiller-Couch, Arthur. *The Oxford Book of English Verse, 1250–1900*. Oxford: Clarendon, 1919.

Ricci, Ronit. *Islam Translated: Literature, Conversion, and the Arabic Cosmopolis of South and Southeast Asia*. Chicago: University of Chicago Press, 2011.

Ronsard, Pierre de. *Oeuvres complètes*, 8 vols., ed. by M. Prosper Blanchemain. Paris: Jannet, 1857-67.

Rushdie, Salman. *East, West*. London: Vintage, 1995.

Rushdie, Salman. "Imaginary Homelands." In Salman Rushdie, *Imaginary Homelands: Essays and Criticism 1981–1991*, rev. edn., pp. 9-27. London: Penguin, 1992.

Sappho. "To Me It Seems." In *The HarperCollins World Reader*, ed. by Mary Ann Caws and Christopher Prendergast, pp. 304-5. New York: HarperCollins, 1994.

Seferis, George. "Upon a Foreign Verse." In George Seferis, *Collected Poems, 1924–1955*, trans. Edmund Keeley and Philip Sherrard, pp. 46-8. Princeton: Princeton University Press, 1971.

Shakespeare, William. *Plays*, ed. by Barbara Mowat and Paul Werstine (Folger Shakespeare Library). Online at http://www.folgerdigitaltexts.org (accessed August 10, 2016).

Shirane, Haruo, ed. *Early Modern Japanese Literature: An Anthology, 1600–1900*. New York: Columbia University Press, 2004.

Sidney, Sir Phillip. *The Defense of Poesy. In Renaissance Literature: An Anthology*, ed. by Michael Payne and John Hunter, pp. 501-26. Oxford: Blackwell, 2003.

Simon, Sherry. *Gender in Translation: Cultural Identity and the Politics of Transmission*. London: Routledge, 1996.

Simpson, William Kelly, ed. *The Literature of Ancient Egypt: An Anthology of Stories, Instructions, Stelae, Autobiographies, and Poetry*, 3rd edn. New Haven: Yale University Press, 2003.

Song of Songs (The Song of Solomon). In *The New Oxford Annotated Bible, with the Apocrypha* (Revised Standard Version), pp. 815-21. New York: Oxford University Press, 1977.

Sophocles. *Oedipus the King*, trans. David Grene. Chicago: University of Chicago Press, 1942.

Soyinka, Wole. *Death and the King's Horseman*, ed. by Simon Gikandi. New York: Norton, 2003.

Soyinka, Wole. *Myth, Literature and the African World*. Cambridge: Cambridge University Press, 1978.

Spivak, Gayatri Chakravorty. *Death of a Discipline*. New York: Columbia University Press, 2003.

Sterne, Laurence. *The Life and Opinions of Tristram Shandy*. New York: Modern Library, n.d.

"Šulgi B" and "Šulgi N." Electronic Text Corpus of Sumerian Literature, texts 2.4.2.02 and 2.4.02.14. Online at etcsl.orinst.ox.ac.uk (accessed April 26, 2016).

Swift, Jonathan. *Gulliver's Travels*, ed. by Robert A. Greenberg. New York: Norton, 1970.

Tibullus, Elegies. In *Catullus, Tibullus, and Pervigilium Veneris*, ed. by G. P. Goolde (Loeb Classical Library), 2nd edn. Cambridge, MA: Harvard University Press, 1988.

Tyler, Royall. "Introduction." In Murasaki Shikibu, *The Tale of Genji*, 2 vols., trans. Royall Tyler, pp. xi-xxix. New York: Viking, 2001.

Tymoczko, Maria, and Edwin Gentzler, eds. *Translation and Power*. Amherst: University of Massachusetts Press, 2002.

Ungureanu, Delia. *From Paris to Tlön: Surrealism as World Literature*. New York: Bloomsbury Academic, 2017.

Venuti, Lawrence. *The Scandals of Translation: Towards an Ethics of Difference*. London: Routledge, 1998.

Venuti, Lawrence, ed. *The Translation Studies Reader*. New York: Routledge, 2000. (2nd edn., 2004; 3rd edn., 2012.)

Virgil. *The Aeneid*, trans. Robert Fitzgerald. New York: Random House, 1983.

Virgil. *Eclogues, Georgics, Aeneid, the Minor Poems*, ed. and trans. H. R. Fairclough (Loeb Classical Library), 2 vols. Cambridge, MA: Harvard University Press, 1978.

Voltaire, François-Marie Arouet de. *Candid: or, All for the Best*, trans. anon. London: printed for J. Nourse, 1759.

Voltaire, François-Marie Arouet de. *Candide*, trans. anon., Victorian. In *The Complete Romances of Voltaire*, ed. by G. W. B., pp. 121-85. New York: Walter J. Black, 1927.

Voltaire, François-Marie Arouet de. *Candide, or Optimism*, 3rd edn., ed. by Nicholas Cronk, trans. Robert M. Adams. New York: Norton, 2016.

Voltaire, François-Marie Arouet de. *Candide, or Optimism*, trans. Daniel Gordon. Boston: Bedford/St. Martin's, 1998. (Reprinted in *The Bedford Anthology of World Literature*, ed. by Paul Davis et al., vol. 4, pp. 275-338.

Boston: Bedford/St. Martin's, 2003.)

Voltaire, François-Marie Arouet de. *Candide ou l'optimisme. In Romans et contes*, ed. by René Pomeau, pp. 179-259. Paris: Garnier, 1966.

Walcott, Derek. "The Antilles: Fragments of Epic Memory." Online at nobelprize.org/nobel_prizes/literature/laureates/1992/Walcott-lecture.html (accessed August 8, 2016).

Walcott, Derek. *Collected Poems, 1948–1984*. New York: Farrar, Straus and Giroux, 1986.

Walcott, Derek. *Omeros*. New York: Farrar, Straus and Giroux, 1990.

Walkowitz, Rebecca. *Born Translated: The Contemporary Novel in the Age of World Literature*. New York: Columbia University Press, 2015.

Walkowitz, Rebecca. "Translating the Untranslatable: An Interview with Barbara Cassin." *Public Books*, June 15, 2014. Online at http://www.publicbooks.org/interviews/translating-the-untranslatable-an-interviewwith-barbara-cassin (accessed August 13, 2016).

Washburn, Katharine, John S. Major, and Clifton Fadiman, eds. *World Poetry: An Anthology of Verse from Antiquity to Our Time*. New York: Norton, 1998.

Wells, H. G. *Experiment in Autobiography: Discoveries and Conclusions of a Very Ordinary Brain (since 1866)*. New York: Macmillan, 1934.

West, M. L. *The East Face of Helicon: West Asiatic Elements in Greek Poetry and Myth*. Oxford: Oxford University Press, 1997.

Wisdom of Solomon. In *The New Oxford Annotated Bible, with the Apocrypha* (Revised Standard Version), pp. 102-27. New York: Oxford University Press, 1977.

Woolf, Virginia. "Mr Conrad: A Conversation." In *Virginia Woolf, The Captain's Death Bed and Other Essays*, pp. 76-81. New York: Harcourt Brace Jovanovich, 1950.

Words without Borders: The Online Magazine for International Literature. Online at www.wordswithoutborders.org (accessed November 22, 2016).

Wordsworth, Dorothy. *Journals of Dorothy Wordsworth*, 2nd edn., ed. by Mary Moorman. Oxford: Oxford University Press, 1988.

Wordsworth, William. *Selected Poems and Prefaces*, ed. by Jack Stillinger. Boston: Houghton Mifflin, 1965.

Wu Cheng'en. *The Journey to the West*, rev. edn., ed. and trans. Anthony C. Yu. Chicago: University of Chicago Press, 4 vols., 2012.

Wu Cheng'en. *Monkey*, trans. Arthur Waley. New York: Grove Press, 1984.

Young, Robert J. C. "World Literature and Language Anxiety." In *Approaches to World Literature*, ed. by Joachim Küpper, pp. 27-38. Berlin: Akademie, 2013.

찾아보기

데이비드 댐로쉬의
세계문학 읽기

2022년 11월 15일 초판 1쇄 발행
2024년   1월 31일   4쇄 발행

지은이 | 데이비드 댐로쉬
옮긴이 | 김재욱
펴낸이 | 노경인 · 김주영

펴낸곳 | 도서출판 앨피
출판등록 | 2004년 11월 23일 제2011-000087호
전화 | 02-336-2776   팩스 | 0505-115-0525
전자우편 | lpbook12@naver.com

ISBN 979-11-92647-03-6